Carl Hilty
Glück - Zweiter Teil

Carl Hilty

Glück - Zweiter Teil

ISBN/EAN: 9783957701046

Auflage: 1

Erscheinungsjahr: 2014

Erscheinungsort: Dresden, Deutschland

© saxoniabuch, 2014, www.saxonlabuch.de

Bei diesem Buch handelt es sich um den Nachdruck eines vergriffenen Buches. Hieraus resultierende Qualitätseinbussen sind unvermeidlich. Wir bitten, diese zu entschuldigen.

Glück

Von

Prof. Dr. C. Hilty

Zweiter Teil

41. bis 45. Tausend

1907

Leipzig
J. C. Hinrichs'sche Buchhandlung

Frauenfeld
Huber & Co. Verlag

Inhaltsverzeichnis.

		Seite
1.	Schuld und Sorge	1
2.	„Tröstet mein Volk"	55
3.	Über Menschenkenntnis	75
4.	Was ist Bildung?	135
5.	Vornehme Seelen	171
6.	Transzendentale Hoffnung	201
7.	Die Prolegomena des Christentums	225
8.	Die Stufen des Lebens	259

Schuld und Sorge.

I.

Und dennoch, obwohl der Weg zum Glück ein klarer und stets offener für alle ist, gelangen selbst nicht alle, die ihn gesehen haben, dazu, ihn wirklich zu finden. Sondern sie kehren, wie der arme „Gefügig" in Bunyans berühmter Pilgerreise, sobald sie einmal in den „Sumpf der Verzagtheit" geraten, wieder um; und sie — nicht diejenigen, welche ihn nie beschritten haben — sind es, die dem schmalen Pfad zum wirklichen Lebensglück den schlechten Ruf verschaffen, in welchem er bei den sogenannten Realisten steht.

Es wäre eine Ungerechtigkeit gegen diese oft hochbegabten und anfänglich ernstgesinnten Flüchtlinge, nicht sehen zu wollen, daß es ihnen gar nicht immer an dem Mute gebricht, welcher dazu gehört, um die Wahrheit zu ergreifen und für sie den reizenden Täuschungen des Lebens zu entsagen. Aber an dem wirklichen Eingangstore zu dem bessern und allein selig machenden Dasein stehen zwei Nachtgestalten, vergleichbar denen, von welchen Milton in seinem „verlorenen Paradiese" spricht,[1] vor welchen auch das stärkste

    „Ein furchtbar Wesen saß auf jeder Seite
    Der Pforte; eines schien ein reizend Weib
    Bis an den Leib, doch endete es häßlich

Menschenherz erzittert, und die keinen vorbeilassen, der sich nicht zuerst mit ihnen auseinandergesetzt hat.

Was sich unserem Glück entgegenstellt, nicht bloß entgegenzustellen scheint, wie die Feder es gerne schreiben möchte, sondern sehr reell die große, stets gegenwärtige Schranke desselben bildet, das sind zwei furchtbare Realitäten, die jeder kennt, der auf Erden länger als in dem ersten halbunbewußten Kindesalter wandelte — die Schuld und die Sorge. Sie zu beseitigen, darum handelt es sich eigentlich bei allen menschlichen Glücksbestrebungen; es gibt keine Philosophie, noch Religion, noch Chrematistik oder Politik, die nicht wesentlich darauf gerichtet ist.

Der erste dieser beiden großen Widersacher, mit denen jeder Mensch einen schweren Kampf bekommt, ist die Schuld. Sie fängt schon früh im Leben an, meistens früher als die Sorge, und früher auch als die gewöhnliche Redensart

> In vielen schupp'gen weitgewundnen Ringen
> Als eine Schlange mit dem Todesstachel;
> Rings um den Leib bellt' unaufhörlich laut
> Ein Rudel Höllenhunde mit dem Rachen
> Des Cerberus und machte wilden Lärm.

> Die andre Nachtgestalt, wenn man so nennt,
> Was ohne Glieder und Gestalt sich zeigt,
> Und wenn man Wesen nennt, was Schatten schien,
> Ja oder beides ganz vereint, erhob
> Schwarz wie die Nacht sich, wie zehn Furien grimmig
> Und wie die Hölle furchtbar. In der Hand
> Schwang sie das fürchterlichste Wurfgeschoß;
> Was etwa einem Haupte gleichen konnte,
> Trug etwas einer Königskrone gleich."

von der Unschuld des kindlichen Alters es glaubt, oder — gelten lassen will, um noch etwas von dem „Paradies der Kindheit" für die Zeit des späteren heißen Lebens= weges zu retten. „Ihr führt ins Leben uns hinein, ihr laßt den Armen schuldig werden, dann überlaßt ihr ihn der Pein", so redet Goethe die „himmlischen Mächte", eigentlich aber ein unerbittliches Schicksal an, welches nach seiner Lebensauffassung das menschliche Dasein beherrscht und gegen das weder prometheische Empörung hilft, noch der seither in den breiteren Massen unserer Völker noch gebräuchlicher gewordene Versuch, die Schuld überhaupt zu leugnen. Es lebt in jedem Menschen mit unerbittlicher Realität ein Gefühl, daß es Pflicht und Schuld gibt und daß die Schuld der Pflichtvergessenheit nicht bloß folgt, sondern innewohnt, und sich in ihren Wirkungen mit mathematischer Sicherheit über das Haupt des Schuldigen ergießen muß, wenn sie nicht durch irgend ein Mittel abgewendet wird, das nicht bloß eine philosophische Be= trachtung sein kann.

Versuche es, wenn du es wagst, dich durch bloße Negation von diesen ehernen Grundfesten aller menschlichen Existenz loszusagen. Es gibt deiner Entschließung zum Trotz dennoch eine Pflicht, einen rechten Weg in jeder Handlung, ja in jedem Gedanken deines Lebens, und wenn du ihn nicht gehst, so ist's eine Schuld. Oder vielmehr, versuche lieber nicht, woran Millionen mit ihrem Denken und Handeln schon scheiterten und woran du auch scheitern wirst. „Jenseits von Gut und Böse" ist kein Ort auf Erden, außer dem Irrenhaus, dem heute viele, oft reich=

begabte Menschen, und nicht bloß zufällig, entgegengehen. Der menschliche Geist verfällt dem Irrsinn, wenn er im Ernste die Anerkennung dieser Wahrheiten in sich zu beseitigen unternimmt.

Wir wissen recht wohl, daß damit Pflicht und Schuld nicht „erklärt" sind, und es ist dabei zunächst, nach unserem Dafürhalten, für das menschliche Wohlbefinden sogar gleichgültig, wie dieses Gefühl erklärt werden will. Mit andern Worten, ob man es für einen durch Generationen hindurch vererbten Aberglauben, oder für einen auch verstandesmäßiger Auffassung zugänglichen Glauben ansieht. Selbst im ersteren Falle ist der Held noch nicht gefunden, der die Menschheit von diesem Alp befreien könnte, welcher seit dem Beginn ihrer Geschichte auf ihr lastet, und die einzelnen schwachen Versuche hiezu sind für ihre Urheber meistens sehr unglücklich ausgefallen. Einen Menschen, der mit freier, wolkenloser Stirne kühn jede Pflicht und jede Schuld leugnet, und mit dem kecken Glauben, alles tun zu dürfen, was ihm beliebt, herzensfröhlich, in ungetrübter Sicherheit dieses inneren Bewußtseins durch das ganze Leben wandelte,[1] den möchten wir zuerst sehen, bevor wir an ihn glauben. Und wenn er vorhanden wäre, so würde er einzeln stehen und für alle andern, Andersbegabten, unerträglich sein.

Begreiflich machen läßt sich Pflicht und Schuld ganz nur durch die Anerkennung eines persönlichen und

---

[1] Jason in Grillparzers großer Trilogie ist eine Zeitlang ein solcher Held, aber mit dem richtigen Ende dieses Heldentums.

außerweltlichen Gottes, aus dessen Willen dieses innere Gesetz alles bewußt Lebenden entspringt,[1] während die sogenannte „Immanenz" Gottes ein anderes Wort für Atheismus oder Pantheismus ist. Vergeblich freilich wäre es auch, den transzendentalen Gott verstandesmäßig erklären zu wollen. Alles was transzendent ist, entzieht sich durch seine Natur unserem Begreifen, und etwas den menschlichen Verstand Überzeugendes haben daher die sogenannten „Beweise Gottes" keineswegs. Sie haben auch wahrscheinlich noch niemanden überzeugt, der es nicht gerne sein wollte. Insofern hat also der Atheismus ein gewisses Recht, sich nicht überzeugt zu erklären; nur ist er selber ebensowenig im stande, sein „System" irgendwie vernunftgemäß zu beweisen und alle daraus hervorgehenden Zweifel zu lösen. Es wird daher, solange eine Menschheit existiert, wohl einfach dabei bleiben, daß man Gott nicht beweisen kann,[2] aber ebensowenig, wenn er ist, durch bloße Verleugnung für sein eigenes Leben beseitigen. Die entscheidende Frage aller Fragen jedes Menschenlebens, immerhin aber eine Frage, wird es bleiben, ob es dieses

[1] Der „kategorische Imperativ" Kants ist eine Behauptung, die der Wirklichkeit zwar ganz entspricht, aber keine Erklärung ist.
[2] Besser läßt sich dies auch heute nicht ausdrücken als mit II. Mos. XXXIII, 18—20; XXXIV, 6. 7, und Ev. Matth. V, 8. Es fehlen uns eben die Organe, um das Unbegreifliche zu fassen, und wenn wir es selbst für uns fassen könnten, so würden wir es erst noch nicht für jedermann verständlich aussprechen können. (II. Kor. XII, 4.) Der Glaube an Gott ist für die Menschen wirklich etwas Schweres, aber der Hauptgrund der Schwierigkeit liegt doch in der Gegensätzlichkeit des göttlichen und menschlichen Willens.

letztere versuchen will und damit die innere Befriedigung erreichen kann, die es davon erwartet, oder ob es die kategorische Forderung der ältesten Gottesoffenbarung für sich anerkennt: „**Ich bin**[1] der Herr, dein Gott, und du sollst keine andern Götter haben neben mir."

Die vollkommen freie und freiwillige Anerkennung dieser Forderung, die in ihrem zweiten Teile schon alles enthält, was Sittlichkeit ist, durch einen Menschen, der zur vollen Besinnung über sich selbst und seinen Lebens= zweck gekommen ist, ist es, was ihn aus einer tatsächlich fruchtlosen Empörung gegen eine Gottesordnung, die er mit seinen Gedanken allein nicht ändern kann,[2] zunächst in die Möglichkeit einer Harmonie mit sich selbst und der ihn umgebenden Welt versetzt. Und die ganze Geschichte der Menschheit ist auch nichts anderes als die allmähliche Entwicklung eines solchen freien Willens der Völker für

---

[1] Ein israelitischer Kommentator des Pentateuchs sagt hier, wohl mit Recht, es heiße eigentlich nicht, ich bin, womit bloß eine Tatsache bezeugt wäre, sondern ich sei, womit diese Aussage zu einer Forderung wird, die gerade deshalb, weil sie einen Entschluß erheischt, dem, der sie erfüllt, auch zur Gerechtigkeit angerechnet werden kann. I. Mos. XV, 6. Sonst hätte das keinen Sinn.

[2] Das ist der Grundirrtum aller atheistischen Philosophien. Es ist ganz leicht, Gott und die Gottesordnung in Gedanken und Worten zu leugnen, aber Gedanken und Worte sind noch keine Taten, wo es sich um eine gegenüberstehende Macht handelt. Besteht dieselbe nicht, so ist das Wort deshalb keine Tat, weil ihm nichts gegenübersteht; besteht sie aber, so helfen alle Worte nichts, sondern „der Herr lacht ihrer" (Psalm II), und wir hören dieses Lachen in der Tat öfter deutlich in der Weltgeschichte.

Schuld und Sorge.

den Willen Gottes. Wer dies tatsächlich leugnet,[1] der handelt gegen seine eigene Bestimmung und Wohlfahrt, wie gegen das Wohl der Menschheit, und dieser Kriegs= zustand gegen Gott und Menschen, wie gegen das eigene Leben, ist es mutmaßlich, welcher das Gefühl der Schuld hervorruft. Eine andere und bessere Erklärung gibt es unseres Erachtens dafür nicht.

Was im übrigen „das Böse" eigentlich ist und was speziell Christus mit der Bitte um Erlösung von dem= selben darunter verstand, wird uns ebenso unklar bleiben, solange wir auf Erden wandeln, als was Gott ist. Wir wissen bloß, auch aus Erfahrung allein, daß wir uns in die Macht desselben begeben können, und wieder, daß es keine andere Macht über uns besitzt, als die, welche wir ihm selbst gestatten. Dies letztere geschieht namentlich durch jede Unwahrheit und durch jedes Überwiegen des sinnlichen, tierischen Lebens über das geistige. Jeder feiner organisierte Mensch spürt dies sofort durch ein nach und nach sogar körperliches Unbehagen, aus dem ihn nichts anderes, als die Umkehr befreit. Und ebenso empfindet man den Geist der Wahrheit in einem andern Menschen, einem Buche, oder in einem ganzen Hause, oder Volke als einen wohltuenden, den Geist der Lüge dagegen als etwas Ungesundes und Vergiftendes, wie schlechte Luft in einem

---

[1] Wir fügen mit Absicht das Wort „tatsächlich" bei, denn es gibt heutzutage sehr viele Leute, auf die das Gleichnis Ev. Matth. XXI, 28—31 paßt. Es handeln ebensowenig alle Bekenner des Atheismus, wie alle Gläubigen des Theismus nach ihrem Glauben in allen seinen Konsequenzen.

Zimmer, an die man sich freilich auch gewöhnen kann. Alles das kann ein Mensch in seinen Gedanken wohl loszulassen versuchen, er hat die völlige Freiheit dieses Wollens. Aber ob es ihn losläßt und freigibt, ist eine ganz andere und die viel wesentlichere Frage,[1] die durch keine Theologie bisher einleuchtend gelöst ist.

Einen recht glücklichen Ausdruck für diese Anschauung sucht und findet ein Gedichtfragment aus dem Nachlasse eines berühmten Naturforschers (Carl Ernst von Baer) in den folgenden Worten:

„Und der Herr wird sprechen:
Steige auf ins Reich der Klarheit,
Nähre dich mit ew'ger Wahrheit!
Lob' das ew'ge Maß der Zeiten
Und durchschau' des Raumes Weiten,

---

[1] Calvin behandelt die Frage in den Kapiteln III—V des zweiten Buches seiner „Institutionen der christlichen Religion", aber auch nicht ganz erschöpfend. Grillparzer spricht den Hauptgedanken wenigstens in den Abschiedsworten der Medea an Jason aus, mit den Worten:

„Du trage, was dich trifft,
Denn wahrlich unverdient trifft es dich nicht!
Mit blindem Frevel griffst du nach den Losen,
Ob ich dir zurief gleich: du greifst den Tod.
So habe denn, was trotzend du gewollt, den Tod,
Du Armer, der von Schatten du geträumt,
Der Traum ist aus, allein die Nacht ist's nicht."

Und doch mildert sie selbst zuletzt noch ihr tragisches Urteil, ihr letztes Wort ist (eigentlich sehr unklassisch) „büße." Es gibt eine Hilfe noch für jede Schuld, Anerkennung derselben.

Daß die dunkle Erdenbinde
Von des Geistes Augen schwinde.
Ahnung hatt'st du schon auf Erden,
Daß der Grund von allem Werden
Ist des Stoffs geregelt Müssen
(„Kräfte" heißt's in eurem Wissen).
Lerne jetzt, daß „Muß" und „Sollen"
Ausdruck ist von meinem Wollen.
„Müssen" ward dem Stoff gegeben,
„Sollen" nur dem freien Leben.
„Müssen" ist der Knechtschaft Kette,
Die dem Stoffe ist gegeben;
„Sollen" ist der Ruf zur Stätte,
Der entsprossen ist das Leben."

Wir können und wollen also mit denjenigen, welche ein Gefühl der Schuld gar nie besessen zu haben behaupten, darüber nicht streiten; wir sehen auch nicht in ihre Seelen hinein. Wir antworten ihnen nur, daß sie sich dann in großer Minorität und eigentlich auf der Lebensstufe der Tiere befinden würden, bei denen auch kein Gefühl einer sittlichen Verpflichtung und daher keine Schuld besteht,[1] sondern alles erlaubt ist, was der Naturtrieb fordert. Wenn sie hingegen das Gefühl der Schuld auch nur zeitweise besitzen, so sagen wir, es ist dasselbe auch für sie

Obwohl wir das beinahe auch für die edleren Tiere bestreiten möchten. Ein treuer Hund überwindet seinen Naturtrieb, selbst den wichtigsten der Selbsterhaltung, um seinen Herrn zu retten; auch ein Gefühl der Beschämung über eine verbotene Handlung ist manchmal bei Tieren zu bemerken und nicht bloß aus der Furcht vor Strafe zu erklären. Ein echter menschlicher Egoist, der keine Pflichten gegen andere anerkennt und sich noch mit diesem, angeblich nicht anders erklärlich, als aus einer sittlichen Weltordnung, die wir nicht ändern können und gegen die man nicht handeln, ja nicht einmal denken darf.

Wir wenden uns zu denen, die das anerkennen. Für sie handelt es sich um den Weg der Befreiung von einer Last, welche die weitaus unerträglichste aller Erdenlasten ist. Ihnen sagen wir zuerst: Laß die Schuld nicht entstehen in deinem Leben, du mußt nicht, du kannst anders. Denn zuerst ist, was nachher eine schwerwiegende Tatsache wird, meist ein flüchtiger Gedanke, ein Pfeil von irgendwoher in die unbeschäftigte Seele abgeschossen. Verweilt dieselbe aber dabei ohne sofortigen Widerstand, welcher in diesem ersten Momente noch leicht ist, so entsteht rasch eine Neigung, welcher dann meistens die Trübung

„philosophischen", Egoismus brüstet, steht unter einem solchen Tiere, wie es namentlich sehr schön in dem modernen Gedichte „Die Ochsen" von Carducci geschildert wird.

Nach unserer eigenen kriminalistischen Erfahrung gibt es aber keine Menschen, denen das Schuldgefühl ganz fehlt, sofern sie nicht irrsinnig sind; allerdings dagegen manche, in denen es durch Erziehung, Lebensart und durch die ganze sittliche Atmosphäre, in der sie leben, abgestumpft erscheint. Der Volksinstinkt ist daher auch der modernen Kriminalrechtstheorie, die die Schuld leugnen möchte, entgegenstehend und wird sie überdauern. Eine wunderbare, weniger bekannte Darstellung des Schuldbewußtseins enthält die „Judenbuche" von Annette v. Droste; ebenso ihr „Roßtäuscher"; die zarteste, am meisten poetische Auffassung „Guinevere" von Tennyson; die bekanntesten sind die der Schriften von Tolstoi und Dostojewski.

Schuld und Sorge.

des sittlichen Bewußtseins und zuletzt die Tat folgt.[1] Und nach der Tat oft genug die Verzweiflung, welche an keine Rettung mehr glauben kann, oder das Geschehene nun erst mit materialistischer Philosophie vor sich selbst entschuldigt; in beiden Fällen der Tod des wahren geistigen Lebens.[2]

[1] Vgl. I. Mof. IV, 6. 7. Eine ganz eigentümliche Auslegung dieser Stelle gibt der geistreichste, israelitische, Kommentator des Pentateuchs mit folgenden Worten: „Die Sinnlichkeit (im weitesten Sinne gemeint) hat die Kraft, dich zu beherrschen, aber sie bleibt ruhig vor deiner Türe. Sie kommt nicht von selbst zu dir herein. Wenn sie bei dir heimisch werden, ja zuletzt dein Hausherr werden soll, so mußt du sie zu dir hereingeladen, ihr den Stuhl an deinen Tisch gestellt haben. Von selbst bleibt sie ruhig vor der Tür. Ja ihr ganzes Verlangen geht dahin, daß du sie beherrschest und leitest, nicht unterdrückest und tötest, sondern regierest, über sie waltest. Das ist ihr Ziel und ihre Bestimmung und darum sehnt sie sich darnach. Diese Sehnsucht der Sinnlichkeit nach Erreichung ihrer Bestimmung durch Unterordnung unter die Herrschaft der Menschen drücken die (israelitischen) Weisen durch das schöne Wort aus: Die Sinnlichkeit kommt von Gott und reizt den Menschen; wenn der Mensch ihrem Reizen erlegen ist, steigt sie hinauf und klagt ihn dessen vor Gott an; denn sie hat ihn nicht gereizt, damit er ihr erliege, sondern damit er sie frei überwinde und unter seine Herrschaft nehme. Wenn die Sinnlichkeit kommt, dich zur Sünde zu reizen, so erfreue du sie mit Worten der Gerechtigkeit, ihr Verlangen geht darnach, daß du sie beherrschest."

[2] Vgl. Brief des Jakobus I, 13—15. Daher ist wirklich der „Müßiggang aller Laster Anfang" und nur beständige, starke Arbeit das beste Präservativ, namentlich für junge Leute. Deshalb war auch nach der geistvollen Erzählung der h. Schrift Arbeit im Schweiße des Angesichtes das einzige Mittel, den durch den Genuß verdorbenen Menschen noch auf den rechten Weg zu führen.

Leider nur ist dieser Rat „Wehret den Anfängen" ein sehr theoretischer und diejenigen, welche den kecken Glauben besitzen, dieses aus freiem Willen zum Guten und eigener Kraft stets zu vermögen, werden im Verlauf ihres eigenen Lebens und bei der Beobachtung und Beurteilung anderer nach und nach die Forderungen, die sie an den Menschen stellen, allzusehr ermäßigen müssen. Das ist der Fehler namentlich der edlen Kantischen Philosophie. Ein schwerer Durchgang durch ein „Tal der Demütigung", oder eine Abnahme der Sehschärfe des sittlichen Bewußtseins bleibt keinem Menschen erspart, der anfänglich glaubte, aufgerichteten Hauptes und ohne jede Hilfe von außen den „Pfad der Tugend" unentwegt wandeln zu können.

Wichtiger für den Menschen, wie er in Wirklichkeit ist, ist daher der zweite Rat: Befreie dich um jeden Preis von jeder Schuld, die du trägst, wenn du zum Glück gelangen willst. Hier durch geht der unfehlbare Weg; an diesem ernsten Pförtner des Heils, der mit blankem Schwert auf diamantner Schwelle sitzt,[1] mußt du vorbei, es gibt keine andere Möglichkeit einer wirklichen Befreiung deiner Seele.[2] Goethe hat es zwar im zweiten Teile seines

---

[1] Dante, Purgatorio IX, 78.
[2] Die Psalmen namentlich, besonders der 32., 38., 51. und 102., schildern sehr lebenswahr den Druck, unter welchem die Seele sonst seufzt. Nicht mit Unrecht sagt ein Kommentator derselben: Auch in einem unvorsätzlichen Fehler liege eine der Sühne schon bedürfende Schuld, die Schuld des Mangels an ernster Pflichttreue in unserm gesamten Wandel; mit der Erkenntnis dieser Schuld trete dieselbe dann wieder in ihr Recht. Gerade denen, die nicht vorsätzlich sündigen, sondern nur aus Mangel an diesem rechten

Schuld und Sorge. 15

„Fauft" verfucht, für die von ihm im erften mit ergreifender Wahrheit gefchilderte Schuld eine Art von natürlicher Befreiung zu entdecken, und es find das auch in der Tat die Wege geblieben, die heute noch viele auffuchen: Groß= artiger Naturgenuß, der die anklagenden Stimmen im Innern wenigftens zeitweife zum Schweigen bringen kann,[1] Kunft und Schönheitszauber klaffifcher oder romantifcher Art, worin manche die Vollendung und die Entfühnung zugleich des materiellen Menfchen erblicken, oder endlich Aktion, Kulturtat, die das gepreßte Herz erheben und durch den Beifall der Menge über fich felber, wenigftens vorübergehend, täufchen foll. Neben dem allem bleibt aber dennoch die Schuld als finftere Tatfache unerbittlich ftehen, und auch der große Dichter hat fie auf keine irgendwie glaubwürdige Weife zu befeitigen vermocht. Eine folche göttliche Liebe, die auch den nicht Bereuenden, im Gegen= teil bis zum letzten Augenblicke in dem Trotze des Sich= auslebenwollens Beharrenden, deffenungeachtet in ihren Schoß aufnimmt, ift vielmehr ein bloßes Phantafiegebilde, eine willkürliche dichterifche Erfindung, gegen die gerade eine prometheifch geartete Seele mit dem letzten Atemzuge des Leibes noch, um ihrer Ehre willen, proteftieren müßte.[2]

Pflichternft, fende Gott am allereheften trübe Tage der Glücks= verkümmerung, um fie dadurch zu einer immer größeren Pflichttreue und Aufmerkfamkeit zu erziehen. Hirfch zu Pfalm XXXII, S. 177.

[1] Ein gewiß nicht unerheblicher Teil der „Schweizerreifenden" wird von diefer inneren Unruhe hieher getrieben.

[2] Eigentlich gibt dies Goethe felbft zu durch die ganz andere Art der Befreiung von Schuld, welche er Gretchen am Schluß des erften Teils wollen und erfahren läßt, und daher hat auch diefer Teil

Auch die Reue allein ist aber noch keine Befreiung von Schuld, sondern erst die vertrauensvolle Zuwendung der Seele zu Gott, dessen mächtiger Gnadenarm, wie der Schatten des Hohenstaufen Manfred in Dantes großem Gedichte sagt, alles faßt, was immer sich ihm, noch bis zum letzten Augenblicke des Lebens, zukehrt und sich darin selbst durch den Machtspruch einer Kirche nicht behindern läßt.[1]

Und dabei kommt es dann auf die Größe der Schuld (wie die angeführten tröstlichen Stellen der h. Schrift zeigen)

des großen Gedichtes einen ergreifend wahren Schluß, während der zweite mit einer unbefriedigenden Ungerechtigkeit endigt.

[1] Purgatorio III, 118:
"Als zweimal mich durchbohrt des Feindes Schwert,
Da übergab ich weinend meine Seele
Dem Richter, der Verzeihung gern gewährt.
O groß und schrecklich waren meine Fehle,
Doch groß ist Gottes Gnadenarm und faßt
Was sich ihm zukehrt, so daß keiner fehle.
Und wenn Cosenzas Hirt, der sonder Rast,
Wie Clemens wollte, mich gejagt, dies eine
Erhabne Wort der Schrift wohl aufgefaßt,
So lägen dort noch meines Leibs Gebeine
Am Brückenkopf zu Benevent, vom Mal
Geschützt der schweren aufgehäuften Steine.
Nun netzt's der Regen, dörrt's der Sonnenstrahl,
Dort wo er's hinwarf mit verlöschten Lichtern,
Dem Reich entführt, entlang dem Verde-Tal,
Doch kann ihr Fluch die Seele nicht vernichten,
Aus welcher nicht die frohe Hoffnung weicht,
An ew'ger Liebe neu sich aufzurichten."
Vgl. dazu Jesaias Kap. LV Hiob XLII, 6—10. II. Sam. XII, 13. Ev. Luk. XXIII, 43. Ev. Joh. VI, 37. Psalm LI.

Schuld und Sorge.

nicht an. Was ist überhaupt eine Größe oder Kleinheit der menschlichen Schuld, nicht nach menschlichen Begriffen und Strafgesetzbüchern, sondern nach dem Auge eines Richters beurteilt, der alles weiß und mit einer vollkommenen Gerechtigkeit mißt?

Wer immer ihm gegenüber den Mut in sich findet, seine Gnade anzusprechen, der hat sogar dieselbe in ihren wesentlichsten Bestandteilen schon empfangen, denn die Ungnade Gottes besteht gerade hauptsächlich in dem „Gericht der Verstockung", das den Frevler ungebrochen und trotzig bis an sein Ende bleiben läßt[1] und ihn verhindert, diese Gnade anzurufen.

Unsere Kirchen sind freilich von diesem einfachen Bußwege im Laufe der Zeit zum Teil weit abgekommen und behaupten mitunter eine sehr viel positivere Art der Befreiung von Schuld, entweder durch äußere Handlungen, oder wenigstens durch bestimmte dogmatische Auffassungen der Versöhnung mit Gott.

---

[1] Dieses „Gericht der Verstockung", das die h. Schrift an mehreren Beispielen (Pharao, Saul, Ahab, Judas) besonders kräftig illustriert, ist allerdings das, was uns in dieser Sache am allerrätsel= haftesten erscheinen muß. Wie und in welchen Fällen kann Gott einen Menschen so weit verlassen, daß er ihn selbst daran hindert umzukehren, und andern auch verbietet, für ihn zu bitten? Das Wort über Ahab in I. Kön. XXI, 20. 25 trifft noch heute in sehr vielen Fällen zu, selbst bei Leuten, die zeitweise guten Regungen nicht unzugänglich sind. Vgl. II. Mof. VII, 3; IX, 34. 35; X, 1. 27; XIV, 8. Josua XI, 20. Lukas XIII, 24. Ebräer XII, 17. Das ist das furchtbare Schicksal derer, die zum Verderben heranreifen. Nichts macht auf sie einen dauernden Eindruck.

Wir halten zunächst alle äußeren Bußwerke, wie alle sogenannten „guten Werke" überhaupt, für wertlos, wenn sie nicht aus der innern Wendung zu Gott spontan entspringen. Auch in diesem Falle sind sie noch immer nicht verdienstlich, wenn auch wohltätig und beruhigend. Das Wesentliche an der „Buße", einer großen Sache, deren Sinn uns aber fast verloren ging, ist auch nicht die Traurigkeit der Reue, die im Gegenteil oft genug bloß „den Tod wirkt", sondern einerseits der vollständige Wille einer Umkehr, welcher viel schwerer und seltener ist, andererseits die Überzeugung, daß es dazu einer anderen Kraft als der eigenen bedarf, ohne welche selbst der Wille oft genug nur ein „guter Vorsatz" bleibt.[1]

Ganz selbstverständlich ist also, wenigstens für die christlichen Kirchen und ihre aufrichtigen Bekenner, die Anrufung der Hilfe Christi,[2] als des von Gott selbst in historisch sichtbarer Weise in die Welt gesandten Befreiers, der eben deshalb auch nicht umgangen werden darf. Einer weitläufigen „Christologie" jedoch bedarfst du deshalb nicht, gedrückte Seele; es gibt auch in Wirklichkeit gar keine zuverlässige, sondern Gott allein kennt sowohl die „Natur" dieses Erlösers, als das Geheimnis der Erlösung durch ihn. Alles menschliche Reden darüber ist seit Jahrtausenden zur Unfruchtbarkeit verurteilt gewesen und hat in Wirklichkeit

---

[1] Das sagt u. a. das schöne Kirchenlied der Maria Magdalena Böhmer: „Herr, öffne mir die Tiefe meiner Sünden, doch zeig' mir auch die Tiefe deiner Gnad." Eines ohne das andere führt entweder zur Verzweiflung oder zum Leichtsinn.

[2] Vgl. Ap.-Gesch. II, 21; XVI, 31.

Schuld und Sorge.

niemand getröstet, wie auch aller menschliche, aber gut=
gläubige Irrtum in diesen Dingen allein wohl noch
niemand ewig verloren gehen ließ.[1] Du kannst also nur
auf praktischem Wege, auf diesem aber sicher, erfahren, daß
dir ein einfaches, aus tiefstem Herzensgrunde kommendes
„Herr, hilf mir" einen Weg öffnet, der sonst aller deiner
Philosophie, wie aller deiner Kirchlichkeit und deinen
schwersten Bußwerken wie mit zehnfachen eisernen Türen
verschlossen war. Diese Riegel tut dir das eine große,
bedingungslose Wort des Evangeliums auf: „Wer zu
mir kommt, den werde ich nicht hinausstoßen."[2]

---

[1] Die eigenen Worte Christi, die uns stets unwiderlegbar darüber beruhigen werden, sind: Ev. Matth. XI, 27 und XII, 32. Markus III, 28. Lukas XII, 10. Vgl. dazu auch noch I. Kor. XII, 3.

[2] Ev. Matth. XIV, 30. Jesaias XLV, 1. 2. Psalm CVII, 16. Ev. Joh. VI, 37. Wir halten das für das tröstlichste Wort des Evangeliums (wenn man überhaupt eine Vergleichung unter denselben anstellen darf), nicht das meistens angeführte andere in Ev. Matth. XI, 28—30. Denn ein reuiger Verbrecher wird dieses letztere oft nicht auf sich beziehen. Er ist in seinem Gefühl nicht „mühselig und beladen", sondern verdammt, ohne Rettungsmöglich= keit verloren, und ein Joch will er zunächst auch nicht mehr auf sich nehmen, er hat der Lasten übergenug. Was er braucht und was ihn allein von der Verzweiflung rettet, ist die einfache, kurz und klar und völlig bedingungslos für jeden ohne jede Ausnahme und Einschränkung bestehende Erklärung, daß keiner, keiner, wenn er kommt und an diese Türe der Gnade klopft, zurückgewiesen werden kann. Dem allein kann ein solches tief verbittertes, an nichts mehr glaubendes Herz noch vielleicht Vertrauen schenken, und dieser Spruch, und kein anderer, sollte daher mit goldenen Buchstaben in jeder Verbrecherzelle angeschrieben sein.

Ob du dann noch mit Menschen reden mußt und was du an ihnen gutzumachen hast,[1] das laß dir sagen, wenn du diese Rettung erfahren, die Hand ergriffen hast, die dich aus den beweglichen Fluten der Ungewißheit und Angst auf den festen Grund eines Glaubens stellt. Vorher hat das gar keinen Zweck; es ist dies vielmehr gerade der Punkt, der weitaus die meisten Menschen überhaupt von einer Buße abhält, die etwa vor einem Dritten geschehen müßte, von dem man dann zeitlebens in geistiger Abhängigkeit zu stehen befürchtet. Es ist aber sehr möglich, daß du zu einem Menschen zum Bekenntnis geschickt wirst; denn das Christentum ist neben seiner wesentlichen, übersinnlichen, Seite doch auch eine menschlich= brüderliche Gemeinschaft, nicht bloß ein allgemeiner Rahmen,

---

[1] Das ist nicht die Hauptsache, sondern die Aufhebung des Kausalitätsgesetzes, nach welchem die Schuld das Verderben in sich trägt. Dennoch ist Vergebung der Schuld nicht eine „Amnestie", sondern es gehört Gericht und Gerechtigkeit dazu, die aber der Mensch nicht ertragen kann, bevor er die Freudigkeit der vergebenen Schuld in sich empfindet. Diese kann er sofort, im gleichen Augenblicke haben, in dem er sich ernstlich von der Schuld los= sagen will. Hosea VI, 1—6. Jesaias I, 11—18. 27. „Der Glaube rechtfertigt immer. In dem Augenblick, in welchem ein Mensch wirklich seinem Gott vertraut, ist er gerechtfertigt." (Spurgeon.) Die h. Angela von Foligni (gest. 1309) sagt sehr einfach: „Kein Mensch kann sich entschuldigen, wenn er verloren geht. Denn er braucht nicht mehr zu tun, als ein leiblich Kranker, der seine Krankheit dem Arzte entdeckt und dann befolgt, was dieser ihm verordnet. Man braucht nicht einmal die Arznei zu kaufen, sondern sich bloß dem Arzte zu zeigen und zu allem, was er vorschreibt, bereitwillig zu sein."

innerhalb dessen viele einzelne Seelen zwar in Verbindung mit Gott und Christus, aber unter sich ohne ein inneres Band neben einander hergehen. Namentlich wird es der Fall sein, wenn Stolz in deiner Seele ist. Dann liegt vielleicht die psychologische Notwendigkeit einer Demütigung auch vor Menschen, nicht allein vor Gott, vor, und die Vergebung, die ein von Gott dazu berufener Mensch ausspricht, enthält für viele überdies eine Beruhigung, die sie in einem bloßen Gedankenvorgang, so real derselbe auch ist, nicht zu finden vermögen.

Kennst du also einen solchen Menschen, empfindest du diese innere Aufforderung, kannst du dich entschließen, ganz aufrichtig, wie vor Gott selbst, zu ihm zu sprechen,[1] und bist du willig, seine Anweisungen unbedingt anzunehmen, so geh nur ruhig dahin, du wirst damit vielleicht einen größeren Fortschritt im innern Leben und in kürzerer Zeit als sonst erzielen.[2] Fehlt aber an diesen Voraussetzungen

[1] Die volle Aufrichtigkeit ist übrigens etwas sehr Seltenes. Eine der schönsten Darstellungen davon enthält „Enid" in den Königs=Idyllen von Tennyson:
 „Full seldom does a man repent,
 or use both, grace and will, to pick
 the vicious quitch of blood and custom
 Fully out of him, and make all clean
 and plant himself afresh."
Das sind eben die großen Läuterungsprozesse des Lebens, von denen alle die, welche stets nur Glück zu haben wünschen, nichts wissen, weil Gott fürchten müßte, sie in diesen Schmerzensgluten nicht aushalten zu sehen. Jesaias XLVIII, 10. Jeremias X, 24.

[2] Denn „die Heimlichkeit ist die Macht der Sünde." Das Be= kenntnis enthält, oft wenigstens, erst die volle Lossagung von ihr.

nur eine, so nützt dir ein solches Bekenntnis nichts. Und solltest du gar ein Menschenwerk daraus machen, der bestehenden kirchlichen Form zulieb oder um einem andern damit Ehre zu erweisen, so entehrst du das Heiligste und bringst dir selbst und dem durch dich Geehrten den größten Schaden. Von solchen ganz oder halb unlautern Seelenfreundschaften und Seelenführerschaften rührt der mitunter auffallende Niedergang früher hochbegabter Geistlicher und religiöser Schriftsteller her.

Und nun entschließe dich, weil es noch Zeit ist und der Ruf an dich noch ergeht, gleichviel durch wen und auf welche Weise. Durch ein inneres oder ein äußeres Wort, zufälliger oder absichtlicher Art, durch eine Predigt, wie durch ein Buch, oder eine Zeitung, oder irgend einen sonstigen Eindruck. Das Buch Hiob behauptet als Erfahrungstatsache, daß er „zwei= oder dreimal" an jeden ergehe.[1] In der Regel hat er aber doch kein auffallenderes äußeres Gewand, als irgend eine andere Mitteilung; es kommt viel mehr als auf seine Form und Art, darauf an, ob er im innersten Herzen des Menschen eine Saite berührt, die für diesen Ton aus einer andern Tonart, als der gewöhnlichen seines Lebens und Denkens, noch empfänglich ist.[2]

Ist dies daher bei dir noch einmal der Fall, dann raffe dich auf, aber sofort, wo und wie du bist, im Geschäft, auf der Straße, in der Gesellschaft, selbst im

---

[1] Hiob XXXIII, 29.

[2] Es gibt mitunter auch sonderbare Rufer. Der Verfasser dieser Aufsätze kennt einen Fall, in welchem eine Stelle aus Helvetius ein Ohr definitiv öffnete, das sicherlich jeder Predigt widerstanden hätte.

Schuld und Sorge. 23

Theater, oder an jedem andern Orte; zögere nicht **einen Augenblick**[1] mit dem Entschluß, jede Schuld aus deinem Leben zu streichen. Dann wird dir alles leichter und klarer werden; der finstere Geist und die falschen Vorstellungen, welche eben die nächste Folge der Schuld sind,[2] weichen von dir, und zuletzt kommt ein Tag, an dem auch du sprechen kannst: „Da bin ich geworden vor Gottes Augen eine Seele, die **Frieden findet.**"

„Der Himmel du und Erde kannst umfassen,[3]
Ich fleh' dich an, du wollst nicht zornig sein,
Nicht deine Grimmigkeit mich büßen lassen;

Denn tief ins Inn're drang mir schon hinein
Dein scharf Geschoß, und über mir geschlossen
Hast du die Hand, Herr und Gebieter mein,

Und nimmer hat Gesundheit mehr genossen
Mein Fleisch und Bein, seitdem erkannt mein Sinn,
Daß zorn'ge Blicke du auf mich geschossen.
So gingen nun viel Tag' und Monde hin,
Seitdem kein Friede mir ins Herz gekehret,
Ich fühlte, daß ich schwer belastet bin.

—

[1] Sehr lebenswahr drücken diese entscheidende Wichtigkeit eines sofortigen Entschlusses, **gleichviel wie der Mensch augenblicklich beschaffen sei,** Jesaias I, 18, XLV, 22 und LV, 1, sowie die bekannten Kirchenlieder von Lehr, Diakonus zu Köthen, † 1744, und Pöschel, Diakonus zu Tübingen, † 1742 (im Gesangbuch der Brüdergemeinde Nr. 224 und 281), aus.
[2] I. Sam. XV, 22; XVIII, 10.
[3] Dantes „sieben Bußpsalmen" (wahrscheinlich sein letztes Werk) im wesentlichen nach einer Übersetzung in „Kannegießer und Witte, Dante Allighieris lyrische Gedichte", 1842; der dritte.

Nun seh' ich wohl, wie sehr mein Herz beschweret
Von Sünd', und daß, je länger selbst ich mich
Betrachte, meine Last sich nur vermehret.

Weh, wie in Schlaf versunken ganz war ich!
Jetzt weckt mich meine Torheit; von Gefährde
Frei schien ich, doch es mehrt' mein Böses sich.

Erbärmlich bin ich worden und zur Erde
Gebückt, den ganzen Tag lang geh'
Ich klagend und mit trauernder Gebärde.

Denn meine Lenden tun von Hohn mir weh
Und von der bösen Geister Anfechtungen,
Von denen ich mich stets umlagert seh'
Und Ungesundheit hat mein Fleisch durchdrungen.

Zerknirscht bin ich, wenn mich der Schmerz durchzieht,
Daß mich die Sünde ganz und gar bezwungen.
Und wenn mich dann jedwede Tröstung flieht,
So seufz' und heul' ich mit des Löwen Grimme,
Wenn er in Ketten sich und Banden sieht.

Wend' ich, o Herr, wie er in Tränen schwimme,
Mit Seufzerhauch den Blick zu dir empor,
So stockt die Träne, stumm wird mir die Stimme.

Aus meinem Herzen steigt kein Trost empor,
Mein Aug' ist ganz beraubt von Kraft und Glanze,
Seit ich die Herrschaft über mich verlor.

Wer ehedem mir nicht erschien als Schranze,
Vielmehr als echter Freund und Bruder, der
Berennt als Feind mich jetzt mit Speer und Lanze.
Und wer mir wohlgesinnet war vorher,
Floh, als er mich gesehen niederfallen,
So eilig wie die andern, ja noch mehr.

Schuld und Sorge.

Nun denkt mein Feind mit seinen Mannen allen
Mein festes Schloß, weil er allein mich sah,
Den Graben überschreitend, anzufallen;
Doch merkend, daß nichts Leides mir geschah
Durch seinen Angriff, da zu hoch die Zinnen,
Durch Schimpf und Hohn beleidigt er mich da.
Und dann, um Tod mir endlich zu ersinnen,
Denkt er durch Trug und durch Verräterei
Tagtäglich drauf den Eingang zu gewinnen.

Als mich bedrohte solche Mörderei,
Stellt' ich mich taub und stumm, als ob mein Wehe
Ich nicht ausdrücken könnt' in Angstgeschrei.

Auf dich, Herr, der du weißt, was mir geschehe,
Hab' ich gesetzet nun all mein Vertrau'n,
Fest hoffend, daß es mir danach ergehe.
Ich weiß, ich kann auf dich so sicher bau'n,
Daß du mich fallen lässest nicht zur Erden,
Und mich befreien wirst von Not und Grau'n,

Daß nimmer meine Feinde mich gefährden
An meiner Ehre, noch auch Stoff empfahn
Durch meine Leiden zu Triumphgebärden.

Nicht, als ob krank ich wär' am eitlen Wahn,
Daß ich vollkommen sei; vielmehr, ich sage,
Daß Sünde ich und Irrtum untertan.
Drum bin ich überzeugt auch, daß ich trage
Ganz nach Verdienen deiner Geißel Wut,
Jedweden Schmerz und jede Not und Plage.
Dies zu erdulden hab' ich auch den Mut,
Will nichts von Schonung meiner Sünden wissen,
Nimm du nur, Herr, mich fernerhin in Hut.

Denn immer werd' ich von Gewissensbissen
Zerfleischt, ob meiner Sünden schlimmer Art;
Der Reu' und Buße bin ich drum beflissen.

Jedoch als meine Feinde dies gewahrt,
Sind sie nur stärker auf mich losgegangen,
Und haben noch gewalt'ger sich geschart,

Und die da bös, wenn Gutes sie empfangen,
Den Gebern lohnen, sie sind voller Spott,
Weil ich versuche, nun dir anzuhangen.

Verlaß mich nimmermehr, Herr Zebaoth,

Ich bitte dich, mich huldvoll zu erretten
Von allen Widersachern, du mein Gott;
Denn nur bei dir kann ich mich sicher betten."

II.

Wenn man die Menschen fragen würde, welches dieser beiden größten Übel[1] sie lieber aus ihrem Leben verbannt sehen wollten, die Schuld oder die Sorge, so würde, fürchten wir, die Mehrzahl die Beseitigung der Sorge wünschen. Aber mit Unrecht; denn nicht allein ist die

---

[1] Es sind ohne Zweifel die beiden Übel, welche ihr Glück und ihre geistige und körperliche Gesundheit am meisten beeinträchtigen, die auch unserer ganzen Zeit die Düsterkeit verleihen, welche keine rechte unbefangene Freude mehr unter unsern Kulturnationen aufkommen läßt. Es ist historisch sehr bezeichnend, daß die erste dogmatische Schrift der Deutschen, Alkuins Buch über die Trinität, geradezu davon ausgeht, daß die Sehnsucht nach Glück den Menschen (als eine Erinnerung aus dem verlorenen Paradies) unvertilgbar eingepflanzt sei. Das Suchen danach ist also eigentlich der Grund aller Philosophie und Religion. Darauf wird man vielleicht auch in der künftigen Dogmatik zurückkommen, wenn dieselbe wieder allgemein verständlich werden soll.

Schuld sehr oft die eigentliche Grundursache der Sorge, sondern es ist auch verhältnismäßig leicht, schwere Sorge zu ertragen, wenn jedes Gefühl einer Verschuldung dabei fehlt.[1] Im Gegenteil, man fühlt dann oft sogar mitten im Leiden eine das menschliche Herz in seinem tiefsten Innern beglückende größere Nähe Gottes und die Wahrheit des Ausspruches, daß der Geist des Menschen auch bei einem bedrückten Gemüte fröhlich sein könne. Der „Übel größtes" bleibt daher ohne allen Zweifel die Schuld, und darin liegt, was sehr oft übersehen wird, eine sehr große Ausgleichung der menschlichen Schicksale, die hierin keinen Unterschied zwischen Reich und Arm kennen.

Andererseits ist freilich auch nicht selten das Verhältnis beider Übel zu einander ein umgekehrtes, die erste Ursache der Schuld die quälende Sorge, nicht durch das Leben zu kommen, die in trüben Stunden sich beinahe gewaltsam aufdrängende Überzeugung, daß man mit allzu peinlicher Gewissenhaftigkeit, ohne ein wenig Schlechtigkeit, List und Gewalt, wie es eben in den menschlichen Verhältnissen leider einmal begründet liege und wie „alle andern es auch machen", den schwierigen „Kampf ums Dasein" nicht werde durchführen können.[2] Ohne diese Überzeugung

---

[1] Das einzige, was sich dagegen sagen läßt, ist das, daß man Sorge, und oft gerade die schwerste, auch für andere haben und sich davon nicht durch den eigenen Willen befreien kann, wie von der Schuld.

[2] Namentlich macht, wie ein Kommentator des Alten Testaments es richtig sagt, „die wirkliche oder vermeintliche Gefahr des Verhungerns alle Grundsätze schwankend. Es ist die Befreiung von dem

wären viele Menschen gut, die es jetzt nicht sein zu können

Alp dieses Gespenstes nur möglich durch tiefe Einpflanzung des Bewußtseins, daß auch diese Sorge für die leibliche Existenz nicht allein und nicht zunächst auf unsern Schultern zu ruhen hat, sondern auch für dieses Ziel der Mensch nur das Seine, d. h. was Gott von ihm erwartet, tun könne und solle. Ohne dies Bewußtsein, solange der Mensch sich allein, mit seinen beschränkten Kräften, an das Joch des Strebens für das sichernde Brot geschmiedet fühlt, hat diese Sorge keine Grenzen und kann sie in der mittel-, aber auch konkurrenzreichsten Welt dem Menschen die Welt zur Wüste machen. Sie kann auch nicht nur den morgenden Tag, sondern die ganze Zukunft, die Zukunft der Kinder, der Enkel, dann der Urenkel umspannen zu müssen glauben und dem Menschen die rastlose und daher auch die rücksichtslose Eroberung eines immer größer werdenden Anteils an der Welt für sich und die Seinen als Notwendigkeit erscheinen lassen, neben welcher für andere Ziele und Zwecke kaum noch ein Raum bleibt. Nur die rückhaltlose Zuversicht auf Gott sichert die Erfüllung seines Gesetzes gegen Übertretungen aus vermeintlicher oder wirklicher Sorge für die materielle Not. Wer nicht gelernt hat, für den morgenden Tag Gott vertrauen, den wird auch die auf Jahre hinausblickende Sorge zuletzt von ihm und seinem Gesetze ablenken." „Das Bewußtsein von der Unzulänglichkeit aller menschlichen Tätigkeit läßt den gewöhnlichen Menschen nicht aus der Sorge herauskommen, treibt ihn zur Überspannung aller Kräfte, raubt ihm Ruhe und Schlaf und läßt ihn kein Stückchen Brot heiter genießen. Gerade aber dieses Bewußtsein von der Unzulänglichkeit aller Menschenbemühungen gewährt dem, der sich der fürsorgenden Liebe Gottes — gleichsam der Freundschaft Gottes — bewußt fühlt, heiteren Schlaf. Er weiß, daß wenn er auch alle seine Kräfte aufreiben würde, er doch ohne Gottes endliches Zutun nichts erreichen würde, weiß, daß Gott nur verlangt, daß der Mensch redlich das Seine tue, drum tut er das Seine, stellt aber alles, wohin des Menschen Kraft und Einsicht nicht reicht, Gott, „seinem Freunde" anheim. Was andern den Schlaf raubt, gewährt ihm Schlaf, wo

glauben,[1] und diesen Aberglauben zu zerstören, der gerade heute fast allgemeiner als je zu sein scheint, wäre eine der Hauptaufgaben des Christentums unserer Zeit. Es hat sich auch damit in den Tagen seiner Entstehung sehr ernstlich befaßt, und nicht bloß den Rat, sondern den Befehl gegeben, nicht zu sorgen, unter einer gleichzeitigen ganz positiven Anweisung, wie derselbe ausführbar sei.[2]

Diese Anweisung hat jedoch allerdings zu ihrer Voraussetzung den Glauben an Gott; ohne denselben hilft sie nichts. Unüberwindbare Sorge ist daher meistens der Beweis eines geheimen Atheismus. Es gehört zu den merkwürdigsten der vielen merkwürdigen Dinge dieses Lebens, daß so viele höchst kluge Leute diese Strafe ihr ganzes Leben

---

des andern Sorge anhebt, findet die seine ihr Ende." „Aus dem gleichen Grunde stempelt auch Gott den aus Kleinmut den Genuß des gewährten Gegenwärtigen sich versagenden oder verkümmernden Geiz zur Sünde." Es ist dies auch eine Erklärung der „sozialen Frage" und sie beweist sogar die völlige Unmöglichkeit ihrer auch nur annähernden Lösung, solange die Gesinnungen bei den besitzenden, wie den nichtbesitzenden Klassen bleiben, wie sie jetzt unter der weitaus überwiegenden Zahl derselben sind und wie sie wohl auch unter jeder andern Staatsordnung bleiben würden. Die soziale Frage wird daher bald durch die religiöse ersetzt und nur durch dieselbe gelöst werden. Vorher aber muß sie sich noch in ihrem ganzen Atheismus zeigen.

[1] Es ist stets ein Irrtum; sie gelangen damit zu unedeln und ungerechten Handlungen, die ihnen nachher viel mehr wirkliche Sorgen verursachen, als die oft bloß in der Phantasie bestehenden, denen sie damit ausweichen wollten.

[2] Ev. Matth. VI. 19. 24. 31. 33. 34.

hindurch freiwillig aushalten, während sie es besser haben könnten. Denn Gott ist treu, ein Fels, auf den man sich verlassen kann; das ist eigentlich das, was wir am sichersten von ihm wissen und am leichtesten selbst erfahren können.[1] Treue ist aber natürlich gegenseitig, und unsere Treue besteht weit weniger in irgendwelchen Leistungen oder Bekenntnissen, als gerade in der entschlossenen Ablehnung jedes Mißtrauens, jedesmal, wenn es in den mannigfachen Schwierigkeiten und Ungerechtigkeiten dieses Lebens an uns herankommen will. Das ist die deutsche Auffassung von den übersinnlichen Mächten schon gewesen, lange bevor das Christentum, oder die Kenntnis von der israelitischen Bundesidee zu den Ohren unserer tapferen Vorfahren gelangte, und wenn das Christentum nicht im höchsten Maßstabe dieser Stammeseigenschaft Rechnung getragen hätte, welche die germanischen Völkerschaften stetsfort für die schönste aller menschlichen Tugenden halten, so würden wir vielleicht noch heute, nach anderthalbtausend Jahren, versucht werden, zu den alten Göttern umzukehren. Der Unterschied besteht jetzt nur darin, daß wir das Verhältnis nicht mehr als den Bundesvertrag eines ganzen Volkes, oder nach Analogie des mittelalterlichen Lehnrechts, sondern (im Protestantismus wenigstens) als ein individuelles Verhältnis ohne jede menschlichen Analogien ansehen, die es vielmehr stets ein wenig verdunkeln. Während sein Hauptwert gerade in der völligen Reinheit, Aufrichtigkeit

---

[1] II. Mof. XXXIV, 6. V. Mof. VII, 9—12; XXXII, 4. Pfalm XVIII. Ebr. X, 23. I. Kor. I, 9; X, 13. II. Kor. I, 3—5. II. Theff. III, 3.

Schuld und Sorge. 31

und unabänderlichen Festigkeit der eigenen Empfindung
besteht, keineswegs etwa in der verstandesmäßigen Ver=
ständlichkeit für jedermann, ob er daran glauben wolle oder
nicht, oder der spekulativ=philosophischen Definierbarkeit,
oder einer ganz richtigen dogmatischen Auffassung nach den
Lehren einer Kirche. Das sind alles relative Neben=
sachen; die Hauptsache für uns ist es, einen treuen Gott
zu haben, nicht ihn erklären zu können, und wir zweifeln
keinen Augenblick, daß auch von der andern Seite die
Sache so angesehen wird. Ein germanischer Mensch, der
in des Lebens Schwierigkeiten und Sorgen verzweifelt,
begeht daher einen Verrat an seiner Nationalität und
Geschichte, und einen Selbstmord, auch wenn er nicht zur
Pistole greift.

Freilich entsteht die volle Zuversicht auf die Möglich=
keit einer Befreiung von Sorgen durch den Glauben gewiß
nur durch Erfahrung. Aber es sind doch in der Bibel
sowohl, wie in unzähligen seitherigen Schriften und Lebens=
läufen so viele positive Versicherungen[1] und Erfahrungen

---

[1] Die kräftigsten, aber lange nicht alle, sind vielleicht folgende:
III. Mos. XXVI. V. Mos. VIII; XXVIII; XXX. I. Sam. II, 6;
VII, 3; XV, 29; XXVI, 23. I. Chron. XXIII, 13. II. Chron.
XVI, 9; XXV, 8. 9. Nehemia I, 9. Hiob V, 17; XXII, 23. Die
Psalmen 1. 15. 16. 18. 23. 34. 37. 40. 43. 53. 66. 68. 73. 75. 81.
84. 89. 91. 92. 94. 103. 107. 112. 115. 117. 121. 128. 138. 142.
146. 149, besonders ist dabei das Zeugnis in Psalm 37, Vs. 25,
bemerkenswert. Sprüche XIV, 27. 32; XVI, 7. 18; XXX, 8.
Jesaias I; VIII; XXVIII; XXXII; XXXV; XL; XLI; XLIII,
XLVI; XLVIII—LXV, besonders XLV, 23 und 24; LXVI

glaubwürdiger Dritter aufgehäuft, und es sind andererseits so viele augenscheinliche Beispiele von der Unmöglichkeit einer andern Beseitigung der Sorge vorhanden, daß man füglich fragen darf: warum besteht so viel Abneigung dagegen, diese Erfahrung zu machen, was jeder Mensch eben doch selber tun und vorerst wollen muß? Warum versuchen es denn nicht die von Sorge oft bis zur Verzweiflung Gepeinigten wenigstens, statt zu sterben? Zu Strick oder Revolver ihre letzte Zuflucht nehmen können sie ja noch immer, wenn auch das ihnen mißlungen ist.[1]

12—14. Jeremias II; VI, 29. 30; VII, 23; XVII, 5—11; XXIX, 11. 12; XXX, 11; XXXII, 19. 41; XXXIII, 3; XXXVI, 28. Klagelieder III, 27—42. Hesekiel XVIII, 23. 31; XXIV, 12—14. Daniel III, 18; VI, 23. 27. Hosea X, 12; XIV. Joel II, 5. Amos V, 4. Haggai II, 9. Jona II, 8. Nahum I, 7—9. Habakuk IV, 2. Zephanja III, 16. 17. Sacharja X; XIII, 9. Maleachi II, 17; III; IV Ev. Matth. VII, 24; IX, 13; XI, 28; XIV, 20; XVII, 20; XX; XXI, 22. Markus III, 28; V, 34; IX, 23; XI, 24; XVI, 17. Lukas X, 28; XI, 36; XII, 22. 32; XVIII, 7. 8. 28—30. Johannes I, 12; VI, 35—40. 68; VIII, 12; XIV, 18. 23; XV, 7. 11; XVI, 24. 33. Ap.-Gesch. II, 26; XVI, 31—34. Röm. V, 3; VIII, 28—32. 37; X, 9; XV, 13. I. Kor. I, 6—9; X, 13. II. Kor. IV, 16; VI, 17. 18; VII, 4. 10. Eph. II, 19. Phil. IV, 4. 6. 7. 13. I. Thess. V, 9. I. Tim. VI, 9. II. Tim. II, 4—6; IV, 18. I. Petri I, 6—8; III, 13. 14; IV, 1; V, 6—10. I. Joh. II, 9. 15; IV, 15—18; V, 5. Ebr. X, 35—39; XI; XII, 6—12. Jakobus I, 2—7; V, 13. Offbg. Joh. II, 10. 17; VII, 17; XXI, 3—8. Das jüdische Volk sollte eigentlich das beständige, allen andern vor Augen stehende Beispiel eines solchen glücklichen, weil von Gott auf Adlersfittigen getragenen kleinen Volkes auf Erden sein.

[1] Der Grund ist wohl mehrenteils der, sie wollen nicht abhängig von Gott sein, weit lieber von den erbarmungslosen

Allerdings dürfen diese Versicherungen der Bibel wörtlich genommen werden nur von dem, der keine andere, ungehörige Hilfe daneben, ja auch nicht einmal eine menschliche Hilfe vorangehend sucht.[1] Wie viele Menschen gibt es aber heute, die das tun? Solange ihnen die Sonne des Glückes scheint, glauben sie an ihren „Glücksstern" mit einer Art von lächerlichem oder frevelhaftem Fatalismus, bei dem sie zwar oft ein geheimes Bangen beschleicht.[2] Denn „dieses Glück braucht viele Stützen, während das des Gottergebenen nur eine nötig hat."

Menschen. Ganz ähnlich wie manche bedrängte und unredliche Leute lieber Wucherer, als ordentliche Geldinstitute um Hilfe ansprechen. Auch das ist ein Grund von Sorgen, daß wir eigentlich lieber Gott nicht alle Tage nötig haben möchten, sondern von ihm ein Kapital zu haben wünschten, um dann seiner täglichen Hilfe nicht mehr zu bedürfen.

[1] Thomas a Kempis sagt darüber: „Mein Sohn, ich bin der Herr, der dich tröstet in den Tagen der Betrübnis. Komm zu mir, wenn dir bange ist. Eben das, daß du so spät zu mir kommst, hindert den himmlischen Trost. Denn ehe du gläubig zu mir um Hilfe schreist, suchst du noch vorher jede andere Quelle des Trostes, eine nach der andern, auf und willst immer in Dingen, die außer dir und mir sind, Hilfe finden — bis dir endlich einleuchtet, daß Ich allein es bin, der alle errettet, die auf ihn trauen, und daß außer mir es keine rechte Hilfe, keinen Rat und keine dauerhafte Errettung gibt. Also in der Lotterie spielen und Gott gleichzeitig um Hilfe anrufen, das geht auf keinen Fall. Von Niklaus von Flüe wird eine Vision erzählt: er sah eine überreiche Quelle und neben ihr eine Menge Menschen, die sich mit Arbeit abmühten, um aus dem Verdienst derselben Wasser zu kaufen und ihren Durst zu stillen, während sie nur zu schöpfen brauchten.

[2] Hiob XV, 20—25. Jesaias LXV, 11—14.

Wenn sie aber einmal Unglück und keinen menschlichen Beistand dagegen haben, werden sie an allem irre und verfallen den mancherlei „nervösen Leiden" unserer Zeit, der Schlaflosigkeit und beständigen Unruhe, die sie, und zwar meist vergeblich, in die zahllosen Heilanstalten führt. Denn „die Traurigkeit der Welt bewirkt den Tod",[1] dagegen hilft kein Nervenarzt und keine Wasserkur.

Ebenso klar, wie daß es eine Befreiung von einer **beständigen Sorge gibt**, muß dir sein, daß einzelne und sogar häufige Sorgen (bloß nicht unaufhörlich quälende und untröstlich machende) zu den **notwendigen Ereignissen** unseres Lebens gehören. Ohne Sorgen kann kein Menschenleben sein,[2] sondern **mit** Sorgen, oft sogar mit viel Sorgen, sorgenlos zu leben, **das** ist die Lebenskunst, zu der wir erzogen werden. Es ist daher auch eine alltägliche Erfahrung, daß Menschen, die zu **wenig** Sorgen haben, sich solche kaufen. Namentlich ist Reichtum, der nach Ansicht der meisten Menschen von Sorgen befreien soll, dazu nicht geeignet, sondern, wie Christus selbst es nennt, ein „Betrug",[3] und die Warnungen vor ihm, die wir so leicht zu nehmen pflegen, sind sicher nicht bloß zur Dekoration vorhanden.[4] Wir **müssen** Sorgen haben,

---

[1] II. Korr. VII, 10.

[2] Selbst Christus sagt seinen Jüngern: „in der Welt habt ihr Angst", er verheißt den Seinigen nur die Überwindung dieser angsterfüllten Welt. Ev. Joh. XIV, 27; XVI, 33.

[3] Ev. Matth. XIII, 22.

[4] Ev. Matth. VI, 19—24. Der alte Blumhardt sagt mit völligem Recht: „Man sieht es jedem Menschen augenblicklich an,

aus drei wesentlichen Gründen: Einmal um nicht übermütig und leichtfertig zu werden, die Sorgen sind das Schwergewicht an der Uhr, das ihren richtigen Gang reguliert.[1] Sodann um Mitgefühl mit andern haben zu können. Die allzu wohlgenährten, von gewöhnlichen Sorgen befreiten Leute werden leicht Egoisten, die zuletzt nicht bloß kein Mitleid mehr für die blassen Gesichter haben, sondern sie als eine Art von Unrecht, eine Störung in ihrer Behaglichkeit empfinden und förmlich hassen können.[2] Und endlich, weil sie uns allein kräftig lehren an Gott glauben und seine Hilfe suchen. Denn die Erhörung von Bitte und die daraus hervorgehende Befreiung von Sorge ist der einzige überzeugende Beweis von Gott, und ebenso die Probe von der Wahrheit des Christentums, zu welcher Christus selbst auffordert.[3] Deshalb sind die bösen Tage gut; ohne sie würden die meisten Menschen gar nie zu ernsteren Gedanken gelangen.

---

wenn er etwas hat. Das Gefühl, ich hab was, gibt dem Menschen einen ungöttlichen Ausdruck." Die Strafe dafür, daß diese Warnungen jetzt in der Christenheit gänzlich „dekorativ", bloße, nicht ernstgemeinte Predigttexte geworden sind, ist die „soziale Frage." Gottes Wort läßt sich eben nicht ungestraft verachten, sondern macht sich geltend auf jeden Fall.

[1] Unglück ist sogar meistens das einzige Rettungsmittel derer, die nicht auf dem rechten Wege sind. Richter II, 3. 21. 22; III, 2. 4.

[2] Vieles von der üblichen Entrüstung gegen den „Bettel", die wir in den Evangelien nirgends sehen, stammt aus dieser unlautern Quelle.

[3] Ev. Joh. VI, 35; VII, 17. Mark. IX, 23. Matth. XIX, 21; XVI, 25; XV, 28; XIV, 31; IX, 29; XX, 4; XXI, 22.

Ferner gehören die Befreiungen von Sorge, die Triumphtage, an denen der Mensch eine solche Bergeslast von sich abgewälzt sieht, zu den unzweifelhaft reinsten Glücksmomenten des Lebens, die Gott den Seinigen gönnen muß, wenn er ihnen wahrhaft gnädig ist.[1] Spurgeon sagt daher mit Recht in einer seiner schönsten Predigten, Gott sei, wenn man ihm recht vertraue, im Anfange besser als unsere Befürchtungen, dann besser als unsere Hoffnungen und zuletzt besser als unsere Wünsche. Die Sorge dauert für die Seinen stets nur so lange, als sie eine Aufgabe an ihnen zu erfüllen hat.

Wenn man ein wenig paradox die Wahrheit sagen wollte, so könnte man manchem Menschen, der sich stets über allerhand Kleinigkeiten beklagt, dem vieles nicht recht ist in der Welt, weder Wetter, noch Politik, noch soziale Verhältnisse, direkt auf den Kopf zu sagen: Du hast zu wenig Sorgen. Mache dir solche, sorge für andere, die zu viel haben, dann wirst du all das kränkliche, unzufriedene Wesen nicht mehr haben, oder wenigstens nicht mehr so sehr beachten, was dich jetzt unglücklich macht. Namentlich sollten sich Leute, die einen geistigen Beruf

---

[1] „Das Lächeln der Unglücklichen zeugt von Gott", hebräisches Sprichwort. Die Psalmen CXVIII, CX und CIV sind solche Siegeslieder.

„Alles dienet dir zum Heile, wenn dein Herz sich ihm ergab,
Harre eine kleine Weile, warte nur das Ende ab.
Auch das Bitterste und Schwerste dient zu deiner Seligkeit,
Sicher bist du nicht der Erste, der sein Kreuz einst benedeit."
Vgl. auch Sprüche XXVII, 7.

Schuld und Sorge. 37

haben, niemals Sorgenlosigkeit wünschen, denn sie können dann mit andern nicht wirksam reden, die Sorgen haben, ja sie in den meisten Fällen nicht einmal recht verstehen.[1]
Wir sagen also wiederholend: Die unendliche Sorge muß nicht sein, sondern dagegen ist eine Rettung vorhanden. Willst du diese nicht, nun so trage sie denn, zur Strafe. Von zeitweisen Sorgen aber mußt du dein wohlgemessenes Teil gern auf dich nehmen und durch die Kraft deines Geistes und Willens überwinden. „Zion muß durch Recht erlöst werden und seine Gefangenen durch Gerechtigkeit."[2] Das heißt, wenn sie selbst ernstlich wollen und das Ihrige redlich dazu tun; dann werden sie durch Gottes Hilfe auch äußerlich davon frei, sobald die Befreiung innerlich vor sich gegangen ist.

„Bist du so stark und geduldig geworden, daß du selbst in den Tagen, wo du des innern Trostes entbehrst, dein Herz zu noch mehreren Leiden härten und waffnen kannst, und sprichst du dir nicht selbst Recht, als hätte dieses oder

---

[1] Josua XIII, 33; XVIII, 7. Ebr. II, 17. Reichtum tut weder der Geistlichkeit, noch der Wissenschaft gut. Einen „Pfahl im Fleisch" zu haben, der nicht weggenommen wird (II. Kor. XII, 7—10), ist überhaupt nichts so Schlimmes, bei den meisten Naturen sogar etwas recht Mögliches oder Notwendiges, und zu ertragen, falls man sich ein für allemale hineinschickt und wie der Apostel die Gnade Gottes daneben spürt. Vgl. auch Matth. XVI, 24—26.

[2] Jesaias I, 27; XLIX, 24. 25. Sacharja Kap. III. II. Mos. XXXIV, 6. 7. Ein tröstlicher Gedanke ist dabei auch der, daß — da man irgend eine Schwierigkeit im Leben doch haben muß — das bekannte und bereits gewohnte Kreuz leichter zu tragen ist, als ein neues.

jenes, oder so großes Leiden nicht über dich kommen sollen, sondern anerkennst du mich für gerecht in allen meinen Fügungen und preisest mich als heilig, dann wandelst du auf der wahren und geraden Heerstraße zum Frieden und darfst ganz sicher erwarten, daß du mein Angesicht bald mit Jauchzen wieder erblicken werdest. Ja, wenn du einmal zur vollen Verschmähung deiner selbst dich durchgearbeitet hast, dann wirst du von dieser Zeit an vollkommenen Frieden genießen, soweit es in diesem Pilgerleben für die glücklichsten Menschen überhaupt möglich ist." [1]

Wir kommen damit noch auf die verschiedenen menschlichen Hilfsmittel gegen die Sorge.

Das beste ist: Geduld und Mut. „Wer sich in jeder finstern Stunde Gott ergeben kann, dem wird das Morgenlicht bald wieder aufgehen; denn seine Ergebung ist der Hahnenschrei, der den kommenden Tag anzeigt und begrüßt." [2] Es ist in der Tat von merkwürdiger Erfahrungswahrheit, wie oft alles Schwere verschwindet,

[1] Thomas a Kempis.
[2] Bischof Sailer in seiner Ausgabe des Thomas a Kempis. Thomas a Kempis selbst sagt: „Mein Sohn, Geduld und Demut im Unglück gefallen mir besser, als viel Trost und Andacht im Glück. Wie kann dich doch schon ein hartes Wort gegen dich so sehr verletzen... Du bist ein Mann, solange dir selbst nichts Unangenehmes begegnet, und weißt andern klug zu raten und Mut einzusprechen. Aber wenn plötzlich eine Drangsal vor deine eigene Türe kommt, da ist dein ganzer Vorrat an Mut und Klugheit zu Ende. Lerne deine große Gebrechlichkeit kennen, die sich so oft, selbst bei un=

sobald wir Stellung dazu genommen, es in Wirklichkeit auf uns genommen haben. Man besitzt seine allerbesten Besitz=
tümer erst, wenn man einmal im Leben genötigt war sie aufzugeben.[1] Auch kann man bei einiger Lebenserfahrung leicht bemerken, daß selbst unser Urteil über Ereignisse, die uns begegnen, oft ein anfänglich unrichtiges ist. Un=
endlich häufig erfährt man, daß anscheinend Ungünstiges und Feindliches sich später als zweckmäßig herausstellte,[2] und daß umgekehrt sogenannte glückliche Ereignisse als ungemein wenig förderſam, wenn nicht ſogar als ſchädlich sich erwieſen. Es ist daher sehr vernünftig, wenn man in ſorgenvollen Tagen sein Urteil ſuſpendieren kann, und noch mehr hilft manchmal der Gedanke, daß alles Schwere bloß immer einen Moment lang getragen wird, während schon der nächſte Moment Veränderung, oder wenigſtens neue Kraft bringt.[3]

---

bedeutenden Vorfällen, erweist." "Verliere den Mut nicht und sei ein tapferer Mann, es wird dir Trost kommen zu seiner Zeit."

[1] Die Geschichte der Aufopferung Isaaks, so unverständlich sie sonst ist, ist eine tief wahre, in jedem rechten Menschenleben mehr=
mals in den teuerſten Gütern deſſelben vorkommende.

[2] "Nichts Gutes zeigt sein beſtes Gesicht zuerst."

[3] Das aus nicht sehr frommem Munde kommende Wort: "Wo so ein Köpfchen keinen Ausweg sieht, stellt es sich gleich das Ende vor" ist auch in schweren Augenblicken tröſtlich, und ebenso ist es die Erfahrung, daß sehr vieles Schwere nicht mehr als drei Tage in voller Wucht anhält. Die nimmt man sich leicht vor auszuhalten; das wahre Schwergewicht des Unglücks besteht in der Vorstellung seiner unbegrenzten Dauer, die eine bloße Täuschung der Phantasie ist. Vgl. Psalm LXXVII, 11. Hosea VI, 2. I. Sam. II, 6. Hiob V, 18. 19.

Doch gibt es daneben auch noch einige kleinere Hilfs=
mittel, oder wenigstens Palliative, und es ist wohl der
Mühe wert, sich dieselben einmal ruhig und übersichtlich
klar zu machen, denn es ist nur zu wahr, was im zweiten
Teile des „Faust" gesagt wird, daß die Sorge durch ihren
bloßen Anhauch blendet.

Das nächste und wirksamste dieser Mittel ist die **Ar=
beit**, nicht bloß wegen ihres unmittelbaren Erfolges,
sondern weil sie den Geist beschäftigt und von dem un=
nützen Nachdenken über Dinge abzieht, die vielleicht gar
nie kommen; denn ein großer Teil der Sorge besteht aus
unbegründeter **Furcht**.[1] Die Arbeit gibt Mut und gibt
augenblickliches Vergessen auf rechtmäßige Weise, statt der
unberechtigten und verderblichen „Zerstreuungen", oder gar
des Trunkes. Sie ist der einzige wahre, erlaubte und
wohltätige Lethetrank der modernen Welt.[2]

---

[1] Daher sagt ein bekanntes schönes Herrnhuter=Lied:
„Manchmal geht's durch Dorn und Hecken,
Aber man bleibt doch nicht stecken,
Denn das meiste ist nur Schrecken,
Nichts als Sieg ist im Panier!"
Das Allernotwendigste ist oft, unsere Phantasie zu beherrschen und
einzudämmen, die uns Dinge vormalt, die gar nicht kommen, oder
wenigstens nicht so kommen. Das ist alles Versuchung.

[2] Dieses Mittel suche also zuerst auf und suche es auch nicht
weit, sondern in deinem allernächsten Lebensberuf und in deinen
nächsten Pflichten. Daher hat der nicht in der Bibel stehende
Spruch „Hilf dir selbst, so hilft dir Gott" auch seine Wahrheit.
Gott will und braucht gewissermaßen deine möglichste Kraft=
anstrengung dazu.

Schuld und Sorge. 41

Das zweite Mittel, das allerdings nur die anwenden können, denen Gott eine lebendige Persönlichkeit und nicht bloß eine Idee ist,[1] ist das Bitten und zwar zuerst bitten, bevor man mit Menschen spricht. Spurgeon sagt darüber wohl mit Recht, daß darin das Geheimnis auch des Erfolges bei den Menschen verborgen liege, nämlich die Kunst, richtig mit Menschen sprechen zu können, durch die dann Gott die Hilfe praktisch schickt. Im übrigen wollen wir hier keine Abhandlung über das Gebet schreiben.[2]

---

[1] Von Gottes Liebe können wir absolut versichert sein, wenn er überhaupt ist. Solange wir daher an seiner Existenz nicht zweifeln, ist auch kein Grund zur Verzweiflung an unserem Schicksale vorhanden. Die aber „in ihrem Herzen sprechen, es ist kein Gott", die müssen, wenn sie einmal recht in Unglück geraten, in welchem alle eigene Kraft und alle Menschenhilfe versagt, „die Hefen austrinken", und unsere Zeit scheint zu dieser plastischen Beweisführung ganz besonders berufen zu sein. Vgl. Psalm LXXV, 9. Jesaias LI, 22.

[2] Solche sind aus älteren und neueren Zeiten genügend vorhanden, z. B. eine sehr schöne von Pastor Funke in Bremen. Ein kurzes, sehr gutes Wort über das Wesen des Gebetes findet sich in der Einleitung zu den „Gebeten Israels", Frankfurt 1895. Nur eine Bemerkung sei noch beizufügen gestattet. Was der Katholizismus sehr voraus hat und was zum Teil seine Stärke bildet das sind die schöneren und stets offenen Kirchen, in welche sich eine von ihrem alltäglichen häuslichen Elend gedrückte Seele nach ihrem Bedürfen und ohne auffallend zu erscheinen auf eine kurze Weile zu jeder Tageszeit flüchten und in würdiger Stille an der fühlbaren Nähe des Ewigen wieder im eigentlichen Sinne des Wortes „erbauen", aufrichten kann, wenn ihr besseres Leben zerstört, zerbröckelt oder ins Wanken geraten ist. Während der Protestant in solchen Fällen nur die Wahl hat, entweder in Wald

Sicher ist, daß dazu einerseits Glaube, andererseits das gehört, daß der Mensch sich mit seinem vollen Willen, mit seiner ganzen, auf einen Punkt konzentrierten geistigen Kraft an Gott wende.[1] Dann gibt es jedenfalls

und Feld oder zu Menschen zu gehen, die ihm oft sehr wenig Trost gewähren können. Auch im katholischen Gottesdienst ist das Schönere das, daß er ein freies Kommen und Gehen gestattet und daß die Predigt nicht so sehr die alleinige Hauptsache ist, die daher auch in der Regel viel zu lange dauert. Eine Mehrzahl von kürzeren, faßlicheren Ansprachen und von weit weniger langen Gebeten, in Verbindung gesetzt durch eine schöne Musik, bei stets offener Türe, und mit einer wenigstens bei weitem häufigeren Möglichkeit das h. Abendmahl zu empfangen, würde den protestantischen Kultus, dem jetzt eine gewisse nüchterne Verstandesmäßigkeit anhaftet, für viele anziehender machen. Die Religion ist eben etwas nicht vollständig Aussprechbares, und dieser stille Teil muß im Kultus auch zu seinem Rechte kommen können. Wir wissen wohl, wie schwer das richtig zu verbessern sein wird, aber gesagt muß es deshalb doch werden.

[1] Jakobus I, 6. 7; IV, 2. 3. Luther sagt darüber: „Das weiß ich, so oft ich mit Ernst gebetet habe, so daß mir's rechter Ernst gewesen ist, so bin ich reichlich erhört worden; wohl hat Gott bisweilen verzogen, aber es ist dennoch kommen." Und ein noch viel gewaltigeres Zeugnis ist das, welches Cromwell bei der Parlamentseröffnung vom 22. Januar 1665 aussprach, das schon im ersten Teile des „Glück" (S. 53) angeführt ist. Es ist auch nicht bloß der Unglaube, der die meisten Menschen vom Bitten abhält, sondern entweder die irrige Meinung, daß dazu eine besondere Formalität, etwa Händefalten, Knien x., oder eine besondere Gebetsstimmung gehöre, oder die unvernünftige Erziehung, welche die Kinder zu einem gehaltlosen Beten zwingt und ihnen dadurch dasselbe lebenslang verdächtig macht. Die Bedingungen der Erfüllung enthält das Ev. Joh. XV, 7 Vgl. auch Psalm CXXVII, 2 und I. Joh. III, 22.

Schuld und Sorge. 43

Kraft[1] und es tritt neben der Erfahrung[2] öfterer Hilfe auch die ganz logische Folgerung, die schon der Apostel Paulus zieht,[3] hinzu, daß, wenn Gott dem Menschen die größten Lebensgüter schenke, er die kleineren, die zur bloßen Er=haltung des Lebens dienen, ihm auch nicht werde ver=sagen können. Es hätte wirklich keinen Sinn, einen Menschen so weit zu bringen, daß er erst ein rechter Mensch zu werden begonnen hat, und ihn dann ver=hungern zu lassen.

Ohne Zweifel aber kommt es oft vor, daß der Mensch auf die Gewährung warten, mitunter sogar lange an=

Mit Dank sollten unsere Bitten stets beginnen, nicht bloß des=halb, weil uns dadurch beruhigend ins Bewußtsein tritt, was wir noch besitzen, sondern auch weil „Dank das Kennzeichen des vollen Erlebnisses, des in den Verstand übergegangenen Glaubens ist."

[1] Sogar mitunter eine gefährliche Kraft. Es gibt viele Leute, denen aus ihrem eigenen Leben Fälle bekannt sind, wo sie mehr, als ihnen gut war, erhört wurden. Die Redensart, die man oft hört: „Heutzutage geschehen keine Wunder mehr" ist auf jeden Fall unwahr. Denn entweder hat es nie welche, d. h. mit andern Worten nie einen lebendigen Gott gegeben, der über allen Naturgesetzen steht, oder es gibt heute noch einen, so gut wie jemals, und niemand kann ihn an „Naturgesetze" binden. Die Frage muß also ganz anders gestellt werden.

[2] Jede solche Erfahrung ist zugleich eine Garantie für die Zukunft. Die Reflexion, die der König David (und nach ihm mancher andere) noch am Ende seiner Prüfungen macht, ist eine große Tor=heit des menschlichen Herzens; im Gegenteil, je mehr Hilfe schon vorhanden war, desto gesicherter darf sie auch für die Zukunft erscheinen. I. Sam. XXVII, 1. Spurgeon, Alttestam. Bilder II, 62.

[3] Römer VIII, 32.

klopfen muß, oder daß er das Erbetene überhaupt nicht erhält. Dann gehört aber vielleicht im erstern Falle auch dieses Warten zur rechten Erhörung[1] (was man freilich meistenteils erst später einsieht), und im andern bekommt man vielleicht etwas Besseres als das, was man selbst gewählt hat.

Ein drittes Mittel, gegen die ökonomische Sorge zunächst gerichtet, ist Genügsamkeit, Freude am Einfachen. Davon ist unsere jetzige Menschheit weit abgekommen, und vielen gilt fortwährend gesteigerter Genuß geradezu für den wahren Lebenszweck und ein gewisser Luxus als Erfordernis und Kennzeichen der Bildung. Es wird notwendig sein, daß unsere bürgerlichen Kreise wieder zu der Einfachheit der Lebensart und zu dem freiwilligen Verzicht auf die Philosophie des Genusses zurückkehren, die früher ihre Stärke bildeten, wenn sie die Sorge und oft noch Schlimmeres aus ihrem Leben beseitigen wollen. Jetzt sind sie die Herde einer verkehrten Lebensanschauung, mehr sogar als die höchste Klasse der Gesellschaft, geworden. Dafür hilft denn in der Tat alles Bitten nichts; für Luxusbedürfnisse ist Gott nicht zu haben, sondern für das tägliche Brot.[2]

---

[1] Die jüdischen Religionslehrer sagen übrigens im Gegenteil, daß Gott auf das Gebet des Gerechten warte. Der schönste Spruch dieser Art im Alten Testament ist Jesaias LXV, 24. Vgl. auch Daniel IX, 23. Wenn wir Mut genug hätten, so würden wir überhaupt gar nicht anders reden, als in Daniel III, 17. 18. Im Neuen Testament ist das kühnste Gleichnis über die Wirksamkeit des Betens das in Lukas Kap. XVIII gebrauchte. Eine praktische Warnung dagegen enthält Jakobus IV, 2.

[2] I. Tim. VI, 6—10. Der württembergische Pfarrer Flattich

Schuld und Sorge.

In unmittelbarer Verbindung damit stehen zwei andere große Hilfsmittel gegen die Sorge. Zunächst die rechte Sparsamkeit. Dieselbe stammt zwar nur aus dem redlichen Besitz. Mit Unrecht erworbenes Gut wird selten richtig gespart und kommt nach einem lebenswahren Sprichwort nicht auf den dritten Erben. Da nützt also Sparsamkeit nichts. Dieselbe kann aber auch sonst schädlich sein. Allzuvieles Rechnen und ein bis ins kleinste hinein ängstliches Haushalten führt zu unnötiger Sorge, und daran gehen beinahe ebensoviele Leute geistig zu Grunde, wie an dem leichtsinnigen Haushalt.[1]

Sodann der an sich nicht erklärliche Segen (oder Unsegen), der auf den Handlungen der Menschen ruht, offenbar aber mit der Befolgung der Sittengebote

erzählt darüber die schöne Anekdote von einer Hauptmannswitwe, die er in großer Verzweiflung über den plötzlichen Tod ihres Gatten fand. Auf seine tröstende Bemerkung, Gott werde sie gewiß auch fernerhin erhalten, antwortete sie ihm, das glaube sie schon, aber nicht standesgemäß, als „Hauptmännin." Die Regel, glücklich zu werden ohne Geld, steht schon längst in dem schönen 55. Kapitel des Jesaias. Versuche es einmal doch.

[1] Wir sind daher keine großen Freunde des detaillierten Haushaltungsbudgets; das macht das Leben besonders der Frauen oft fast unerträglich schwer und das der Kinder, die Freude haben müssen, zu kümmerlich, während Sprüche wie Matth. VI, 33. 34 oder Philipper IV, 6 von unserer jetzigen Bourgeoisie als ein polizeiwidriger Leichtsinn angesehen werden. Schon die ungeheure Heimlichkeit, die in diesen Familien mit dem Gelde getrieben wird, als ob das das Heiligste und Unnahbarste wäre, ist ein Fehler und ein Verderb für die Kinder, die dabei nie lernen, recht mit dem Gelde umzugehen.

zusammenhängt.[1] Ohne diesen Faktor wäre es völlig rätselhaft, wie viele Tausende von redlichen Menschen ohne Vermögen oder sichern Erwerb durch ein langes Leben kommen. Sie selbst würden es am allerwenigsten zu sagen im stande sein.

Endlich ist ein Mittel gegen die ökonomische Sorge seltsamerweise das systematische Geben. Das kennen schon die altisraelitischen Propheten;[2] in unserer Zeit ist es besonders von Georg Müller und Spurgeon neuerdings hervorgehoben worden.[3] Ob das dafür Zurückzulegende gerade der zehnte Teil alles Einkommens sei, scheint uns sehr gleichgültig; aber ein bestimmter Teil muß es sein, und keineswegs dürfen es bloße Vorsätze bleiben, die der natürliche Geiz des Menschen stets zu umgehen wissen wird.[4] Dadurch erst bekommt der Mensch überhaupt die

---

[1] III. Mos. Kap. XXVI. V Mos. Kap. XXVIII. Haggai I, 6—9; II, 16—20. Zephanja III, 5. II. Chron. XXVI, 5; XXX; XXXI, 10. 21. Ev. Matth. XX, 10. Sprüche X, 22; XII, 24. Jesaias XXVIII, 27; LVIII, 6—8.

[2] Maleachi III, 10. Sprüche III, 9—10.

[3] Der letztere hat darüber unter anderm folgende lebenswahre Stelle: „Wenn Gottes Kinder nicht ihre Pflicht tun mit den Mitteln, die er ihnen anvertraut, so gestattet er ihnen oft Aktien zu nehmen bei einer „Gesellschaft mit beschränkter Verantwortlichkeit", was dasselbe ist, als ihr Geld in einen Fluß zu werfen, oder er läßt sie Aktionäre einer bankerotten Bank werden."

[4] Wir können darin Wesleys Ansicht nicht billigen. Derselbe schrieb im letzten Jahre seines Lebens in sein Tagebuch: „I shall keep no more accounts. It must suffice that I give God all I can, that is all I have." Es ist das gewiß das Idealste, aber das Beste ist sehr oft auch der Feind des Guten. Fange daher

Neigung, sich um seine armen Mitmenschen zu kümmern, und Blick für dieselben, während sie ihm sonst nur zu oft bloß als lästige Ansprecher an etwas erscheinen, was ihm von Rechts wegen allein gehört und was er für sich selbst und die Seinigen nötig habe. Wer hingegen einen solchen Fonds besitzt, der nicht mehr ihm gehört, der sieht sich leichter nach denen um, für die er ihn gut verwenden kann, kommt dann auch mitunter der Bitte des Mundes zuvor, wenn er die stumme Bitte des Auges sieht, und das sind oft nicht die am wenigsten dankbaren Fälle.[1] Diese einzige Gewohnheit, allgemein verbreitet, würde

mit dem zwanzigsten Teil oder mit noch weniger an, wenn du willst, aber stets mit einem ganz bestimmten Teil. Das allerbeste Mittel gegen die Sorgen ist augenblicklich, sich um die anderer bekümmern zu müssen. Deshalb schickt uns oft Gott diese Gelegenheit zu, wenn wir selbst in Sorge sind. Jesaias LVIII, 6—11. Eine gute Handlung hilft am allerschnellsten.

Wohltätigkeit allein ist aber allerdings noch keine sehr große Tugend, namentlich wenn sie nur von dem Überfluß, statt des noch mehr Aufsammelns, stattfindet, oder wenn sie in der Art der alten Raubritter geübt wird, die von einem Teil ihres Raubes Kirchen und Klöster stifteten. Sie ist oft wirklich, wie Stilling sagt, nur „ein weiter Königsmantel, der ein ganzes Drachennest von Lastern bedecken soll."

[1] „Denn wer die Not erblickt und harrt der Bitte, ist böslich schon geneigt sie zu verjagen." Dante, Purgatorio XVIII, 59. Unsere Kinder werden aber eben gewöhnlich überhaupt nicht auf Geben, sondern auf Sparen und für sich Sorgen erzogen, und in vielen Kreisen ist es das höchste Lob eines Menschen, wenn er nicht bloß für sich, sondern für Kinder und Enkel so viel zusammenscharrt, daß sie von „aller Sorge befreit" sind, d. h. als Müßiggänger leben können.

die soziale Frage mehr erledigen helfen, als das ganze Gerede und Geschreibe, von dem jetzt die Welt, größtenteils fruchtlos, widerhallt.

Ein stoisches Mittel wollen wir zuletzt nennen, weil es, nach vorhergehendem Versuch aller andern, in den meisten Fällen nicht mehr nötig ist. Es besteht darin, sich das Schlimmste vorzustellen, was kommen könnte. Darin liegt in der Tat eine gewisse Beruhigung, wenigstens für den, dem dieses Mittel, wie Epiktet sich ausdrückt, „hebhaft" ist, der es verwenden kann. Die andern hingegen kann dieser Weg auch ohne Notwendigkeit zur Verzweiflung führen.

Alles das hilft jedoch nicht immer augenblicklich. Der Sorgengeist fällt einen Menschen oft an wie ein gewappneter Mann (besonders in schlaflosen Nächten) und läßt ihm keine Zeit zu sofortigem Widerstande.[1] Dann ist zunächst zu untersuchen, was die Ursache davon ist. Ist es Schuld, so muß sie sofort beseitigt werden. Ist keine gegründete Ursache vorhanden, oder ist sie körperlicher Art, so widerstehe durch auf den Körper einwirkende Mittel,

---

[1] Wenn man der Ursache nachgeht, so ist ein solcher Anfall meistens die Folge von unnötigen Luxusausgaben, überhaupt von Übermut, oder von unrichtigem Sparen, zu vielem Rechnen, habsüchtigen Gedanken, oder von Gesprächen oder Lektüre sehr glaubensloser Art. Oft aber sind es auch Schickungen, die dem Menschen das Ohr für etwas Besseres als sein gewöhnliches Leben und Streben öffnen sollen. Psalm XL, 7; LXVI, 11. 12; LI, 19; XCVII, II. II. Kor. XII, 7—10. Hirsch, Kommentar 132, 146.

Schuld und Sorge. 49

wie Schlaf, frische Luft, Bewegung, oder durch Arbeit, niemals durch bloße „Zerstreuung." Nach derselben kehrt die Sorge nur mit doppelter Gewalt zurück. Oft stärkt auch ein guter Spruch, wie etwa Apostelgeschichte XVIII, 9, oder Jesaias XXVIII, 16. 25—29; XXX, 15; XL, 31; XLIX, 15.[1]

Ist aber ein wirklich vorhandenes Leiden, nicht ein bloß in der Zukunft befürchtetes, die Ursache der Sorge, so hilft vielleicht die folgende Reflexion: Wir müssen tragen, was Gott uns auferlegt, und mit aller Stärke des Willens die Überzeugung festhalten, daß nichts ohne sein Zulassen geschehen könne und alles nach unseren wirk=

---

[1] Oder auch Jesaias XLVI, 4—11; LV, 7—9; XXVII, 7—9; XXX, 15; XXXI, 5; LX, 20; LXV, 24. Psalm XCVII, 11; CIII, 14; XXXVII, 25; L, 15. II. Kön. VI, 17. II. Chron. XX, 20. Haggai I, 6; II, 9. Ebräer XII, 11. Ev. Luk. XXII, 35. Jeremias Klagelieder III, 20—39. V Mos. XXXIII, 20. Die wahren Trost= lieder unter den Psalmen sind der 23., 37., 73., 91., 126. und 128. Ebenso gehören die 18 Lieder „von Geduld und Trost bei innerer und äußerer Trübsal" in dem Gesangbuch der Brüdergemeinde, besonders 1009 von Woltersdorf, Pfarrer in Bunzlau, † 1761, 636 von Herrnschmidt, Professor der Theologie in Halle, † 1723, und 138 von Paul Gerhardt zu den guten Trostmitteln. Doch ist das schönste, von Paul Gerhardt: „Gib dich zufrieden und sei stille" nicht dabei. Wenn wir namentlich bestimmt glauben oder wissen, daß das Ende gut sein werde, so finden wir Gemütsruhe; darauf zielen diese Versicherungen.

„Warum stets zaghaft schauen auf das, was kommen kann? Versuch's dem Herrn zu trauen, wie glücklich bist du dann! Du schaffst mit deinen Sorgen dir nur unnöt'ge Pein; Gott wird am neuen Morgen von neuem mit dir sein."

lichen Kräften bemessen sei, die wir oft selbst nicht kennen. Diese beiden Gedanken sind dann vorläufig unser Halt; wer denselben aufgibt, der gleicht in der Tat dem Manne, der an einem Seil über dem Abgrunde hängt und das Seil losläßt. Wir dürfen dabei klagen[1] — nur nicht uns selbst und auch nicht zu viel anderen Menschen, — und wir sollen dann handeln nach unserem Verstande, aber eben nicht nach ihm allein und auch nicht immer sofort, solange er durch Aufregung getrübt ist. Unter diesen Voraussetzungen kann der Mensch viel aushalten.

Es ist leicht möglich, daß zeitweise auch das sogar nicht recht zuzutreffen scheint. Das sind dann die Perioden des Lebens, in denen der eigentliche Stahl des Charakters sich herausbilden soll, der sonst nicht zu stande kommt.[2] Dann versuche wenigstens noch auf eine kurze Zeit einfach auszuhalten, einen Monat, eine Woche, drei Tage, selbst nur noch einen Tag. Nicht selten bist du am Ende solcher Termine stärker, als an ihrem Anfang,[3] und häufig ist es erfahrungsgemäß auch der Fall, daß

---

[1] Der bloße Stoizismus ist unmenschlich und ebenso falsch ist der bloße Quietismus, der gar nicht den Ausweg suchen und handeln will. Jakobus IV, 7. Das Böse ist nur den Ängstlichen gegenüber mächtig, die keinen Widerstand leisten.

[2] Jeremias VI, 29. 30. Soll das so werden bei dir?

[3] Hosea VI, 1. 2. Die Frage „Herr, wie lange?" beantwortet am besten Psalm CV, 19. 20. Es ist auch erfahrungsgemäß, daß diese Kraftproben am stärksten gehäuft sind, wenn sie ihrem Ende entgegengehen. Dann fallen die Schläge noch einmal dicht, bevor sie aufhören, und jeder Schlag hat seine Wirkung. Ein Tor, wer dann erst verzweifelt, wenn die Rettung bereits vor der

Schuld und Sorge.

von dem nämlichen Momente an, wo man sich in das scheinbar Unvermeidliche schickt und namentlich keine Menschenhilfe mehr sucht und erwartet, bereits die Besserung eintritt. Das Leiden hat dann eben seinen Zweck erfüllt.

Zum Schlusse nur noch eines: Wir wissen sehr wohl, daß man in Stunden schwerster Leidensanfechtung an allen und jeden Trostgründen irre werden und sie als ungenügend, oder gar als müßige Redensarten von Leuten ansehen kann, die nicht selbst Ähnliches gelitten haben. Das kann wahr sein, oder auch nicht.[1] Dann aber, wenn du so denkst, versuche es noch, was du für dich und die Deinen nicht mehr aushalten willst und kannst, zur Ehre Gottes zu ertragen. „Wenn du fast zur Verzweiflung getrieben und versucht bist gewaltsam Hand an dich zu legen, oder eine andere rasche und böse Tat zu tun, tue nichts dergleichen, sondern vertraue dich deinem Gott an; das wird ihm mehr Ehre bringen, als Seraphim und Cherubim ihm geben können. Der Verheißung Gottes glauben, wenn du krank, oder traurig, oder dem Tode nahe bist, das heißt: den Herrn verherrlichen." (Spurgeon.) Dieses „Gott die Ehre geben", oder „den Herrn loben", oder „seinen Namen heiligen", ist eben auch einer der

---

Türe steht. Das drückt das populäre Sprichwort aus: „Wenn die Not am größten, ist die Hilfe am nächsten."

[1] Bei dem Verfasser dieses Aufsatzes ist es nicht wahr. Es gibt aber solche „leidige Tröster", die nur mit Redensarten bei der Hand sind, bis sie Gott zum Helfen zwingt. Das Buch Hiob XII; XVI; XXI; XXVI; XLII, 7. 8 schildert sie in unübertrefflicher Weise.

vielen Ausdrücke der Bibel, die uns jetzt gänzlich aus dem wirklichen Verständnis geschwunden und zu einer leeren Formel geworden sind.[1] Gott Ehre zu machen auf Erden und für ihn noch zu leben, wenn man sonst des Lebens gerne entraten möchte, das ist die höchste aller Lebensaufgaben, und wem dieselbe zuletzt noch anvertraut wird, der soll sich darüber nicht beklagen, sondern sich schämen, wenn sie an einen dazu ganz Unwilligen gelangt ist.[2] Ist sie aber an einen Menschen gekommen, der etwas Heldenhaftes als Anlage in sich trägt, so wird er erst

[1] Wir konnten schon als Kind nicht begreifen, weshalb Gott stets soviel Lob und Ehre haben wollte, während doch die Menschen darauf verzichten sollen und wenn sie einigermaßen edlerer Art sind, auch darauf verzichten können. Eine einzige Stelle der Bibel, Daniel III, 17. 18. 28, hätte uns darüber damals mehr Licht gegeben, als der ganze geistlose Religionsunterricht, den wir erhielten. Für die heroische Seite, die in jedem Menschen vorhanden ist, haben schon Kinder Verständnis, sofern der Lehrer es auch besitzt, während aller dogmatische Befehl dem lebhaften Gefühl ihres freien Willens widerstrebt.

[2] Gott muß auch leidende Christen, selbst Unrecht leidende und „unter die Übeltäter gerechnete" haben, um sein Werk an den Menschen in jeder Richtung der Welt zeigen zu können. Es ist eine Ehre, wenn er dich dazu zeitweise erwählt. Jakobus I, 12. Ev. Luk. XXII, 37. Jesaias LIII, 12. Ein eigentlich sehr tröstlicher, für viele aber schwer zu fassender Gedanke ist auch der in I. Kön. XVII, 18 und Ev. Luk. V, 8 ausgesprochene. Das ist ganz korrekt gedacht. Je näher das göttliche Wesen einem Menschen tritt, desto mehr Vergeltung tritt ein für alles und jedes, was in ihm noch nicht ganz richtig ist. Das ist die Erklärung vieler sonst rätselhafter Leiden.

Schuld und Sorge.   53

dadurch das, was er werden konnte,[1] und das Gefühl
der größeren und gewisseren Gottesnähe kann ihn dann
in den bittersten Stunden seines Lebens so über sich
selbst hinaus erheben, daß ihm nachmals in der Erinnerung
dieselben als die schönsten erscheinen, diejenigen, denen
er sein ganzes wirkliches Lebensglück verdankt.

* * *

Schuld und Sorge hängen nahe zusammen im Menschen=
leben; daher erscheinen sie auch hier vor dem Leser als
vereinigtes Hemmnis auf dem Wege zum Glück.

Zuerst muß in der Regel die Schuld weg[2] aus dem
Leben, dann erst kann man ernstlich auch an die Beseitigung

> „Dem Schicksal kannst du nicht entfliehn,
> Drum nimm den Kelch gelassen hin
> Und trink ihn bis zur Neige.
> Du stirbst dann, bist du nur ein Knecht;
> Bist du ein Held, lebst du erst recht." (Walch.)

[1] Er kommt dann nach und nach dazu, das Leiden fast will=
kommen zu heißen, weil er darauf gewappnet ist und seine guten
Früchte aus Erfahrung kennt. Andererseits zeigt ein wenig Lebens=
erfahrung auch die stete Wandelbarkeit aller menschlichen Dinge.
Der Bischof Otto von Freysing († 1158) berichtet in seinem Buch
„von den zwei Staaten" über den Herzog Berchthold II. von
Zähringen, derselbe habe Boten, die zögerten, ihm Trauerbotschaften
zu eröffnen, dazu mit den Worten aufgemuntert: „Sprich nur,
ich weiß, daß stets Fröhliches Traurigem und Trauriges Heiterem
vorangeht; darum ist es mir gleichgültig, welches von beiden ich
zuerst vernehme." So redet ein tapferer Mann.

[2] Es ist merkwürdig, wie viel mehr der Mensch sofort aus=
halten kann, wenn er keine Schuld mehr trägt, und wie wenig im

der Sorge denken. Denn die allein wahre Sorgenlosigkeit ist nicht die natürliche Anlage eines Menschen, oder das Produkt irgend einer glücklichen äußern Situation, sondern das schwer erworbene bessere Glück, zu welchem Hiob aus seinem früheren, zufälligen Glücksstande geleitet wird.[1] Zu diesem fortan sicheren Glücke, welches der 23. Psalm sehr anmutig beschreibt,[2] sollen und können wir alle, ohne jede Ausnahme, gelangen, sobald die Pforten, an denen Schuld und Sorge als Wächter stehen, für uns durchschrittene sind.

> „Dann steht der Himmel vor uns offen,
> Es liegt die Hölle hinter uns zu;
> Wir können glauben, lieben, hoffen,
> Wir haben Freude, Fried' und Ruh,
> Für jede Bitte die Gewährung,
> Ersatz für jegliche Entbehrung,
> In Zeit und Ewigkeiten Heil
> Ist unser unverlierbar Teil."

umgekehrten Fall; die Schuld ist es, die die besten Kräfte verzehrt. Sprüche XXVII, 7.

[1] Hiob I, 5; III, 25; V, 17; XXXIII, 15—33. Jeremias XLVIII, 11. Jesaias XLVIII, 10.

[2] Nicht umsonst aber geht demselben unmittelbar voran der 22. Psalm mit seinem wohlbekannten tiefernsten Inhalt und seinen historischen Erinnerungen im Ev. Matth. XXVII, 46.

„Tröstet mein Volk."

Viele Leute, denen die mannigfachen Schäden unserer Zeit nahe gehen, ohne daß sie jedoch unter denselben gerade selbst allzu empfindlich zu leiden haben, trösten sich und andere am Schlusse einer solchen düsteren Betrachtung gerne mit einem bekannten Verse Paul Gerhardts: „Gott sitzt im Regimente und machet alles wohl."[1] Wir wissen nicht, ob der Dichter selbst den Akzent so stark auf das Wort „alles" gelegt hat, wie es jetzt gewöhnlich geschieht; soviel aber wissen wir gewiß, daß das Christentum dieser Art von Optimismus nicht huldigt.

Es wird nicht alles zuletzt gut, trotz aller menschlichen Torheit und Schlechtigkeit; sondern bis an das Ende aller menschlichen Dinge wird Gutes und Böses, Recht und Unrecht nebeneinander fortbestehen, wie dies eine an Klarheit nichts zu wünschen übrig lassende Äußerung Christi im Evangelium Matthäi XIII, 24—30. 37—42 ein für alle Male festgestellt hat.

Der Idealismus des Christentums ist weit entfernt davon ein oberflächlicher Optimismus zu sein; er besteht vielmehr darin zu glauben, daß alles wahrhaft Gute in

---

[1] In dem guten Trostliede, das mit den Worten beginnt „Befiehl du deine Wege und was dein Herze kränkt."

der Welt, wenn es auch nur in bescheidenstem Maßstabe neben der größten Macht und Gewalt entgegenstehender Lebensauffassungen vorhanden ist, von denselben niemals erdrückt werden kann, sondern sich allezeit siegreich gegen alle seine Feinde behauptet. Das ist der Trost, der seinen Anhängern, unbesorgt vor jeder Dementierung durch die nackten Tatsachen täglicher Erfahrung, gegeben werden kann, und der Sinn mancher Worte der h. Schrift,[1] welche nur zu oft in einem dem Weltsinne ähnlichen Verstande von zu erlangender äußerer Macht und Herrlichkeit ausgelegt werden, sowie einiger der schönsten und allbekanntesten Lieder aus der Kampfperiode der Reformation.[2]

Im Gegenteil, die Macht dessen, was das Christentum die „Welt" nennt, ist eine ganz gewaltige und die Verbindung aller Elemente, aus denen sie besteht, von der höchsten Prätention einer vornehmen atheistischen Philosophie bis zum niedrigsten Instinkte des brutalsten Egoismus, eine äußerst enge. Und das menschliche Herz ist so unsicher in sich selbst, bald zu übermütig, bald allzu verzagt, daß auch in dem Leben der kräftigsten Werkzeuge des Guten Stunden der Verzweiflung an ihrer Aufgabe, ja an ihrer ganzen Denkungsart vorkommen, die Gott

---

[1] Vgl. z. B. „Fürchte dich nicht, du kleine Herde, es ist des Vaters Wohlgefallen, euch das Reich zu geben", Lukas XII, 32. Was für ein Reich das ist, steht aber deutlich hernach in Lukas XVII, 20. 21.

[2] z. B. des sogenannten Feldliedes Gustav Adolfs „Verzage nicht, du Häuflein klein" (von Altenburg, Pfarrer in Erfurt, † 1640) und von Luthers Lied „Eine feste Burg ist unser Gott."

immer wieder mit einem „Fürchte dich nicht, schweige nicht" beseitigen muß.[1]

Es handelt sich bei einem Menschenleben nach Gottes Sinn, wenn wir uns in dessen Gedanken darüber, statt der unsrigen, wie wir es lieber hätten, versetzen dürfen, gar nicht darum, die Seinigen so ohne weiteres glücklich zu machen. Fruchtlos sollen sie zunächst gemacht werden, denn Kampf ist jedes rechte Leben, nicht beständige Ruhe; aber Kampf ohne Furcht, Krieg in einer guten Sache und unter einer zuverlässigen Führung, mit Heldentum, das die höchste aller menschlichen Eigenschaften und die beste aller Freuden dieser Erde ist.

Das ist der weltgeschichtliche Konflikt zwischen Gut und Böse, der in jedem einzelnen Menschenleben seine völlige Entscheidung finden muß, dagegen im ganzen und großen erst am Ende aller Dinge und auf eine uns unbekannte Weise zum Austrage gelangt. „Darum handelt es sich auf dem vorgeschobenen Posten einer individuellen Lebenserfahrung, um was es sich auch bei dem großen Reichskampf handelt, ob der in Gott ankernde Glaube die höchste sittliche Macht sei und fähig die Weltmacht des Bösen zu überwinden, zumal die Macht des Grund=

---

[1] Ap.=Gesch. XVIII, 9. I. Mos. XV, 1. Oft liegt die An= fechtung auch darin, daß man sieht, oder zu sehen glaubt, wie den Schlechten alles so gut von statten geht. Dafür sind der 37. und 73. Psalm rechte Trostgedichte eines lebenserfahrenen Dichters, und man braucht sie nur mit einem Merkzettel zu versehen, in welchem man alle eigenen entgegengesetzten Beobachtungen einträgt, so wird man schon in einem Jahrzehnt eigenen Lebens diese Erfahrungen auch heute noch hundertfach bestätigt finden.

übels der Selbstsucht. Wird auf diesem einen Punkte
der Sieg erfochten, so kommt er dem Ganzen zu gute."[1]
Vielleicht mehr sogar, als wir wissen und es jemals auf
Erden erfahren. Die Gottesgemeinschaft muß sich in
jedem einzelnen Menschenleben als die höchste Macht
auf Erden bewähren. Sie muß aber eben deshalb mit
freiem Willen gesucht und stets freiwillig festgehalten
werden, das ist das Problem des Lebens.

Um zu einer Freudigkeit dieses „Kriegs von Kind
zu Kindeskind" zu gelangen, die allerdings sehr stark
von der Morosität und halben Verzweiflung mancher
Christen der heutigen Tage absticht, ist das nächste äußere
Mittel das, daß wir ihn nicht nach eigenem Sinne führen,
sondern, wie im Militärdienst,[2] ganz genau nach Befehl.
Der innere Grund dagegen der rechten Freudigkeit, ohne
den sie nicht dauernd bestehen kann, ist das Wohnen
Gottes bei den Menschen, die Möglichkeit, die er sucht
und sogar zu unserer tiefen Beschämung „erbittet", uns

---

[1] Diese Worte, die wir durch keine prägnanteren zu ersetzen
wüßten, sind einem Vortrag von Prof. Oettli in Greifswald über
Hiob entnommen. Sehr treffend ist auch das von Zündel, „Apostel=
zeit" S. 268, Gesagte.

[2] II. Mos. XVII, 16. Es ist nicht zufällig, daß gute Militärs
sehr oft die besten, weil die einfachsten, Christen sind und daß die
allerersten und besten Anhänger Christi und der Apostel solche
waren. Vgl. Ev. Matth. VIII, 9. 10; XXVII, 54. Ap.=Gesch.
Kap. X. Christus selbst findet die Analogie zwischen wahrem
Glauben und militärischer Lebensauffassung, die der Hauptmann
anführt, zutreffend.

unbeſchadet ſeiner Heiligkeit nahe ſein zu können.[1] In dem Verſchwinden jedes Gegenſatzes gegen das Göttliche liegt die wahre Lebensfreude und der große Troſt, den es auf Erden gibt; dieſen „Frieden mit Gott", der nach und nach ſelbſt zu einer Art beſtändiger und aufrichtiger Freundſchaft werden kann, muß die menſchliche Seele er=fahren; ſonſt weiß ſie nicht, was inneres Glück iſt. Das äußere Glück iſt nur die unſchwere Folge davon; Gott tut den Menſchen gerne lauter Gutes, ſobald er es für möglich erkennt.[2] Hier liegt auch der eigentliche Grund des philoſophiſchen Atheismus, welcher heute die Religion vieler braver Leute iſt, die nicht anders denken zu können

[1] Wir möchten faſt „dürfen" ſtatt „können" ſagen. Pſalm LXXVIII, 60. Römer VIII, 9—11. I. Kor. III, 16. II. Kor. VI, 16. III. Moſ. XXVI, 12. Jeremias XXIV, 7. V Moſ. V, 29; IV, 4; XXXII, 4. Hoſea VI, 4; XI, 4; XIV, 10. Heſekiel XXXVII, 27. Ev. Joh. XIV, 10—12. 23. Offenbg. XXI, 3. Das iſt gewiß auch die einzige begreifliche Erklärung der Natur Chriſti, in welchem dieſes Wohnen im höchſten überhaupt denkbaren Grade ſtatthatte. Ev. Joh. III, 33; IV, 24; V, 20. 30; XIV, 10. 11. I. Petri 1, 16—18. Es iſt auch, beiläufig geſagt, der Grund der wahren Originalität (ſowohl der rechten, als der entgegengeſetzten, dämo=niſchen) und etwas was in geringerem Grade in jedem Menſchen ſtattfinden kann. Gottes Nähe iſt das Glück, neben dem kein Leiden empfunden wird, ſelbſt wenn es vorhanden iſt. Ebenſo kann umgekehrt der Menſch Gott zwar nicht eigentlich beleidigen (das ſind, wie ſchon die h. Catterina von Genua gut auseinanderſetzt, falſche Anwendungen menſchlicher Begriffe auf Gott), wohl aber von ſich entfernen, womit die Glücksempfindung ſtets verſchwindet.

[2] Jeremias II, 13—19; XXXII, 41; XXXIII, 9. Jeſaias LXV, 14. 24; LXVI, 12—14. Sprüche X, 22. Pſalm LXXXI und XCI.

meinen, obwohl sie es gerne tun möchten. Die natürliche menschliche Logik weiß recht wohl, daß an Gott zu glauben und ihn doch nicht in sich wohnen und unbedingt regieren zu lassen, keinen Sinn hat, und es ist eine edle Eigenschaft vieler Zweifler, die wir voll anerkennen, daß sie es nicht wagen, Gott mit bloßen Redensarten zu bedienen, sondern einsehen, daß er, einmal in die Rechnung des Lebens mitaufgenommen, ein „verzehrendes Feuer" für vieles sein würde, was in ihnen besteht und was sie aufgeben müßten, aber nicht aufgeben wollen.[1] Der Glaube ist eben eine Sache des menschlichen Wollens, nicht des Verstandes; zu diesem Wollen mit allen seinen Konsequenzen sich zu entschließen, darin liegt die Schwierigkeit, das was der Mensch selbst tun muß und was ihm auch keine Gnade ganz ersetzen kann.[2]

Was ein Mensch prinzipiell aufgeben muß, wenn Gott in ihm „wohnen" können soll, ist der Genuß, der Reichtum, die Ehre und der Verlaß auf Menschen. Was sich dagegen in ihm von selbst immer mehr verliert, wenn dieser Verzicht einmal stattgehabt hat, ist die Furcht, der Zorn, das peinigende Gefühl der Schwachheit und der Unfriede, welche das unfehlbare Erbteil und Kennzeichen der „Gottlosen" sind.[3] Das ist der Weg, und

---

[1] V Mos. IV, 24; IX, 3. Ebr. XII, 29. Jes. X, 17.

[2] Das sagt besonders schön die bekannte Stelle bei Dante, Purgatorio XXI, 58—70.

[3] Jesaias LVII, 21. Sie haben oft lange Zeit im Leben vieles Wünschenswerte, aber das haben sie nicht. Thomas a Kempis

diejenigen, welche sich um diese scharfe Ecke glauben mit ein wenig philosophischer Betrachtung, oder mit ein wenig „Herr Herr sagen" herumdrücken zu können, werden zuletzt wahrscheinlich die am meisten Betrogenen sein.[1]

Die Furcht ist vielleicht das quälendste, jedenfalls das unwürdigste und dabei trotzdem das unvermeidlichste aller menschlichen Gefühle. Denn das Leben besteht eben aus Kampf, und die natürliche Furcht davor kann kein Mensch aus sich verbannen; er kann sie nur durch höhere Gesichtspunkte in sich überwinden.

Ob das mit antik-stoischer, oder mit moderner kantischer Philosophie geschehen kann, lassen wir hier dahingestellt;[2] wir haben überhaupt nicht die Absicht, jemand diese Pfade zu verleiden. Wir sagen nur, es gibt einen sicherern und nähern Weg dazu, der weder so viel Bildung, noch so viel Charakterstärke erfordert und für jedermann, nicht bloß für eine philosophische Bildungsaristokratie vorhanden

---

sagt darüber: „Mein Sohn, ich will dir jetzt den Weg in das Land des Friedens und der wahren Freiheit zeigen: 1) Laß es dir gefallen, stets dem Willen eines andern lieber als deinem eigenen zu folgen. 2) Wähle in allen vergänglichen Dingen lieber das Wenige vor dem Vielen. 3) Setze dich lieber unten an und sei gern untertan. 4) Wünsche und bete stets, daß Gottes Wille in dir vollkommen geschehe. Wer diese Gesinnung hat, der setzt seinen Fuß in das Land des Friedens und der Ruhe."

[1] Ev. Matth. XXIII und XXV. Vgl. hiezu den spätern Aufsatz: „Die Prolegomena des Christentums." Hier sprechen wir zunächst von dem, was in uns beseitigt werden kann, nicht von dem, was von uns aufgegeben werden muß.

[2] Darüber sprechen die beiden Aufsätze „Epiktet" und „Glück" im ersten Teil.

ift.[1] Wäre dies nicht der Fall und hätte das Christentum nicht die Armen und Kleinen aus dem Staube erhoben, so wäre längst schon eine „Herrenmoral" zur ausschließ= lichen Herrschaft in der Welt gelangt, wozu sie damals auf bestem Wege war.[2]

Beides ist jetzt Übertreibung, sowohl das sentimentale Lämmleinglück, das bloß mit Christo in Empfindungen sich ergehen will, als die Beschreibungen von einem furcht= baren Tränental des Christentums, das eine unauf= hörliche Kette von Leiden und Anfechtungen sei. So ist der Weg des Christentums gar nicht; er ist sogar in Wirklichkeit viel leichter als jeder andere, denn er ver= langt nicht bloß, er schafft auch tapfere Leute, die, ent= fernt von aller Wehleidigkeit oder allzugroßer Genuß= freudigkeit selbst in rechten Dingen, wie von aller feigen Weltflucht, mitten in der Welt[3] das Panier des Guten aufrecht halten und nie an seinem Sieg verzagen.

[1] Ev. Joh. VIII, 31; VII, 17; VI, 35. 68; I, 12. Ev. Matth. XI, 25.

[2] Das war vielleicht der Kern der „Versuchung" Christi (Ev. Matth. Kap. IV); ihr unterliegen heute sehr viele auf das Großartige angelegte Geister. Das Christentum hat in dem ge= bildetsten Menschen, den es jemals gab und geben wird, einer Bildungsaristokratie auf immer entsagt. Das ist eine seiner größten Taten und zugleich der innere, vielen nicht ganz bewußte Grund einer Abneigung, die dagegen bei den Gebildeten besteht.

[3] Ev. Joh. XXI, 18. Die Jünger hatten damals offenbar die Absicht gehabt, ruhig und still zu ihrem alten Fischereigewerbe zurückzukehren. Das VIII. Kapitel des Römerbriefes und das XI. des Ebräerbriefes sind besonders der Ausdruck dieser tapfern, von aller Sentimentalität und Leidensseligkeit, aber auch von aller Furcht

„Tröstet mein Volk." 65

Dieser Mut ist das, was wir heute am meisten bedürfen und was auch das ganz sichere Zeichen eines wirklichen Christen ist.[1] Wir können ganz furchtlos werden, sowohl vor den Naturgewalten, die alle in Gottes höherer Gewalt stehen, als vor den Sorgen des täglichen Lebens, wie vor den Menschen, die ohne Gottes Zulassung auch nichts Feindliches unternehmen dürfen.[2] Fest auf Gott vertrauen in allem seinem Tun und Lassen, auch wenn man krank, oder bekümmert und fast verzweifelt an jedem guten Ausgang einer Sache ist, das ist Gott dienen, wogegen das viele und große Wesen, das mit anderem

---

freien Stimmung. Sehr schön ist namentlich an Paulus, wie wenig er sich aus Leiden und Gefahren macht, von denen wir den größern Teil nicht einmal kennen. I. Kor. XV, 32. II. Kor. IV, 8; XI, 23—27.

[1] Der Marina von Escobar, einer spanischen Heiligen, geboren 1554 zu Valladolid, wurde in einer ihrer Ekstasen gesagt: „Sei guten Muts, wenn du auch Fehler begehst, so schaffe ich dir Nutzen daraus; hüte dich nur vor der Kleinmütigkeit." Zweifellos ist die rätselhafte Macht des Bösen ebenso geschäftig im beständigen Entmutigen, als im Anreizen. Das letztere geschieht sogar meistens erst offen, wenn das erstere bis zu einem gewissen Grade schon gelungen ist. Im Kampfe mit dieser Macht ist daher nie den Mut verlieren das Wesentlichste, da es unmittelbar mit dem Glauben zusammenhängt, daß Gott der höchste Herr auf Erden sei, während die Entmutigung eine stillschweigende Anerkennung dessen ist, was der Geist dieser Welt prätendiert. Ev. Lukas IV, 6. Eine Kriegsschrift der sog. „Heilsarmee", „Le vainqueur", sagt darüber in ihrer Weise sehr drastisch, aber für die Mehrzahl der Fälle wahr: „Tout découragement vient du diable."

[2] Ev. Mark. XVI, 18. I. Mos. XXXI, 24; XXXV, 5. II. Mos. XV, 26; XIV, 14; XV, 14; XXIII, 20—22. Sprüche XVI, 7. Psalm CV, 14. 15. I. Chron. XVII, 22.

„Gottesdienst" gemacht wird, nur einen untergeordneten Wert besitzt. Daher sagt auch Luther, der diese Tapferkeit selbst in hohem Maße besaß: „Die Vernunft weiß nichts davon, wie man das Herz zufrieden stellen und trösten soll, in den Nöten, da (wenn) alle Güter, so die Welt geben kann, fehlen. Wenn aber Christus kommt, läßt Er äußerliche Widerwärtigkeiten bleiben, stärkt aber die Person, und macht aus Blödigkeit ein unerschrocken Herz, aus dem Zappeln keck, aus einem unruhigen ein friedsames, stilles Gewissen, daß ein solcher Mensch in denselben Sachen getrost, mutig und freudig ist, in welchen sonst alle Welt erschrocken ist, das ist im Tod, Schrecken der Sünde und allen Nöten, da die Welt mit ihrem Trost und Gut nicht mehr helfen kann. Das ist dann ein rechter beständiger Friede, der da ewig bleibt und unüberwindlich ist, solange das Herz an Christo hanget."

Dazu kommt dann, daß Gott „getreu" ist und niemand über sein Vermögen versucht werden läßt,[1] ja sogar vor den allergrößten Gefahren des körperlichen und sittlichen Lebens uns oft die Augen zuhält, so daß wir sie erst sehen, wenn sie vorüber sind.[2]

Unbegreiflich freilich bleibt es dabei allen denen, die das nicht selbst in schweren Zeiten erfahren haben, wie in

---

[1] I. Kor. X, 13. Jesaias XXVIII, 26—29.

[2] Jeder einigermaßen Lebenserfahrene wird das aus seinen eigenen Erinnerungen bestätigen können, natürlich wofern er auf dem rechten Wege bleibt. Wenn jemand z. B. nach Montecarlo geht, „nur um sich das Ding auch einmal ein bißchen anzusehen", so geschieht es ihm recht, wenn er ein Stück seines besten Lebens dort läßt.

„Tröstet mein Volk." 67

der größten Finsternis des Unglücks, im Innersten eines Gott zugeneigten Herzens ein stiller, heller, selbst fröhlicher Punkt bestehen bleiben kann. Daher ertragen diese Art von Menschen oft Unglaubliches und richten sich bei dem geringsten Sonnenstrahle wieder von innen heraus körperlich und geistig rasch von neuem auf, während die andern „im Unglück versinken."[1]

Ohne Zweifel aber lernt man den rechten Mut nur allmählich und in Leidenstagen und bekommt überhaupt nur durch dieselben die rechte Lebensanschauung und den größeren Typus.[2] Dergestalt, daß wohl noch kein wirklich bedeutender Mensch ohne viele Leiden durch das Leben gegangen ist, Leiden, welche die h. Schrift oft und ganz richtig mit einem Schmelzfeuer vergleicht, das nur bei dem Vorhandensein von viel edlem Metall recht heiß gemacht werden kann, dann aber auch alles Gold zu Tage bringt, das in einem Menschen ist.[3] Wer nichts leiden will, verzichtet auf die größten Gaben Gottes und begnügt sich

---

[1] Sprüche XXIV, 16. Jesaias XL, 31. Lied von Paul Gerhardt „Warum sollt' ich mich denn grämen" Nr. 670 B.-G.

[2] Sprüche I, 23. Die Bibel vergleicht daher öfter die Leiden der Guten einer „Kelterung", d. h. der Erzeugung eines weit edleren Wesens durch den scheinbar bloß zerstörenden Druck des bisherigen.

[3] Jesaias XLVIII, 10; L, 11. Jeremias VI, 29. Sacharja XIII, 9. Maleachi III, 2. 3. Wie lange die Prüfungen dauern, fragt oft die von ihnen beängstigte Seele in solchen Zeiten. Darüber gibt u. a. einige Auskunft Psalm CV, 19—20. Offenbarung II, 10 u. 11. Lukas XVIII, 6—8. Jeremias XXX, 11—14. Klaglieder III, 20—39. Die Prüfungen hören meistens ganz von selbst und gewöhnlich sogar unversehens auf, sobald das Herz „stille zu Gott" geworden ist und sie innerlich akzeptiert hat. Oft

ohne Notwendigkeit mit Geringerem; denn zu fürchten braucht er sich nicht im größten Leiden; solange er sich fürchtet, ist Unrichtiges in ihm,[1] das noch heraus muß.

Mit der Furcht geht auch der Zorn davon, der in den meisten Fällen nur versteckte Furcht ist. Die Zornigen sind nicht mutig, sondern sie fürchten sich, darauf kann man in den allermeisten Fällen ganz sicher rechnen. Namentlich die „zornigen Heiligen", die beständigen Eiferer und Agitatoren, die das Christentum noch vor seinem Lebensende durch die Macht ihres Eifers und Hasses retten zu müssen meinen, sind nur eine Abart der feigen, süßlichen, sich an alles, besonders aber an das, was hoch und vornehm in der Welt ist, akkommodierenden Leute, und das Verhalten beider stammt aus der ganz gleichen Quelle der Furcht.

Am meisten aber peinigt oft sogar noch sehr vorgeschrittene Menschen das Gefühl einer beständigen Schwachheit, das wir aus den Briefen des tapfersten aller Apostel kennen[2] und das auch jeder von uns aus

laufen sie so leise und sacht, mit einer Art von friedlichem Wohlklange aus, daß man später auf sie wie auf schöne Zeiten zurückblickt, insofern sie nicht zu schmerzliche Narben hinterließen. Ein bekanntes schönes Herrenhuterlied (636) von Herrnschmidt, Professor in Halle, † 1723, sagt darüber: „Wenn die Stunden sich gefunden, bricht die Hilf mit Macht herein, und dein Grämen zu beschämen wird es unversehens sein." Richtig aber bleibt immer, daß das Christentum etwas von einer „Anbetung des Leidens" enthält, die es dem Sinne der gewöhnlicheren Glücksucher unfaßbar macht; oder daß, wie schon Bacon es sagt, prosperity der Segen des Alten, adversity der des Neuen Testamentes ist.

[1] I. Joh. IV, 18.
[2] II. Kor. XII, 9. 10. Ebr. X, 32—39. Phil. IV, 13. Galater II, 20.

„Tröstet mein Volk."

eigener Erfahrung kennt. Mit der Besonderheit meistens, daß solche Schwächezustände oft ganz unvermutet und gerade nach den besten Tagen des innern Lebens einzutreten pflegen und die Seele dann bis zur wahren Verzweiflung nieder= beugen können.[1]

Darüber ist zunächst zum Troste solcher Gebeugten zu sagen, daß das Starke und Gewaltige in der Welt stets etwas Rohes und Ungöttliches an sich trägt, das wir selbst heute noch an hünenhaften Leuten bemerken können,[2] von denen wir unwillkürlich nie das Gefühl haben, daß sie Gott besonders gefallen. Das Christentum vollends ist keineswegs auf solche Riesen und Halbgötter angelegt.[3]

[1] I. Kön. XIX, 4. II. Mos. IV, 13. 24.

[2] I. Mos. VI, 4 und 5; X, 8. I. Chron. XIX, 4—8. Hiob XXII, 2. Psalm CXLVII, 10 u. 11. Jesaias LXVI, 2. Sprüche XXVI, 12. I. Kor. I, 25—30. Die fruchtbarste Zeit des Apostels Paulus begann, als er, nach seinem äußerlich und innerlich ver= fehlten Auftreten in Athen, in sehr gedrückter Stimmung in Korinth sich befand. I. Kor. II, 1—5. Auch heute noch wirken die sehr selbstbewußten Predigten nicht am meisten, und wenn der Leser auch dieses Argument noch freundlich aufnehmen will, so kann ihm versichert werden, daß diese Aufsätze keineswegs in glücklicher Zeit nach dem gewöhnlichen Sinne des Wortes, sondern unter viel Be= schwerden des Körpers und in großen Bekümmernissen der Seele geschrieben worden sind. In allem dem „überwinden wir zwar weit", aber nur durch den, der uns „den Sieg" gegeben hat, nicht durch die eigene Kraft. I. Kor. XV, 57. 58.

[3] Am besten können uns darüber beruhigen die Worte Christi selber in Ev. Joh. V, 19. 30. 36; XIV, 12. 24. 26; XVI, 13; XV, 5. Wir brauchen uns somit nicht zur Kraft aufzustacheln, sondern auch wir können sie — und zwar in weit höherem Grade, als es uns je möglich wäre sie in uns zu erzeugen — haben und nehmen.

Sodann ist auch der erzieherische Zweck des Schwachheitsgefühls leicht bemerklich. Der Stolz und seine, zwar viel geringere, Stiefschwester, die Eitelkeit,[1] können nur durch eine eine gewisse Zeit lang ununterbrochene Reihenfolge von schweren Schicksalen und das zuletzt daraus resultierende tiefe und dauernde Gefühl der Schwäche mit der Wurzel ausgerottet werden. Durch dieses Fegefeuer müssen die Stolzen oder Eiteln einmal im Leben gründlich hindurch, wenn etwas aus ihnen werden soll. Denn „der Herr ist hoch und sieht auf das Niedrige und kennt die Stolzen von ferne"; er kommt ihnen sicherlich niemals nahe. Wenn sogar diese Schwachheit auch den innern Fortschritt selber angeht, so ist doch kein Grund zum Verzagen vorhanden. Es ist vielmehr ein Trost in solchen innern Zweifeln wegen Schwachheit des Glaubens, daß der Apostel Paulus die Galater, welche von einem besseren inneren Leben zu einer sehr äußerlichen und geringen Auffassung der Religion zurückgewichen waren, dennoch versichern darf: „Ihr seid alle Gottes Kinder durch den Glauben an Jesum Christum."[2] Solange dieser nicht gänzlich aufgehört hat, ist auch diese Schwachheit nur eine vorübergehende Phase, die oft mehr Frucht bringt, als die im gewöhnlichen Sinne schöneren Lebenszeiten. Die Schwachheit kann aber endlich auch sogar eine Kraft sein. Das Gefühl der eigenen Stärke, so sehr es dem menschlichen Stolze schmeichelt, der in ihm beständig schwelgen möchte, ist auf dem Wege des wahren innern

---

[1] Diese gehören zu den größten Feinden des menschlichen wahren Glücks. Sprüche XVI, 18; XVIII, 12. Galater II, 6.

[2] Galater III, 26.

Fortschritts mehr hinderlich als fördernd, und die tapfersten Menschen sind nicht die, welche sich selbst am meisten vertrauen, sondern die, welche einen sicheren Anhaltspunkt an einer Kraft haben, die weit über alle Kräfte der Welt geht.[1]

Ist zuerst diese innerliche Tapferkeit in einem wohlgeprüften Menschen vorhanden, welche der gleiche Apostel seinem geistlichen Sohne Timotheus am Schlusse seines eigenen vielbewegten, sieg- und ehrenreichen Lebens empfiehlt und wozu also keine natürliche Stärke notwendig ist,[2] dann kommt nach der Verheißung der h. Schrift Friede und unerschütterliches Glück in eine bisher oft von Wellen der Angst bewegte und zuweilen ganz verzagte Seele. Zunächst, worauf es am meisten ankommt, das innere Glück, nach einer großartigen Beschreibung, die ihresgleichen an Schönheit kaum in irgend einer Literatur der Welt hat, im 40. Kapitel des Jesaias,[3] dessen Eingangsworte wir daher zur Überschrift wählten: „Tröstet, tröstet mein Volk", das „in Häusern des Friedens wohnen wird, in sichern Wohnungen und in stolzer Ruhe."[4] Beschützt von Gott, wie die Vögel mit Flügeln schützen,[5] auf Pfaden reinen Fortschritts, wo kein Löwe mehr im Wege sich befindet und keine Arbeit mehr unfruchtbar ist,[6] auf denen auch die Einfachsten sich nicht

---

[1] I. Kor. I, 25—31. II. Kor. IV, 8; XII, 9. 10. Ev. Mark. XVI, 17. 18. Ev. Joh. XVI, 33. Ap.-Gesch. 1, 8.
[2] II. Tim. II, 2—5.
[3] Zum Teil schon vom 29. Kapitel an.
[4] Jesaias XXXII, 18.
[5] Jesaias XXXI, 5.
[6] Jesaias XXXV, 8—10; LIII, 11.

mehr verirren können. Mit Zusagen des Segens für ihre Nachkommen und bis ins eigene höchste Alter,[1] mit der gerechtesten Rache gegen alle Feinde,[2] mit immerwährender Erhörung aller Bitten,[3] am Ende sogar mit einem Überfluß an Freudigkeit wie ein "voller Bach" und mit einem Trost, "wie einen Menschen seine Mutter tröstet."[4]

Die vollkommen abgeklärte Güte, das Höchste, was der Mensch überhaupt erreichen kann, ist dann zuletzt diesen "Getrösteten" der Gewinn eines Daseins voll stets wechselnder Freuden und Leiden, in welchem keine Freude gottentfremdend und kein Leiden mehr ungeduldig machend ist, sondern beide aus der gleichen Hand, wie Sonnenschein und Regen, genommen werden. Dankbar, da sie beide zu einem Leben gehören, das nun selbst zu einem Segen für andere geworden ist.[5]

Sodann aber auch das äußere Glück, soweit es nur irgendwie mit dem wahren Wohlergehen eines gottgeführten Menschen vereinbar ist, jedenfalls in weit höherem und gesicherterem Grunde, als dies bei irgend einer anderen Lebensauffassung möglich ist.[6] Ja es wird vielfach diesen

---

[1] Jesaias XLIV, 3; XLVI, 4; XLIX, 11. 26; LIV, 13.
[2] Jesaias LI, 23; LIII, 10—12; LIV, 4. 17.
[3] Jesaias LXV, 24.
[4] Jesaias LXVI, 11—14.
[5] I. Mos. XII, 2; XIV, 19. Ein Mensch, der nicht viel gelitten hat, kann nicht Segen ausströmen. Seine Worte haben noch keine rechte Wirkung, so salbungsvoll sie auch klingen.
[6] Ev. Matth. X, 29. Psalmen 23. 36. 37. 91. Psalm L, 15; XXXIV, 18—23. II. Kor. VIII, 2. Ezechiel XXXIV, 14. V. Mos. V, 29; XXVI, 18. II. Mos. XIX, 4—6. Josua XXI, 45; XXIII 6—14. Haggai II, 8. 9. Maleachi III, 14—18; IV, 2.

Menschen nun alles zum Guten gelenkt, selbst da, wo sie sich in ihren Wegen und Gedanken noch verfehlt haben.[1] Sollte das wirklich nur für die Menschen einer längst vergangenen Weltperiode geschrieben, erlebt und erfahren worden sein, die auch sonst in Ereignissen und Zuständen der unsrigen ähnlich sieht und nicht geringere äußere Gefahren eines kleinen Volkes zwischen übermächtigen Nachbaren aufzuweisen hatte? Oder dürfen wir uns das auch heute noch aneignen? Sicherlich, wenn der Gott von damals noch der von heute ist. Das aber kann versucht werden.

Wir hoffen auch, es werde in Zukunft wieder allgemeiner als bisher versucht, sobald alle andern Versuche, stille Zufriedenheit und freudige, gesunde Arbeit der Menschen ohne religiöse Grundlagen herzustellen, als gescheitert betrachtet werden und die nervenerkrankte Menschheit wieder eine wirkliche Beruhigung und einen bessern Schutz gegen den zunehmenden Lebensüberdruß begehrt, als ihn eine lediglich materialistische Lebensauffassung darbietet. Dann wird die Religion, zwar ohne jede äußere, erzwingbare Autorität, die niemals wieder in irgend einer Weise herbeigeführt werden kann, den Platz im Leben der Völker von neuem erhalten, welchen schon ein Prophet des Alten Bundes für solche Zeiten der Regeneration voraussagt.[2]

---

[1] Ap.-Gesch. XXVI, 32. I. Mos. L, 20. Richter III, 2. Psalm XXV, 10. Vgl. die Anmerkung 1 auf S. 65.

[2] Jeremias XXXI, 23—34; II, 8—19. (Vgl. auch Sacharja XIII, 8. 9.) Vielleicht, daß dann auch dem alten Volke Gottes der Sinn der letzten Weissagung seines Stammvaters in I. Mos. XLIX, 10 aufgehen kann, deren Konsequenz der Kommentar von Hirsch, S. 613, so deutlich zieht, daß eigentlich nur das letzte Wort noch fehlt.

Während sie jetzt oft eine bloße Gefühlsspielerei müßiger, oder im Weltsinne glücklicher Leute geworden, solchen aber, die ihrer in Not und Kummer als Rettungsmittel bedürften, durch Vorurteil verschlossen ist.

Viele derselben werden dennoch vielleicht in nicht sehr langer Zeit zu diesen alten, heute fast verschütteten Wasserquellen kommen, die jetzt noch weit davon entfernt sind, ihren Durst nach einer beruhigenden Lebensauffassung aber nirgends zu stillen vermögen, wo immer sie es versuchten. Denn „es werden Zeiten sein in Israel, wo kein rechter Gott, kein Priester, der da lehret, und kein Gesetz sein wird. Zu solcher Zeit wird es nicht wohl gehen dem, der aus- und eingehet. Denn es werden große Getümmel sein über alle, die auf Erden wohnen. Ein Volk wird das andere zerbrechen und eine Stadt die andere, und Gott wird sie erschrecken mit allerlei Angst."

Ihr aber, die ihr auf dem sichern Pfade zum Heil und Frieden euch befindet, „seid getrost und tut eure Hände nicht ab, denn euer Lebenswerk hat seinen Lohn."

* * *

„Deine Gnade, lieber Meister, der du unsre Hoffnung bist,
Deine Treue, Herr der Geister, bleib' und walte jede Frist
Über uns und unserm Volke, über jedem Haus und Herz,
Daß wir durch die Trübsalswolke gläubig blicken himmelwärts!
Stets noch, wenn wir selber liefen, fielen ins Verderben wir,
Sanken in des Abgrunds Tiefen; Rettung, Herr, ist nur bei dir;
Heil den Seelen, die verspürten, wie du hilfst aus Sklaverei,
Wenn uns deine Hände gürten, dann erst sind wir wahrhaft frei!
Losgelöst vom Sündentriebe, festgebunden an dein Herz,
Hochbeglückt durch deine Liebe, ziehn wir kindlich heimatwärts."

Über Menschenkenntnis.

Daß es eine für unser praktisches Leben wichtige An=
gelegenheit sei, die Menschen zu kennen und richtig
zu beurteilen, hat wohl noch nicht leicht jemand gänzlich
bezweifelt. Ob hingegen die Menschenkenntnis eine sehr
glückbringende Kenntnis sei, darüber sind die Ansichten
schon seit alter Zeit verschieden. Während die einen be=
haupten, die Menschen liebe jedenfalls nur der, welcher
sie nicht kennt, meinen andere, wie der Herzog in Goethes
Tasso, die Menschen fürchte nur, wer sie nicht kennt, und
Goethe selbst scheint sich von dieser Auffassung in einem
andern von ihm erhaltenen Ausspruche doch wieder teil=
weise zu trennen, indem er sagt, es sei zwar nichts
interessanter, als die Menschen kennen zu lernen, aber
man müsse sich davor hüten, sich selbst zu kennen.

Wir glauben unsererseits zunächst, daß alle Menschen=
kenntnis, die des eigenen Menschen eingeschlossen, nur etwas
Annäherndes erreichen kann, und daß die wirklichen
Tiefen der menschlichen Seele, namentlich die Grenzen
der Möglichkeiten zu Gut und Böse, die in ihr liegen, nur
Gott allein vollständig bekannt sind.[1] Daneben aber beruht,

---

[1] Die Psychologie wird zwar gewiß noch einer sehr wesentlichen
Ausbildung unterliegen und als ein Hauptbestandteil der künftigen

so sonderbar das im ersten Augenblicke klingen mag, die Menschenkenntnis auf einem Grunde von Pessimismus, verbunden mit einem bedeutenden Grade von Menschen= liebe. Wer die Menschen für etwas Vorzügliches und Großes, nicht bloß dem Berufe und der teilweisen Anlage nach, sondern auch der Kraft dazu und der Ausführung nach hält, der wird, wenn er nur einigermaßen klug ist, seine Lebenserfahrungen mit Enttäuschung abschließen.[1] Wogegen ebenfalls erfahrungsgemäß die vollkommensten Menschenkenner (Christus selbst an ihrer Spitze)[2] immer Menschenfreunde sind. Denn sie betrachten den Menschen als ein zwar durchaus nicht frei= und edelgeborenes, aber zu Freiheit und zu edler Lebensgestaltung berufenes Wesen und können ihn daher trotz, ja man möchte sogar sagen, wegen seiner Mängel lieben, weil eben der Liebe, wenig= stens so wie sie auf Erden und für die Erde besteht, das Bedürfnis des Erbarmens, Rettens und Wohltuns un= mittelbar innewohnt.

Daraus ergibt sich die erste Voraussetzung aller Menschenkenntnis. Dieselbe ist nur möglich bei einer sehr bedeutenden Unabhängigkeit und Bedürfnislosigkeit des Beobachters, beziehungsweise bei einer möglichst großen Abwesenheit alles Egoismus seinerseits. Wer von den

Philosophie anzusehen sein, dennoch aber stets ein unvollkom= menes Wissen bleiben; ebenso und vielleicht noch in höherem Grade die Psychiatrie.

[1] Dieses Schicksal haben fast alle sogenannten „Menschen= freunde" ohne religiöse Grundlage.

[2] Ev. Joh. I, 48; IV, 19; II, 24. 25.

Menschen viel für sich wünscht, wird stets durch dieses Interesse verblendet werden, und wer sie notwendig braucht, wird sie stets auch fürchten. Wer hingegen für sie eher etwas leisten als von ihnen etwas empfangen will, der allein kann sie ohne Furcht und übermäßige Neigung wirklich kennen lernen, wie sie sind und diese Kenntnis auch in ihren schlimmsten Partien ohne den Menschenhaß ertragen, zu dem sonst jeder sehr leicht gelangt, der kein Schwächling ist. Ein gründlicher Menschenkenner ohne Liebe[1] wäre auch in der Tat unerträglich; die Abneigung gegen solche, die es zu sein behaupten und daneben doch Menschenhasser sind, ist eine ganz natürliche, in einem Rechte der Selbstverteidigung begründete. Das Gebäude deines Glückes, Leser, stelle daher nicht auf die Menschenkenntnis, sondern wünsche nur die Menschen richtig beurteilen zu lernen, um ihr Glück richtiger befördern zu können. Mit einer andern Gesinnung würdest du auch nie zu erheblichen Erfolgen in dieser Kunst gelangen.[2]

---

[1] Es gibt aber solche tatsächlich nicht; lieblose Menschen sind immer durchaus befangen in ihren Urteilen und lassen sich am leichtesten von allen Menschen von solchen täuschen, die ihnen in der Kunst, die Menschen für sich zu benützen, noch überlegen sind.

[2] Aus diesem Grunde sind alle die Betrachtungen über den Umgang mit Menschen, welche entweder bloß auf der Grundlage der sogenannten „Humanität" beruhen, oder welche die Menschenkenntnis zu egoistischen Zwecken lehren wollen, nicht sehr viel wert. Das letztere ist namentlich gegen das s. Z. berühmte Büchlein des 1796 verstorbenen Freiherrn von Knigge „Über den Umgang mit Menschen", wie auch gegen Zimmermanns „Einsamkeit" (1775 und 1784) einzuwenden. Unsere Großväter kannten überhaupt die

Der erste Schritt zur Menschenkenntnis, soweit sie überhaupt möglich ist, ist (ganz im Gegensatze zu Goethes Ansicht) Selbstkenntnis und Selbstverbesserung, der zweite der Entschluß, die Menschen um ihret=, nicht um seinet= willen kennen zu lernen. Sodann aber muß man drittens, wie schon oben gesagt, eine ganz vollständige Kenntnis eines so komplizierten Wesens, das sich selbst nicht ein= mal, oder höchstens sehr spät einigermaßen kennen lernt, und bei dem kein einziges Individuum dem andern völlig gleicht, nicht erwarten, sondern sich vielmehr mit einer Anzahl von Erfahrungsresultaten begnügen, von denen wir später versuchen wollen, einige dem Leser, zu eigener Überlegung und Ergänzung, vorzuschlagen.

Das eigentliche Geheimnis der Menschenkenntnis ist ein lauteres, von Eitelkeit möglichst freies Herz; solche Leute gewinnen allmählich einen Scharfblick, der durch alle Hüllen geht.[1] Die Schwierigkeit der Menschenkenntnis

---

Menschen nicht sehr gut. Nicht allein die Führer der französischen Revolution, sondern alle damaligen Schriftsteller haben entweder eine sentimentale Schwärmerei für sie, oder einen finsteren und unbegründeten Menschenhaß, manchmal beides abwechselnd.

[1] Schon der Chinese Laotse (600 v. Chr.) sagte: „Menschen= liebe und Freiheit von Ehrgeiz machen frei und unbefangen vor den Menschen." Nur ein für sich nichts wollender und suchender Geist kann Menschen und Zustände in wahrer Objektivität ver= stehen. Vgl. auch Sprüche XX, 12; XXI, 2. 21. 30; XXII, 10. Freilich ist damit der Weg dazu noch nicht gezeigt. Das richtige Verhältnis zu den Menschen und die Freude an ihnen ohne egoist= ische Hintergedanken entsteht nur durch die göttliche Liebe. Der natürliche Mensch fürchtet den Nebenmenschen und liebt ihn nur

besteht nicht in den Feinheiten einer Wissenschaft, der „Psychologie", sondern nur in der Schwierigkeit eigener Selbstlosigkeit. Man kennt alle die Menschen nicht, von denen man etwas zu hoffen oder zu fürchten hat, denen man nicht unbefangen gegenübersteht.

Auch die prophetische Gabe ist gar nichts anderes, als ein noch verschärfter, ganz richtiger Blick in die menschlichen Verhältnisse, ihre Ursachen und Wirkungen, der jedem Menschen innewohnt, welcher sich in hohem Grade frei von sich selbst gemacht hat; während die Selbstsucht wie ein Nebelschleier ist, der dieses Sehen verhindert, welches sonst an und für sich vorhanden wäre.

Den Umgang mit Menschen, der auf ihrer richtigen Beurteilung beruht, lernt man daher auch nicht sowohl durch häufigen Verkehr mit ihnen, wie manche Leute glauben, als in erster Linie vielmehr durch denjenigen mit Gott. Steht man in demselben, so fängt man erst an, Gute und Böse mehr mit den gerechten Augen Gottes zu betrachten, der seine Sonne über beide scheinen läßt, während man, ohne Vertrauen auf Gott, stets mehr oder weniger auf Menschen rechnen muß und dann stets Enttäuschungen an ihnen erleben wird.

---

entweder aus egoistischen Ursachen, oder auf Gegenseitigkeit. Die göttliche Liebe ist aber eine der größten Gnaden Gottes, die man sich nicht selbst geben oder verschaffen kann; sie kommt, wenn man den Willen Gott übergeben hat, so daß er uns führen kann, wie er will, und es geht vorher durch die „Wüste der Vernichtigung" hindurch, wie die Mystiker des Mittelalters es nennen, und durch einen wahren Glutofen der Schmelzung des bisherigen harten Herzens.

In den Menschen, zumal in den bessern, ist ferner ein Bedürfnis der Verehrung vorhanden. Diejenigen unter ihnen, welche dabei nichts Übersinnliches verehren können, machen sich bedeutende Menschen nach ihrer Phantasie zurecht und verlieren in dieser Selbsttäuschung nicht bloß allen Sinn für wirkliche Menschenkenntnis, sondern fügen auch den von ihnen Verehrten, wofern sie noch am Leben und selbst nicht gute Menschenkenner sind, Schaden zu. Sobald der Glaube an Gott fehlt, ist der Heroenkultus, mit allen seinen Nachteilen für die innere und äußere Freiheit der Menschheit, unvermeidlich.[1]

Es kann das übrigens jedermann an sich selbst erproben. So oft er mit Gott in rechtem Frieden sich befindet, so oft werden ihm sofort die Menschen nach der Seite hin, nach der man sie gewöhnlich am meisten zu schätzen pflegt, nämlich nach der Seite des Empfangens von ihnen, gleichgültiger, und man könnte sich leicht ganz von ihnen absondern, wenn nicht das Geben bliebe. Deshalb sind aber auch alle antike und mittelalterliche Einsiedelei,

---

[1] Das geht aber gegen das erste Gebot: „Du sollst keine Götter haben neben mir", und der antike „Neid der Götter", der sich gegen solche Verehrte wendet, ist nur ein Ausdruck für das ganz richtige Gefühl jedes ernsten Menschen, daß das nicht in der Ordnung ist. Dieser Kultus ist daher auch bei jedem einzelnen Menschen ein ganz sicheres Indizium, daß es mit seinem Gottesglauben noch nicht ganz richtig steht. Andererseits liegt die wahre Qualifikation zu einem Herrscher unter den Menschen und daher zu einer legitimen Verehrung ausschließlich in der Abwesenheit der Selbstsucht. I. Mos. XXI, 22; XXIII, 6; XXVI, 20—29. Egoisten sind nie von Gottes Gnaden.

wie aller moderne Pessimismus, oder weltschmerzliche Aristo=
kratismus in ihren Beweggründen stets etwas verdächtig.
Es steckt meistens Verdruß über Nichtempfangenes, oder
Unlust zum Geben dahinter. Das empfinden auch die
andern, und darum sind sie im ganzen solchen Zurück=
gezogenen nicht übermäßig geneigt.

Denn für nichts haben die Menschen einen feineren
Instinkt und eine größere innere Abneigung als für die
Selbstsucht. Auch die Einfachsten, ja schon die kleinen
Kinder und sogar die Tiere, finden sie rasch heraus, trotz
allem Schein, mit dem sie sich umgibt. Wer einen starken
Einfluß auf die Menschen gewinnen will, der nicht auf
schlechten (und daher nicht dauernden) Motiven beruht, der
muß schlechterdings nicht viel an sich denken und wenig
für sich suchen. Das ist der sicherste Weg dazu. Deshalb
lieben die Kinder sehr oft die Großeltern mehr als die
Eltern, weil sie fühlen, daß deren Liebe noch selbstloser ist.
Die Eltern haben eben noch zu viel mit sich zu tun.
Auch die ärgsten Pessimisten suchen noch Liebe und allen
Egoisten ist es im Grunde nicht Ernst mit ihrem Lobe
des Egoismus. Aber sie verzweifeln am Anderskönnen
und lassen sich auch von anderen nur durch die fortgesetzte
Tat belehren; die bloßen Redensarten von Liebe sind
ihnen längst geläufig und sie schätzen sie nach ihrem durch=
schnittlich richtigen Wert. Man sollte daher mit ihnen
gar nicht viel von Liebe sprechen; das wird nur miß=
verstanden, sondern höchstens von Freundlichkeit und all=
gemeinem Wohlwollen; es scheint weniger und ist mehr.
Das ist auch das, was absolut nötig ist, um in der Welt

ohne Ekel an derselben zu leben, und was man sich daher um jeden Preis aneignen muß.

Ein Hauptpunkt für die Menschenkenntnis in Bezug auf das einzelne Individuum ist die Kenntnis seiner Herkunft. Namentlich Frauen folgen fast ausnahmslos dem Charakter ihrer Familie, Söhne in der Regel dem der Mutter, oder des mütterlichen Großvaters, Töchter eher dem väterlichen Stamme. Das Sprichwort „Der Apfel fällt nicht weit vom Stamm" bezeichnet daher in der Tat eine starke Präsumtion. Nur kennt man oft den Stamm nicht hinreichend und mit Gottes Gnade kann ein Mensch auch eine schlechte Ahnenreihe durchbrechen; ebenso gibt es sicherlich keine diese Gnade und die menschliche Willensfreiheit völlig aufhebenden „erblichen Belastungen." Die Annahme eines solchen unabänderlichen Schicksals ist eine der größten Gotteslästerungen, deren sich ein Mensch schuldig machen kann. Dagegen ist in obigem beschränktem Sinne eine gewisse aristokratische Anschauung berechtigt. Einzelne bedeutende Eigenschaften eines Menschen, wie Mut, richtiges Selbstgefühl, natürliche Freiheit von Menschenfurcht, feinerer Geschmack in der ganzen Lebensführung, wachsen in der Regel nicht in der ersten Generation vom Joche der Sklaverei oder Unterdrückung soeben erst befreiter Menschen; dazu gehört schon eine Vererbung.[1] Daher sind auch alle großen Bahnbrecher politischer und geistiger Freiheit selten aus der untersten Volksschichte gekommen,

---

[1] Ich habe wenigstens noch keinen Sohn sehr kleiner Leute gesehen, der nicht einen geheimen Respekt vor Adel und Reichtum hatte.

sondern aus einer bereits vorgebildeten Mittelschicht, oft genug sogar aus der Aristokratie selber. Es ist daher auch ein großer Fehler, beinahe ein Vergehen gegen seine Nachkommen, wenn ein höher gebildeter Mensch unter seinem Bildungsstande heiratet. Er geht dadurch wieder um eine Stufe zurück.[1]

Dabei ist aber eine gewisse Gerechtigkeit gegen sich selbst und andere wohl am Platze, die namentlich Eltern und Erzieher oft vergessen. Niemand kann leicht seine natürliche Anlage gänzlich umwandeln, viel leichter sie veredeln in ihrer Art. Das heißt: der Phlegmatische kann zur edeln Ruhe der Weisheit gelangen, der Lebhafte zur aufopfernden Tätigkeit für andere, der Cholerische zum kraftvollen Einstehen für alles Große. Falsche Beurteilung dieses Naturells, oder Versuche, es zu brechen, führen gewöhnlich zu kläglicher Halbheit, wo etwas Ganzes daraus hätte entstehen können.

Die Menschen lernt man nur da recht kennen, wo sie tätig sind, die Männer im Beruf, die Frauen in ihrem Hauswesen; beide am besten in Schwierigkeiten und Sorgen, am wenigsten in der Geselligkeit, namentlich etwa in Bädern und Sommerfrischen. Die Bekanntschaften, die man da macht, erweisen sich später oft als verfehlt. Es ist das überhaupt eine ungesunde Art des modernen Verkehrs. Man wird nicht bekannt miteinander und doch bekannt,

---

[1] Aus diesem Gesichtspunkte verlor nach altdeutschem Recht ein Freiherr seinen Stand, wenn er eine Ungenossenehe einging, und seine Kinder folgten auch der „ärgern Hand"

wenn man alle Tage zusammen lebt und ißt. Man kann sich nicht ganz zurückhalten, ohne hochmütig zu erscheinen, und sich nicht ganz geben, ohne Gefahr Verbindungen anzuknüpfen, die man sonst vermieden haben würde.

Am leichtesten werden die Menschen an dem erkannt, was sie als ihres Lebens eigentliches Strebeziel betrachten. Besteht dies in Macht, oder Genuß, so ist ihnen nicht gänzlich zu trauen.

Im höheren Alter stellt sich gewöhnlich das Lebens= bild der Menschen viel deutlicher heraus, als früher. Die wirkliche Frömmigkeit zeigt sich im geduldigen Ertragen der mannigfachen Altersbeschwerden, die falsche in Un= geduld und in einer immer formaler werdenden Religion. Der Geiz, der Neid, die Habsucht, der Ehrgeiz, der Zorn, auch selbst mitunter die verborgene sinnliche Genußsucht treten mit elementarer, unbezweifelbarer Gewalt zu Tage, als die in diesem Leben herrschenden Mächte, und der Mensch richtet sich selbst noch vor seinen Lebensgenossen. Selten führt jemand, wie Augustus, eine „Rolle" bis zum Ende durch, und auch diesem großen Schauspieler ist sie ja nicht gelungen. Ebenso kann niemand Cromwells letztes Gebet[1] gelesen haben und ihn noch für einen Heuchler halten, falls er nicht selbst einer ist.

Auch zur Menschenkenntnis endlich gehören Leiden. Bei jedem großen Leiden offenbaren sich die Gedanken der Menschen und tun sich, wie Bischof Sailer sagt, viele

[1] Letters and speeches of Oliver Cromwell II, pag. 666.

„sonst fest verschlossene Gemüter auf." Der Neid kommt zu Tage, der sich freut, wie der Edelmut, der hilft, und die Gleichgültigkeit, die vorbeigeht. Wer das nicht einmal im Leben gründlich selbst erfahren hat, der kennt die Menschen nicht. Die größte Gefahr im ersten Teile des Lebens, wenn noch wenig Erfahrung vorhanden ist, in Bezug auf die Menschen ist daher die, daß man sie zu wichtig nimmt, im zweiten, daß sie einem zu gleichgültig werden.

Es gibt schließlich allerdings noch eine ganz andere Quelle der Menschenkenntnis, die aber niemandem zu wünschen ist, der sie nicht kennt, nämlich die in nervösen Zuständen vorhandene. Da spürt man körperlich ganz deutlich die Art von Geist, die in einem anderen Menschen ist, von denen der eine auf den kranken Menschen beruhigend und erfrischend wie klares Wasser, der andere aber aufregend und beängstigend wirkt. Das ist die Menschenkenntnis, welche die h. Schrift „Besessenen" zuschreibt.[1] Es sind das aber krankhafte Zustände, die nicht bestehen sollen und mit denen man sich auch nicht ohne Not einlassen soll.

---

[1] Markus III, 11; V, 7. Ap.-Gesch. XVI, 16—19. Dergleichen kommt auch heute noch vor, ist aber geistig wie körperlich ungesund, und wofern es zur Schaustellung oder zum Geldgewinn benützt wird, frevelhaft.

Einige Erfahrungssätze der Menschenkenntnis sind folgende:

Wie die Höflichkeit, so zeigt sich auch die wirkliche Ehrlichkeit der Menschen bei ihrem Verfahren in kleinen Sachen.[1] Dieses stammt aus einer moralischen Grundlage, während Ehrlichkeit im größern Stil oft bloße Gewohnheit oder Klugheit ist und noch nicht über den Charakter eines Menschen Aufschluß gibt.

Eitelkeit und Ehrgeiz sind immer ein schlimmes Anzeichen, denn beide beruhen im Grunde auf einer Selbstverurteilung, die die mangelnde innere Befriedigung durch den äußern Schein, oder das günstige Urteil anderer ersetzen will. Gründliche Pessimisten sind stets eitel. Sie geben durch ihren Pessimismus mehr oder weniger deutlich zu verstehen, daß sie selbst eigentlich eine Ausnahme von diesem schlechten Menschenpack wären, wenn sie auf Verständnis ihrer Art rechnen könnten.

Dem überbescheidenen Wesen, namentlich aber der Selbstironisierung, ist nie zu trauen; meistens steckt eine starke Dosis von Eitelkeit und Ehrgeiz dahinter. Wahrhaft bescheidene Menschen sprechen überhaupt nicht von sich, weder Gutes noch Böses, und verlangen gar nicht, daß man sich mit ihrer Person beschäftige. Eitle suchen dagegen oft auf dem scheinbar bescheidenen Wege einer Selbstverurteilung die Aufmerksamkeit auf sich zu lenken, oder gar Komplimente zu erhaschen.

---

[1] Ev. Luk. XVI, 10.

Gutmütige Hilfsbereitschaft ist ein sicheres Zeichen eines guten,[1] Grausamkeit gegen Tiere und Spottsucht ein sicheres Zeichen eines schlechten Charakters.

Einer der besten Prüfsteine für das Vorhandensein von wirklichem Edelmut ist das Verhalten der Menschen gegenüber lange andauerndem, oder ganz hoffnungslosem Unglück; diejenigen, die wenig davon besitzen, ermüden und überlassen bald den Unglücklichen seinem Schicksal, etwa noch gar mit der schönen Redensart, „man müsse ihn mit seinem Gott allein lassen"; die andern, welche mit ihrer wahren Teilnahme dennoch aushalten, bestehen die höchste Probe der uneigensüchtigen Menschenliebe.

Gewöhnlich sind es einfache, arme Leute, während die Gebildeten und die Reichen sich ihr weit seltener gewachsen zeigen. Überhaupt wohnt natürlicher Edelmut, die schätzbarste aller natürlichen Eigenschaften der Menschen, weit mehr in den unteren Klassen und die „Edelsten der Nationen" sind anderswo zu suchen, als da, wo man sie nach gewöhnlicher Sprechweise anzunehmen pflegt.

---

[1] Hilfbereitschaft ist eine schöne Eigenschaft der unteren Stände, die oberen sind nicht halb so dienstfertig. Die Art und Weise, wie in großen Städten gebildete Menschen selbst in den gemeinsam bewohnten Häusern an Geringeren unfreundlich vorübergehen, ist einfach unmenschlich und roh, nicht bloß unchristlich. Der natürliche Edelmut, den oft Vagabunden und „Lumpen", im gewöhnlichen Weltsinne, besitzen, während ganz gebildete Leute daran gänzlich Mangel leiden, ist eigentlich der Hauptunterschied unter den Menschen, solange nicht die religiöse Umwandlung in ihnen vorgegangen ist, die das Christentum eine „Wiedergeburt" nennt.

Die schlechteste Charaktereigenschaft eines Menschen ist natürliche Untreue. Daneben helfen alle sonstigen sogenannten guten Eigenschaften nichts, sie machen ihn nur gefährlicher; während die Treue auch mit den allerschlimmsten aussöhnt.[1]

Ein deutliches Kennzeichen eines im Grunde unedeln Menschen ist ferner Undankbarkeit. Sie stellt ihn unter die edleren Tiere, die alle dankbar sind. Eine besonders häßliche Form dieser Eigenschaft ist die, welche sich, um dem Dank von vornherein auszuweichen, den Anschein gibt, als sei die Annahme von Wohltaten eine Überwindung von seiten des Empfängers und daher eine Ehre für den Geber, für die er noch verbunden sein müsse. Empfangene Wohltaten machen überhaupt nur edelgesinnte Leute dankbar; die andern suchen baldmöglichst einen Vorwand, um sich diesem sie drückenden Gefühle zu entziehen. Namentlich wird die Rückgabe entlehnten Geldes von unedeln Menschen als ein Verdienst ihrerseits betrachtet, für das ihnen der Gläubiger zeitlebens Dank schulde.

Am meisten kommt es bei der richtigen Schätzung der Menschen auf das Kaliber an, das sie besitzen. Das kann man jedoch den Menschen auch durch die beste

---

[1] Sie ist die großartigste Eigenschaft der deutschen Stammesgenossenschaft, die selbst den wilden Hagen des Nibelungenliedes noch erträglich macht. Sie ist auch das sicherste Zeichen geistiger Gesundheit. Wer nicht treu sein kann, der befindet sich in geistigem Verfall.

Erziehung und die höchste Bildung nicht geben, sondern es ist Naturanlage; aus einer jungen Katze wird nie ein Löwe, so ähnlich sie sich anfangs sehen. Nur erhöhen läßt sich das vorhandene Kaliber durch große Lebensschicksale, schwere Leiden und sehr guten Umgang, namentlich durch treue und sehr gut veranlagte Freunde und durch richtige Ehen. Man muß sich daher hüten, manchen Menschen unrecht zu tun dadurch, daß man sie willkürlich zu hoch taxiert und von ihnen zu viel verlangt.[1] Sie können es nicht leisten, sind aber in ihrer Art vielleicht doch gute, treue Menschen, an denen man etwas hat und die oft mehr ausrichten, als wenn sie sich bedeutender machen wollten, als sie sind.

Man muß niemals Menschen persönlich kennen zu lernen suchen, denen man unbedingt ergeben, oder unbedingt gegensätzlich bleiben will. Man wird in beiden Fällen leicht dekonzertiert durch Eigenschaften, die der vorgefaßten Meinung widersprechen. Aus dem gleichen Grunde muß man seine Feinde persönlich kennen lernen und seine Freunde nicht zu häufig sehen.

---

[1] Die erste Regel bleibt immer, mit ganz verschieden denkenden Menschen sich in keine näheren Verbindungen einzulassen, wenn man es vermeiden kann; die zweite aber ist die: jedes Geschöpf nach den Möglichkeiten, die in ihm liegen, zu behandeln und nicht Tiger zu Schoßhündchen zu erziehen, oder Büffel zum Tanzen bewegen zu wollen, wogegen sie sich, mit einem gewissen Rechte ihrer Natur, auflehnen. Es ist dies ein Fehler der Deutschen, den sie im Verkehr mit andern Nationen ganz gewöhnlich begehen.

Der Ruf eines Menschen ist für seine Beurteilung nicht unbedingt maßgebend. Namentlich sind oft berühmte Leute anders, als man sie sich darnach vorstellt. Im ganzen genommen aber geht doch das öffentliche Urteil über einen Menschen selten ganz fehl und ist ein sehr wichtiger Faktor für seine Kenntnis. Namentlich eine völlige Verkennung eines guten Menschen bis an sein Lebensende kommt nicht vor. Die öffentliche Meinung über derselben sehr ausgesetzte Menschen ist überhaupt wohl, wie eine Wasserfläche, steter Fluktuation ausgesetzt, aber sie hat doch das Bestreben, das nicht beseitigt werden kann, immer wieder in die richtige Lage zurückzukehren.

Bei allen guten Menschen kann man darauf rechnen, daß sie eine aristokratische Natur haben. Die Demokratie ist eine richtige politische Überzeugung, wenn sie aber Naturanlage ist, nicht vorteilhaft.

Von Charakteranlage gute Menschen lernt man am besten kennen in den Zeiten ihres Leidens, denn dann treten die Möglichkeiten ihres Wesens offener zu Tage; geringwertige im Glück und an der Art ihrer Vergnügungen.

Alle prinzipiellen Menschenhasser sind selbst Egoisten. Dagegen ist es allerdings erfahrungsgemäß, daß man an allen, auch an den besten Menschen Enttäuschungen erleben kann, an den Gebildeten noch mehr als an den Einfachen. Verlassen soll man sich überhaupt nicht unbedingt auf

Menschen,[1] und die allerbesten und zuverlässigsten Freund=
schaften sind die, welche entweder aus Feindschaft hervor=
gegangen sind, oder die einmal (aber nicht zweimal)
zerbrochen waren.[2] Denn dann allein sieht man auch die
Schattenseite des Freundes und kann sie fortan ertragen.
Dagegen gehört ein öfterer Wechsel von Freundschaft und
Gegnerschaft zu den Anzeichen eines geringen Charakters.[3]

Daß man Freunde nur in der Not kennen lernt
und daß man solche, die sich dann nicht bewähren, still=
schweigend und sanft entlassen muß, daß ist eine Wahr=
heit, die fast zu trivial ist, um noch einmal ausgesprochen
zu werden.[4]

[1] Das landläufige Sprichwort von den „Freunden in der Not"
ist leider von großer Lebenswahrheit. Erst sobald man sie nicht
mehr braucht, sind sie sogleich wieder bei der Hand. Das Gedicht
„Hiob" beschreibt dies schon sehr richtig vor Tausenden von Jahren.
Vgl. Kap. XII; XVI und XLII, Vers 10 und 11. Es gehört zu
den Hauptlebensregeln, die der Jugend eingeprägt werden sollten,
die Menschen am meisten zu lieben, wenn sie es am nötigsten
haben. Kein menschliches Band ist so fest, als gemeinsam und treu
verbundene getragene Leiden, und keine Freundschaft ist gewiß, die
eine solche Prüfung nicht schon bestanden hat.

[2] Wie man zu sagen pflegt, daß gesprungene Tassen am längsten
halten, so sind geleimte Freundschaften oft die haltbarsten, viel=
leicht auch weil man nun besser Sorge zu ihnen trägt. Dagegen ist
es mit der Liebe keineswegs so; bei derselben wächst ein förmlicher
Bruch nicht mehr ganz zusammen und daher sollte auch das Ver=
hältnis des Menschen zu Gott, das auf Seite des erstern unendlich
viele Sprünge und Brüche aufweist, nicht mit diesem hohen Namen,
sondern höchstens mit dem Titel Freundschaft bezeichnet werden.

[3] „Pack schlägt sich, Pack verträgt sich."

[4] Es gibt überhaupt zwei Arten von Freunden; die einen,

Weshalb man im Unglück plötzlich so erschreckend wenige Freunde besitzt, ist psychologisch daraus zu erklären, daß die unedleren fürchten, tatsächlich helfen zu müssen, die edleren aber oft die Unmöglichkeit einer jeden Hilfe zu sehen glauben und sich der bloßen Teilnahme, mit Unrecht, schämen. Sehr häufig verfallen auch selbst sehr wohlwollende Menschen in den Fehler der Freunde Hiobs, unwillkürlich anzunehmen, jedes Unglück sei ein mehr oder weniger selbstverschuldetes, dem gegenüber Erbarmen ohne Tadel und Ermahnungen nicht am Platze wäre. Die rücksichtsloseren sprechen dann wohl ihr Urteil aus, die feiner gearteten aber ziehen sich lieber zurück, um das nicht tun zu müssen.

Noch häufiger ist dies alles bei Verwandten der Fall.[1]

---

die uns so weit begleiten, als der Weg für sie angenehm, oder wenigstens gut gangbar ist; die andern, die unter allen Umständen und ohne alle Frage stets an unserer Seite stehen. Manche Menschen haben nämlich die sonderbare Gewohnheit, auch ihren längst erprobten Freunden gegenüber immer die Unparteiischen und Gerechten, sogar gegen deren Feinde, spielen zu wollen. Gewöhnlich ist damit Herzenskälte oder Eitelkeit verbunden, manchmal auch geheime Eifersucht. Wen du daher einmal auf diesem Pfade getroffen hast, den laß innerlich fahren, aber ohne Groll, denn er macht es vermutlich sogar seinem Gotte auch nicht besser. Aber nimm dir bei jeder solchen Erfahrung neuerdings vor, stets unbedingt zu deinem Freunde zu stehen. Zuverlässigkeit ist die wertvollste aller menschlichen Eigenschaften für den Dritten; wo sie fehlt, helfen alle andern nichts, wo sie vorhanden ist, ersetzt sie viele sonst fehlenden.

[1] Hiob VI, 21; XLII, 10. 11. Sprüche XVIII, 24.

Der Neid ist eine sehr widerwärtige Begleitung durch das Leben, die gewöhnlich erst gegen das Ende desselben aufhört, aber auch eine sehr notwendige Schutzwehr für alle wirklich bedeutenden Leute gegen die zu große Verehrung, die ihnen noch weit mehr schaden würde, wenn sie ganz allein stünde, und die überhaupt von geringem Werte ist. Ein Quentchen wirkliche Freundschaft ist viel mehr, als eine ganze Wagenladung Verehrung.

Eine sehr große Regel für die Menschenkenntnis ist auch die: Gib dich selbst offen wie du bist, hasse namentlich das Böse im Prinzip offen und laß keine Gelegenheit vorübergehen, ohne es zu zeigen. Dann decken die Menschen auch ihre Karten offener gegen dich auf. Namentlich öffentliche Personen müssen in ihrem ganzen Leben glaslauter „wie durchsichtiger Kristall" sein, so daß man alles sehen kann.

Die Menschen sprechen im allgemeinen am liebsten von den guten Eigenschaften, die sie nicht besitzen. In Bezug auf die bösen dagegen gilt das Sprichwort: „Wes das Herz voll ist, davon geht der Mund über." Leute, die oft und gern von unsäuberlichen Gegenständen und den Gefahren der Welt in dieser Richtung sprechen, wenn auch mit der ernstesten Miene der Mißbilligung, empfinden immer eine starke geheime Neigung dazu. Andere, bei denen die Wohltätigkeit und die guten Werke das dritte Wort sind, haben mit einer Anlage zum Geiz, oder zur Habsucht zu kämpfen. Die Schlimmsten sind die, welche immer von Aufrichtigkeit und Loyalität reden.

Die meisten Fanatiker für eine Spezialität sind es bloß dadurch geworden, daß sie anfänglich sehr wohl wußten, sie würden ohne eine derartige Steigerung ihrer Empfindung bei derselben nicht aushalten. Sie sind daher meistens nicht ganz ehrlich.

Es ist eines der besten Zeichen für einen Menschen, wenn kleine Leute, vor allen Dingen kleine Kinder, aber auch einfache, arme Leute, ja selbst Tiere, Vertrauen und Zuneigung zu ihm haben. Einem Menschen, den Kinder und Tiere nicht leiden können, ist nicht zu trauen. Auch Frauen sind ein guter Wertmesser, vorausgesetzt, daß sie selbst von guter Art sind, sonst im gerade umgekehrten Sinne. Der häufige Umgang mit kleinen Leuten trägt auch sehr zur Zufriedenheit mit dem Leben bei. Alle großen Pessimisten haben sie verachtet und an den bedeutenderen Leuten, deren Verkehr sie suchten, keine Befriedigung gefunden.

Pessimismus und Menschenhaß bei jungen Leuten, wenn er nicht bloß Redensart ist, deutet auf einen nicht regelmäßigen Lebenswandel, während eine rein erhaltene Jugend eine Quelle unverwüstlicher Lebensfreudigkeit ist.

Darum sind wir nicht gerecht, daß uns die Menschen loben, sondern darum „daß uns der Herr lobet." Wer das jemals erfahren hat, der wird auch wissen, daß, während Menschenlob, so unzuverlässig und billig es ist, immer ein wenig stolz macht und von der Wahrheit abführt (Ev. Joh. V, 44), das Lob des Herrn keineswegs eine solche Wirkung besitzt. Den frommen Leuten, die hochmütig sind, kann man mit aller Sicherheit auf den Kopf zu sagen, daß sie der Herr niemals gelobt hat, sondern daß sie sich selbst loben und durch andere loben lassen.

Stolz ist stets mit einer Portion Dummheit verbunden.[1] Während Eitelkeit[2] lächerlich, aber nicht verhaßt macht, hat Hochmut auf andere die Wirkung, Trotz mit Verachtung gemischt hervorzurufen. Hochmut kommt, wie ein richtiges Sprichwort es sagt, stets unmittelbar vor dem Fall. Wer hochmütig wird, hat sein Spiel schon verloren, und man kann mit aller Sicherheit darauf rechnen, daß er dem Verderben entgegengeht. Sobald uns Gott verläßt, erhebt sich unser Herz.[3]

Dagegen sind die Fehler, die uns selbst an uns klar und worüber wir in uns demütig geworden sind, oft anderen gar nicht so sehr bemerkbar; sie treten nach außen schon nicht mehr so stark hervor wie diejenigen, die wir

---

[1] Von dem Stolzen spricht der Herr: „Ich und er können nicht zusammenwohnen." Israelit. Sprichwort. Vgl. Pf. CXXXVIII, 6.

[2] Völlige Abwesenheit der Eitelkeit in dem Charakter eines Menschen ist vielleicht das, was am meisten imponiert. Daran glauben aber die Menschen selten, sondern rechnen oft in der dreistesten Weise darauf, sich jedes andern durch seine Eitelkeit bemächtigen zu können. So ist die Mehrzahl der „Verehrer" beschaffen.

[3] II. Chron. XXXII, 25. 31. Jeder Hochmut hat auch, darauf kann man sicher rechnen, eine stark sinnliche Grundlage. Alles rein Geistige ist bescheiden, weil zu sehr von der Größe seiner Aufgabe durchdrungen.

noch nicht einsehen wollen und können. Das ist der erste auffallende Lohn eines solchen Kampfes gegen sich selbst.[1]

Eine richtige, aber in der Gesinnung wohlwollende Kritik wäre ein Bedürfnis für jedermann. Daher kommen die einfachen Leute weiter, die von aller Welt ohne Umschweife getadelt und zurechtgewiesen werden, wenn sie fehlen, während höherstehenden nach vollendeten Schuljahren selten mehr ein vernünftiger Tadel zu teil wird. Selbst die Kritiker wollen sich ihnen gegenüber oft nur wichtig und unentbehrlich machen und greifen irgend einen beliebigen Punkt an, an dem ihnen eigentlich gar nichts liegt.

Es ist eine bedeutende Kunst, von seinen eigenen Leistungen, wenn überhaupt davon gesprochen sein muß, ruhig und ganz sachgemäß zu reden. Das Gewöhnliche ist, daß die einen sich zuviel darauf zugute tun und damit die (laute oder stille) Opposition hervorrufen, während die anderen mit einer gewissen nachlässigen Verachtung davon sprechen, die andeuten soll, daß sie dergleichen ja noch viel im Vorrat hätten.[2] Das beste ist, davon überhaupt so wenig als möglich zu sprechen und jedenfalls niemals selbst das Gespräch darauf zu lenken.[3] Denn Eitelkeit wird immer

---

[1] Dante, Purgatorio XIII, 118—136.

[2] So pflegen auch ganz unzweifelhaft Altadelige das „von" wegzulassen, oder Schriftsteller, die sich für berühmt genug ansehen, alle ihre auf den früheren Büchern noch angegebenen Titel, oder sehr reiche Damen keinen Schmuck zu tragen.

[3] Daher sind auch die Selbstbiographien gewöhnlich dem Andenken der Geschilderten nicht vorteilhaft. Sie müssen das Beste auslassen, oder den Verdacht der Eitelkeit auf sich nehmen.

bemerkt, selbst von den Allereinfältigsten. Es gibt kein anderes sicheres Mittel, nicht für eitel und ehrsüchtig zu gelten, als es absolut nicht zu sein.

Wenn ein junger Mensch unbescheiden, oder auch nur sehr sicher, nicht ein wenig schüchtern ist, so hat er einen mangelhaften Charakter und wenig wirkliches Verdienst, oder er ist wenigstens sehr früh fertig geworden und entwickelt sich nicht mehr weiter. Das weitverbreitete Vorurteil, daß man mit Bescheidenheit nicht durch die Welt komme, ist unrichtig, wenn man nicht auf den momentanen Erfolg sieht.

Eine sehr verdächtige, jedenfalls unkluge Neigung ist diejenige mancher Menschen, die Überbringer schlechter Nachrichten zu sein. Die Motive hiezu können in ihnen zwar sehr verschiedene sein; meistens jedoch ist damit eine gewisse Selbstüberhebung verbunden, welche den andern gerne in einem erschütterten und gedemütigten Zustande sieht, ein unedles Gefühl, das der Schadenfreude oft sehr nahe kommt. Das wird auf der andern Seite instinktiv empfunden und etwas von der bösen Erinnerung bleibt auch in der Zukunft stets an ihrem Urheber haften.

Ungebrochene Menschen, die nie einen großen Schmerz, oder eine große Niederlage ihres Ichs erlebt haben, taugen nichts. Sie behalten etwas Kleinliches, oder Hochmütig=Selbstgerechtes, Ungütiges in ihrem Wesen, das sie trotz ihrer Rechtschaffenheit, auf die sie sich gewöhnlich sehr viel zugute tun, Gott und Menschen verhaßt macht.

Vor Leuten, die keine gutmütige Natur haben, muß man sich stets in acht nehmen. Ein bösartiges Naturell ist sehr schwer zu überwinden. Dasselbe zeigt sich am leichtesten durch die vorhandene Neigung zum Spott.

Eine ungemein angenehme Sache ist es dagegen um die Leute, welche für ihre Nebenmenschen bequem sind, stets gleichmäßig in der Stimmung, immer freundlich und hilfsbereit, nie nervös-unruhig oder aufdringlich, am Wohlergehen anderer sich freuend, im Unglück teilnehmend und trostreich. Es braucht dazu gar nicht einmal viel Geist; im Gegenteil, die sehr geistreichen Menschen haben oft gerade diese Eigenschaft nicht, welche alle andern in ihnen erst recht nützlich und wertvoll machen würde.

Sehr schwer ist es in gewöhnlichen Zeiten, wirkliche Tapferkeit zu erkennen. Doch gibt es ein unfehlbares Zeichen: Tapfere Leute gehen nie mit Übermut in einen Kampf und fürchten sich weniger nach einer Niederlage, als nach einem Sieg, da jeder Sieg auch ein wenig Unrecht enthält, das dem Gegner geschieht; während Feiglinge nach jedem Sieg übermütig werden. Sich selbst lernt der Mensch in Bezug auf diese Eigenschaft durch seine Träume kennen. Da sieht er sich, wie er ist, ohne die Herrschaft eines besseren, nicht bloß auf sinnlichen und seelischen Affekten beruhenden Willens.

Die Schlauheit eines Menschen setzt ihn stets in unserer Achtung herab.[1] Wir denken an die Möglichkeit,

---

[1] Ein altjüdisches Sprichwort sagt: „Sei lieber der Schweif des Löwen, als das Haupt der Füchse."

daß sie auch gegen uns in Anwendung kommen könnte. Daher kommen, wie das Sprichwort sagt, „zuletzt alle Füchse bei dem Kürschner zusammen." Niemand liebt sie und sie verlieren ihr Spiel im ganzen doch.

Ein jeder Mensch soll seinen Typus ausbilden. Wenn man gar nicht mehr weiß, welcher Nation er angehört, ist er eine unerquickliche Erscheinung. Daher sind Grenz= bewohner oft von zweifelhaftem Wesen und ist Vielsprachig= keit in der Regel kein Anzeichen weder von Genie, noch von Charakter. Die zweifelhaftesten sind die, welche ver= schiedene Sprache in einem Satze durcheinander mengen, denen fehlt auch noch die Bildung.

Auf das Äußere eines Menschen ist im ganzen nicht sehr viel zu geben; die Physiognomik ist eine, im allgemeinen gesprochen, trügerische Wissenschaft. Doch sind eine starke Entwicklung des untern Gesichtsteils gegenüber dem obern,[1] ein unbedeutendes Kinn, Augen ohne Ausdruck, ein stets unruhiger, suchender Blick[2] und eine sehr laute Sprech=

---

[1] Wir würden daher als Fürst unseren Beamten keine Voll= bärte gestatten, die das Kinn verdecken und dem Gesicht oft einen ganz unrichtigen Ausdruck verleihen.

[2] Bei koketten Frauen und Ehrgeizigen ist dieser Raubtier= blick, den sie nicht ganz beherrschen können, oft sehr charakteristisch für das, was in ihnen vorgeht. Ein „stechender" Blick verrät Unsolidität der Lebensweise bei Männern, wulstige Lippen Genuß= sucht, herabgezogene Mundwinkel Neid oder grämliches Temperament. Es lassen sich übrigens Physiognomien auch durch den Charakter zum Guten oder Bösen ausbilden, daher das Sprichwort: „Eine Gerechtigkeit gibt es auf Erden, daß aus Geistern Gesichter werden."

weise bei Frauen nicht von günstiger Vorbedeutung. Zum Glück läßt sich auch der Ausdruck der Unschuld von ihnen niemals nachahmen.

Die starke Verbreitung der Photographie ist für die Menschenkenntnis sehr schädlich gewesen, da man sich aus Photographien gewöhnlich ein falsches Bild von den Menschen macht und daher voreingenommen ist.

Bei der menschlichen Wirksamkeit hängt das weitaus meiste von einer gewissen Beglaubigung eines Menschen bei den Mitlebenden ab, die nur Gott geben kann und die in der Regel, wenn es bedeutende Menschen sind, spät eintritt. Alle „Bausteine" müssen zuerst verworfen werden.[1] Diese allein richtige Laufbahn ist durch keine Art von Streberei zu ersetzen.

Mit originalen Menschen durchläuft man gewöhnlich drei Stadien der Bekanntschaft. In dem ersten gefallen sie einem unwillkürlich, im zweiten stoßen sie durch allerlei Ecken und Singularitäten ihres Wesens eher ab, im dritten aber erscheint wieder das Gefallen am ganzen Menschen, während bei gewöhnlicheren Menschen der erste Eindruck gering, der zweite oft um allerlei guter einzelner Eigenschaften willen besser, der Schluß aber ein unbefriedigender ist. Im ganzen und großen ist, das darf man wohl sagen, der erste Eindruck, den man von einem Menschen empfängt, sofern man selbst dabei ganz unbefangen ist, der richtige.

---

[1] II. Mof. XIX, 9. Ev. Joh. III, 27; V, 31. Pf. CXVIII, 22. Josua I, 17; III, 7; IV, 14. Markus XII, 10. 11.

Am schwierigsten ist die religiöse Menschenkennt=
nis. Sie hält sich am leichtesten an I. Joh. IV, 1—6
und V, 1—5. Damit ist aber doch eine gewisse menschliche
Vorzüglichkeit, die auf philosophischer Bildung, oder großer
Klugheit und Lebenserfahrung beruht, nicht ausgeschlossen.
Alle Frömmigkeit muß freundlicher machen, sonst ist
sie nicht echt.

Welches ist überhaupt vorzuziehen, die braven Leute, die
nicht fromm, oder die frommen Leute (die wirklich frommen,
es gibt auch solche), die nicht (wenigstens nicht immer)
brav sind? Ich fürchte, dies ist der Punkt, wo unsere
Ansicht mit derjenigen Gottes nicht immer übereinstimmt.
(Lukas V, 32.)

Das edel handeln scheint, besonders dem noch jugend=
lichen Menschen, oft leichter, als das pflichtgetreu handeln.
Gut denn, tue so vorderhand. Aber wenn du das eine
einmal kannst, dann mußt du das andere auch noch lernen,
sonst bleibt dein Leben doch nur eine schöne — Halbheit.

Die Heimsuchung der Sünden bis ins dritte und
vierte Glied hat auch den Sinn, daß Gott so lange noch
an diesen Generationen arbeitet. Das Schlimmste, was
den Menschen begegnen kann, ist nicht diese Heimsuchung,
sondern daß Gott sie fortan ganz ihrem eigenen Wesen und
Willen überläßt.[1] Heimsuchung ist daher für die Bösen stets
ein Amnestieangebot, dauerndes Glück eine Verwerfung.

---

[1] II. Mos. XX, 5. Lukas XIII, 8. Ev. Matth. XXIV, 38.

Eine ganz gleichmäßige, etwas kühle, aber nicht egoistische, gegenüber jedermann freundlich teilnehmende Gemütsart ist vielleicht die glücklichste Naturanlage, um allgemein beliebt zu werden. Diese Menschen gelten vorzugsweise als „liebenswürdig" und sind allgemein geschätzt, ohne daß sie dabei oft irgend etwas Erhebliches und Reelles zum Fortschritte der Welt beitragen. Es gibt daher sogar Leute, die sich diese Art aus Klugheit künstlich aneignen. Ob alle diese liebenswürdigen Leute aber doch zuletzt nicht „ihr Pfund vergraben" haben, das ist eine andere Frage.

Der Umgang mit Menschen, die Lebenskunst in dieser wichtigen Richtung, gründet sich, wenn er überhaupt vernünftig geregelt werden soll, notwendig auf richtige Menschenkenntnis. Denn wer mit Menschen freiwillig umgeht, die er für schlecht oder falsch ansehen muß, der ist bei aller seiner Menschenkenntnis ein Tor und ein Selbstmörder dazu. Wir sind in diesem Punkte sehr stark von den Auffassungen unserer Großväter abgegangen; der heutige Umgang ist viel weniger sentimental und viel ernsthafter geworden, als vor hundert Jahren. Hiebei ist die beständig wiederkehrende Frage, ob die Menschen von Natur gut oder böse seien, eine nebensächliche; praktisch aufgefaßt haben sie die Anlage zu beidem und es handelt sich für uns darum, wie der Apostel Paulus sagt, sich durch das Böse, dessen Berührung wir doch nicht vermeiden können, nicht überwinden zu lassen, sondern es durch das Gute zu überwinden.¹

Wenn man das nicht stets als Grundregel vor Augen hat, so ist der Umgang mit Schlechten und Schwachen, dem nie ganz auszuweichen sein wird, für eblergeartete Menschen ein Übel, das zuletzt zu Menschenhaß und Ver= einsamung, oder zur Gleichgültigkeit gegen alle wirklichen Grundsätze führen kann.² Dabei gibt es aber auch hier eine, von jedem Leser selbst zu ergänzende, Reihe von Er= fahrungssätzen, deren Beobachtung wenigstens den Umgang erleichtert. Es sind folgende:

Das beste Verhältnis zu den Menschen entsteht im ganzen genommen durch eine einfache, natürliche, aufrichtige Freundlichkeit zu jedem, der einem begegnet, so etwa wie gutartige Kinder sie haben, bevor sie die Niedrigkeit der

---

[1] Römer XII, 21. 16—20. Die Frage bei der Behandlung der Menschen ist zunächst die, ob man das Gute an ihnen vorzugsweise sehen und suchen will, oder umgekehrt. Wie aber in dem eigenen Leben der Menschen der Wille das Entscheidende ist, so ist auch im Verhältnis zu ihnen und in ihrem Umgang die weitere, eigentlich entscheidende Frage, ob noch guter Wille und Wille zum Guten vor= handen ist, oder nicht. Im erstern Falle muß man alle Schwächen geduldig und liebevoll ertragen; im andern, glücklicherweise viel seltenern — wenn der Wille für das Böse sich einmal völlig aus= gesprochen hat — ist „Krieg mit Amalek von Kind zu Kindeskind" die einzig zulässige und gottgewollte Umgangsform.

[2] Ein richtiges Beispiel ist in I. Mos. XXVI, 19—31 angeführt. Die Welt ist oft ganz zufrieden damit, so behandelt zu werden, ohne Einstimmung in ihre eigenen Grundsätze.

Menschen erfahren. Dazu kann man, nach manchen schmerz=
lichen Erfahrungen, in einem gewissen Alter wenigstens,
wieder gelangen, das denn auch in diesem guten Sinne
eine zweite Kindheit ist. Damit kann es sogar dahin
kommen, daß man auch die Bösen als gut nimmt, so wie
sie es sein könnten und in ihren besten Stunden auch sein
wollten, dergestalt, daß sie selbst auf Augenblicke lang ihr
Wesen vergessen und sich besser und glücklicher fühlen.
Das, nicht die Vernichtung des Bösen, ist der größte Sieg
des Guten in der Welt.

Dazu gehört dann aber auch, daß man das augen=
blickliche Verhalten der Menschen nicht zu wichtig nimmt;
denn jeder kann es an sich selbst erfahren, wie leicht sich
unsere Stimmung ändern und wie wechselnd und unsicher
unsere Urteile über andere sind, insoweit nicht das Herz
„durch Gnade fest" geworden ist.

Alle dauerhaften menschlichen Verhältnisse beruhen je=
doch auf Gegenseitigkeit. Man muß nie nur nehmen,
aber auch nie nur geben wollen; das endet stets in Miß=
vergnügen.

Die Gelegenheit, den Menschen große Dienste zu er=
weisen, ist nicht sehr häufig; dagegen kann man auf Schritt
und Tritt jemandem eine kleine Freude machen, wenn es
auch bloß ein freundlicher Gruß wäre, der schon manches
einsame und fremdenarme Dasein, wie ein Sonnenblick,
erhellen kann. Man sollte keinen Tag seines Lebens be=
ginnen, ohne sich vorzunehmen, jede Gelegenheit dazu zu

benützen.¹ Diese Freundlichkeit ist eine bloße An=
gewöhnung, die mitunter selbst innerlich menschenfreundlich
gesinnte Menschen zu ihrem großen Schaden nicht haben.
Ganz gemeine Naturen freilich kennen nur Furcht, nicht
Liebe. Sobald sie sich nicht mehr fürchten, werden sie
dreist und unlenksam. Für diese gilt der Spruch: „Sei
immer gut, doch nie zu gütig; die Wölfe werden sonst
leicht übermütig." Für andere ist er jedoch nicht wahr.
Rechte Gütigkeit ist im Gegenteil die reifste Frucht eines
wohlgeführten Lebens.

Manche Menschen wollen ihre Nebenmenschen zu einer
Anerkennung zwingen dadurch, daß sie großmütig
handeln. Es gelingt ihnen aber selten, da der andere
diese Absicht bemerkt und doch Egoismus, nur einer
etwas andern Art, als der gewöhnliche es ist, dahinter
wittert. Sie würden mit weniger an äußerer Leistung,
aber ruhiger und konsequenter gegeben, dieses Ziel weit
besser erreichen.

Viele im Grund recht gute Leute haben die Gewohn=
heit, immer etwas zu tadeln und einzuwenden, selbst wenn
sie den Wünschen, die an sie gerichtet werden, entsprechen.²

[1] Beachte daher sorgfältig und rasch entschlossen, da sie oft
schnell vorübergeht, die kleinste Gelegenheit zum Guten und
vermeide lieber auch das kleinste Unrecht, denn du weißt nicht,
was daraus entstehen kann. (Nach Rabbi ben Asai. Hirsch, Gebete
Jsraels 479.)

[2] Wir kannten z. B. einen berühmten Parlamentarier, der jeden
seiner Aussprüche, auch wenn er beistimmte, mit „Nein" begann.

Sie erreichen damit, daß die andern nur das Nein hören und lieber, als mit ihnen, mit leichtfertigeren, aber auch leichtlebigeren Weltleuten umgehen. Man muß auch den Menschen nicht immer widersprechen, selbst da wo sie Unrecht haben. Oft nützt Schweigen mehr und erbittert nicht. Mitunter sind ihnen ihre eigenen Behauptungen nicht einmal rechter Ernst; erfahren sie aber Widerspruch, so bestärken sie sich darin und sagen dann etwas, das sie nicht mehr widerrufen können. Muß man aber widersprechen, um der Wahrheit willen, so ist ein einmaliger Widerspruch genug; das fortwährende Disputieren über einmal bekannte und festgestellte Meinungen ist gänzlich unfruchtbar.[1]

„Wer will, daß sein Urteil Glauben finde, spreche es kalt und ohne Leidenschaftlichkeit aus", sagt, wenn wir nicht irren, Schopenhauer. Das „kalt" ist etwas zu viel dabei; aber das „parler sans accent", d. h. im Positiv, nicht immer im Superlativ, das ist eine gute Gewohnheit.

„Von dem Nächsten soll man" — so lehrt uns die h. Maddalena dei Pazzi[2] — „so wenig als möglich reden, denn man fängt mit Gutem an, schließt aber gewöhnlich mit Bösem. Unser Nächster ist ein Glas, das leicht zerbricht, wenn man es zu oft in die Hand nimmt."

---

[1] Ganz besonders mit Fanatikern für irgend eine Spezialität, deren es heutzutage viele gibt, disputiere nie. Es ist auch sicher nicht nötig, daß man einer Mutter sage, daß ihr Kind eine häßliche Nase, oder einen schiefen Gang habe, wenn man nicht ihr Hausarzt, oder einem Schriftsteller, daß sein Buch langweilig sei, wenn man nicht Kritiker von Beruf ist.

[2] Karmeliternonne aus dem bekannten Florentiner Geschlecht, geb. 1566.

Eine große Kunst im Umgange ist, **freundlichen Widerstand leisten zu können**.[1] Dazu gehört auch u. a., daß man seine **Gründe** angibt, nicht bloß aus Bequemlichkeit einfach Nein sagt, sondern den andern mit guten Gründen zu **überzeugen** sucht, statt ihm zu befehlen. Alle Menschen sehen in einem solchen Appell an ihren eigenen Verstand einen Achtungsbeweis, der ihnen wohltut und sie oft sogar mit dem negativen Resultate gänzlich aussöhnt.

Sehr zweckmäßig ist oft die **Uneinläßlichkeitsklausel**. Mit einem „Wir wollen das erwägen", „Man kann sich das ja überlegen" wird einstweilen guter Wille gezeigt, die Entscheidung jedoch verschoben und oft genug damit die ganze Sache erledigt.[2] Der andere ändert inzwischen seinen Sinn, oder sie wird ihm gleichgültiger, während im Moment dieser Wille sein Himmelreich war.

Nur in eigentlich **unrechten** Dingen trifft dies alles nicht zu. Da muß man nicht der Auffassung Raum geben, als ob man sich am Ende auch noch dazu verstehen könnte,

---

[1] Daher sagt auch die israelitische Spruchweisheit: „Wer einen Menschen straft, wird nachher Gunst finden, mehr denn der da heuchelt", oder: „Der Gerechte schlage mich freundlich, das wird mir so wohl tun wie Balsam auf mein Haupt." Psalm CXLI, 5. Sprüche IX, 8. Etwas abschlagen können ist überhaupt eine nützliche Kunst; nur wird sie von denen, die sie verstehen, meistens mit zu großer Vorliebe geübt.

[2] Sehr weltkluge Leute kleiden daher selbst ihren Widerspruch stets in eine scheinbar zustimmende Form, wobei ihre abweichende Meinung bloß als ein kleines Amendement zu dem gegnerischen Vorschlage erscheint.

oder es wenigstens für tunlich hielte, sondern im Gegenteil „den Anfängen widerstehen."[1]

Die unglücklichste Methode ist unfreundlich nachgeben; damit verliert man sein Spiel doppelt. Bei schwachen Menschen ist dies aber das Gewöhnliche; sie wollen ihre Schwäche damit verbergen, daß sie noch etwas poltern.

In allen gleichgültigen Dingen, deren es ja unendlich viele gibt, muß man stets den Willen der anderen tun, das macht leichtes Leben und gute Freunde ohne alle Schwierigkeiten.[2]

Mit abhängigen Leuten ist kurz angebunden, aber stets freundlich und höflich zu sein das Beste, wenn sie selbst ihre Stellung kennen; sonst aber „parcere subjectis et debellare superbos."

Mit sehr reichen, oder sehr vornehmen Leuten ist der richtige Umgang immer schwer, denn es entsteht daraus entweder ein Klientelverhältnis, oder eine stete Wachsamkeit gegen alles Annehmen, die mit einer guten Freundschaft auch unverträglich ist, welche aus gerne geben und gerne annehmen, ohne jedes Rechnen, besteht. Überdies macht Reichtum und Vornehmheit sehr oft gefühllos für die

---

[1] Sonst ist zuletzt der Verrat die Folge. Ev. Matth. XXVI, 69 ff. Es ist des Bösen Taktik, damit dem Widerstande seine Kraft zu benehmen.

[1] „Auf daß wir sie nicht ärgern", auch wenn sie nicht im Rechte sind, ist in solchen Dingen eine große Weisheit. Ev. Matth. XVII, 27. Der Talmud sagt: „Gieb nie unfreundlich, sonst nimmt die Miene zurück, was die Hand gibt."

wahren Lebensgüter und beschränkt in den Ansichten über Menschen und Leben.[1]

Unangenehm sind Leute, die stets Rat suchen, statt selber nachzudenken, und ihn nie befolgen. Namentlich muß man zum Heiraten nicht leicht weder zu- noch abraten und Schriftstellern niemals seine Meinung über ihre noch zu publizierenden Werke aussprechen. Ein sehr schwieriger Umgang sind ferner die „vom Schicksal Verfolgten" ohne Einsicht in ihre eigenen Fehler. Solche Leute, die ihn zum „Richter und Erbschlichter" machen wollten, hat selbst Christus unter Umständen kurz abgewiesen.[2]

[1] Lukas VII, 25. 44; VIII, 14; IX, 9. 10; XII, 21. 29; XIII, 32; XIV, 12. 13; XIX, 5; XXIII, 8—11. I. Kor. VII, 23. Sie taxieren den Vorteil ihres Umgangs, oder die bloße Möglichkeit des andern, allfällig einmal ihre Hilfe in Anspruch nehmen zu können, viel zu hoch und sind daher auch undankbar für alles, was ihnen erwiesen wird, weil sie alles als zum voraus bezahlt ansehen. Man muß daher reichen Leuten nicht leicht etwas schenken. Auch für die äußere Lebenstätigkeit eines Menschen ist heutzutage vieler Verkehr mit sehr vornehmen Personen meistens undankbar. Einer der ausgezeichnetsten Männer unseres Vaterlandes und unserer Zeit überhaupt, Heinrich Gelzer, hat dadurch z. B. eine größere und dauerndere Wirksamkeit eingebüßt, die er als Schriftsteller gehabt haben würde. Ein israelitischer Spruch sagt darüber: „Sei vorsichtig mit Machthabern. Sie lassen den Menschen nur näher zu sich in ihrem eigenen Interesse, scheinen Freunde zur Zeit, wenn sie Nutzen davon haben, und stehen dem andern nicht bei zur Zeit seiner Bedrängnisse." Der Spruch Lukas XVI, 15 ist überhaupt hier prinzipiell maßgebend; doch muß auch diese Ablehnung eine freundliche sein.

[2] Lukas XII, 13—15.

Eine friedlose und unzuverlässige Gesellschaft sind ebenfalls die stets über sich oder andere reflektierenden Menschen. Sie sind stets eitel, dabei schwach und unendlich schwankend in ihrem Urteil über andere, wie in der eigenen Schätzung. Sie lieben niemand, nicht einmal immer sich selbst, und werden von niemand geliebt. Meide sie!

Gegen naiv unverschämte Leute gibt es drei Arten der Selbstverteidigung: Grobheit, die aber etwas Herabwürdigendes hat, Kälte, die nicht menschlich ist und einen Vorwurf im Gewissen zurückläßt, und Humor. Der letztere allein zeigt die wahre geistige Überlegenheit.

Die recht ausgeschämten Egoisten haben die Methode, das, was sie von einem andern haben wollen, demselben als seinen eigenen Vorteil zu insinuieren, damit sie auch des Dankes und jeder Verpflichtung dafür überhoben seien. Das muß man niemals, auch nicht stillschweigend, passieren lassen, sondern die Sache zuerst ruhig auf ihren richtigen Standpunkt stellen, wenn man dem Ansinnen entsprechen will.

Soll man endlich Bittenden immer geben? Wir glauben, im allgemeinen gesprochen, ja; die Vorschriften des Christentums darüber sind zu positiv;[1] in den meisten

---

[1] Ev. Matth. V, 42. „Unterdrückung des Bettels" ist ganz gut, wenn dafür gesorgt ist, daß er wirklich durchaus nicht nötig ist. Auf Undank aber muß man sich von vornherein bei allem Geben gefaßt machen und das Gegenteil als die Ausnahme betrachten. Wenn man etwas abschlagen muß, so muß es kurz und glatt, ohne viele Redensarten, aber in freundlichem Ton geschehen; das Gegenteil erbittert nur. „Ihr sprecht so viel, um endlich zu versagen, der andre hört von allem nur das Nein."

Fällen handelt es sich ja auch mehr um das „Wie viel", das in der Willkür des Gebers liegt. Abweisen wenigstens soll man Bittende freundlich, mit einem guten Worte, das auch eine Gabe ist und manchmal die wertvollere sogar als ein kleines Geldstück. Aber das will gelernt sein und ist sogar eine sehr große Kunst.

Gerne geben ist hingegen zum Teil eine Gewohnheit, die den Kindern von Jugend auf angelernt werden muß, statt sie, wie dies öfter geschieht, bloß einseitig zur Sparsamkeit zu dressieren. Sparsam sollen sie an sich werden, aber nicht an andern.

Ein äußeres Mittel dazu ist, kein Portemonnaie zu tragen. Man greift leichter in die Tasche, als in ein solches.

Sehr viel Ungehöriges ist bei dem Umgang mit Menschen überhaupt bloße Trägheit zum Guten, oder Bequemlichkeit.

Viele allgemein anerkannte Menschen, die jedermann lobt, sind ruhige und ziemlich pflichtgetreue — Egoisten, deren Wegen man nicht folgen muß.

Die wirklich edeln Menschen, die Aristokratie des Geistes gegenüber dieser bloßen Bourgeoisie, haben stets Feinde gefunden.

Vielleicht der nützlichste, wenn auch keineswegs der angenehmste Umgang sind Feinde. Nicht bloß deshalb, weil sie oft nur künftige Freunde sind, sondern vor allem weil man durch sie am meisten redlichen Aufschluß über seine eigenen Fehler und starken Antrieb sie zu verbessern empfängt, und weil sie überhaupt im ganzen und großen das richtigste Urteil über die schwachen Seiten eines Menschen besitzen. Endlich lernt man auch bloß durch ein Leben unter ihren scharfen Augen die wichtigen Tugenden der Selbstbeherrschung, der strengen Gerechtigkeitsliebe und der steten Aufmerksamkeit auf sich selbst kennen und üben.

Es ist daher eine törichte Redensart, womit man oft jemand zu loben meint, wenn man, etwa in einem Nekrologe, von ihm sagt: „Er hatte keine Feinde."[1] Ein tüchtiger Mensch geht nicht durch das Leben, ohne Feinde zu bekommen, aber schön ist es allerdings, wenn er am Ende seines Lebens keine mehr hat.

Damit will aber nicht gesagt werden, daß dieser Umgang eine leichte Sache sei; im Gegenteil gehört er zu den schwierigsten Aufgaben eines richtig geführten Lebens. Namentlich ist es sehr schwer,[2] eine lange Reihe von Ungerechtigkeiten zu ertragen, welche den Erfolg auf ihrer Seite zu haben scheinen. Dazu gehört notwendig der

---

[1] Das sind die Leute in der Danteschen Vorhölle, „die ohne Schimpf und ohne Ruhm gelebt haben" und daher „von Recht und Gnade verschmäht wurden." Inferno, Gesang III. Dagegen sind versöhnte Feinde, denen die feurigen Kohlen auf ihrem Haupte brennen, das Größte, was der Mensch auf Erden erlebt.

[2] Dante, Paradiso XVII, 50—54:
„Und wo man Christtum frech zu Markte trägt,
Dort wird zur Tat, was Not tut dich zu kränken,
Und dem verletzten Teil folgt, wie er pflegt,
Der Ruf der Schuld. — Allein die Wahrheit künden
Wird Gottes Rache, die den Argen schlägt."

Glaube an einen gerechten Gott,[1] der auch die ungerechten Menschen als seine Werkzeuge brauchen, sie so etwas tun "heißen", dieselben andererseits aber auch so fest im Zügel halten kann, daß sie nicht weiter gehen dürfen, als er es will.[2] Sonst erträgt man das nicht ohne Schaden. Es

> "Was Menschenkraft und Witz anfäht,
> Das soll uns nicht erschrecken;
> Er sitzet an der höchsten Stätt
> Und wird ihren Rat aufdecken.
> Wenn sie's aufs klügste greifen an,
> So geht Gott eine andre Bahn.
> Die Feind' sind all in deiner Hand,
> Dazu all ihre Gedanken;
> Ihr Anschlag ist dir wohlbekannt,
> Hilf nur, daß wir nicht wanken."
> (Justus Jonas, Luthers Gefährte.)

[2] Die rechten Trostgedichte hiefür sind (wie schon gesagt) der 37. und 73. Psalm, ebenso der 118. Gott behält alle Feinde eines ihm vertrauenden Menschen stets im Auge; sie können ihm nichts tun, was nicht zugelassen wird; zu fürchten braucht man sie also gar nicht. Eine Anzahl der besten unter den sehr reichlichen Stellen der h. Schrift darüber sind folgende: Sprüche XVI, 4. 7; XXVI, 26. I. Mos. XXVI, 27—29. II. Mos. XXIII, 22. IV Mos. XIV, 9. V Mos. XXIII, 10; XXXII, 35. I. Sam. VII, 3. II. Sam. XXIV, 14; XV, 10; XVI, 11. II. Chron. XXV, 8; XX, 17. Hiob I, 10—12; II, 6. Sprüche XXI, 3. Psalmen LXXXI, 14. 15; XXIV, 8. 20—22; CV, 15; CXXI, 3. Jer. XV, 19. Pred. VII, 22. Jesaias LIV, 15—17; LVIII, 6; XXX, 15. Matth. V, 22. Ap.=Gesch. IV, 29. Galater VI, 25. II. Tim. II, 24. I. Joh. III, 14. 15. Römer XII, 18. 19. 21. Wer Gott die Rache ganz lassen kann, die auch nur er ganz gerecht auszuüben imstande ist, und auch gegen seine Feinde "kein falsches Zeugnis redet", der wird es sicherlich jedesmal

wird aber wohl niemand, der sich selbst kennen gelernt hat, behaupten, daß er in dieser Kunst schon ein ausgelernter Meister sei.

Das wichtigste Hilfsmittel zu ihrer Erlernung ist, neben einigen tröstlichen Erfahrungen, der ernste Vorsatz, den unnützen Zorn und die eigene Ungerechtigkeit in der Beurteilung der Gegner möglichst zu vermeiden und jedenfalls niemals eigentlichen Haß in der Seele sich festsetzen zu lassen. Das ist im allerersten Augenblicke der Beleidigung leicht ausführbar, später, wenn der Haß sich einmal im Herzen befindet, schwerer. Dazu ist es sehr nützlich, sich von vornherein klar vorzustellen, daß man doch — und zwar siebzig mal sieben mal[1] — vergeben müsse. Dieser Gedanke erleichtert den Entschluß sehr, sich

---

erleben, daß sie erfolgt und daß er von seinen Feinden nur Vorteil gehabt hat. Dies sagen auch die „letzten Worte Davids" (II. Sam. XXIII) sehr tiefsinnig: „Das Nichtswürdige ist nur ein haltloser Dorn, der vom Winde weggeweht wird, den man mit Gewalt wegzunehmen gar nicht nötig hat. Wollte menschliche Kraft den Kampf mit diesen Dornen aufnehmen, so müßte sie allerdings mit eiserner Waffe und Rüstung sich versehen. Aber sie werden von dem Feuer göttlicher Schickungen verbrannt, — verbrannt in vollster Ruhe." (Übersetzung von Hirsch.) Das ist der Trost aller Guten in dieser Welt voll Ungerechtigkeit.

[1] Ev. Matth. VI, 15; XVIII, 22. Von einer französischen Heiligen, Armelle von Campenac, wird in der Lebensbeschreibung der Jeanne de la Nativité das schöne Wort berichtet: „Sobald mich jemand beleidigt, so wird er in mein Herz aufgenommen und hat teil an meinem Gebete, auch wenn ich vorher nicht an ihn dachte."

Über Menschenkenntnis. 117

hierauf von vornherein gefaßt zu machen, und daher lieber mit einem eigentlichen Hasse gar nicht zu beginnen.

Noch andere erleichternde Erwägungen sind folgende: Nicht die Wahrheit siegt stets auf Erden, namentlich nicht die in einem Menschen verkörperte, mit allen Schwachheiten und Irrtümern desselben vermischte Wahrheit, die eben deshalb nicht immer siegen kann; aber Gott siegt, und gegen seinen Willen geschieht nichts; das allein ist der wahre Trost in diesen Anfechtungen.

Die Feinde, die Gott einem Menschen schickt, nimmt er auch wieder weg, sobald sie ihren Zweck erfüllt haben.[1] „Wenn jemandes Wege dem Herrn wohlgefallen, so macht er auch seine Feinde mit ihm zufrieden." Das ist ein ganz sicheres Zeichen des Gnadenstandes.

Es ist viel besser, das Böse, das einem begegnet, zu vergessen, als es zu verzeihen; dem letztern hängt leicht noch ein Rest von Bitterkeit, oder ein gewisser Hochmut, ein sich Hinwegsetzen über „unbedeutende" Beleidiger an.

Grollen, Nachtragen, Übelnehmen ist immer ein Zeichen einer kleinlichen Seele.[2] Lieber noch räche dich; ohnmächtiger

---

[1] Jesaias XLI, 10—13; LIV, 14—17. Tröstlich ist hiebei auch das Wort, Sprüche XVI, 4: „Der Herr macht alles um seiner selbst willen, auch den Gottlosen zum bösen Tage." Auch er ist nur ein Werkzeug Gottes, der den Gerechten mit seinem Wohlgefallen, dessen er ihn bewußt werden läßt, „wie mit einem Stachelschild schützend umgibt." Psalm V, 13 (Übersetzung von Hirsch). Ebenso das Wort Mark. XV, 29: „die vorübergingen, lästerten ihn."

[2] Sprüche XX, 22.

Haß ist ganz unwürdig und überdies etwas, was nur dir selbst, nicht dem Gegner schadet.[1]

In den Urteilen der Gegner ist meistens ein richtiger Kern von Beobachtung, wenn auch in zu scharfer und einseitiger Beleuchtung. Daher tut man immer gut, auf die gegnerischen Urteile zu hören, aber sie nicht zu hoch anzuschlagen,[2] noch sehr schwer zu empfinden. Imponieren namentlich muß man sich von ihnen niemals lassen; das ist stets ein Fehler.

Daß die Menschen schlecht von uns reden, ist hart, aber es bewahrt uns, wie Thomas a Kempis sagt, „vor dem Zauberdunst der eitlen Ehre" und zwingt uns, Gott, der unter Innerstes kennt, als Zeugen und Richter zu suchen. Dann erst wird er uns unentbehrlich[3] und fest mit uns verbunden.

Ein solcher Durchgang durch Schmach ist daher namentlich für Menschen notwendig, die nachher viel Ehre ohne Schaden ertragen sollen.[4]

Man kann somit auch durch Klugheit, nicht bloß durch Religion, dazu vermocht werden, die Feinde nicht zu hassen,

„Wer Zorn zu stillem Groll werden läßt, der hat eine zu große Meinung von sich selbst und entbehrt der Herzensgüte." Hirsch, Gebete Israels S. 504. Sprüche XXIV, 17. 18.

[2] „Nimm nicht zu Herzen alles, was man sagt, denn dein Herz weiß wohl, daß du andern auch öfter geflucht hast." Und bist ja auch wieder anderer Ansicht geworden. Prediger VII, 22. 23.

[3] Hiob XIX, 25.

[4] Ev. Luk. XXII, 37; XXIV, 26. Joh. XIII, 18. Jesaias LIII, 12. Sprüche XVIII, 12; XVI, 18; XV, 33.

denn sie werden nicht nur oft später Freunde, sondern man verdankt ihnen sehr viele richtige Anschauungen; wogegen diejenigen, die anfangs sehr lieblich tun, oft später dafür anders reden.[1] Namentlich sind diejenigen, die einem in bedeutenden Sachen opponieren, stets sehr gelinde anzufassen; denn es sind Leute, die ernste Zweifel haben und belehrt werden können; die Gleichgültigen, die gar nichts einwenden, aber auch nicht hören, sind die weit gefährlicheren Gegner.

Überhaupt besteht das richtige Programm des Verhaltens gegen Feinde nicht darin, daß sie vernichtet werden müssen, was in den allermeisten Fällen nicht einmal möglich ist, sondern daß sie versöhnt werden;[2] wer das beständig vor Augen behält, wird nie zu heftig hassen und vieles mit Schweigen erledigen, was durch Besprechen nur schlimmer würde.

Mit Feinden muß man daher auch wo immer möglich in bester, gefaßtester Stimmung verkehren;[3] denn wenn wir innerlich unruhig sind, sind wir auch viel geneigter zu

---

[1] „Die Mücken singen bevor sie stechen,
Die lästern später, die anfangs gar lieblich sprechen. (Logau.)

[2] II. Sam. XXI, 3. Namentlich „Zürnen mit einst Geliebten häuft Wahnsinn auf den Scheitel." Cromwell sagt in seiner ersten Rede zu dem sog. Kleinen Parlament, 4. Juli 1653, er wollte lieber einem Gläubigen, als einem Ungläubigen Unrecht tun.

[3] Wenn du ausziehst wider Feinde, so sei nicht hochmütig, das kommt vor dem Fall; nicht kleinmütig, das verunehrt Gott; vor allem aber hüte dich vor Sünde, sie benimmt die Kraft im Kampfe gegen das Böse, welches auf seinem eigenen Boden ebenso dreist und mächtig, wie außerhalb desselben schwach und feig ist. V. Mos. XXIII, 10.

ungünstiger und ungerechter Beurteilung anderer. Man muß ihnen gegenüber aber auch sich selbst nicht verleumden, um ihren guten Willen zu erzwingen; das gelingt selten. Die allzugroße Gütigkeit schon vertragen manche Menschen, ja sogar manche Völker, ganz und gar nicht.

Deshalb ist es eine große Klugheit, mit prinzipiellen Gegnern seiner Lebensauffassung nicht häufig und nie unnötig zusammenzukommen.[1] Denn entweder büßt man etwas an seinem Charakter dabei ein, oder es entsteht daraus eine Erweiterung der Kluft.

Was soll man denn aber hassen, oder soll man überhaupt gar alles begreifen und verständlich finden? Wir sind weit davon entfernt, das zu befürworten. Es gibt aber noch Hassenswertes genug auf der Welt, mit dem Krieg geführt werden kann und muß.[2] Das ist vor allen

---

[1] V. Mos. XXXIII, 28. Auch Leute zusammenbringen zu wollen, die man beide schätzt, die aber nicht zusammenpassen, ist eine sehr verkehrte Freundschaftspolitik mancher Menschen.

[2] Die Grenzen der Friedfertigkeit gibt Hirsch in den „Gebeten Israels" wie folgt an: „Wenn du zuerst durch Meiden des Schlechten in Gedanken, Wort und Tat und durch Übung des Guten Gott gegenüber deiner Pflicht gerecht bist, dann suche auch den Frieden mit Menschen, jage ihm nach, lasse ihn dir nicht entgehen, wenn er zu entfliehen droht, erhalte ihn selbst mit Aufopferung, wenn er zu entfliehen im Begriff ist. Nur was unser ist, worüber wir zu verfügen haben, unsere Interessen, unsern Vorteil, unsere Ansprüche, unsere Ehre dürfen, ja sollen wir in gar vielen Fällen um des Friedens willen opfern. Aber kein Friede mit Menschen kann unsern Zwiespalt mit Gott und unserer Pflicht aufwiegen, sondern wir müssen bereit sein, selbst die Gegnerschaft und Feindschaft

Dingen die prinzipielle Schlechtigkeit, der Geist, der dem Geiste Gottes absichtlich entgegenstrebt und das Gute um seiner selbst willen verfolgt und zu vernichten trachtet. Diesen Geist hasse nur frisch und offen, wo und in welcher Gestalt immer er sich zeigt; er stirbt aber in den Menschen, die ihn verkörpern, meistens schon allerspätestens in der dritten und vierten Generation aus, wenn er sich in ihren Nachkommen nicht ändert, was auch sehr oft der Fall ist.[1]

einer ganzen Welt auf uns zu laden und mit Gott und unserem Pflichtbewußtsein allein zu bleiben." Das meint auch Christus mit den Worten, er sei nicht gekommen, Friede zu senden auf Erden. — Gegen verurteilte Menschen zu kämpfen ist jedoch, wie schon Spurgeon in einer seiner schönsten Predigten sagt, eine ernste Sache. Man ist dann gleichsam der Vollstrecker höherer Urteile und darf nichts Menschliches von sich aus dazu tun und um keinen Zoll breit über die Ordre hinausgehen, sonst riskiert man, daß Gott ihnen wieder ein wenig hilft, was der schlimmste Fall sein würde, gegen den jeder andere weniger zu fürchten ist. — Ein jüdischer Weiser, Schemuel der Jüngere, sagt darüber: „Wenn dein Feind, der dich verfolgt, fällt, freue dich nicht; wenn er sittlich strauchelt, frohlocke nicht, daß nun die Welt sieht, wie er ist. Gott, der diese Feindschaft zu deiner sittlichen Verbesserung zugelassen hat, würde es sehen und seinen Zorn über ihn wieder zurücknehmen." Es ist übrigens ein sehr schwerer Moment im Leben, in welchem man die offene Todfeindschaft des Bösen, in Menschen verkörpert, gegen sich gerichtet sieht. Der Trost ist der, daß es gerichtet ist und nicht mehr zur Herrschaft in der Welt gelangen kann, wo immer ihm Widerstand geleistet werden will.

[1] Hirsch, Kommentar zu den Psalmen I, S. 235, enthält darüber eine Reihe der merkwürdigsten Beispiele von guten Nachkommen der bittersten Feinde des Volkes Israel. Der kluge hebräische Spruch=dichter sagt ferner (III, 35): „Wenn die Narren hoch hinaufkommen,

Solchen Schlechten, denen Gott selbst nicht vergibt,[1] etwa gar noch zu helfen, oder zwischen ihnen und den Guten „unparteiisch" sein zu wollen, statt den letzteren in jedem solchen Kampfe beizustehen, ist eine schwere Schuld, die sich an jedem rächen wird, der sie begeht.[2]

Ein sehr schwieriges Kapitel ist der Umgang mit Frauen, denn sie sind die Werkzeuge des Besten und des Schlechtesten, was in einem Menschen aufwachsen kann; entweder der schrankenlosen Genußsucht und der völligen, prinzipiellen Abwendung von allem Höheren und Edleren, welche durch sie namentlich in jungen Leuten entsteht und die Haupturfache des Verfalles ganzer Nationen bildet, oder einer wirksamsten Erhebung über die natürlichen Anlagen eines Menschen, zu einer ganz anderen, freieren und besseren Lebensanschauung. Dabei irren die meisten Beurteiler der Frauen darin, daß sie von denselben als von einer einheitlichen, im Charakter übereinstimmenden Masse sprechen, während gerade umgekehrt bei diesem Teile des menschlichen Geschlechtes eine bei weitem stärkere Ausscheidung in zwei gesonderte Klassen und eine viel konstantere Beibehaltung und Vererbung der guten, wie der schlechten Eigenschaften überhaupt stattfindet.[3]

werden sie zu Schanden." In Demokratien ist man oft genötigt, ihnen dazu Gelegenheit zu verschaffen; vorher wird man sie nicht los.

[1] Ev. Matth. XII, 31. 32. Josua XI, 20.
[2] II. Chron. XIX, 2.
[a] Eine erwachsene Frau ändert selten mehr den Grundtypus

In einer sehr eigentümlichen Stelle des Alten Testa=
mentes unterscheidet dasselbe schon im frühesten Lebens=
alter der Menschheit „Kinder Gottes" von „Töchtern der
Menschen", welchen es zwar nicht an äußerem Reiz gebricht,
die aber gerade durch denselben zum Unsegen werden.

Dieser Unterschied ist noch heute vorhanden und der
erste Rat daher der: Mit den „Töchtern der Menschen"
verkehre unnötig nicht und hüte dich vor jeder nähern
Verbindung mit ihnen, was auch die Poeten darüber
sagen mögen, die oft gerade der ihnen eigentümliche Reiz
besticht.[1]

ihres Charakters und eine Tochter schlägt häufiger in den schlechten
Eigenschaften nach der Mutter, als ein Sohn nach dem Vater.
Auch bleiben die Eigenschaften ganzer Klassen und Völker weit länger
in den Frauen verkörpert. Die adelige Frau ist adelsstolzer als
der Mann, hält länger an den Privilegien des Standes fest; die
Deutsche vertritt reiner den deutschen, die Französin weit stärker
den französischen Nationalcharakter; selbst den religiösen Umwand=
lungen widerstehen die Frauen länger; das konservative Element
ist bei ihnen überhaupt weit mächtiger als in den Männern.

[1] Der größere Teil der sogenannten erotischen Poesie ist ein
schimmerndes Gewand für eine schlechte und häßliche Sache. Gerade
die besten und selbstlosesten aller Frauen, die Großmütter, die jeder
liebt, der eine besessen hat, werden dagegen von den Dichtern am
wenigsten besungen. Auch die kleinen Mädchen nicht häufig (die kleine
Obilot im Parzival ist ein sehr vereinzeltes Beispiel), und doch sind
sie — unegoistisch angesehen — liebenswürdiger als in ihrer spätern,
vielbesungenen Periode. Die Knechtschaft, in die ein edelgearteter
Mann durch eine ungehörige Neigung geraten kann, ist in „Tristan
und Isolde" von Gottfried von Straßburg am besten, am edelsten
und großartigsten aber in den Königsidyllen von Tennyson be=
schrieben. Das ist wahre Poesie.

Andererseits hingegen wäre der Unterschied zwischen Frauen und Männern nicht so groß, wenn die Erziehung und namentlich die Rechtsstellung beider Teile ähnlicher wäre, wonach die heutige Politik und Pädagogik strebt.[1] Das Christentum macht jedenfalls einen Unterschied nicht und auch schon das Alte Testament kennt (sogar verheiratete) Frauen, die die allerhöchsten Staatswürden, nicht etwa infolge Erbrechts, wie heute, sondern lediglich kraft ihres innern Wertes, des Geistes, der in ihnen wohnte, bekleideten.[2] Der „Geist Gottes" kann ohne Zweifel in jedem Menschen wohnen, und das ist das Entscheidende, nicht die körperliche Beschaffenheit.

---

[1] Natürlich gelten daher für die Frauen und ihren Umgang mit Männern im allgemeinen die gleichen Regeln, die wir hier aufstellen, wobei jedoch zu sagen ist, daß eine Frau, die erst durch den Verstand über die Unzweckmäßigkeit der Eingehung einer Verbindung mit einem ihrer ganz unwürdigen Manne belehrt werden muß, sich eigentlich schon klassifiziert hat.

[2] z. B. Richter IV, 4. Vgl. auch II. Kön. XXII, 14; Nehemia VI, 14. Es gibt keine anderen Schriften außerhalb der Bibel, die, im ganzen genommen, eine höhere Achtung vor dem weiblichen Geschlechte bezeugen und dessen geistige und sittliche Hebung so sehr im Auge und tatsächlich befördert haben. Die Frauen, welche gegen die christliche Religion voreingenommen sind und sich bloß auf die Humanität, oder die Philosophie, oder die Naturwissenschaft, oder das Recht der Zukunft verlassen, sind nicht nur sehr undankbar, oder unwissend, sondern sie werden sich auch in ihren Erwartungen täuschen. Die Religion allein verbürgt ihnen auf die Dauer eine menschenwürdige und immer mehr gleichberechtigte Lebensstellung, von der sie sofort in den Augen der Männer herabsinken, wenn sie diesen Halt aufgeben.

Die Frauen sind im allgemeinen leichter zu kennen als die Männer. Sie täuschen niemand[1] auf die Dauer in der Art, daß er wirklich böse für gut hält, sondern nur so, daß er das Böse vermöge seines sinnlichen Reizes dem Guten vorzieht, in der falschen Hoffnung, daß dieser Reiz ein dauernder und beglückender sein werde. Für die Frauen gibt es daher sicherlich nur ein Mittel, dauernd als etwas zu erscheinen, was sie wünschen; das, es zu sein. Dagegen ist es für sie schwerer, aber auch um so verdienstlicher, geistvoll, gut und edel zu sein, da sie, statt Anerkennung dafür zu ernten, oft das gerade Gegenteil mehr geschätzt und gesucht sehen müssen. Eine wahrhaft edle Frau steht daher auf einer höheren Stufe sittlicher Vollkommenheit als der beste Mann.

Im weitern ist auf die Frauen vorzugsweise anwendbar, was von den Menschen überhaupt gilt: Diejenigen, die nichts Schweres erlebt haben, sondern nur auf den Genuß des Lebens eingerichtet sind, bleiben oberflächlich und mittelmäßig. Bei den Frauen ist dies letztere sogar in erhöhtem Maßstabe der Fall, weil ihre ganze dermalige Erziehung in den sogenannten gebildeten Ständen dahin tendiert, ihnen einen feineren Lebensgenuß als ihres Daseins eigentliches Strebeziel erscheinen zu lassen. In dem aus dieser Lebensauffassung resultierenden naiven und gedankenlosen Egoismus, der die ganze Welt nur für eine schöne Wiese ansieht, auf der die Frauen alle Blumen zu

---

[1] Das beweist schon der einzige Umstand, daß sie sich unter einander meistens sehr gut kennen, was bei den Männern unter sich lange nicht in diesem Grade der Fall ist.

pflücken haben, um sich damit zu schmücken und selbst damit zu gefallen, übertreffen sie oft den männlichen Egoismus weit; die liebenswürdigere Außenseite dieser Naivetät[1] darf darüber nicht hinwegtäuschen.

Den Charakter einer Frau kann man sehr gut an ihrem Verhalten zu den Blumen kennen lernen. Ein Mädchen, das auf Spaziergängen so viel als nur immer möglich von Blumen an sich rafft und womöglich gar nichts davon für andere übrig lassen möchte, ist zur Habsucht und Genußsucht geneigt. Eine Dame, die es über sich bringt, eine schöne Blume, oder einen ganzen Strauß von solchen nach kurzer Beachtung liegen und verwelken zu lassen, statt sie in Wasser zu stellen, oder einem armen Kinde damit noch eine Freude zu bereiten, hat kein warmes Herz. Wenn sie aber vollends Blumen zerreißt und zerpflückt, so wird sie auch einstmals nicht weniger egoistisch mit Menschen umgehen, die ihr anvertraut werden.

Noch schlimmer steht es natürlich um die Herzenseigenschaften derjenigen zarten Wesen, welche eine harmlose Mücke, die sich am Fenster sonnt, mit dem Finger zerdrücken, oder ein Würmchen oder Käferchen, das ihnen über den Weg kriecht, absichtlich zertreten. Von denen

---

[1] Wo aber dieser Egoismus ein bewußter zu werden anfängt, da werden die Frauen rasch schlecht und, wenn sie schön sind, die gefährlichsten Werkzeuge des Bösen auf Erden. Dann ist es Zeit, diesem Zauber entschieden zu widerstehen, wo immer er sich breit machen will, und seine Macht nicht gelten zu lassen. Koketten, oder übermäßig geputzten Frauen muß man daher gar keine Aufmerksamkeit schenken; das ist, für sie und für uns, das Beste.

sich völlig fern zu halten ist sehr geraten. Ebenso von allen denen, die auffallend angezogen sind. An einer echten Dame muß im Anzug gar nichts auffallen, weder ein zu viel, noch ein zu wenig.

Die richtige Behandlungsweise der Frauen ist im ganzen die mit Gefühl und Wärme; zu einem bloß verstandes=mäßigen Umgang sind sie seltener geschaffen und diejenigen, die es sind, sind in der Regel nicht sehr liebenswürdig[1] und innerlich nicht befriedigt. Selbst eine recht gescheite Frau ist ein unbedingtes Glück nur für einen mindestens ebenso gescheiten Mann, und sie ist selber nie glücklich, wenn sie das stete Gefühl hat, denselben weit zu übersehen. Leidenschaftliche Frauennaturen sind ein großes Glück für den, der mit ihnen ohne Schuld umzugehen versteht, sonst aber ein Feuer, das zwar Licht und Wärme verbreitet, aber auch das eigene und andere Häuser verzehren kann.[2] Sehr ruhige dagegen werden leicht allmählich etwas insipid, um nicht das deutsche Wort dafür zu gebrauchen.

Was die Frauen an den Männern am meisten schätzen, ist Kraft,[3] deren völlige Abwesenheit sie nie verzeihen.

[1] „I have noticed that when a woman tries to be a man, very rarely she is anything like a gentleman." Vor dieser „modernen Frau", die dem Manne allzu ähnlich zu werden strebt, bewahre dich Gott, Leser, in Gnaden; die macht niemand glücklich, sich selbst am allerwenigsten.

[2] Die großartigsten poetischen Beispiele dieser Art sind Medea von Grillparzer und Guinevere von Tennyson.

[3] „Ein Lämmlein im Hause und draußen ein Leu" wie Anna Nitschmann, die zweite Frau Zinzendorfs, sagt; daher die Vorliebe

Die Anbeter in der Art des armen Brackenburg in Goethes „Egmont" kommen daher bei ihnen niemals zu ihrem Rechte; sie schätzen sogar die Männer, welche sie schlecht behandeln oder mißachten, mehr, als die schwachen.[1]

Am unglücklichsten fühlt sich eine edle Frau, wenn sie durch eigene schlechte Wahl, oder durch die Torheit ihrer Angehörigen an einen Schwächling geraten ist, der durch ein beständiges kleinliches Herrschen im Hause seine Unmännlichkeit gegenüber der Außenwelt kompensieren will. Für diese Haustyrannen, denen gegenüber gerade die besten Frauen wehrlos sind, die sich nur von stärkeren Egoistinnen regieren lassen, hätte Dante noch eine besondere Höllenstrafe erfinden müssen.

Damit sind wir schon auf die Ehe gekommen. Die beste Verbindung mit Frauen, die nicht schon ohnehin zu der Familie gehören, ist die Ehe, und es ist eine der Hauptursachen des Verderbens unserer Zeit, daß dieselbe, nicht am wenigsten durch die Genußsucht und falsche Erziehung der Frauen selbst, einem großen Teil der gebildeten Männer erschwert ist, so daß sie gar nicht, oder

vieler Frauen für den Kriegerstand. Der umgekehrte Fall, der häufiger vorkommt, ist der schlimmste für die Frauen.

[1] Schopenhauer z. B. wird viel von ihnen gelesen. Wenn man sich bei ihnen sicher in Gunst setzen will, muß man sie zuerst zornig machen und nachher streicheln. „Frauendienst" ist stets eine Torheit, wenn er nicht eine wohlberechnete Schlauheit ist. Es geht den ehrlichen Minnesängern allen wie Ulrich von Lichtenstein, oder dem Pelleas Tennysons bei Ettarre. Die rechten Frauen haben immer einen gewissen Verdacht, es stecke entweder Berechnung auf ihre Eitelkeit, oder Dummheit dahinter.

nicht zur rechten Zeit, dazu gelangen. Ja es hat sich daraus in den „zivilisierten" Völkern[1] sogar der für die Stellung der Frauen ungünstige Umstand ergeben, daß sie gar nicht mehr um ihrer selbst willen geschätzt werden, sondern nur noch um dessentwillen, was sie „mitbringen."

Wer wollte sich auch in der Tat sein Leben lang mit Sorgen plagen, um ein eitles, putz= und genußsüchtiges Ding zu erhalten, während er mit den gleichen Mitteln sich ein weit angenehmeres Leben verschaffen kann. So lautet jetzt die ziemlich allgemeine Parole bei den jüngeren Herren der Schöpfung, die im ganzen überhaupt zu wenig Opfersinn besitzen.

Ob die Ehe unter diesen heutigen Verhältnissen, wo der Mann sehr gewöhnlich damit eine Verbesserung seiner ökonomischen Situation, oder in weniger „gebildeten" Ver= hältnissen eine unbesoldete Arbeitssklavin sucht, die Eltern der Frau dagegen ihre Tochter in eine, wenn auch noch so klägliche, Lebensversicherung einkaufen[2] wollen, und diese selbst über den augenblicklichen Triumph einer sozialen Beförderung ihre spätere traurige Rechtlosigkeit vergißt, — stets eine „göttliche" Institution genannt zu werden ver= dient, ist zum öftern etwas zweifelhaft. Es ist im Gegenteil eines der traurigsten, obwohl alltäglichsten, Schauspiele, ein feines, hochgebildetes Mädchen in der fast schrankenlosen

---

[1] Die Orientalen und auch die Leute aus dem „Volk" denken darüber edler.

[2] Der gebräuchliche Ausdruck dafür ist „versorgen", oft eine ent= setzliche Unwahrheit, namentlich in Bezug auf alle edleren Bedürfnisse und Zwecke des Lebens, für welche diese Töchter erzogen worden sind.

Gewalt eines mittelmäßigen Jünglings zu sehen, bloß weil manche Mütter es dermalen noch für eine Art von Schande ansehen, ihre Töchter unverheiratet zu behalten.

Man sollte daher auf den schon öfter gemachten Vorschlag eingehen, die Hochzeiten nach den sieben ersten Jahren[1] der Ehe festlich zu begehen — wenn es dann noch der Mühe wert erscheint, die Sache selbst aber jedenfalls mit viel größerem Ernste, als es jetzt gewöhnlich der Fall ist, beginnen lassen.

Daß die Frauen meistens gerne heiraten, ist begreiflich, weil sie allein in einer guten Ehe Gelegenheit haben, alle in ihnen liegenden Kräfte selbständig zu entfalten; daß aber die egoistischen unter ihnen, welche sich rechtzeitig auf einen zweckmäßigen Verteidigungsfuß zu stellen wissen, sehr oft ein besseres Schicksal haben, als die guten, die eine Unsumme von Liebe, Treue, Aufopferungsfähigkeit, Geist und Leben an einen fragwürdigen Menschen verschwenden, von dem sie sich ein unrichtiges Phantasiebild gemacht haben,[2]

---

[1] Ein romanisches Bündner-Sprichwort sagt: „Bei einer jungen Ehe geht der Teufel sieben Jahre um das Haus herum"; d. h. erst nach sieben Jahren weiß man ob er hineingelangt ist, oder definitiv draußen bleibt.

[2] Oft sogar nicht einmal das; aber sie glauben an die Verbesserungsfähigkeit desselben, für welche sie selbst einen andern Charakter haben und von vornherein ganz andere Mittel anwenden müßten. Es gibt viel mehr unglückliche Ehen, als man glaubt und sieht, und in der Mehrzahl der Fälle trägt die erste und die hauptsächlichste Schuld der Mann. Grauenhaft dagegen ist der sorglose Sinn, mit welchem viele Mädchen in dieses Verhältnis eintreten, das für sie zu einer furchtbaren Sklaverei werden kann.

das ist eine der trübseligsten Erfahrungen des Menschen=
lebens, die am meisten an der Gerechtigkeit Gottes irre
machen könnte. Niemals sollte daher eine Frau ganz unter
ihrem Stande, niemals in eine ganz ungebildete Familie,
niemals an einen sittlich nicht ganz zweifellosen, oder
kleinlich=egoistischen,[1] oder gar nicht gutmütigen Mann,
und in der Regel auch nicht außer ihr Land und außer
ihre Nationalität sich verheiraten. Für die Männer hin=
gegen, die ernstlich aufwärts streben, ist die Verbindung
mit einer hochgesinnten und in besserer Lebensstellung
befindlichen Frau das allergeeignetste Mittel, um rasch
vorwärts zu kommen.

Ob es daneben zweckmäßiger sei, in einer guten Ehe
ruhige Achtung und Freundschaft, oder leidenschaftliche
Liebe zu suchen und zu finden, wird stets bestritten bleiben.
Wir würden uns, im Sinne einer allgemeinen Regel, für
das erstere entscheiden; aber — wer das letztere nicht
kennt, weiß nicht was Leben ist.

Unzweifelhaft gehört der richtige, unegoistische Umgang
eines Mannes mit einer braven und geistvollen Frau seines
engsten Lebenskreises, Frau, Mutter, Schwester, Tochter,
und nicht am wenigsten Großmutter und Enkelin, zu den
allerhöchsten, zartesten und lautersten Freuden dieses Lebens
und bildet Eigenschaften in ihm aus, die sonst auf immer

---

[1] Ein schlechter Mensch kann durch die Ehe noch leichter ver=
bessert werden als ein gemeiner. Ein solcher wird eine edle Frau
stets auf sein Niveau herunterzubringen versuchen, da er es sonst neben
ihr nicht aushält. Vgl. hierüber „the life of Mrs. Booth" II, 372.

brach liegen bleiben. Eine Heirat ist lange nicht immer ein Glück zu nennen, aber ein alter Junggeselle ist jedenfalls auch nie das, was aus ihm geworden sein könnte und sollte.

Im ganzen, lieber Leser, suche die Menschenkenntnis nicht zu sehr auf theoretischem Wege. Den größten Teil derselben erlangt man nur durch eigene — und meistenteils durch traurige — Erfahrungen. Nimm dir bloß vor, nichts zweimal zu erfahren. Das sind die wahrhaft Klugen; nicht die, welche keine Fehler machen, wenn es überhaupt solche gibt.

Auch muß die Menschenkenntnis nie bloß dazu dienen, die Böcke von den Schafen auszuscheiden und fortan nur um die letztern sich kümmern zu wollen, sondern dazu, uns nicht täuschen zu lassen und an der Verbesserung unser selbst und aller, mit denen uns unser Schicksal in Berührung bringt, mit Verständnis ihres Charakters arbeiten zu können. Denn wenn man einmal von dem Gedanken abläßt, daß jede einzelne Menschenseele einen unendlichen Wert habe und aller Mühe des Rettens würdig sei, dann befindet man sich auf einer schiefen Ebene, auf der man allmählich wieder bei dem völligen Egoismus anlangt.

Das letzte Wort der Menschenkenntnis muß Liebe zu allen sein. Sie allein erträgt es, den Menschen

genau zu kennen, wie er ist, und ihn nicht zu fliehen.
Die Menschenkenntnis ohne Liebe ist stets ein Unglück
und der Grund der tiefen Schwermut mancher Weisen aller
Zeiten gewesen;[1] sie mußten dann entweder auf den Um=
gang mit ihresgleichen verzichten, oder zur Tyrannis ihre
Zuflucht nehmen. Denn mit den Menschen ist schließlich,
wenn man sie einmal kennen gelernt hat, nur auf zwei
Weisen zu verkehren, durch Furcht, oder durch Liebe. Alle
Mittelwege sind Täuschungen.

Wer aber zuletzt an die Furcht appelliert, oder wer die
Liebe nur im Munde führt, der höre darüber den Bruder

---

[1] Das ist z. B. der Grund der Stimmung, aus der heraus
ein ganz moderner Dichter die tief traurigen Verse schreibt:
„Die Ruhe ist das Beste von allem Glück der Welt,
Was bleibt vom Erdenfeste uns gänzlich unvergällt?
Die Rose welkt in Schauern, die uns der Frühling gibt,
Wer haßt ist zu bedauern und fast noch mehr, wer liebt."
Es ist dies aber im letzten Grunde doch keine rechte Menschenkennt=
nis. Denn jedes Menschenherz, ja man kann weiter gehen und
sagen, alles was Leben hat, hungert nach Liebe. Sogar Gott ist
diesem Gesetze alles Lebens, das seine eigene Natur ist, wenn man
so sagen darf, unterworfen. Wer das nicht glaubt, mißkennt die
Menschen gründlich. Dagegen ist allerdings Liebe zu Gott, die
dann in ihm und durch seine Kraft alle Menschen liebt, die einzige
reelle Ursache und Möglichkeit der so viel gepredigten und so wenig
geübten „Menschenliebe", zu welcher der Mensch sonst gar nicht
fähig ist. Der bloß menschlichen Liebe bleibt die Eigenliebe immer
und in jedem Menschen überlegen. Man kann auch für diejenigen,
welche an so etwas überhaupt glauben können, zum Schlusse sagen:
Gottes Geist kennt alle Menschen genau und eigentlich sogar ganz
allein vollständig; frage den, wenn du jemand kennen willst.

Jacobus de Benedictis:[1] „Daß ich meinen Nächsten liebe, weiß ich nur, wenn ich ihn nach stattgehabten Beleidigungen nicht weniger liebe, als zuvor. Denn wenn ich ihn dann weniger liebte, so würde ich dadurch beweisen, daß ich vorher nicht ihn, sondern mich geliebt habe."

*   *

„Schmerzlich schwankt des Menschen Seele,
Wenn Zweifel bitter sie bedrängt,
Sei's auch daß ihm Mut sich vermähle,
Die Farben bleiben doch gemengt.
Weiß und schwarz, auf und nieder,
Wie der Elster bunt Gefieder,
Heitrer Himmel, dunkle Hölle,
Haben beide an ihm teil.
(Doch) nur ein untreuer Geselle
Verliert sein **ganzes** Heil.
Sein Herz ist schwarz, voll List und Tücke;
Weiß aber ist der Mann mit treuem **Sinn**,
Ihn führt sein Glaube hoch zum Himmel hin."

[1] Bruder Jacopone da Tobi gewöhnlich genannt, ein bekannter Zeitgenosse Papst Bonifaz des Achten, gestorben 1306.

Was ist Bildung?

Ein Prophet Israels aus der späteren Königszeit, der selbst eine Art Autodidakt gewesen zu sein scheint,[1] verkündigt seiner Nation eine bald herankommende neue Periode mit ungefähr den folgenden Worten: "Siehe, es kommt die Zeit, daß ich einen Hunger in das Land schicken werde, spricht der Herr, aber nicht einen Hunger nach Brot, sondern nach dem Hören der Wahrheit. Zu der Zeit werden schöne Jünglinge und Jungfrauen verschmachten, welche sich jetzt auf den Gott zu Dan und die Weise von Berseba verlassen. Denn sie werden damit dergestalt fallen, daß sie nicht wieder aufstehen können." Was dazumal unter dem Gotte zu Dan und der "Weise zu Berseba" gemeint war, ist schwerlich ganz genau zu ermitteln und können wir hier jedenfalls ununtersucht lassen; nur soviel ergibt sich aus dem Gegensatze bereits, daß es Bildungselemente jener Zeit waren, deren Ungenügendheit später an den Tag treten

Es war dies ursprünglich ein Vortrag in einem Verein von jungen Kaufleuten, bei denen heutzutage oft mehr Verlangen nach einer allgemeinen Bildung herrscht als in andern Kreisen. Einige Spuren dieses speziellen Zweckes sind auch in der jetzigen Form des Aufsatzes noch bemerkbar.

[1] Amos VII, 14. 15.

sollte, wie es denn bei Beginn der christlichen Ära auch wirklich geschehen ist.[1]

Allgemein bekannte Erscheinungen unserer eigenen Tage können uns füglich an diese alten, jetzt halbvergessenen Worte wieder erinnern.

Einerseits geht ein fast gewaltsames Streben durch die breiten Massen der Völker, sich durch eine möglichst rasch zu erringende Bildung zu der **Macht** zu erheben, welche nach ihrer Anschauung an diese Bildung, oder, wie sie es meistens auffassen, an die Erwerbung gewisser Kenntnisse geknüpft ist.[2]

In den oberen Kreisen der **bisherigen** Gebildeten greift dagegen umgekehrt eine Art von Verzweiflung über die erreichten und die erreichbaren Resultate dieses Wissens um sich, wie sie ein berühmter Naturforscher mit seinem bekannten Worte „ignoramus, ignorabimus" bereits deutlich ausgesprochen hat[3] und wie sie sich in der immer

---

[1] Ev. Luk. Kap. III. Darin lag gerade die Gewalt des Christentums über die Herzen, daß eine solche Verzweiflung an aller bisherigen Menschenweisheit bereits in weiten Volkskreisen eingetreten war, von denen sich nur die geistlichen und weltlichen Würdenträger, besorgt um ihre Autorität und ihre weltlichen Vorteile, noch fernhielten. (Vgl. Matth. XXVII, 43. Markus XII, 7. Joh. VII, 47; IX, 39—41. Lukas XXIII, 11.) Ähnlich war es auch in der Reformationszeit. Ohne ein solches Vorstadium des „Hungers" wirken keine neuen Ideen.

[2] Heut sucht die Welt meistens Wissenschaft; was sie aber brauchen würde, ist Weisheit, und davon ist sie weiter, als zu Ende des achtzehnten Jahrhunderts, entfernt.

[3] Ein noch weit schlimmeres Zeichen für die Gebildeten ist der

größer werdenden Spezialisierung aller Wissenschaften auch tatsächlich kundgibt. Denn es heißt ja doch diese Spezialisierung im Grunde nichts anderes, als: es gibt keine allgemeine Wissenschaft mehr, und noch viel weniger eine alles menschliche Können und Denken verstehende allgemeine Bildung, sondern nur noch einzelne Fachkenntnisse, hinter denen dem gelehrtesten Fachmanne ebensosehr der Abgrund der Unwissenheit entgegengähnt wie dem gewöhnlichsten Laien.

In der jungen Generation der Kulturvölker, die unter solchen Auspizien heranwächst, herrscht dazu noch eine gewisse körperliche und geistige Ermüdung, die sogar den Zweifel entstehen läßt, ob nicht die gesamte moderne Erziehung auf einem unrichtigen Wege sein müsse, wenn sie statt geistige und körperliche Kraft und Freudigkeit zu lebenslangem Weiterlernen zu erzeugen, alle diese Fähigkeiten nur vorzeitig abstumpfe und untergrabe und ein zu schwach organisiertes, nervöses Geschlecht heranziehe, das dem Ansturm irgend eines gesunden Barbarentums sowenig mehr gewachsen sein würde, wie einst die äußerlich glänzende, aber an solcher Überkultur ebenfalls kranke römische oder griechische Weltbildung.[1]

Damit gelangen wir sofort auf den Boden unserer Frage. Es muß demnach unter Bildung doch noch etwas

brutale Hochmut des Nietzscheschen „Herrenrechts", der schon direkt an die Rohheit grenzt und dennoch unter ihnen jetzt vielfach besteht.

[1] Die moralische Intelligenz und die Kraft des Willens wird heute in den Schulen sogar weniger entwickelt als früher, seitdem der Klassizismus weniger berücksichtigt und den sogenannten Realfächern geopfert wird, die keinen Einfluß auf die Charakterbildung besitzen.

Mehreres, oder virtuell anderes, als das Wissen, die Fachgelehrsamkeit,[1] zu verstehen sein, wenn sie überhaupt etwas Wohltätiges und Wünschenswertes sein soll, beziehungsweise es muß der namhafteste Erfolg einer allgemeinen Bildung die gesunde und kräftige Ausgestaltung der Persönlichkeit eines jeden Menschen zu einem vollen und ganzen, innerlich befriedigenden Menschenleben sein, ohne die sie weder für ihn, noch für seinen Staat, von sehr entscheidendem Werte wäre.

Wenn sie das nicht bewirkt, so rechtfertigt sie jedenfalls die Hoffnungen nicht, die auf sie lange Zeit gesetzt worden sind, und es stünde auch uns heutigen Europäern vielleicht eine Zeit bevor, wie sie die Menschheit schon mehrmals erlebt hat, in der die hochkultiviertesten Völker von Barbaren bloß durch größere Körperkraft und größere geistige Frische und Originalität überwunden worden sind, und in der namentlich allzu verfeinerte Republiken nicht im stande waren, der Wucht solcher, von irgend einem einzelnen starken Willen geleisteten Angriffe zu widerstehen.

Es ist daher die Frage „Was ist Bildung?" sowohl eine Lebensfrage unseres ganzen heutigen Geschlechtes, wie speziell unserer Staatsform und unseres Vaterlandes.

---

[1] Gelehrsamkeit ist nur eine Präsumtion für Bildung, die aber nicht immer und notwendig zutrifft, sogar im eigenen Fache nicht einmal. Es gab gelehrte Theologen, die keine entfernte Ahnung von dem Wesen des Christentums hatten, berühmte Juristen, denen ganz der Rechtssinn, und geistreiche Philosophen, denen die wahre Lebensweisheit fehlte. Unglücklich die Jugend, die von solchen erzogen wird.

I.

Unter diesem sehr vieldeutigen und daher sehr oft mißdeuteten Worte „Bildung" werden wir zunächst etymologisch, seinem Wortlaute nach, eine Ausgestaltung aus einem ursprünglich formlosen, rohen Zustande zu einem solchen verstehen müssen, in welchem die Entwicklung zu dem Besten, dessen dieses Material fähig ist, vollzogen, oder wenigstens im ungehinderten Werden begriffen ist.

Jeder Mensch ist in den Anfängen seines Werdens ein rohes Material, das erst, teils durch die formende Gewalt des Lebens selber mit seinen mannigfachen Einwirkungen, teils durch Menschenhand und Menschenklugheit zu einem wirklichen Menschenbild und Kunstwerk ausgestaltet werden soll.

Und wie nun ein ungeschickter Bildhauer einen Stein, der ihm anvertraut ist, auch mißgestalten und so verderben mag, daß kein rechtes Kunstwerk mehr daraus entstehen kann, oder ihn gar zu fein behauen kann, so daß ihm die nötige Massivität und Widerstandskraft gegen alle äußeren Einflüsse abgeht, so sprechen wir oft auch bei der menschlichen Bildungskunst, aus schmerzlicher Erfahrung heraus, von einer verfehlten, verschrobenen, oder einer übertriebenen und allzu verfeinerten Bildung.

Zu einer wirklichen Bildung, die dem Menschen nicht schadet, sondern nützt, scheinen drei Dinge wesentlich zu gehören: Überwindung der natürlichen Sinnlichkeit und des natürlichen Egoismus durch höhere Interessen, gesunde, gleichmäßige Ausbildung der körperlichen und geistigen Fähigkeiten, und richtige philosophisch=religiöse Lebens=anschauung. Wo eines von diesen dreien fehlt, verkümmert etwas in dem Menschen, das einer bessern Ausgestaltung fähig gewesen wäre.

1) Der letzte Endzweck aller wahren Bildung ist die Befreiung des Menschen von der „sinnlichen Schwerkraft, die jeder in sich trägt", und der Selbstsucht, die zwar in letzter Linie auf dem Selbsterhaltungstrieb jedes Wesens beruht, dennoch aber im Gegensatz zu seinem Lebenszwecke steht. Als ein wesentlich sinnliches Wesen beginnt der Mensch seine Laufbahn auf dieser Welt, als ein wesentlich geistiges soll er sie hier abschließen und, wie wir hoffen, in einer andern Welt unter günstigeren Bedingungen fortsetzen. Daher liegt in seiner Naturanlage schon ein Widerstreit zwischen dem, was ist und daher natürlich beharren möchte, und dem, was von seinem tiefsten und besten Gefühl un=zweifelhaft gefordert wird und werden soll. Beharrt er nicht in dem Seienden, so scheint ihm zuweilen der Boden unter den Füßen zu entgehen; hält er aber an demselben fest, so sagt ihm sein besseres Ich in beständigem schwerem Selbstvorwurf, daß er seine Pflicht nicht erfüllt und nicht wird, was er werden kann und soll. Das ist der Kampf, den jeder Mensch mit sich selbst beginnt, sobald er zur Besinnung über sich kommt und in dem er um jeden Preis den Sieg davon tragen muß.

Alle innere Unbefriedigung entsteht aus Sinnlichkeit oder Egoismus; diese beiden fehlen nie als die ersten

Ursachen davon, wenn jenen Wirkungen auf den Grund gegangen wird. Und ein wirkliches menschliches Glück ist gar nicht denkbar, wo nicht die geistige Natur des Menschen über die sinnliche, und die freie, humane, menschenfreundliche Gesinnung über die enge, selbstsüchtige der innersten Tendenz nach bereits den entscheidenden Sieg davongetragen hat, der tatsächlichen Praxis nach ihn alltäglich neu erringt.[1]

Wem es nicht möglich geworden ist, noch wird, sich selbst soweit zu überwinden, der wird ferner auch nie der ihn umgebenden Welt gewachsen sein, die ihn mit den gleichen, aber tausendfachen Kräften und Mitteln des Egoismus bekämpft. Es bleibt ihm dann nur übrig, sich in diesem Kampfe um das gegenseitige Dasein dadurch zu wehren, daß er selbst andere fortwährend beschädigt und vernichtet und sich mit andern zu Interessengruppen verbindet, die ebenfalls rein selbstsüchtiger Natur sind.[2]

Gegen diesen Kampf um das Dasein aufzutreten, der jetzt unsern ganzen Menschenadel zu zerstören und uns den Raubtieren ähnlich zu machen droht,[3] ist die vornehmste Aufgabe aller wahrhaft Gebildeten unserer Zeit.

[1] „Süße Erniedrigung", wie Byron es richtig bezeichnet, ist das wahre Glück des Menschen nicht.

[2] Die Gruppen haben viel weniger Moral als die Individuen; es ist merkwürdig, was sich die Menschen für ihre Gruppe, ihren Verein, ihre Aktiengesellschaft erlauben, manchmal etwas, das sie für sich selbst kaum zu denken wagen würden.

[3] Es ist auffallend, welche Raubtier=Physiognomien jetzt schon manche Menschen, besonders Börsenspieler, Streber und Lebemenschen beider Geschlechter in den sogenannten höheren Ständen haben.

Sie müssen an ihrem eigenen Beispiele zunächst zeigen, daß derselbe **nicht nötig ist** und daß es auch noch einen andern Ausweg aus den Labyrinthen dieses Lebens gibt, als den traurigen des jeweilen stärksten Egoisten, der zuletzt im günstigsten Falle in diesem Kampfe nur die Existenz vieler Nebenmenschen erschwert und sein eigenes besseres Selbst eingebüßt hat.

Der erste Schritt dazu aber ist offenbar der, daß man niemand mehr als einen wahrhaft gebildeten Menschen anerkennt, der überhaupt eine solche Lebensanschauung hat. Und dazu wird und muß es in kurzer Zeit in unsern zivilisierten Staaten kommen. Hier egoistische Selbsterhaltung und möglichster sinnlicher Genuß während einer kurzen Lebenszeit, dort Menschenfreundlichkeit, Sorge für andere, geistige Erhebung und Ausbildung der **edleren Seelenkräfte** — das sind die beiden großen Armeen, die sich jetzt **in Bälde**[1] kampfbereit gegenüberstehen, und in deren eine werden Sie eintreten müssen.

2) Das Zweite ist die richtige und gesunde körperliche und geistige Entwicklung aller unserer Fähigkeiten im Interesse dieser höhern Zwecke. Wir sollen nicht mit einer solchen bessern Lebensanschauung in Klöstern, oder Gelehrtenstuben leben, sondern dieselbe, soweit es uns immer möglich ist, im **gewöhnlichen Leben** und in jedem Berufe zur Geltung bringen. Einzig in einem solchen

---

[1] **Alle jetzigen Parteien** enthalten noch beiderlei Elemente, sind daher auch für **ganz** gebildete Menschen nicht völlig befriedigend.

Berufe natürlich nicht, der in einem prinzipiellen Wider=
spruch mit dieser bessern Lebensanschauung steht.¹

Hier ist der Punkt, wo oft eine etwas krankhafte und
übertriebene philosophische, religiöse, oder wissenschaftliche
Richtung der wahren Bildung ebenfalls entgegensteht.

Die Philosophie ist nicht brauchbar, die sich im vollen
Leben nicht bewährt und durchführen läßt, und die Religion
hilft sehr wenig, die bloß Sonntags in der Kirche besteht,
aber auf dem Markt, oder im Geschäft nicht zur Geltung
kommt.² Und auch das Wissen an und für sich hat keinen
sehr großen Wert, wenn es nicht dazu dient, das Leben
für sich und andere in irgend einer Beziehung menschen=
würdiger auszugestalten.

In einem kränklichen, überanstrengten, nervös beständig
überreizten Körper kann aber ebenfalls keine ganz gesunde
Seele wohnen und ungehindert arbeiten.³ Es ist einer der

---

¹ Solche Berufsarten gibt es, Gott sei Dank, doch nicht gerade
sehr viele. Die gefährlichsten sind im ganzen diejenigen, welche
bloß der Genußsucht anderer dienen, u. a. ein großer Teil der
heutigen sogenannten „Kunst", sodann unzweifelhaft auch ein Teil
der Kaufmannschaft, und jedenfalls das ganze Spekulanten= und
Börsenspielertum. Doch muß man sich nicht zu allzustrengem Urteil
im einzelnen Falle verleiten lassen. Es gibt in allen möglichen
Ständen doch brave Leute. Ev. Luk. III, 12—14.

² Oder die überhaupt mit dem Motto „nur selig" eigentlich
bloß für eine andere Welt und nicht für diese bestimmt zu sein
scheint.

³ Dagegen ist wahre Bildung sehr gesund, indem sie eine große
Ruhe des Gemütes herstellt. Man sieht daher sehr oft, daß solche
Leute bei anstrengender Arbeit dennoch lange leben, z. B. in unserer

Hauptfehler in der Bildung unserer Zeit, daß eine Art Mißverhältnis zwischen Körper und Geist entstanden ist, welches dem ersten direkt und dadurch dem letztern indirekt schadet, und daß daneben überhaupt unsere gesamte moderne Erziehung viel mehr auf mechanische Aneignung von Gedächtnisobjekten, als auf Erwerbung wirklicher Überzeugungen und wahrer Kenntnisse gerichtet ist.

3) Alles das aber, idealistische Richtung, wahre Kenntnisse und körperliche Frische, hilft dem Menschen noch immer nicht zu der wahren Bildung, wenn es nicht auf der Überzeugung von dem Vorhandensein einer übersinnlichen Welt beruht, deren Kräfte dem Menschen dabei wirksam zu Hilfe kommen können. Die sinnliche Anlage und der natürliche Egoismus sind viel zu stark in ihm, wenn er sie ganz aus eigenen Mitteln und ohne Beihilfe einer solchen außer ihm selbst wohnenden Kraft bekämpfen will. Und die Motive dafür sind zu schwach. Was sollte ihn auch bewegen, lebenslang mit sich selbst und der ihn umgebenden Welt einen schweren, anfangs fast unmöglich erscheinenden Kampf zu kämpfen, wenn dieses Leben nur ein vorübergehendes tierisches Dasein ohne jede andere Bestimmung ist?

Die Kraft bloß natürlichen Edelsinns, die zeitweise wohl sich darüber erheben möchte, hält gegenüber dieser Anschauung nicht unter allen Umständen aus, sondern

eigenen Zeit Döllinger, Ranke, Chevreuil, während Lebemenschen, die es sich viel bequemer mit der Arbeit gemacht und stets an sich herumkuriert haben, früher sterben. Richtig geordnete Arbeit ist gesünder als Müßiggang.

Was ist Bildung? 147

verzweifelt leicht an sich selbst, wenn andauernde große Prüfungen an sie herantreten.¹ Es muß daher eine Macht in das menschliche Dasein hineingreifen, die mächtiger ist, als alle seine natürlichen Kräfte, und die es dem Menschen möglich macht, sich selbst zu überwinden und alle äußeren Übel, im Vergleich zu dem Übel des Hochverrats an seinem bessern Selbst, nicht mehr zu fürchten.

Daß es eine solche Macht gibt, die man zwar nicht vernunftmäßig beweisen, wohl aber versuchen und selbst erfahren kann, das ist die geheimnisvolle Wahrheit der Religion,² und sie würde ein sehr viel offeneres Geheimnis sein, als sie es jetzt ist, wenn alle Menschen nur einmal in ihrem Leben den Versuch, ob es eine solche Kraft gebe, wagen wollten. Allerdings wenn jemand

---

¹ Oder sie hält wenigstens nicht mit voller Gemütsruhe aus. Die Menschen, die nicht an Gott glauben können, tragen ihre schwere Strafe dafür darin, daß sie alles aus eigener Kraft tun müssen, oder sich an Menschen halten, was beides in den schweren Zeiten des Lebens oft versagt. Philosophischer Atheismus oder Skeptizismus klingt daher sehr großartig, ist aber in Wirklichkeit ein recht kümmerliches Leben gegen das, was möglich ist. Ap.-Gesch. XIII, 38. 39. Röm. VI, 21.

² Ev. Joh. I, 12. Das ist eigentlich der Schlüssel zu diesem Geheimnis. Es ist das Gemeinsame aller Religionen, selbst der unvollkommensten, daß alle eine Kraft suchen, die außerhalb des menschlichen Wesens liegt. Umgekehrt verfällt ohne den Glauben an Gott jede tiefere Wissenschaft leicht der Skepsis, denn sie kann sich nicht selbst überzeugen, daß sie das Wesen der Dinge und nicht bloß ihre äußere Erscheinung erkennt. Oder wie ein tiefer Forscher sagt: „Sie hat keine Gewähr dafür, daß sie nicht ein Traum ist, Traum aus Traum folgert und Traum mit Traum beweist."

von seiner Genußsucht und seinem Egoismus noch nicht recht lassen will, oder überhaupt noch nicht um jeden Preis zu einem bessern als dem gewöhnlichen Dasein gelangen will, dann wird er, trotz des Versuches, diese Kraft nicht vollkommen an sich erfahren, und dann hilft ihm namentlich auch das äußerliche Bekenntnis zu irgend einer Religion nicht viel. Er bleibt im ganzen wie er ist, auch wenn er alle Tage in die Kirche geht.[1]

Hat er aber diesen Willen, so bekommt er diese Kraft und dann wird er unfehlbar ein anderer Mensch, in einem Grade, den man wirklich eine neue Geburt nennen kann. Dann erst werden auch alle natürlichen Begabungen und Kentnisse in ihm recht lebendig und zum Heile seiner selbst und anderer fruchtbar.[2]

[1] Das Christentum, das nicht bloße Formsache ist, ist Lebenserfahrung, tiefes Gefühl der Unzulänglichkeit der eigenen und Erfahrung von dem Vorhandensein einer andern Kraft. Dazu gehört aber eine Selbsterkenntnis, die vielen „Frommen" unserer Zeit ganz fehlt, weshalb sie auch keinen wohltuenden Eindruck auf andere machen können.

[2] Der höchste Grad ist vollkommene Selbstentäußerung, in welcher der Mensch nur noch das Gefäß göttlicher Gedanken und Anregungen ist; doch ist es sehr gefährlich, sich in solche Zustände hineinzuphantasieren, bevor sie von selbst kommen und wirklich vorhanden sind. Die Hauptsache bei der Religion ist nicht ihre sofortige vollkommene Wirkung, die oft als zu groß dargestellt wird in den Schriften, die davon handeln, sondern daß jeder, der will, gleichviel ob schlechter oder besser, sofort, in jedem Augenblicke seines Lebens auf diesem Weg zum Heil gelangen, diese Kraft zum Guten an der richtigen Quelle erhalten und aus einem freudenlosen Dasein ein sofort bedeutend besseres und nach und nach immer sich

Das ist der Weg zur wahren Bildung, den jeder selbst zu gehen versuchen muß. Gelehrt kann er nicht werden, sondern bloß gezeigt.

Die **Probe** derselben ist zunächst allmählich zunehmende geistige Gesundheit und Kraft, sodann eine gewisse höhere **Klugheit,**[1] die eintritt, und zuletzt ein eigentümliches **größeres Kaliber** der **Menschen,** das man auf keine andere Art und Weise herbeiführen[2] oder nach-

---

steigerndes Leben von wirklichem Wohlsein und wahrer Erkenntnis übergehen kann. Ev. Joh. V, 14. 24; VI, 35. 36; VII, 17; VIII, 12. 31. 32. Luk. XV, 18. 19. Jesaias Kap. LV Das sagen uns aber unsere Kirchen nicht genug, sondern sie „legen den Menschen unerträgliche Lasten auf, die sie nicht mit einem Finger anrühren."

[1] Diese höhere Klugheit auch in den gewöhnlichen Angelegenheiten des Lebens kommt eben daher, daß der Egoismus dumm macht und dagegen das innere wahre Licht **überhaupt,** nicht nur nach einer gewissen Richtung, erleuchtet. Ev. Luk. XI, 36. Ev. Joh. III, 20; VIII, 12. Thomas a Kempis: „Je mehr der Mensch eins mit sich und einfältig in seinem Innersten geworden ist, desto mehrere und höhere Dinge lernt er ohne sonderliche Mühe verstehen, denn das Licht des Verstandes fällt alsdann bei ihm von oben ein. Ein Geist, der rein, einfältig und gefestigt in seinem Innern geworden ist, wird auch durch die mannigfachen Geschäfte des Lebens nicht zerstreut, denn er tut nach außen alles nur zur Ehre Gottes und arbeitet in seinem Innern daran, allen den heimlichen Forderungen seiner Eigenliebe auf immer den Abschied zu geben." „Ich bin es, der in einem Augenblick die demütige Seele so erheben kann, daß sie die ewige Wahrheit tiefer erfaßt, als wenn sie zehn Jahre in der Wissenschaft sich abgearbeitet hätte."

[2] Es gibt dermalen sehr viele Menschen, die der „gebildeten Klasse" angehören, aber **absolut ohne Tiefe** der Gedanken und

ahmen[1] kann und das eigentlich den Hauptbestandteil der Bildung ausmacht. Dabei sind diese durchgebildeten Menschen doch ganz natürliche Menschen, nur frei von allem Scheinwesen und aller Eitelkeit. Frei auch von aller Streberei, von allem Suchen überhaupt nach Gütern, auf die es für das menschliche Glück nicht ankommt und bei deren unablässiger Verfolgung die Menschen nur ihre Seelen verlieren.[2] Frei von allem ungesunden Pessimismus, oder mönchischer Abschließung, frei von Furcht und Nervosität, oder Ungeduld, heiter und ruhig im innersten Kern ihres Wesens und ausdauernd in ihrer geistigen Gesundheit bis an das höchste Ziel des Menschenlebens. „Wie ihre Tage, so ist, wie das Alte Testament sehr schön und richtig sagt, auch ihre Kraft."

Der höchste denkbare Grad dieser Bildung ist eine völlige, von keinerlei Trübung mehr erreichte und erreichbare

Gefühle sind. Man kann mit ihnen bloß von oberflächlichen Dingen und weniger ernsthaft reden, als mit einem jeden verständigen Arbeiter oder Landmann. Oder es sind bloße Gelehrte, die nichts aus sich selbst, alles aus fremden Gedanken schöpfen (Ev. Matth. VII, 29), während von den genialen Menschen mit Recht gesagt wird, sie befolgen kein System. Bei ihnen ist eben Intelligenz und Charakter untrennbar in ein nicht näher definierbares größeres Wesen als das gewöhnliche verschmolzen. Allerdings gehört dazu auch noch etwas, was unsere jetzige Welt vor allen Dingen scheut, viel Leiden. Prediger I, 18.

[1] „Setz' dir Perücken auf von Millionen Locken, setz' deinen Fuß auf ellenhohe Socken, du bleibst doch immer der du bist." Nur Schein läßt sich annehmen, Wesen muß man in sich erziehen.

[2] Ev. Luk. IX, 24. 25.

Hingabe an alles Gute und Edle, jener gedankenmäßig faßbare, wahrscheinlich aber von wenigen erreichte Zustand der menschlichen Seele, in welchem auch kein Kampf mehr mit dem Sinnlichen und Vergänglichen vorhanden, der Widerstand der Natur gegen das Gesetz des Geistes völlig erloschen ist.[1]

Das ist der Zustand, den wir in seiner vollkommenen Ausgestaltung nur dem göttlichen Wesen selber zuschreiben, die Heiligkeit, dem wir aber auch nachzustreben berufen

[1] Thomas a Kempis sagt zwar, das sei nur „der ewigen Ruhe Stand" (Buch III, Kap. 25). Dennoch kann man z. B. in den authentischen letzten Briefen eines in Kampf und Sturm aller Art erzogenen Mannes, des Apostels Paulus, diese erlangte volle Ruhe des Geistes bemerken, und bis zu einem gewissen Grad ist sie am Schlusse des Lebens für jeden Menschen erreichbar, der die geringeren menschlichen Lebensgüter für das höchste hinzugeben aufrichtig bereit war. Auch der Dominikaner-Prediger Johannes Tauler von Straßburg, geb. 1290, hält einen solchen Seelenzustand für erreichbar mit den folgenden Worten einer seiner geistvollen Predigten: „Dem Menschen, der seinen Willen Gott ganz gelassen hat und der nur noch ein Werkzeug Gottes sein will, dem wird jedes Gebet erhört über Sinnen und Verstehen. Er darf nur noch bitten und ohne Sorge noch Furcht, in der Weise der Seligkeit wandelt er dahin durch alle Schwierigkeiten und unter allen Menschen von Tag zu Tag seines Lebens. Sobald er aber etwas Eigenes tut, oder will, so entsteht zuhand eine Mannigfaltigkeit, ein Unfriede, eine Finsternis und ein Ungenügen in den Werken, und daran soll man erkennen, ob das Werk oder das Tun lauter Gott war getan, oder nicht. Es geschieht so leicht und unmaßen behend, daß die Natur das Ihre in allen Dingen sucht, und es bedarf der Mensch, der das lautere Gut treffen und erreichen will, so großen Fleiß und guter Sinnen, wie irgend ein Meister in seiner Kunst."

sind, und die allmähliche Gewinnung aller Menschen für dieses Ziel ist die Aufgabe im einzelnen aller wahren Erziehung, im ganzen der Gang und Zweck der Weltgeschichte.[1]

II.

Die wahre Bildung ist daher naturgemäß mit jeder falschen oder halben unvergleichlich, und auch **unverkennbar in ihren Wirkungen** auf das ganze Wesen der Menschen und auf die Art ihres Verkehrs mit andern, wo immer sie vorhanden ist. Selbst in sehr einfachen Lebensverhältnissen wird sie sich stets durch eine gewisse Größe geltend machen, die sie verleiht und die sie von dem gewöhnlichen Wesen in den gleichen Lebenskreisen unterscheidet.[2] Und neben derselben in einem stillen Frieden mit sich selbst und andern, den keine andere Lebensphilosophie gewähren kann und der in seiner ansteckenden Heiterkeit jedem spürbar wird, der mit solchen Leuten einmal verkehrt hat.[3]

Indessen ist es, namentlich in jetziger Zeit, doch nicht ganz unnötig, noch die hauptsächlichsten Merkmale einer

---

[1] Vgl. Hirsch, Kommentar zur Genesis 46. 48. Sprüche IV, 7.

[2] Auch in einer viel richtigeren Taxierung aller Dinge nach ihrem wahren Wert, als sie die falsche Bildung verleiht.

[3] Die Wirkung der Bildung auf andere ist keineswegs immer die, daß sie andern sogleich gefällt, sondern vielmehr, daß sich die andern in ihrer Gesellschaft selber besser gefallen, das Beste in ihnen herauskommt, das Schlechte schweigt und nach und nach verschwindet.

falschen oder ungenügenden Bildung aufzuzählen, denen
man sehr oft begegnet und die man sich merken muß.
Es sind namentlich die folgenden:

1) Ein großer Luxus in der Lebensführung. Ein
ganz durchgebildeter Mensch wird niemals weder auf seine
äußere Erscheinung, noch auf Wohnung, Essen und
Trinken u. dgl. einen sehr großen Wert legen und daher
den Luxus, als für sich unpassend und unrecht gegen
andere, sorgfältig vermeiden. Ein übermäßiger Aufputz,
goldene Ringe an allen Fingern, Uhrketten, mit denen man
nötigenfalls ein Kalb anbinden könnte, Häuser, in denen
man vor lauter Möbeln nicht mehr Platz findet, Gast=
mähler, bei denen man selbst eine robuste Gesundheit zu
verderben riskiert, das sind alles ganz sichere Zeichen der
Unbildung, vor denen man sich hüten muß.[1] Denn wer

---

[1] Auch die allzugroße Kunstschwärmerei z. B. ist meistens ein
Resultat des Atheismus. Wer nichts Übersinnliches kennt, dem ist
das schöne Werk menschlicher Hände das Höchste. Daran kann
ein Volk auf die Dauer auch zu Grunde gehen.

Selbstverständlich sind ungebildet die Engländer, die mit Pump=
hosen, Nagelschuhen und schweißigen Flanellhemden an die Wirts=
tafeln unserer Städte sitzen; aber auch die Verfeinerung, die
Umwandlung der natürlichen irdischen Daseinsaufgaben in einen
beständig schönen sinnlichen Genuß für einige wenige Privilegierte,
ist ein falsches Lebensideal. Selbst wenn es gelingen würde, diese
einzelnen, auf die höchsten Höhe der Menschheit Stehenden ganz
zu befriedigen, so wäre das die unerträgliche Aristokratie im Sinne
der alten Welt, wo wenige auf Kosten vieler, die als Arbeitstiere
verwendet wurden, ein solches höheres Leben führen wollten. Das
ist nun durch das Christentum glücklicherweise abgetan, und wo das=
selbe sich dazu hergibt, eine solche Lebensauffassung zu sanktionieren,

Verstand hat, sieht darauf. Es sind nur die Toren, die sich dadurch blenden lassen. Das sicherste äußere Zeichen der Bildung ist in allen diesen Dingen eine gewisse edlere ungenierte Einfachheit in der ganzen Erscheinung und Lebensart.¹

2) Ein ganz äußerliches zwar, aber auch sehr leicht erkennbares und charakteristisches Zeichen der Bildung ist der Besitz oder Nichtbesitz von Büchern, namentlich bei solchen Personen, die die hinreichendsten Mittel zu ihrer Anschaffung haben. Eine feine Dame, die einen unsaubern Leihbibliothekband liest, können Sie sicher als höchstens halbgebildet taxieren, und daß Sie über den Band noch etwa einen gestickten Umschlag streift, macht die Sache nicht besser, es zeigt bloß, daß sie das Bewußtsein ihres Fehlers

da ist es selbst faul und falsch und des Abbruchs würdig geworden. Der Luxus macht den einzelnen Menschen, der sich ihm ergibt, zum Sklaven, und er ist für Völker der größte Feind der Freiheit.

¹ Genußsucht ist stets ein Zeichen der mangelnden Bildung, die allein gründlich davor schützen kann. Auch eine gewisse allgemeine Lebensverfeinerung, eine Erhöhung des „standard of life" in einem Lande ist nur insoweit wünschenswert, als dadurch eine rohe, halbtierische, menschlich nicht würdige Lebensart beseitigt wird; sonst ist diese beständige Steigerung der Bedürfnisse ein Unglück für jedes Land, und die gebildeten Klassen müssen dagegen ernstlich auftreten und ein besseres Beispiel als bisher geben. Die edlere Einfachheit in der Lebensart hat auch den Vorteil, daß sie sich stets unter allen Verhältnissen gleich bleiben kann, während es bei luxuriösen Leuten doch gewöhnlich zwei Lebensarten gibt, diejenige vor Leuten und diejenige für sich. Nichts ist aber in Wirklichkeit weniger vornehm und ein Zeichen mangelnder angeborner Vornehmheit, als gerade das.

besitzt. Ein elegantes Haus, in dem bloß ein Dutzend Bücher ungelesen auf einer zierlichen Etagere sich befinden, können Sie ruhig mit allen seinen Insassen als ungebildet ansehen, besonders wenn das noch etwa lauter Romane, wie gewöhnlich, sind.

Viel lesen gehört eben heutzutage notwendig zur allgemeinen Bildung. Von einem ganz gebildeten Menschen kann man eigentlich verlangen, daß er im Verlauf eines längern Lebens alles ganz Gute in der Literatur selbst gelesen und daneben von allen Zweigen des menschlichen Wissens sich wenigstens einen gewissen allgemeinen und richtigen Begriff verschafft habe, so daß ihm „nichts Menschliches ganz fremd" ist.

Wenn Sie aber fragen, wie man denn dazu Zeit haben könne, neben dem „Geschäft", so ist die Antwort die: Brechen Sie an dem Unnötigen ab, am Wirtshaus, an den Vereinen und geselligen Vergnügungen, an der unnützen Lektüre eines großen Teils der Zeitungen, am Theater, wo Sie heutzutage wenig Gescheites lernen, an den allzuvielen Konzerten, an dem Nachmittage langen Schlittschuhsport und noch an vielem andern mehr,[1] das sich jeder leicht selbst als seine spezielle Zeitverschwendung vorwerfen kann. Man kann eben nicht sehr gebildet sein und alle möglichen Vergnügungen, die es etwa gibt, mitmachen wollen.

Aber auch am Geschäft nötigenfalls dürfen Sie abbrechen. Das rentiert sich und Sie werden im Leben bald

---

[1] Vgl. darüber des nähern den Aufsatz „Die Kunst, Zeit zu haben" in dem ersten Teile des „Glück."

sehen, welch ein Unterschied auch in Bezug auf das gute Fortkommen zwischen einem gebildeten Kaufmann und einem bloß gewandten Faiseur besteht.

3) Ein Zeichen mangelhafter Bildung ist ferner ein lautes, unbescheidenes Wesen, sehr lautes Sprechen in öffentlichen Lokalen, in Eisenbahnen, Restaurationen ꝛc., Tun, als ob man nur allein da wäre, und ein unhöfliches Benehmen überhaupt an solchen Orten, wo viele Menschen zusammenkommen. Unsere Zeit ist darin sogar weniger gebildet, als eine frühere.

Auf gleicher Linie steht alles, was an Reklamemachen, Renommieren erinnert, und jedes Scheinwesen und Windmachen überhaupt. Ein Kaufmann z. B., der sehr stark die Bedeutung seines Geschäftes übertreibt, oder sehr prahlerische Annoncen in Zeitungen macht, oder eine Dame, die ein seidenes Kleid und kein ganz sauberes Unterkleid dazu trägt, die sind sicher nicht gebildet genug.

4) **Arbeit gehört ferner zur Bildung.** Sie ist nicht bloß ein ganz notwendiges Mittel, um dazu zu gelangen,[1] sondern Nichtarbeit, Müßiggang, selbst wenn

---

[1] Es muß sehr betont werden, daß die Bildung des praktischen Lebens nicht entbehren kann. Es kann niemand Bildung erwerben, der sie nicht zum Gebrauch haben will und wirklich gebraucht. Daher sagt Goethe: „Willst du dich selber erkennen, so versuche deine Pflicht zu tun und du wirst bald sehen, was an dir ist." Die Bildung behält ein merkwürdig mageres, unkräftiges, unsicheres Wesen, wenn man sie nur für sich selbst, zur Dekoration erwerben will. Man muß sie brauchen, sonst wächst sie nicht, sondern kränkelt.

man es „kann und vermag", wie man sich ausdrückt, ist stets das Zeichen einer niedrigen Gesinnung, welche der Bildung direkt entgegensteht. Ein solcher Mensch wird seine Freude an etwas anderem, Unedlerem suchen, oder einen törichten Hochmut auf das Nichtarbeitenmüssen besitzen, oder er ist endlich ein gemütsroher Geselle überhaupt, dem es gleichgültig ist, ob andere neben ihm darben, denen er durch seine Tätigkeit helfen könnte.[1]

Ein gewerbsmäßiger Müßiggänger ist daher sicher ein unedler, innerlich ungebildeter Mensch, mag er noch so feine äußere Formen sich angeeignet haben. Es sind eben bloß Formen ohne wirklichen Inhalt, und jeder besser Gebildete ist schuldig sich dadurch nicht täuschen zu lassen und solche Leute nicht zu respektieren.

5) Ebenso ungebildet aber und nicht viel weniger schädlich ist die allzugroße Arbeitshetze. Dieselbe, soweit sie freiwillig ist, stammt fast immer aus Ehrgeiz oder Habsucht, zwei Hauptfeinden der wahren Bildung, die stets beweisen, daß man auf etwas anderes, als dieselbe,

---

[1] Umgekehrt „wächst ein Mensch mit seinen höheren Zwecken", oder vielleicht besser, prosaisch gesagt, mit seinen größeren und schwereren Arbeiten, denn mit dem bloßen Zweck ohne redliche Arbeit daran ist noch wenig getan. Die Arbeit entwickelt auch, wie die Physiologen sagen, das Gehirn und erhält es, wenn sie nicht im Übermaß geschieht, gesund bis ins Alter. In der Tat sind die Lebemänner und Modedamen, die nie gearbeitet haben, gewöhnlich zuletzt, auch bei einst guten Anlagen, ziemlich dumm und stumpf für alles Geistige.

den höchsten Wert legt.¹ Oder es ist eine bloße üble Gewohnheit und Nachahmung, oder endlich ein Mangel an der innern Ruhe und Fassung, welche die Folge der Bildung ist.

Wer ungezwungen Sonntag und Werktag ganz gleich fortarbeitet, den können Sie ruhig als ebenso ungebildet betrachten, wie den, der alle Tage nichts tut.

6) Sehr notwendig gehört zur Bildung eine absolute Zuverlässigkeit und ein richtiges Verhalten überhaupt in Geldsachen. Weder Verschwendung oder vornehme Verachtung des Geldes, die stets ungebildet ist und Unrecht gegen seine bedürftigen Nebenmenschen, übrigens meistens auch nur Schein,² noch eine ungehörige Sparsamkeit, oder gar Unehrlichkeit, auch in den kleinsten Dingen,³ ist dem gebildeten Menschen gestattet. Ganz mit Recht sagt darüber die h. Schrift: „Wenn ihr in diesem Geringsten nicht treu seid, wer will euch denn das Wahrhaftige anvertrauen?"

---

¹ Ev. Joh. VI, 44.

² Die gleichen Leute sind oft sehr knauserig gegen ihre Untergebenen, Dienstboten 2c., oder können, wenn sie ein kleines Trinkgeld geben müssen, noch stundenlang nachher darüber klagen und jeden Armen als „Bettler" behandeln. Unter den „Schweizerreisenden", die wir jedes Jahr sehen, gibt es viele solche Erscheinungen.

³ Die völlige Ehrlichkeit in den allerkleinsten Dingen ist sogar ziemlich selten; bei manchen Menschen fängt die Ehrlichkeit überhaupt erst mit dem Gelde selbst und mit erheblicheren Beträgen desselben an. Ebenso ist niemand vor Verschwendung sicher, der nicht grundsätzlich alle ganz unnützen Ausgaben vermeidet, und vor Geiz, wer nur rechnet und nicht auch etwas auf den Segen Gottes baut.

Eine ganz richtige Verwendung des Geldes, mit striktester Ehrlichkeit, völliger, aufrichtiger Geringschätzung desselben als Lebenszweck und doch richtiger Schätzung als Mittel, um höhere Zwecke zu erreichen, ist vielleicht eines der allersichersten Anzeichen eines ganz durchgebildeten Menschen,[1] wie Jagen nach Gewinn und Verehrung des Reichtums am sichersten den ungebildeten verrät.[2]

7) Ein ebenfalls genügendes Zeichen von mangelhafter Bildung ist Hochmut im Verkehr mit Niedrigeren, oder Ärmeren, gewöhnlich verbunden mit Unterwürfigkeit gegen Höhere oder Reiche. Das ist das eigentliche Kennzeichen der Parvenus, die aus ungebildeten Verhältnissen herkommen. Ein ganz feingebildeter Mensch wird immer höflich und freundlich sein, aber doch je mehr, je mehr er mit einem unter ihm Stehenden, Abhängigen, oder Gedrückten verkehrt, und je weniger, bis an die Grenzen

---

[1] Daher werden ungebildete Menschen allerdings leichter reich als gebildete. Es ist dies aber kein vernünftiger Lebenszweck, sondern bloß Unabhängigkeit ist ein vernünftiges Ziel. Daß „in Geldsachen die Gemütlichkeit aufhöre" und der roheste Egoismus berechtigt sei, ist ein völlig unrichtiger Satz, den auch sein erster Urheber nicht so meinte, wie er jetzt aufgefaßt wird.

[2] Ein wesentliches Zeichen von Bildung nennt dabei auch der Apostel Paulus in Phil. IV, 12. Das kann nur ein gebildeter Mensch. Wie viele unserer Gebildeten versinken dagegen sogleich in ein klägliches und sorgliches Wesen, oder in eine ängstliche Sucht nach Erwerb, wenn sie Geld verlieren! Und wie wenige könnten überhaupt großen Reichtum edelmütig benützen! Es wäre sehr gewagt, sie auf diese Probe zu setzen.

der Höflichkeit, je mehr er es mit jemand zu tun hat, der Ansprüche macht, oder ihn selbst von oben herab behandeln will. Respekt vor dem bloßen Reichtum eines andern vollends, das ist, wie schon gesagt, das unzweifelhafteste Zeichen einer völlig mangelnden eigenen Bildung.

8) Es gibt noch eine Menge kleinerer Zeichen der Unbildung, die aber auch zum Teil bloß schlechte Gewohnheiten, oder Folgen etwas mangelhafter Erziehung sein können[1] und nicht immer einen Schluß auf allgemeine Unbildung zulassen. So rechnet man dazu mit Recht: viel von sich selbst sprechen, Reden über persönliche Verhältnisse anderer (Medisieren), große Schwatzhaftigkeit überhaupt, hastiges, unsicheres, heftiges Wesen, sich viel entschuldigen, wo es nicht nötig ist, oder bereits geschehen ist, sich selbst anklagen oder herabsetzen in der Hoffnung, die anderen werden dann das Gegenteil behaupten, allzueifrige Dienstfertigkeit, oder allzugroße Höflichkeit.[2]

---

[1] So machen z. B. manche landläufige, meistens dem Theater abgeborgte Redensarten, wie etwa das in Deutschland sehr gebräuchliche „Schwamm drüber", oder übermäßige Adjektive, wie „kolossal", „riesig", leicht den Eindruck von Unbildung, wenn man die Menschen, die sie häufig anwenden, nicht näher kennt. Den gleichen ersten Eindruck bringt auch alles sehr Auffallende in der Kleidung hervor.

[2] Dieselbe ist immer etwas verdächtig als ein Zeichen von geringer Erziehung oder Herkunft. Die angenehmste Art der Höflichkeit ist eine natürliche, ruhige Freundlichkeit gegen jedermann, die nicht Form, sondern Gesinnung ist. Im ganzen hat jedoch Höflichkeit überhaupt abgenommen und es herrscht im Gegenteil,

Das ganz feine, aristokratische Wesen, wie es besonders die Engländer vorziehen, verlangt bekanntlich sogar eine sehr große Ruhe und Gemessenheit, die aber doch auch leicht in Blasiertheit und Kälte ausarten kann und dann ebenso fehlerhaft ist. Enthusiasmus und Eifer für alles Gute besitzt ein gebildeter Mann stets;[1] wo der fehlt, da fehlt auch die wahre Bildung, trotz seiner Formen.

Aber das ist auch gewiß, wenn der Enthusiasmus echt und nicht bloß gemacht, oder der Eifer eines Anfängers in der edeln Lebenskunst ist, dann wird er in seinen Äußerungen nie gar zu vordringlich und laut sein. Die allzulaute Tugend ist überhaupt immer noch ein wenig verdächtig, oder wenigstens noch in ihrem ersten Kindheitsalter begriffen.[2]

Bildung ist also wesentlich die allmähliche Entwicklung innerer Kraft zum Rechten und Wahren, mit dem Zwecke der Erhöhung und Befreiung des eigenen geistigen Wesens aus den Banden der gewöhnlichen, tierischen Sinnlichkeit,

z. B. auf Reisen, jetzt eine ziemlich offene Rücksichtslosigkeit gegen andere und Selbstsucht.

[1] „Kälte ist sogar die größte Krankheit der menschlichen Seele" (Tocqueville). Die Erfüllung unserer Lebensaufgabe kennt keinen größern Feind als alle Blasiertheit.

Die aristokratische Ausbildung der guten Form, die zuletzt zur Gewohnheit geworden ist, ist etwas Schönes, wenn sie das schöne Gewand einer schönen Seele ist. Sonst zehrt sie den wenigen Sinn für das Schöne, der noch vorhanden ist, in bloßer Form auf.

[2] Man könnte sogar sagen, es gibt auch Flegeljahre der Tugend, in denen sie ein etwas unfeines Ansehen hat. Ist sie aber echt, so dauern sie nicht allzulange.

mit der es in die Welt tritt, und seiner Erziehung zu einem höhern Lebensniveau in voller geistiger und körperlicher Gesundheit.[1] Wo immer sie das nicht leistet, ist sie von sehr untergeordnetem Wert, und leisten muß sie es stets vor allen Dingen in den sogenannten gebildeten Klassen, die dazu zunächst verpflichtet sind.

Es genügt keineswegs, immer nur von der „Hebung der untern Klassen" zu sprechen, die vielmehr heutzutage oft den oberen in einzelnen Elementen der wahren Bildung geradezu überlegen sind,[2] sondern das Haupt-

---

[1] Man könnte mit einem Fremdwort sagen, ein höherer „standard of life", aber im geistigen Sinne genommen, vollkommene Unabhängigkeit von allen untern Naturkräften. Praktisch genommen ist: das Gute über alles lieben und allen Menschen gut gesinnt sein und wo möglich Gutes erweisen die höchste Bildungsstufe und bringt die harmonische Stimmung hervor, die sie auszeichnet.

[2] „Der Landmann gilt bei den Städtern für ungebildet, weil ihm das Schulwissen fehlt, weil er nicht höhere Mathematik treibt, die Naturgeschichte nicht aus Büchern gelernt hat, nicht mitsprechen kann über Politik und Theater, keine gelehrten Abhandlungen zu schreiben versteht und sich nicht fein zu gehaben weiß. Das ist ja eben ein Zeichen von der krankhaften Verbildung vieler Weltleute, daß diese im allgemeinen nicht wissen, was Bildung ist. Wenn jemand die Meinung aufstellte, gebildet solle jeder sein, aber jeder brauche nicht das gleiche zu wissen; die Bildung müsse erstens dem Charakter eines Menschen, zweitens seiner natürlichen Fähigkeit und seinem Berufe angemessen sein; als gebildet könne jeder gelten, der seine sittlichen Eigenschaften entwickelt habe, seinem Stande gerecht werde, indem er das Seinige leiste, der sich in seine Verhältnisse zu fügen wisse, den näheren Mitmenschen zum Wohlgefallen und sich selbst zur Befriedigung sei: Wenn jemand diese Meinung

bedürfnis unserer jetzigen Zeit ist vielmehr eine starke Wiederveredlung dieser **obern** Klasse, die vielfach in Genußsucht und materialistische Lebensanschauung versunken und den höhern Zielen des Lebens abgewendet ist.[1]

III.

Wenn Sie sich nun entschließen sollten, in dieser Weise zur wahren Bildung zu gelangen, so müssen Sie endlich mit sich selbst auch **Geduld** haben. Das ist nicht die Sache **eines Tages** oder **eines Entschlusses**, obwohl **einmal** ein fester und verbindlicher Entschluß dazu gehört, auf den man stets wieder zurückkommt, so oft man davon im einzelnen abgewichen ist.

Die wahre Bildung ist, wie die wahre Tugend überhaupt, **wachstümlich**.[2] Sie nimmt allmählich an Stärke

---

aufstellte, ich könnte nicht anders, ich müßte ihm recht geben." (Rosegger, „Jakob der letzte.")

[1] Das meiste Unglück gebildeter Männer z. B. kommt von schlechten Ehen mit bloß materiell gesinnten, ungebildeten Frauen, oder solchen, die aus derartigen Familien stammen. Sie sind nur sehr schwer noch erziehbar, wenn sie einmal in einer ganz unrichtigen, ungebildeten Umgebung aufgewachsen sind, und ihre Söhne gleichen ihnen gewöhnlich. Die weibliche Bildung hingegen ist jetzt zu sehr ästhetisch und befähigt bloß zum Lebensgenuß, nicht zur Arbeit des Lebens. Es ist auch höchst ermutigend für diese Erziehung, daß alle hohen Herren, wenn sie sich nicht ebenbürtig verheiraten, unfehlbar eine Schauspielerin, Sängerin, oder Kunstreiterin wählen, **niemals** eine gebildete Tochter aus den bürgerlichen Ständen.

[2] Daher sagt die israelitische Spruchweisheit: „Der Weisheit Anfang ist, daß man sie **gerne hört** und sie mehr liebt als alle

und Einsicht zu, kann aber nicht mit irgend einem Zaubermittel rasch erzwungen werden, sondern man muß einmal damit anfangen und dann lebenslänglich fortfahren. Sie ist aber auch der alleinige rechte Lebenszweck, der nie aufhört, und das allein ganz wünschbare Resultat des Lebens.

Anfangen kann man die Sache bei verschiedenen Enden, rein praktisch durch gute Gewohnheiten, oder philosophisch durch gedankenmäßige Erkenntnis und Unterscheidung des Wahren und Unwahren in der Lebensführung, oder religiös durch direktes Suchen des Unendlichen und der Kraft, die von dort stammt. Der leichteste Weg ist ohne Zweifel der letztere, und auf ihn wird man auch durch die andern Wege zuletzt geführt. Denn das Geheimnis der wahren Bildung, der Anfang und eigentliche Schlüssel dazu, liegt in der Überwindung des Egoismus und speziell der Genußsucht.[1] Daher kommt es, daß oft ein sehr einfacher Mann, der nicht viele Kenntnisse besitzt und sich wenig in der sogenannten guten Gesellschaft bewegt hat, dennoch gebildeter ist, als ein vornehmer, oder

---

Güter. Des Gerechten Pfad ist wie ein Licht, das fortgeht und leuchtet bis auf den vollen Tag. Des Gottlosen Weg aber ein Dunkel; sie wissen nicht, wo sie fallen werden." Sprüche IV, 7. 18. 19.

[1] Genußsucht und der damit ursächlich zusammenhängende Zorn sind unsere Haupteigenschaften, die wir von Natur haben. Die meisten Menschen, die das Unrichtige und Unbefriedigende derselben einsehen, bringen ihre Tage damit zu, die Ausbrüche davon zu verhindern oder wenigstens zu mildern, und das nennen sie dann Bildung, Humanität, Zivilisation, Fortschritt. Andere sehen rechtzeitig genug ein, daß man den Grund dieser Leidenschaften zerstören und etwas anderes an ihre Stelle setzen muß.

ein gelehrter Herr.¹ Er hat eben das Wesentliche der Bildung vor ihnen voraus und ist den leichtesten Weg dazu gegangen.

Erst wenn der Mensch nicht mehr beständig mit sich selbst beschäftigt ist, nicht mehr an sich allein denkt, bekommt er auch die Freiheit des Geistes und den vollen Gebrauch der in seinem geistigen Vermögen liegenden Kräfte. Der Geist wird dann gewissermaßen erst los von einer seiner nicht würdigen Beschäftigung, und fähig, Dinge zu begreifen und in sich ruhig zu verarbeiten, die ihm sonst durch die Sorge oder das Vergnügen auf immer verborgen bleiben.

Allerdings --- das muß gesagt werden --- ist das schwer, solange der jugendliche Mensch in seiner vollen körperlichen und geistigen Entwicklung begriffen ist. Solche junge Leute, die sehr frühzeitig schon soweit mit sich fertig sind, leben gewöhnlich nicht sehr lange. Sie haben das Ziel des Lebens zu früh erreicht.² Es scheint, daß der Mensch, wie das Tier und die Pflanze, bevor sie Frucht bringt, eine Zeit

---

[1] Von allen Menschen, die ich selbst gekannt habe, sind Bauersleute, Kleinhandwerker und Dienstboten die besten gewesen, die einzigen sogar, die alle Gebote des Christentums wirklich ernst nahmen und zu erfüllen suchten, die man auch nicht schont, sondern hart tadelt, wenn sie nicht ihre völlige Pflicht tun. Bei den sogenannten oberen Klassen ist beides nicht der Fall.

[2] Solche Beispiele sind sehr häufig. Der Tod Christi, obwohl er ein gewaltsamer war, erscheint uns daher, auch abgesehen von seinem speziellen Zwecke, ganz natürlich; wir könnten uns ihn nicht alt werdend vorstellen. Alt werden heißt ohne Zweifel mitunter nur: lange in der Schule bleiben müssen.

eigenſüchtigen Triebes bedarf, um vorerſt als Naturweſen hinreichend aufzuwachſen und zu erſtarken. Sicher und naturgemäß aber folgt bei dem Menſchen dann ein Moment, wo dieſe ausſchließliche oder vorzugsweiſe Beſchäftigung mit ſich ſelbſt natürlich wird und in jeder edleren Natur — man kann vielleicht ſagen, in jedem menſchenwürdigen Daſein überhaupt — der Trieb ſich einſtellt, ſich von ſich ſelbſt zu befreien und für eine Idee zu leben.

Es iſt dies der entſcheidendſte Augenblick des Daſeins. Er iſt bei einzelnen Menſchen einem gewaltſamen, plötzlichen Tode und einer neuen Geburt zu einem anderen Leben vergleichbar.[1] Bei andern gleicht er mehr einem allmählichen ſanften Einſchlafen der bisherigen und einem Erwachen und langſamen ſich Bilden einer neuen Natur.

Iſt dieſe Veränderung aber einmal auf dieſe oder jene Weiſe eingetreten, ſo erſcheinen alle wirklichen Fragen des menſchlichen Daſeins in einem andern Lichte, klar und gelöſt.

Wo ſie aber bei einem nicht gänzlich tieriſchen Menſchen dennoch zuletzt nicht eintritt, da bleibt ein ewig ungeſtillter Durſt nach einer ſolchen Umänderung zurück und zugleich ein Gefühl der Schuld, das dieſem Menſchen deutlich ſagt, er hätte etwas Beſſeres werden können und ſollen, ein Bewußtſein, das er durch keine äußern Erfolge mehr in ſich übertäuben kann.[2]

---

[1] Es iſt dieſer Moment im Leben jedenfalls viel wichtiger als der Tod. Ev. Joh. V, 24; VI, 47.

[2] Ev. Matth. XVI, 26. Das iſt meiſtens der Grund des modernen Peſſimismus, der nichts anderes als ein ſchlechtes Gewiſſen iſt, welches dann dieſe Leute oft antreibt, in Romanen

IV.

Damit löst sich auch die letzte Frage, die Sie stellen werden: „Was wird uns dafür?[1] Was für einen Gewinn hat der Mensch eigentlich von der wahren Bildung?"

Darauf ist zu antworten, daß jeder große geistige Fortschritt, welchen der Mensch macht, zunächst auf einem Glauben beruht. Er muß etwas lassen, was er kennt, und etwas suchen, wozu ihn nur eine Ahnung leitet, das er noch gar nicht voll verstehen kann, weil ihm die Organe dazu vorläufig fehlen.

Wenn er aber den Mut besitzt, es dennoch zu wollen, erreicht er es, und von denen, welche diese Ziele erreicht haben, hat auch noch kein einziger den Preis zu hoch gefunden, oder die Mühe zu schwer.[2]

---

und Theaterstücken, oder philosophischen Betrachtungen ihre Rechtfertigung vor Lesern zu suchen, die töricht genug sind, darin etwas Großartiges zu erblicken.

[1] Vgl. Ev. Luk. XVIII, 28.

[2] Es ist im übrigen nicht meine Meinung, daß das ein gar leichter Lebensweg sei. Mancher andere mit weniger Bildung verbundene ist, namentlich in der jüngeren Lebenszeit, leichter. Aber es ist ein tapferer Weg und der einzige, der zu einem bedeutenden Ende und einem befriedigenden Alter führt. Wenn Sie Mut haben, schlagen Sie ihn unbedingt ein. Er wird Sie sicher wenigstens zuletzt bringen „zu den Scharen der Erwählten und Getreuen, die hier im Frieden abgefahren, sich in Frieden weiter freuen", und vor der Reue im Alter über ein halb oder ganz verlorenes Leben bewahren, die der allerschlimmste Lebenserfolg ist. Wir sind eben mit unserer ganzen Bildung viel zu zimpferlich geworden. Das

Der Lohn der Tugend in dieser Welt ist eben der, daß sie ist und daß sie von keiner Macht der Welt überwunden wird, sondern selbst die allein reale Macht und Kraft ist, welche das Menschenleben vollkommen ausfüllen und befriedigen kann.

Tennyson sagt das sehr schön mit folgenden Worten:

Wages.

„Glory of warrior, glory of orator, glory of song,
Paid with a voice flying to be lost on an endless sea —
Glory of virtue, to fight, to struggle, to right the wrong —
Nay, but she aim'd not at glory, no lover of glory she:
Give her the glory of going on, and still to be.

The wages of sin is death; if the wages of virtue be dust
Would she have heart to endure for the life of the worm and the fly?
She desires no isles of the blest, no quiet seats of the just,
To rest in a golden grove, or to bask in a summer sky:
Give her the wages of going on, and not to die."

Große und Gute allein in der Welt als zu Recht bestehend anzusehen und stets vor Augen zu haben, das Schlechte als unwirksam zu verachten und alles Dazwischenliegende als nebensächlich zu behandeln, das ist die wahre Lebensphilosophie und daher stammt auch alle wahre Klugheit. Hiob XXVIII, 20. 28. Sprüche IV, 7. 18. 19. „Denn die dies Rund verschmähn in höherm Streben, nur ihnen wird die wahre Weisheit kund." Dante, Paradiso XXII, 137.

Es ist also nach dem Urteil der Besten auch unserer Zeit der Mühe wert, nach der wahren Bildung zu streben, und alle gelangen zu diesem Gute, die es wirklich wollen, Reiche und Arme, Gelehrte und Ungelehrte. Ja es ist wohl auch für unsere Lebensperiode sehr zutreffend, was Christus zunächst für die seinige sagt, die einfachen Gemüter und die bescheidenen Existenzen stehen der wahren Bildung innerlich näher[1] und begegnen auf dem Wege zu ihr nicht so vielen und großen Hindernissen, wie die Weisen und Klugen und namentlich die Reichen, welche unendlich viel Vorurteile und Anhänglichkeiten an äußere Dinge zuerst abstreifen müssen, die damit nicht vereinbar sind.[2]

Es ist daher wohl für die einen schwerer und für die anderen leichter, zur Bildung zu gelangen, für keinen jedoch unmöglich, außer für diejenigen, deren Sinn überhaupt nur an die materiellen Güter gebunden ist und die sich daneben mit einer bloß äußerlichen Kultur begnügen, welche mehr Schein und Form als Wesen ist, so viel sie auch vorstellen und gelten will.

Das sagt bereits ein uralter chinesischer Philosoph sehr gut mit den folgenden, etwas naiv übersetzten Versen:

„Menschen von dem höchsten Preise lernen kurze Zeit und werden weise;

Menschen von dem zweiten Range werden weise, aber lernen lange;

Leute von der dritten Sorte bleiben dumm und lernen — Worte."

---

[1] Ev. Matth. XI, 25.

[2] So daß wirklicher Reichtum als ein recht zweifelhaftes Gut erscheint. Diese Erkenntnis muß bei sehr vielen zuerst durchbrechen, bevor man überhaupt von Lösung der sozialen Frage und ebenso von wahrem Christentum nur zu sprechen anfangen kann.

Schwerlich hängt es gänzlich von dem Willen eines jeden von uns ab, ob ihn sein Schicksal rechtzeitig zu dem ersten Platze prädisponiert, und es kommt zum Glück darauf auch nicht so viel an. Es sind das große Ausnahmen, die moralischen Genies der Menschheit. Zu dem zweiten Range hingegen ist jeder von uns berufen und wenn ihm einmal der Weg dazu gezeigt worden ist, auch dringend aufgefordert. Und das Traurigste, was ihm im Leben begegnen kann, ist es dann, wenn er dennoch bei der dritten Sorte der Menschen verbleibt, deren Dasein zuletzt weder für sie selbst, noch für andere einen wirklichen Wert gehabt hat.

* *

Wohl dem Menschen, welcher Weisheit findet, und dem Menschen, der Verstand bekommt; denn es ist besser um sie hantieren, als mit Silber, und ihr Einkommen ist mehr wert als Gold."

„Sie ist edler als Perlen, und alles, was du wünschen magst, ist ihr nicht zu vergleichen.

„Langes Leben ist zu ihrer rechten Hand, zu ihrer linken Reichtum und Ehre.

„Ihre Wege sind liebliche Wege und alle ihre Steige sind Friede."

Vornehme Seelen.

Kant stellt in einem seiner kleinen Traktate[1] den Satz auf, daß alle Naturanlagen eines Geschöpfes dazu bestimmt seien, sich einmal vollständig und zweckmäßig zu entwickeln; daß aber im Menschen (dem einzigen vernünftigen Geschöpfe auf Erden) die Anlagen, welche auf den Gebrauch der Vernunft abzielen, dennoch nur in der Gattung, nicht in jedem einzelnen Individuum, vollständig entwickelt werden können.

Daraus würde sich, da dies doch nicht so ganz von selbst geschieht, mit Notwendigkeit der Schluß ergeben, daß immer einzelne des Menschengeschlechtes vorzugsweise dazu berufen sein müssen, dem Ganzen diese Entwicklung zu einer höhern Stufe seines Daseins zu vermitteln, vorausgesetzt, daß sie auch gewillt seien, sich diesem Zwecke zu widmen und alle andern persönlichen Lebenszwecke dafür beiseite zu setzen. Und selbst der weitere Schluß könnte als gerechtfertigt erscheinen, daß dazu nicht einmal ein einziges Menschenleben vollauf genügen, sondern daß vielmehr eine gewisse Vererbung in dieser Mission möglich und zweckmäßig sein werde.

---

[1] „Ideen zu einer allgemeinen Geschichte in weltbürgerlicher Absicht." 1793.

Die mosaische Gesetzgebung hegte dafür in der Tat den großartigen Plan, einen Stamm aus den gewöhnlichen Lebensbedingungen des gesamten Volkes herauszuheben und dieser vornehmsten Tätigkeit zu widmen. Sehr bezeichnender Weise wurde demselben vor allen Dingen untersagt, Eigentum zu besitzen; der Herr allein sollte sein Erbteil und jeder fromme Israelite verpflichtet sein,[1] ihn aus dem zehnten Teil seines Einkommens (den er aber jedem ihm beliebigen Leviten mitteilen konnte) im Interesse des Ganzen erhalten zu helfen. Ob sich in irgend einem unserer modernen Staaten solche Einrichtungen verwirklichen und, was die Hauptsache dabei ist, auf die Dauer der Stiftung gemäß erhalten ließen, möchte sehr fraglich sein. Sicher aber bleibt es, daß jede menschliche Gemeinschaft zu ihrer Erhaltung irgend eines solchen Salzes bedarf, ohne das sie leichter der Korruption anheimfällt. Dieses Salz[2] sind die „vornehmen Seelen."

Ohne allen Zweifel hatte das Christentum zunächst bei seinem Beginne die Absicht, eine solche Gesinnung von allen seinen Anhängern zu verlangen. Wir sind aber seither in unseren Forderungen an die ganze Christenheit sehr viel bescheidener geworden und gezwungen zu sagen, es gibt doch einige stärkere Anforderungen als die gewöhnlichen, an jedermann gestellten, wozu jedoch niemals mehr, solange die Welt besteht, eine äußere, kastenartige

---

[1] IV. Mos. XVIII, 21. V Mos. X, 8. 9; XIV, 27—29; XVIII, 1. 2.
[2] Ev. Matth. V, 13—16.

Einrichtung,[1] sondern vielmehr umgekehrt eine vollkommene Freiwilligkeit und selbst Freudigkeit bei ihrer Übernahme gehört, und wobei auch jeder Gedanke an eine daraus erwachsende privilegierte Stellung und jeder daher rührende Hochmut völlig ausgeschlossen sein muß.

Den Vorteil hat somit diese Aristokratie von jeder andern voraus, daß sie jedermann ohne weiteres zugänglich ist und daß namentlich jeder der Stifter einer solchen vornehmen Familie werden kann.[2] Es wird auch niemals ein sehr großer Zudrang dazu vorhanden, sondern meistens fast jedermann bereit sein, diesen Platz den modernen Leviten abzutreten, wenn sie nur dafür die eifrige Mitbewerbung um andere Vorteile aufgeben wollen.

---

[1] Alle diese äußeren Formen hat das Christentum definitiv beseitigt, und wer sie wieder einführen will, in irgend einer Art, handelt seinem Geiste entgegen. Das Reich Gottes ist ein Reich der vollkommensten Freiheit, das keinen erzwungenen oder mechanischen Gehorsam will und Völker und einzelne viel eher in ihren verkehrten Wegen gehen läßt, als sie zum Bessern zwingt. Das allein erklärt den Gang der Weltgeschichte und ihren langsamen Fortschritt. Psalm XVIII, 27. Matth. XXIII, 38.

[2] Die vornehme Gesinnung ist der Anlage nach zweifellos vererblich; doch gehört dazu immer noch die freie Willenszustimmung der späteren Generationen und gibt es kein Erbrecht in diesem Sinne. Es ist vielmehr auffallend, wie öfter in der Bibel der Erstgeborne, nach damaliger Anschauung der Repräsentant der Familie, dem Nachgebornen hintangesetzt wird, oder bedeutende Männer keine ebenbürtigen Söhne haben, wie wenig wir überhaupt von den Kindern der Bedeutendsten, des Moses, des Josua, des Petrus, des Daniel, der sämtlichen Propheten wissen.

Vornehme Seelen sind also die, welche auf das Hauptziel der gewöhnlichen Seelen, den egoistischen Genuß des Lebens, prinzipiell verzichten, um sich der Hebung des gesamten Geschlechtes um so wirksamer widmen zu können.

Wir lassen dabei den naheliegenden Einwand nicht gelten, daß beides vielleicht vereinigt werden könne. Es ist dies vielmehr erfahrungsgemäß nicht der Fall, wenn man nicht absichtlich die Augen dafür verschließen will; eine andere Instanz, als die Erfahrung, wird in diesem Punkte niemand überzeugen. Und ebenso glauben wir unsererseits noch nicht recht an eine Veränderung und Hebung der gesamten Christenheit durch irgend ein Ereignis der Zukunft. Dieselbe kann, vorläufig wenigstens, nur regeneriert werden, wenn sich allmählich wieder in ihrem weiten Schoße eine solche Schar von Freiwilligen bildet, die es mit den Anforderungen des Glaubens ernst und buchstäblich nehmen will, ernster als es — rein praktisch genommen — der Großzahl der die Christenheit ausmachenden Seelen möglich ist und, dermalen wenigstens schon, zugemutet werden kann.[1] Die Gefahr, die darin gefunden werden mag, daß daraus ein neues „Pharisäertum" entstehen könnte, ist in der Tat vorhanden, wird

---

[1] Prinzipiell wird man zwar niemals einen solchen Unterschied machen dürfen, sondern ist jeder Christ durch die Taufe schon dazu berufen, befähigt und verbunden, die Vorschriften seines Glaubens buchstäblich und in ganzer Ausdehnung zu befolgen. Praktisch aber ist dies eben doch anders, namentlich in Bezug auf die beiden Punkte des erlaubten Besitzes und des sogenannten erlaubten Lebensgenusses.

aber dadurch gemildert, daß dies auch eine ganz individ= uelle, äußerlich in keiner Weise hervortretende, oder gar organisierte Lebensauffassung bleiben kann. Es scheint uns überhaupt ein charakteristisches Merkmal der jetzigen Ent= wicklung des Christentums zu sein, daß dasselbe, von allen wesentlichen Verbesserungen seiner äußeren Form absehend, sich vorerst wieder von innen heraus zu einer „unsichtbaren Kirche", zu einem Reiche, das wirklich nicht von dieser Welt ist, ausgestalten will.[1]

[1] Darin liegt überhaupt unsere menschliche Zuversicht für das= selbe, daß es jetzt diesem Ziele näher ist, als in seiner ganzen bisherigen Geschichte, welche stets, ganz entgegen der Absicht seines Stifters, auf die äußere Organisation und Machtstellung das größere Gewicht legte. Es ist sehr auffallend für jeden, der die Evangelien mit Aufmerksamkeit und ohne vorgefaßte Meinung liest, wie wenig Christus überhaupt von etwas spricht, was einer „Kirche" im heutigen Sinne ähnlich sieht, und wie ganz und gar nicht bei ihm von irgend einer bestimmten „Organisation" derselben die Rede ist. Dergestalt, daß, in Ermangelung aller solchen Vorschriften, schon die allererste Organisationshandlung der christlichen Gemeinde, die Wahl eines zwölften Apostels durch das Los, eine Abweichung von der christ= lichen Wahrheit war, die auch tatsächlich in der großartigsten Weise dadurch desavouiert wurde, daß von diesem Matthias mit keinem Worte weiter die Rede ist, der Herr der Kirche aber selber bald darauf einen ganz andern, von den Aposteln sicherlich am aller= wenigsten gewünschten Mann denselben beigesellte. Ap.=Gesch. 1, 21—26; IX, 15; XXVI, 16. Ev. Matth. X, 9. 10; XII, 46—50; XIII, 29; XVI, 6; XX, 23—27; XXIII, 8—10. Ev. Joh. XVIII, 36. Auch die bekannte Stelle Matth. XVI, 18 ist noch lange nicht der Befehl einer dauernden und äußerlich fortsetzbaren Organisation. Dem würde (außer Lukas XXII, 32) schon allein der gleich= mäßige und spätere Auftrag an alle Jünger (Ev. Joh. XX,

Dies auseinanderzusetzen ist jedoch nicht der Zweck dieses Aufsatzes, es würde sogar dem Leitgedanken desselben, daß es vorläufig Sache des einzelnen sei, in sich selbst reformatorisch vorzugehen, eher widersprechen. Wir fragen uns also hier nur: Welches sind die notwendigen Eigenschaften einer wahrhaft vornehmen Seele, welches die Haupthindernisse, die dieser außergewöhnlichen Geistesrichtung entgegenstehen, und ist es endlich auch in unserer Zeit möglich und der Mühe wert, nach diesem Ziele zu streben, beziehungsweise „was wird denen, die es tun wollen, dafür?"

Der Gegensatz zu „vornehm"[1] ist nicht „schlecht", oder „bösartig", obwohl das nie vornehm ist,[2] sondern kleinlich, engherzig, kleinbürgerlich, nur an kleine Lebensziele,

21—23) widersprechen, den sich jeder wahre Christ noch heute wird aneignen dürfen.

[1] Dem Worte „vornehm" geht es dermalen wie zuvor den Ausdrücken: aristokratisch, edel, fein; es nimmt einen Nebengeschmack von etwas Prätentiösem an. Dennoch wissen wir kein anderes, um diejenige Richtung des menschlichen Geistes zu bezeichnen, die sich, teils durch Naturanlage, teils durch gewonnene Bildung, von allem, was zu dem gemeinen Teil des menschlichen Daseins gehört, absichtlich und sorgfältig fernhält. Gesuchtes oder selbstgefälliges Wesen liegt ihr aber gerade deshalb fern, weil das eine sehr gewöhnliche Eigenschaft der halbgebildeten Menschen ist.

[2] Es ist eine der größten Ideenverwirrungen der heutigen, und früher namentlich der Renaissance-Zeit, die ungezügelte tierische Kraft, selbst die Brutalität, wo sie mit Macht oder Geist verbunden auftritt, als vornehm anzusehen, oder zu behaupten, daß die Genialität mit egoistischer Rücksichtslosigkeit verbunden, eine Art von Raubtiernatur sein müsse. „Die vornehmen Kulturen sehen im Mitleiden, in der Nächstenliebe, im Mangel am Selbst und Selbstgefühl etwas

und dabei nur an sich selbst, oder seine nächste Umgebung denkend. Vornehm ist ein weiter Blick, ein weites Herz für alle, Gleichgültigkeit für die eigene Person und Sorge für andere. Wesentlich gehört dazu Furchtlosigkeit, das sich unter keinen Umständen von irgend etwas auf der Welt Imponierenlassen, welches die echte Vornehmheit mit der falschen gemein hat (wenn auch in einer liebenswür= digeren Form und verbunden mit der aufrichtigen Achtung für das wirklich Ehrenwerte, welche der unechten Vornehm= heit abgeht) und eine gewisse höhere Sauberkeit. Kein Tier in irgend einer Richtung mehr zu sein, dem bloß körperlichen Sein in keiner Weise mehr zu huldigen, das ist eigentlich unser Beruf, den wir hier auf Erden lernen sollen, um ihn später auszuüben.[1] Auf der Stufe darin vollkommen befestigter Gesinnung, welche der Mensch aber erfahrungsgemäß selten in bloß einer Generation erreicht, ist das Gemeine den vornehmen Seelen natur= widrig, daher auch körperlich widerlich, während es auf der niedrigeren Stufe des Werdens noch reizt und lockt, obwohl es geistig bereits überwunden ist.[2]

Verächtliches." (Nietzsche.) Gewöhnlich sind die Anpreiser dieser Art von Vornehmheit geringen Ursprungs und haben selbst nicht das nötige gesunde Selbstgefühl, um sich gegen eine ihnen imponierende andere Art gebührend zu wehren. Verehrung falscher Vornehmheit ist immer das charakteristische Zeichen des Plebejers von Geburt und Art.

[1] Offbg. XXI, 27. Hier haben wir noch etwas Tierartiges in uns, das wir aber nicht behalten sollen und müssen. Vornehmheit ist gerade die relative Freiheit davon.

[2] Sehr viele sogenannte Zerstreuungen oder Vergnügungen gehören daher zu den „Adiaphora", die man, wenn sie nichts

Nicht vornehm ist also im einzelnen: alle Eitelkeit; dieselbe ist sogar ein ganz bestimmtes Anzeichen einer noch kleinlichen Seele, also namentlich alles Renommieren, aller Eigenruhm überhaupt und alle Reklame jeder, auch der sozusagen erlaubtesten Natur. Sie ist in diesem Falle vielleicht nicht unmoralisch, aber sie ist jedenfalls nicht ungewöhnlich, sondern gewöhnlich und klein. Ferner alle **übermäßige Freude an irgend einem Genuß**, selbst an einem nicht rein körperlichen.[1] Der edle Mensch muß immer über seinem Genusse stehen und nie demselben sich hingeben. Nur eine weitere Stufe in der sehr gewöhnlichen, wenn auch oft moralisch noch ganz unschuldigen Genußfreudigkeit ist die Freude am Luxus, welchem bereits der Makel des Unrechts anhängt, da er unfehlbar irgend einem andern das Seinige entzieht und eine Trennung unter den Menschen veranlaßt und erhält, wie sie nicht bestehen sollte. Edle Einfachheit in der Lebensart, die nicht in den Cynismus des Stoikers ausartet, ist ein

---

Unrechtes enthalten, nicht scharf beurteilen, aber auch nicht mehr loben, oder für etwas Großes halten sollte. Hirsch, Pentateuch I, 70.

[1] So z. B. verdirbt die Musik- oder Theaterschwärmerei, sofern es wirklich Schwärmerei ist, viele Seelen, welche vermöge ihrer Begeisterungsfähigkeit zu etwas Besserem fähig gewesen wären. Noch geringer ist die allzugroße Freude am Essen und Trinken, besonders die weitverbreitete Gewohnheitssklaverei gegenüber dem Alkohol. Ein Mann, der täglich „sein Bier" zur bestimmten Zeit haben muß, ist im besten Falle ein Philister, und diesen Charakter schließt die Vornehmheit auch aus. — Auch das Zölibat kann hier in Frage kommen, insofern es ganz freiwillig, im Dienste einer großartigen Idee, und ohne allen Hochmut darauf stattfindet. Matth. XIX, 11. 12. Lukas XI, 36.

sicheres Merkmal einer schon durch Vererbung vornehm geborenen Seele, Wohlgefallen am Luxus dagegen der charakteristische Zug des Emporkömmlings.[1] Luxus mit Schulden und der daraus folgenden Abhängigkeit von Menschen ist der Gipfel der Gewöhnlichkeit und führt sehr oft noch über dieselbe hinaus zur Schlechtigkeit.[2]

Durchaus unvornehm ist es, viel von sich selbst zu sprechen, namentlich aber sich seiner Werke[3] oder der Wohltätigkeit zu berühmen. Letzteres schon deshalb, weil man in den meisten Fällen kaum berechtigt ist, viel Aufsehens davon zu machen. Denn sehr wenige Leute geben weg, was sie selbst recht gut brauchen könnten, sondern bloß einen Teil ihres Überflusses, den sie also nicht einmal ganz rechtmäßig besitzen. In wirklich großartiger Weise wohltätig sind größtenteils nur die Armen, die es als selbstverständlich betrachten, einander mit allem, was sie besitzen, auszuhelfen, bei denen Geben nicht mit Ruhm und Annehmen nicht mit Schande verbunden ist, während die höheren Klassen

---

[1] Wirklich vornehme Leute können sich z. B. auf Reisen leicht in alles schicken; sie finden zu Hause wieder, was ihnen da etwa abgeht. Wer dagegen über alles klagt, der will sich auf Reisen einmal gemütlich tun und recht genießen, was ihm gewöhnlich fehlt. Das ist, wenn die Unzufriedenheit nicht eine üble Angewöhnung ist, ein Zeichen, an dem man z. B. die heimatlichen Verhältnisse der „Schweizerreisenden" sehr oft erkennen kann.

[2] Es ist einer der allergrößten Übelstände unseres heutigen sozialen Lebens, daß auf den Universitäten der Sinn für die wahre Vornehmheit, die sich mit Schulden und den bedenklichen Mitteln, ihnen zu entgehen, nicht verträgt, selbst in den gebildetsten Kreisen und oft genug für das ganze Leben abgeschwächt wird.

[3] Hosea XIV, 4.

sich oft durch eine stark zur Schau getragene Wohltätig=
keit auf die jedenfalls allerbilligste Art mit dem Christen=
tum abzufinden suchen.

Allerdings gibt es auch eine Art von Verbergen seiner
Werke, die auf Entdeckung und doppeltes Lob eingerichtet
ist, und es ist auch ganz und gar nicht richtig und nament=
lich nicht christlich, sich mit Beisteuern an wohltätige
Anstalten von dem persönlichen Kontakte mit der Armut
ganz zu befreien. Das Evangelium weiß noch nichts von
solchen Vereinen (wenn es sie auch gewiß nicht ausschließt),
sondern sagt einfach: „Gib dem, der dich bittet"; man
darf höchstens hinzusetzen, wenn es ihm nicht offenbar
schadet, was ja in einzelnen Fällen wirklich geschieht. Das
ängstliche sich Zurückziehen vor jeder Berührung einer
schwieligen, oder nicht ganz sauberen Hand ist nichts
weniger als wirklich vornehm.

Unvornehm ist überhaupt die Mißachtung alles
Kleinen, armer Leute, die sehr oft die wahrhaft Edlen
dieser Welt sind, der Kinder, der Gedrückten aller Art,
selbst der Tiere. Namentlich die Jagd, so sehr sie zu den
Vergnügungen vornehmer oder vornehm sein wollender Leute
gehört, können wir nicht als etwas wirklich Vornehmes an=
sehen, ganz besonders, wenn sie mit keiner Gefahr verbunden,
sondern bloße Freude am Töten wehrloser Geschöpfe ist.[1]

Mit dienstbaren Leuten stets wahrhaft freundlich, nie
herrisch oder herablassend, nie vertraulich, aber immer

---

[1] Friedrich der Große hat bekanntlich in seinen Schriften
darüber einen scharfen Passus, während die letzten französischen
Bourbonen eifrige Jäger waren.

freigebig und sorglich zu sein, ist eine große Kunst, die
sich sogar selten in einer einzigen Generation lernt,[1] aber
immer ein sicheres Zeichen der Vornehmheit.

Eine vornehme Seele ist endlich nicht prinzipiell pessi=
mistisch gestimmt. Die Pessimisten sind vielmehr durch=
wegs etwas zu klein geratene Seelen, unfähig die höchsten
Güter des Lebens mit Mut zu erstreben und mit der Kraft
und Ausdauer zu erreichen, welche dazu gehört. Sie verlegen
sich daher darauf, dieselben zu leugnen, oder den Verzicht
darauf als das höchste Erreichbare darzustellen. Es sind,
wenn es nicht eine bloße Entwicklungsphase ist, immer
kleindenkende und egoistische Menschen, denen man gar nicht
die Ehre einer Bewunderung erweisen muß. Vollends
„Nörgler", beständige Kritiker von allem, Frauenquäler,
Exaktitätsmenschen, die über einen verlegten Gegenstand
oder einen verfehlten Eisenbahnzug in peinliche Aufregung
geraten können, das sind die Unvornehmsten von ihnen.

Das Vornehmste von allem ist Feindesliebe. Seinen
Freunden wohlzutun, oder gegen jedermann freundlich und
billig gesinnt zu sein, ist bürgerlich brav, aber noch lange
nicht gerade vornehm. Diejenigen aber, die Kränkungen
ruhig aufnehmen und auch Feinden stets noch gerecht
werden können, das sind die echten Aristokraten des Geistes.

Das vollkommene Urbild der Vornehmheit ist Christus;
es ist ganz falsch von vielen seiner Biographen, ihn gar
zu sehr von der niedrigen, äußerlich demütigen Seite

---

[1] Daran werden auch die besten Emporkömmlinge immer noch
erkannt, daß sie das nicht recht verstehen.

darzustellen¹ und dabei sogar manche Auffassungen unseres Himmelsstrichs in die andersdenkende orientalische Welt hineinzutragen. Es ist vielmehr gerade die unerreichbar richtige Verbindung der zartesten Neigung zu den Kleinen und Armen, Gedrückten und Verschuldeten mit dem großartigsten, ruhigsten Selbstgefühl gegenüber allen Hohen, Reichen und Mächtigen jener Zeit, das aber dennoch niemals weder Trotz noch Hochmut ist,² was dieser Persönlichkeit allein schon ein Gepräge verleiht, welches rein menschlich schwer zu erklären wäre. Diesem Typus zu folgen ist seither die Aufgabe aller nach dem **Vollkommenen** Strebenden, und wer ihn prinzipiell ablehnt, wird stets in die Gefahr geraten, einem falschen Ideale nachzujagen und das Ziel nicht zu erreichen.³ Jedem Menschen zwar wohnen, wie

---

[1] Besonders ist dies der Fehler eines neueren schönen Buches von Zündel, „Jesus, in Bildern aus seinem Leben", das aber doch, als Ganzes genommen, ein nicht richtiges Bild ist. Von den katholischen „Heiligen" sind Repräsentantinnen dieser vornehmen Art besonders Katharina von Siena, die h. Hildegard, die h. Gertrud; in der poetischen Fiktion die Imogen von Shakespeare, die „Laurenburger Els" von Brentano, Enid von Tennyson, Mireille von Mistral, Ingeborg von Tegnér, Vreneli und namentlich auch „Käthi die Großmutter" von Jeremias Gotthelf, die **beste** Personifikation vornehmer Gesinnung in bescheidenstem Gewande, die wir überhaupt kennen. Auffallend ist dabei, auch in der Gegenwart, das Vorwiegen der Frauen. Es gibt stets mehr vornehme Frauen als vornehme Männer. In der modernsten Malerei sind vornehm die Fresken von Robert in Neuchatel.

[2] Lukas XXIII, 43; VII, 44; XXIII, 9. Joh. XVIII, 23. 37; XIX, 11

[3] Die vornehmen Seelen sind zwar oft keine, wenigstens keine

eines dieser falschen Ideale es selber lebenswahr beschreibt, „zwei Seelen in der Brust. Die eine hält in derber Liebeslust sich an die Welt mit klammernden Organen, die andere hebt gewaltsam sich vom Duft zu den Gefilden hoher Ahnen." Eine Gewalt gegen sich selbst allerdings und ein Glaube an diese Gefilde wird dazu jederzeit gehören, und wenn der große Dichter, der die geringere dieser Seelen in sich niemals völlig überwand, in dem zweiten Teile seines berühmtesten Werkes sagt: „Tor, wer dorthin die Augen blinzelnd richtet, sich über Wolken seines Gleichen dichtet, er stehe fest und sehe hier sich um, dem Tüchtigen ist diese Welt nicht stumm", so ist darauf zu antworten, daß zu der Vornehmheit auch etwas von der Torheit gehört, die weiser als alle Weisheit der Menschen ist.[1]

Die bedeutendsten Hindernisse der echten Vornehmheit sind die unechte und die Menschenfurcht.

Das Vorhandensein irgend einer Art von „Aristokratie" bei allen menschlichen Genossenschaften von dauerndem Bestande ist gleichzeitig ein Beweis für das Bedürfnis nach einer solchen, wie der Hauptgrund ihrer Korruption. Man könnte, etwas paradox, sagen, eine Aristokratie bestehe am reinsten und besten, wo sie rechtlich nicht bestehen

---

bewußten Christen. Der sehr populär gewordene „Bräsig" Reuters ist ein solches Beispiel und die Popularität hat offenbar teilweise diesen Grund. Doch halte das, Leser, niemals für den besten und leichtesten Weg, namentlich nicht, wo keine schon sehr edle Naturanlage bereits vorhanden ist.

[1] Kor. I, 25—29; II, 5—9. Darüber noch später mehr.

darf, und sie ist am schlechtesten da, wo sie die größten Rechte besitzt. Die Angehörigen dieser höheren Klasse leben jetzt vielfach in dem eitlen Wahne, für den sie systematisch erzogen und gegen jede bessere Einsicht abgesperrt werden, sie seien der Gesamtheit nichts als ihre Existenz schuldig, oder es gebe überhaupt für sie keine andere Gesellschaft, als die „obern Zehntausend", wie sie in England genannt werden. Es genüge völlig, wenn sie gewissermaßen „das Schöne" im Leben der Gesamtheit repräsentieren, etwa nach dem abgeschmackten Worte: „Wenn die Rose selbst sich schmückt, schmückt sie auch den Garten", oder nach dem besseren, aber ebenfalls oft falsch angewendeten Ausspruche, daß gemeine Naturen mit dem zahlen, was sie tun, edle mit dem, was sie sind. Im richtigen Sinne verstanden ist ja das letztere schon wahr, denn aus einem edlen Sein folgt das edle Tun mit Notwendigkeit von selbst, während es ohne dasselbe nur Werkheiligkeit ist. Eines der sichersten Kennzeichen aller Edelgearteten ist es daher, daß Unglückliche ihnen lieber sind, als Glückliche. Wo das nicht zutrifft, ist keine echte Aristokratennatur von Gottes Gnaden vorhanden, sondern nur Gewöhnlichkeit, trotz aller äußeren Lebensstellung.[1]

Eine gewisse hochmütige Unnahbarkeit gefällt zwar dem menschlichen Stolze sehr und gilt bei ihm für vornehm.

---

[1] Die Unglücklichen haben daher auch ihrerseits das richtigste Urteil über sie. Aus dem gleichen, unwiderleglichen Grunde kann ein wahrer Gott, der nicht ein bloßes Phantasiegebilde ist, die Unglücklichen, welche ihm vertrauen, niemals verlassen. Er stünde sonst unter dem menschlichen Edelmut, der das nicht tut.

Bei Gott ist das aber gar nicht der Fall und wem er gnädig ist, den versetzt er in Lebenslagen, in denen das aufgegeben werden muß. Denn für solche fernstehende Halbgötter, die an dem allgemeinen Menschenlose gar nicht teilnehmen, hat niemand ein Herz. Sie kaufen diese „exzeptionelle Stellung" viel zu teuer, indem sie dafür keine rechte Liebe jemals kennen lernen.[1]

Dabei ist es wunderbar, daß gerade die unnützesten und auf ihre Nutzlosigkeit sogar noch stolzen Paradies= vögel der menschlichen Gesellschaft sehr oft als eifrige Anhänger des Christentums sich gebärden, während ihr gesamtes Dasein, wie ihre ganze Weltauffassung, mit den ersten Anfangsgründen desselben im Widerspruche steht.[2]

Es wird daher im ganzen und großen bei dem Aus= spruche Cromwells[3] bleiben: „Die Sache Christi geht mit

[1] Daher sind alle sehr hochgestellten Personen in der Regel nicht glücklich und treten ihren Untergebenen nur durch Leiden näher, die überhaupt das größte erreichbare Glück und eine wahre Not= wendigkeit für sie sind. (Lukas XVII, 25.) Ein wahrhaft edler Mensch in hoher Stellung ist ohne viel Leiden gar nicht möglich.

[2] Matth. XVI, 26; XXIII, 8—12. Markus VIII, 15. 34; X, 23. 27. Lukas III, 11; V, 36; VII, 36 ff.; IX, 62; X, 42; XI, 27. 28; XII, 29—35; XIV, 12. 13. 24. 26; XVI, 14. 15. 25; XXIII, 8—11. Paulus beschreibt die echte Aristokratie in Phil. II, 15.

[3] Der englische Protektor wird selber stets als ein sprechendes Beispiel einer echten Vornehmheit angeführt werden können, welche mit der falschen Karls I., der ein vornehmer Mann im gewöhn= lichen Sinne war, den größten Kampf dieser Art ausfocht, den die Weltgeschichte kennt. Leider nicht mit dauerndem Erfolg für seine Nation; doch steckt etwas von dieser großen Zeit noch in jedem Engländer.

der Sache des Volkes zusammen"; der Geist der Vor=
nehmheit im gewöhnlichen Sinne bringt es nicht weiter,
als zu einem neugierigen Anhören des Evangeliums,[1] oder
zu einem Versuche, dasselbe für ganz andere Zwecke aus=
zunützen, als für die es bestimmt ist.

Noch weniger vornehm freilich, als diese Geburts=
aristokratie selber, insofern sie nicht auch innerlich adelig
ist, sind gewöhnlich die Emporkömmlinge zu derselben aus
den unteren Volksklassen, die meistens noch den angebornen
Sklavensinn hinzubringen, oder die reichgewordenen über=
mütigen Geldaristokraten, denen sogar das Gefühl der
Rechtmäßigkeit ihres Besitzes abgehen muß. Von einem
solchen Menschen behauptet sogar Demosthenes in einer
seiner schönsten Reden, er sei sicher ein untergeschobenes
Sklavenkind und passe am allerwenigsten in das Gefüge
eines freien Staates.[2]

---

[1] Ap.=Gesch. XXIV, 24. 25; XXV, 22; XXVI, 24—28.
Lukas XXIII, 8. 9. Thomas a Kempis sagt darüber mit psycho=
logisch tiefer Wahrheit: „Verschlungen, verschlungen ist alle eitle
Ehre in dem Abgrund deiner Gerichte über mir." „Wie sollte eitles
Ruhmgeschwätz ein Herz noch in die Höhe treiben können, das die
Wahrheit einmal tief genug unter Gott gebeugt hat?" Alle
christlichen Lebensvorschriften sind ferner auf arbeitende Leute,
nicht auf Müßiggänger, berechnet. Gelangen sie an solche, so sind
sie ihnen viel zu einfach, oder „nicht recht ausführbar für unsere
Verhältnisse", und sie künsteln daran herum, bis sie sie glücklich
ihren Bedürfnissen angepaßt und damit gründlich für alle andern
verdorben, oder wenigstens verdächtig gemacht haben.

[2] „Und da er nun hiedurch in Besitz von Gütern gekommen
ist, die ihm gar nicht gehören, und ein Vaterland gefunden
hat, welches unter allen Staaten der besten gesetzlichen Ordnung

Jeder Hochmut (auch der auf Talente oder Erfolg) ist ein unfehlbares Zeichen einer geringen Seele. Von dem Stolze dagegen kann man das gleiche nicht so unbedingt sagen. Es ist vielmehr sehr bezeichnend in Dantes großem Lehrgedicht, daß die Erlösung vom Stolz, die Demut, erst innerhalb des Tors der Gnade dem sich von allen seinen Fehlern reinigenden Menschen zu teil wird;[1] vorher braucht er den Stolz gegen andere, gemeinere Sünden, welche der Vornehmheit der Seele noch mehr zuwiderlaufen.[2]

Es wird daher auch dabei bleiben müssen, daß jede echte Aristokratie auf einer Berufung Gottes beruht, welcher der alleinige berechtigte „Herr" auf Erden ist, neben dem es kein anderes „Herrenrecht" gibt,[3] und der diejenigen zu seinen Kronvasallen annimmt, welche er dazu fähig erachtet. Andererseits ist es ebenso unzweifelhaft, daß der Individualismus, das Herrscherrecht der eigenen Natur und des freien Willens,[4] wofern er zum Guten angewendet wird,

---

sich erfreuen dürfte, kann er sich auf keine Weise darein schicken oder fügen, sondern die ihm angeborne rohe und gottverfluchte Barbarennatur reißt ihn mit sich fort und zwingt ihn." (Meibias 150.)

[1] Purgatorio X, 1.

[2] Namentlich gegen alle Unsauberkeit, die der wahre Tod jeder vornehmen Gesinnung ist, ist der Stolz ein Hilfsmittel.

[3] Ev. Matth. XXIII, 9—12.

[4] „Es gibt ein Etwas in des Menschen Wesen, das unabhängig von des Eigners Willen anzieht und abstößt mit blinder Gewalt.... Unsichtbar geht der Neigung Zauberbrücke; so viel sie betreten, hat keiner sie gesehn. Gefallen muß dir, was gefällt. Soweit ist's Zwang, rohe Naturkraft. Doch steht's bei dir, die Neigung zu rufen, der Neigung zu folgen steht bei dir. Da beginnt des Willens sonniges Reich." (Medea.)

das unveräußerlichste aller Menschenrechte ist, das keine politische Demokratie jemals beseitigen kann und wird. Diesen Individualismus zum bloßen Klassen= oder Massen=bewußtsein und zu einer allgemeinen Durchschnittsbildung erniedrigen, heißt Barbarei, ihn einseitig und egoistisch nur für sich entwickeln Verbrechen, oder Wahnsinn. Das Schöne der Form hat in der Erziehung des einzelnen Menschen und ganzer Generationen seinen Wert und sein Recht, wenn es auf dem gesunden Grunde des Guten, als die Blüte desselben, sich entwickelt.[1] Dann ist es eben der vollkommenste Ausdruck der Mannhaftigkeit, der Tugend im antiken Sinn, die Ritterlichkeit im mittelalterlichen, welche heute nur noch in der Form eines allgemeinen weltbürgerlichen „gentlemanlike"[2] besteht, oft aber freilich auch in dieser eine leere Schablone ohne geistigen Inhalt ist. „Gentleness, when it weds to manhood, makes a man." Sonst nicht.

„Vor Menschen sich fürchten bringt zu Fall", sagt der weise israelitische Spruchdichter, „wer sich aber auf den Herrn verläßt, der wird beschirmt."[3] Es ist das sehr

[1] Das ist „das Recht der Kunst", ein anderes gibt es nicht; eine Kunst, welche das Böse im Menschen befördert, ist ein un=würdiger Mißbrauch der besten menschlichen Talente.

[2] Der jetzigen Welt fehlt noch der Ausdruck für diesen Inhalt. Die älteren Formen sind mit dem Ende des achtzehnten Jahrhunderts verschwunden und die bürgerliche Ausdrucksweise für die jetzige wirkliche Aristokratie ist nicht gefunden.

[3] Sprüche XXIX, 25. Vgl. auch X, 29. „The fear of man always brings a snare", sagt der General=Adjutant Allen in

erfahrungsgemäß; Furcht vor Menschen führt immer auf Abwege und ist stets etwas Kleinliches, Unvornehmes. Aber es kann freilich auch niemand, selbst der Höchste und Gewaltigste nicht, stets furchtlos bleiben, wenn er keinen unsichtbaren Herrn über sich kennt, auf dessen Schutz er sich unbedingt verlassen darf, solange er recht handelt.[1]

Mit der Menschenfurcht sind eine Menge anderer kleinlicher Laster verbunden, die alle aus ihr ihren Ursprung nehmen. Haß, Neid, Eifersucht, Nachsucht, Nachtragen, Übelnehmen, Schadenfreude, Ungerechtigkeit im Urteil über andere, alle so unvornehm als nur möglich, sind nichts als Folgen von Furcht. Auch das rastlose Streben nach Geld und Gut, die Habsucht, entspringt oft

---

seiner Erzählung von dem berühmten Windsor-Meeting der Parlamentsoffiziere von 1648. Letters and speeches of Oliver Cromwell I, 312.

[1] Der wahre Grund der Furchtlosigkeit ist in IV. Mos. XIV, 9 angegeben; an und für sich ist Furcht im Menschenleben so natürlich und begründet, daß alle außerordentlichen Ereignisse in der Bibel fast immer mit den gleichen Worten „Fürchte dich nicht" angekündigt werden. Vgl. Lukas X, 3. 19. Markus XVI, 17. 18. Daniel VI, 22. 1. Joh. IV, 18. Der tapfere Josua wird geradezu fortwährend so angeredet; Josua I, 6. 9; VIII, 1; X, 8; XI, 6. Vgl. auch Jesaias LI, 12. 13; Chron. XVI, 22 und Psalm CV, 15. Zinzendorf sagt in einem seiner Lieder: „Furcht bleibet bei der Liebe nicht, wer sich noch fürcht', lebt nicht im Licht und wer kein göttlich Leben führt, der wird von lauter Furcht regiert." Das sind die beiden Elemente, in denen der Mensch lebt: Furcht, Sorge, Verlaß auf Menschen, Zorn und göttliche Liebe und Freudigkeit der Seele, die das alles nicht kennt, oder beständig in sich überwindet. Psalm CXIX, 45.

nicht so sehr einer eigentlich verrückten Neigung, alles für sich allein zusammenzuraffen, als der (wenn kein Gott bestünde berechtigten) Notwendigkeit, in dem „Kampf um das Dasein" einen Platz zu erobern und zu behaupten, der niemals gesichert genug gegen alle Zufälle und alle Angriffe einer gleich gesinnten Überzahl von Neidern und Hassern jedes individuellen Wohlergehens sein kann. Wenn diese Furcht nicht vorhanden wäre, der Habsucht wegen allein, die doch auch ihre großen Unbequemlichkeiten hat, gäbe es mutmaßlich keine gänzlich Enterbten und keine soziale Frage.

Wenn man diese, sonst hoffnungslosen, Zustände bessern will, so muß man die einen von der Furcht befreien, ein kurzes und dann endgültig abgeschlossenes Leben ohne gerechten Anteil an dem Glück, das die Erde bietet, zubringen zu müssen, wodurch sie notwendig zu halb wahnsinnigen Anstrengungen, es gewaltsam zu erobern, getrieben werden, die andern von der Besorgnis, durch Teilung der vorhandenen Güter unter alle alle arm und elend werden zu sehen. Zwischen diesen beiden Gegensätzen mit Palliativen vermitteln zu wollen, ist einstweilen die fruchtlose Anstrengung der Zeit. Beide Gesinnungen aber haben nichts Vornehmes an sich.

Eine völlig vornehm gewordene Seele, frei von Furcht, auf festem Glaubensgrund ruhend, ist das Schönste, aber auch das Seltenste, was es jetzt gibt, und sehr wenige werden heute dieses Ziel anders als auf Umwegen, sei es nach großen Zweifeln, oder durch große Leiden erreichen,

Vornehme Seelen. 193

wenn auch einigen der Weg dazu durch ihre Vorfahren erleichtert ist und sie schon auf einer gewissen Stufe anfangen können, weiter darnach zu streben.

Traurig aber bleibt dabei doch, daß jedes Kind, das geboren wird, eine solche Bestimmung deutlich in sich trägt, deren Erreichbarkeit sich mit vorrückendem Alter bei den meisten immer mehr verliert, obwohl ein schwerer Fluch über dem Haupte dessen hängt, der ein einziges dieser Millionen von zum Höchsten berufenen Wesen dieser Bestimmung entzieht.[1]

Dennoch ist es tatsächlich so und wir haben gleich anfangs gesagt, es kann nicht lauter vornehme Seelen auf Erden geben, das wäre geradezu „der ewigen Ruhe Stand."[2] Eine solche vornehme und „exklusive" Gesellschaft denken wir uns im künftigen Leben, soweit wir uns dasselbe überhaupt vorstellen können. Aber es muß immer wenigstens eine Anzahl Leute geben, die ihre Kniee nicht dem jeweiligen „Baal" der Zeitrichtung beugen und ebensowenig sich nur ihrer Natur gemäß „ausleben" wollen, was eben Tiernatur ist, sondern die dafür zu sorgen haben, daß Gott fortwährend Wohnung auf Erden behalten kann.[3]

---

[1] Ev. Matth. XVIII, 5—7.
[2] Christus selbst sagt in der eben angeführten Stelle „es muß Ärgernis kommen" und er macht auch sonst zuweilen einen Unterschied zwischen solchen, die „vollkommen" werden wollen, und andern, die als rechtschaffene Leute die gewöhnlichen Gebote halten. Ev. Matth. XIX, 21 ff. Lukas XVIII, 21. 24.
[3] Sacharja II, 10. 11. II. Mos. XXXIII, 3. III. Mos. XXVI, 11. 12. V. Mos. XXIII, 14. Psalm LXXVIII, 60. I. Kön. VI, 13. Wie viele das sein müssen, steht nirgends geschrieben; es genügen

Berufen sind alle dazu, namentlich wenn sie zur Gemeinschaft der Christen gehören, und wenn tatsächlich nur wenige „Auserwählte" sind,[1] so ist das doch eine Elite, zu der jeder Zutritt hat. Diese Art von Aristokratie wird stets bestehen bleiben, und ohne Zweifel gehört ihr die nächste Zukunft,[2] je mehr in dem politischen Leben der Völker die demokratische Staatsform die Oberhand gewinnt. Sie wird auch, wo immer sie echt ist, stets von Gott beglaubigt und aufrechtgehalten; eine Aristokratie, die gar keinen Boden mehr in ihrem Volke findet, ist sicherlich eine falsche oder ausgeartete, die rechtmäßig der Beseitigung anheimfällt.[3]

Für die echte gilt ein anderes und strengeres Recht, als das allgemeine. Es wird von ihr mehr gefordert, als das beständige Glücks- und Genußverlangen einer gewöhnlichen Seele, und es ist für sie nicht gut, wenn sie jemals der Leiden gänzlich enthoben wird, welche sie

offenbar auch ganz wenige, oft sogar vielleicht einer allein, um Staaten zu erhalten. I. Mos. XVIII, 32. II. Mos. XVII, 11; XXIII, 27. Für diese besonders gelten dann die strengeren Anforderungen des Evangeliums, und sie dürfen denselben auch nicht in für andere ganz erlaubten Dingen Widerstand entgegensetzen. Oder kann man sich etwa den Apostel Paulus als Familienvater oder Jeanne d'Arc als glückliche Gattin vorstellen?

[1] Ev. Matth. XXII, 14; IV Mos XII, 8.

[2] Das übertriebene Tasten von Nietzsche, auch schon von Carlyle, nach einer Herrenklasse ist der falsche Ausdruck einer zum Teil richtigen Idee. Der Staat wird noch demokratischer, die Gesellschaft aber ganz sicher wieder aristokratischer werden.

[3] II. Mos. XIX, 9. Josua I, 5. 8. 9; IV, 14; VII, 13. Richter IX, 23; XI, 7—10. Sacharja III, 7.

allein in dieser Stimmung erhalten, oder wenn ihr irgend etwas gelingt, oder nachgesehen wird, was aus **gewöhnlichen Motiven** entsprang.[1] Der Glaube an die läuternde Macht des Leidens und demzufolge an die **Notwendigkeit** desselben ist stets der Kern= und Mittelpunkt aller wahren Ethik, mag dieselbe übrigens auf philosophischem, oder auf religiösem Fundamente sich aufbauen; das **vornehmste** aller irdischen Geschicke ist freudig ertragenes **Leiden**, mit dem Segen, der daraus für viele entsteht.[2] Und hierin liegt auch der Schlüssel zu dem sonst nicht leicht verständlichen Rätsel, weshalb manche Menschen, welche von Religion nichts wissen wollen, heute derselben innerlich näher stehen, als viele, die sie **laut** bekennen. Wer das Leiden freiwillig annehmen und zum siegreichen Aufbau seines besseren Wesens verwerten kann, der ist und bleibt ein edler und unverlorener Mensch und eine im Grunde religiöse Natur, möge sein Verstand auch jedem positiven Glaubensbekenntnisse widerstreben. Und in diesem **einen Punkte** liegt

---

[1] II. Mos. XXIII, 20. Maleachi III, 1. Römer VIII, 13. Offenbg. III, 12. Esra VIII, 22. Jesaias LII, 11. Das „Reich Gottes auf Erden" ist auch insofern auf die vollste „Freiheit" des menschlichen Willens gegründet, daß derselbe nicht bloß das Gute, oder das Böse, sondern auch im Guten das Höhere oder Geringere **wählen kann**. Wir sind auch unsererseits überzeugt, daß das große Opfer, mit dem es begann, ein **ganz freiwilliges** war. Es hätte auch anders gehen **können**, vielleicht sogar **dürfen**, aber es **sollte** so geschehen. Ev. Matth. XXVI, 38. 54; XVI, 21. Nur auf diese nämliche Weise wird auch heute die Kirche erneuert werden, namentlich die **protestantische**.

[2] Jakobus I, 12. Offenbg. III, 12; VII, 14; XII, 11; XXI, 7. 8.

auch die tatsächlich über alle Schranken hinüber bestehende stillschweigende Einheit der besseren Angehörigen aller und jeder Glaubensbekenntnisse.¹

Es muß daher eine vornehme Seele nicht allein ein bedeutendes Maß von der **Ungerechtigkeit** ertragen können, wie sie nun einmal in der Welt besteht und wahrscheinlich nie aufhören wird,² und wird sich daran weder in ihren eigenen Schicksalen, noch in denjenigen anderer

---

¹ Ein schönes Zeugnis hiefür liefern in neuester Zeit u. a. die intimen Briefe Mazzinis, herausgegeben von Dora Melegari, 1895. Vgl. besonders Introduction, pag. II und XVII. „La vie est une mission; toute autre définition est fausse et égare ceux qui l'acceptent." Das ist Idealismus und beinahe Religion. Es ist das Unglück der romanischen Nationen, das wie ein alter Fluch an ihnen allen haftet, daß vielen ihrer vornehmen Seelen nur die Wahl zwischen einem irreligiösen Idealismus, oder einer Religion offen zu stehen scheint, deren wirkliche Natur ihnen niemals recht bekannt wird; dergestalt, daß sie schließlich lieber in „Sehnsucht ohne Hoffnung leben", als in vermeintlicher Unwahrhaftigkeit. Diese Ehrlichkeit des Herzens ist der Religion verwandter, als die bloße äußere Kirchlichkeit; aber **lebensfreudig** allerdings, auch im Leiden, macht nur das **wahre** Christentum. Inferno IV, 31 u. ff. Ev. Matth. XXIII, 1—13.

² Ev. Matth. XIII, 28. 29; XXIV, 9. 12. 13. Die Ungerechten finden wohl ihren Meister, aber nicht immer **sofort**. **Inzwischen** mutet Gott seinen Werkzeugen das **Äußerstmögliche** zu, wie ein Feldherr guten Truppen. **Er braucht die Werkzeuge, die er hat, und schont sie nicht mehr, als absolut nötig ist.** Die schöne Zeichnung von Albrecht Dürer, wie ein Ritter unbeirrt von Tod und Teufel fest und still seines Weges zur Heimat zieht, ist ein künstlerischer Ausdruck dieser Gesinnung.

zu stoßen haben, sondern sie muß auch selbst den Ruf einer gewissen Torheit nicht zu sehr scheuen.

Es sind nicht immer die größten Talente, welche zu den größten Dingen sich eignen, sondern sehr bezeichnend fragt der bedeutendste israelitische Prophet im Namen seines Gottes: „Wer ist so blind als mein Knecht und so taub als der Bote, den ich sende?"¹ In der nämlichen Weise sagt auch Christus öfter, daß eine kindliche Art, welcher die Unweisen näher stehen als die Weisen, dazu gehöre, um in das Reich Gottes zu passen.² Und das gleiche hat sich in der Reformationszeit an sehr vielen erwiesen, die die Weisesten ihrer Zeit waren, sich aber nicht entschließen konnten, eine gewisse „gebildete" Un= befangenheit und Unparteilichkeit gegenüber Fragen auf= zugeben, von denen die Gelehrten allerdings wissen, daß man sie allfällig auch „von einem andern Gesichtspunkte aus betrachten kann."³ Es ist das auch heute noch der enge Durchpaß, den sehr viele Gebildete scheuen, welchen

---

¹ Jesaias XLII, 19; XLIII, 8. V. Mos. XXXIII, 9. Das gleiche eigentümliche Problem liegt dem schönen mittelalterlichen Gedicht „Parzival", überhaupt der Gralssage zu Grunde. Auch heute aber werden viele mit Tennysons Percivale sagen: „This quest is not for thee." Tennyson, „The holy Grail."

² Ev. Matth. XI, 25; XVIII, 3.

³ Der größte Gelehrte der damaligen Zeit, Erasmus, war ein solches Beispiel. Die Gelehrtesten wissen oft zu sehr, wie vielerlei sich für jede Ansicht anführen läßt und wie jede große Idee in ihrer praktischen Ausführung mangelhaft ausgefallen ist und damit, teilweise berechtigte, Gegner gefunden hat. Daher heißt „alles verstehen, alles entschuldigen." Das ist aber nicht der Weg zum Himmelreich.

das Christentum ganz recht wäre, wenn es sich nur ein wenig mehr den Erfordernissen der Zeit anpassen, etwas von seiner Schroffheit in sittlicher Hinsicht und von seiner unbedingten Glaubensforderung in Bezug auf übersinn= liche, nicht beweisbare, Dinge aufgeben wollte.[1]

Ohne Zweifel hätte Christus selbst zu seiner Zeit seinen Beruf auch „anders auffassen" können, als es geschah, und war die Versuchungsgeschichte[2] ein Vorgang, der sich

---

[1] Sie prophezeien ihm sonst eine „Selbstzersetzung", die aber wohl eher noch auf dem Wege der Assimilierung von heterogenen Bestandteilen eintreten würde. Es hat vielmehr mit seiner vollen inneren Wahrheit schon schlimmere Krisen als die jetzige überdauert, und sein Fehler ist heute die Halbheit, nicht die Ganzheit.

[2] Er konnte auch seine Nation durch ein Eingehen auf ihre nationale Art, ihre Interessen und Leidenschaften mit sich fortreißen (ähnlich wie dies später unter Hadrian durch Bar Kochba wirklich geschah und auch heutzutage vielfach von National= helden geschehen ist), statt sie von innen heraus zu heben, was als ein aussichtsloseres Unternehmen erscheinen konnte und es ja auch tatsächlich gewesen ist, obschon die Geschichte der Juden noch nicht zu Ende ist (III. Mos. XXVI, 33—45). Es war vielleicht, wenn wir uns überhaupt so ausdrücken und die Sache ferner ganz menschlich=historisch betrachten dürfen, das Vornehmste, was in der Weltgeschichte geschehen ist, daß der schwerere Weg gewählt wurde, der zunächst zum Mißerfolg führen mußte. (Joh. V, 43.) Die großartige Konsequenz davon zieht aber schon der Apostel Paulus in dem Briefe an die Philipper II, 8—11. Dieser Vorgang wieder= holt sich in geringerem Maßstabe bei jeder großen Reformbestrebung eines Volkes, und darnach entscheidet sich auch heute noch die wirk= liche Bedeutung seiner Führer. Wo immer die politische Reform, die dann in ihren Mitteln nicht allzu wählerisch sein kann, der sittlichen vorangehen will, bringt sie kein dauerhaftes Glück

bei jedem hochbegabten Menschen einmal in seinem Leben begeben hat und wofür er Ort und Datum nennen kann. Glücklich wenn er dann den rechten Weg einschlug und sich in demselben auch nicht weiter durch den Widerspruch einer ganzen Welt beirren ließ. Sie hat zuletzt noch immer nachgeben müssen, diese „ganze Welt", gegen einen einzigen mitunter, und auch heute erfahren wir, selbst in geringeren als den höchsten Fragen, sehr oft die Wahrheit des kühnen Wortes: „Wer fest auf dem Sinne beharrt, der bildet die Welt nach sich."

Auch für diese Art Leute ist also stets Platz und Bedarf in der Welt und sie finden dabei ihr bescheidenes Teil, wenn freilich nicht ohne Schwierigkeiten, was auch weder nötig, noch gut für sie ist.[1]

Es ist endlich ganz richtig, was ein sehr kluger Mann, der auf der andern Seite stand, von seinem entgegengesetzten Standpunkte aus gesprochen hat: „Zu oberst ist im Kampfe um das Dasein immer Raum." Nur die unteren und die Mittelplätze sind überfüllt.

Also strebe lieber gleich zum Höchsten, junger, oder von deinem bisherigen Suchen nach Glück unbefriedigter Leser. Erstens ist es das Sicherste und Beste, weil es Gottes Wille und seine ausdrückliche Berufung auch an

und keine wahre Größe hervor. Das sind eben nicht die „Wege Gottes" in der Geschichte.

[1] Hiob V, 17—26. Markus X, 28—30. Das ist ihre Verheißung. Wer darüber viel klagt, oder sich gerne bemitleiden läßt, der ist noch nicht ganz vornehm.

dich ist. Zweitens ist es das befriedigendste von allen Strebezielen, während alle übrigen reichliche Bitterkeit und Enttäuschung im Gefolge haben. Und endlich ist es das einzige, wobei schon der Wettlauf mit nach dem gleichen Siegespreise Ringenden ein freundschaftlicher, hilfreicher ist und wobei du nicht am Ziele von Neidern und heim=lichen Gegnern empfangen wirst, sondern von aufrichtigen Freunden und Gesinnungsgenossen, — lauter vornehmen Seelen, mit denen allein leicht und gut zu leben ist.

* * *

„Das Glück läßt sich nicht jagen
Von jedem Jägerlein;
Mit Wagen und Entsagen
Muß es erstritten sein."

Transzendentale Hoffnung.

I.

Daß dieses Erdenleben nicht das Ende alles Lebens, das letzte Wort unserer Geschicke sein kann, wenn dieselben nicht auch im allergünstigsten Falle mit einem rätselhaften Defizit, einer unerklärlichen Divergenz zwischen Anlage und Ausführung, Aufgabe und Leistung abschließen sollen, muß jedem offenbar werden, der darüber nach= denkt und nicht, sich ohne weiteres von solchen Fragen abwendend, den Tod als ein einmal vorhandenes trostloses Fatum hinnimmt.[1]

Es endet daher auch jedes Leben eines denkenden Menschen, der an keine Fortsetzung desselben glaubt, in tiefer Traurigkeit.[2] Die Abnahme aller Kräfte, körperlicher

[1] Zur Zeit der Kochschen Entdeckung eines angeblichen Heil= mittels für die Schwindsucht fing es an Leute zu geben, welche beinahe anzunehmen schienen, es werde der Wissenschaft schließlich noch gelingen, das Leben ins Ungemessene zu verlängern. Aber für den Tod ist doch noch kein Kraut gewachsen. Glücklicherweise — sagen wir.

[2] Auch bei den edleren Tieren zeigt sich bereits diese letzte Erscheinungsform aller derer, die keine Hoffnung haben. Ein alter Hund ist still=mürrisch, ein ehemals feuriges Pferd tieftraurig, die alten Vögel singen nicht mehr, ein alter Hirsch oder Löwe ist eine klägliche, gebrochene Erscheinung. Bei sehr gebildeten Menschen, die nicht an ein ferneres Leben glauben können, gestaltet sie sich

und geistiger, erfüllt das Herz, das keine weitere Hoffnung kennt, mit Unmut und zeitweisem Bangen, vor dem keine irdische Glücksstellung rettet. Auch selbst die Vorstellung, in der Regel zu einer Art von sich Auflösen in die Natur, immerhin auch ein trauriges Ende eines individuellen, denkenden Wesens. Ein Brief eines berühmten Arztes unserer Zeit aus seinen letzten Lebenstagen äußerte sich darüber wie folgt: „Ich muß meiner Familie gegenüber schon immer in allen Briefen — und ihrer werden nicht wenig verlangt — so viel Komödie über mich und meine Stimmung spielen, daß ich froh bin, wenn ich diese Fessel einmal abtun kann Menschen, auch die liebsten, habe ich nie länger gerne um mich als höchstens eine Stunde. Ich bitte daher die Meinen, daß nur niemand herkommt. Meine Lebensfreude ist der Blick aufs Meer, auf die Inseln, auf den Himmel, auf die Lorbeerbäume; den ganzen Tag scheint mir die liebe Sonne ins Zimmer und ins Herz. Da bin ich glücklich. Du kennst gewiß die schöne Akademierede von H. Grimm über das Alter, ein Pendant zu Ciceros „De senectute." (Beiläufig gesagt eine Verwechslung mit Jakob Grimm.) Alles, was Grimm da sagt, entspricht so ganz meinen Empfindungen. Die Menschenwelt versinkt so allmählich unter unsern Füßen; wir sehen Erde und Himmel mit, neben, unter, über uns, allüberall; wir fühlen uns aber als ein Stück Natur, gleich Fels und Wald, gleich Sturm und Himmelsbläue, verteilt in alles und dadurch als Gesamtnatur, nicht ein Stück des Weltalls, sondern als das gesamte All zugleich." Auch die Lebenserinnerungen eines ebenso berühmten Technikers unserer Zeit, dessen Dasein nur ein großer Erfolg war, enden mit folgenden Worten: „Mein Leben war schön, weil es wesentlich erfolgreiche Mühe und nützliche Arbeit war, und wenn ich schließlich der Trauer darüber Ausdruck gebe, daß es seinem Ende entgegengeht, so bewegt mich dazu der Schmerz, daß ich von meinen Lieben scheiden muß und daß es mir nicht vergönnt ist, an der vollen Entwicklung des naturwissenschaftlichen Zeitalters erfolgreich weiter zu arbeiten." Vgl. auch in dem Schwanengesang Walters von der Vogelweide:

daß die Werke des Menschen ihn überdauern, oder daß, „wenn der Leib in Staub zerfallen, der große Name noch fortleben" werde, tröstet nicht hinreichend über die Vergänglichkeit des Lebens selber. Die einen raffen sich dann noch gewaltsam zusammen und suchen in fieberartiger Tätigkeit die letzten Minuten des schwindenden Daseins auszunützen, um sich ein Andenken, oder wenigstens ein augenblickliches Bedauern über ihren Verlust zu sichern. In andern Alternden erwacht dagegen noch einmal mit fast elementarer Gewalt die bereits eingeschlafene Genußsucht nach jeder Richtung hin und sucht den kümmerlichen Rest von Lebensfeuer nochmals anzublasen.[1] Das Ende ist aber in beiden Fällen ratloses Zusammenknicken vor dem unaufhaltsam sich nahenden Unbekannten, möglichste Beseitigung alles Denkens daran, zuletzt, im besten Falle, stoische Ergebung in ein unvermeidliches Schicksal, wenn nicht Hoffnung auf eine Fortsetzung des Lebens vorhanden ist. Nur wo eine solche besteht, ist der Tod der freundlich-ernste Bote, der dem müden Wanderer das Ende seiner Reise und den bald bevorstehenden Blick von

„O wê, war sint verswunden alliu miniu jâr!" Altgewordene Dichter, deren Leben nicht einen tiefreligiösen (wenn auch ihnen selber vielleicht nicht immer ganz bewußten) Untergrund besitzt, machen sehr oft einen traurigen Eindruck. Das Alter ist überhaupt ein grausames Urteil über alle oberflächlichen Lebensanschauungen.

[1] Das ist namentlich kläglich anzusehen, obwohl man für eine dieser Erscheinungen in neuerer Zeit den euphemistischen Namen „Johannistrieb" erfunden hat. Spurgeon sagt in einer seiner Predigten, daß er alle großen Verirrungen in seiner Gemeinde nicht bei Jungen, sondern bei solchen alternden Leuten erlebt habe.

einer langsam und mühsam erstiegenen Bergeshöhe in eine weite neue Welt verkündigt; für alle andern ist er das häßliche Gerippe der mittelalterlichen Totentänze, oder wenigstens der unerbittliche grausame Schnitter des wunderschönen, aber tieftraurigen Liedes von Clemens Brentano.[1]

Jetzt erst tritt der bedeutendste aller Unterschiede zwischen den Menschen zu Tage, nun kommt am Ende des Lebens doch noch der „reine Tor" zur sieghaften Geltung. Denn während allen andern jedes herbstlich fallende Blatt das Gefühl hoffnungslosen Vergehens erweckt, sieht er auch an dem kahl gewordenen Baum schon die Knospe eines neuen holden Frühlings und hört er in seinen letzten Tagen nicht nur das unabänderliche Todesurteil „Staub bist du und zu Staub mußt du wieder werden", sondern auch gleichzeitig das Lebenswort: „Mache dich auf, werde Licht, denn dein Licht kommt und die Herrlichkeit des Herrn geht auf über dir."

II.

Das Verhalten der Menschen zu der Frage des Todes, die die bedeutendste aller Lebensfragen ist, ist das, was jeden von ihnen weitaus am meisten charakterisiert, und wenn man ihre Gedanken darüber stets kennte, so würde man aus denselben die bestimmtesten Schlüsse auf ihre gesamte Lebensauffassung ziehen können.

Die Furcht vor dem Tode ist auch der beste Prüfstein für alle Philosophie. Eine Philosophie, die dieselbe nicht

---

[1] „Es ist ein Schnitter, der heißt Tod."

überwindet, oder im besten Falle zu trüben Betrachtungen über die Vergänglichkeit des Lebens führt, ist zunächst schon praktisch nicht sehr viel wert und erfüllt jedenfalls ihren Zweck nicht ganz. Sie ist aber auch nicht einmal an und für sich der Vernunft entsprechend; denn wie könnte man sich einen vernünftigen menschlichen und gesellschaftlichen Zustand überhaupt denken o h n e den Tod? Ist ja doch schon oft die allzulange Lebensdauer hervorragender Personen ein offenbares Unglück für ihre Mitlebenden gewesen. Weit entfernt, ein Übel zu sein, das einen schreienden Mißton in der Schöpfung bildet, ist der Tod weit eher ein Glück, nämlich die einzige denkbare Möglichkeit, wie eine s o l c h e Welt, in der das Gute mit dem Bösen ringen muß, überhaupt bestehen kann.[1]

Soviel wenigstens ist gewiß, daß auch denjenigen, welchen „das Herz fest geworden ist" gegen jedes Ereignis, die Unvollkommenheit und Mühsal ihres Lebens oft schwer aufliegt und dieses Erdendasein als ein bloßer Durchgangspunkt erscheint, aus dem es einmal eine „Erlösung" geben muß. Selbst das glücklichste Leben kennt solche Stimmungen, und wer g a n z befriedigt wäre von seinen eigenen Geschicken, könnte es doch unmöglich sein für sein Volk und für die Millionen von Menschen überhaupt, deren Leben nur eine lange Kette von Entbehrungen und eigenen Fehlern zu sein scheint, die aller Hilfsversuche spotten. Den Ausdruck für diese Stimmung findet schon ein alter deutscher Dichter, Heinrich von Laufenburg (1445), in den folgenden Versen:

[1] I. Mos. III, 22.

„Ich wollt, daß ich daheime wär
Und aller Welt nicht diente mehr.
Daheim ist Leben ohne Tod
Und ganze Freude ohne Not.
Da sind noch tausend Jahr als heut,
Und ist kein Jammer und kein Streit.
Wohlauf, mein Herz und all mein Mut:
Sucht ihr das Gut ob allem Gut.
Es ist doch hier kein Bleiben nicht,
Ob's morgen oder heut geschicht!
Ade, Welt! Gott gesegne dich!
Ich fahr dahin gen Himmelrich."

Auch das aber ist noch nicht der richtige Tod. Man kann auch „voll Leben sterben"[1] und das Alter ist nicht notwendig eine langsam verlaufende, aber immer zunehmende und jedenfalls unheilbare Krankheit, sondern es kann auch ein fortwährendes Fortschreiten und sich Entwickeln zu einem edleren und reineren Leben sein, als es auf dieser Erde möglich ist.[2] Der Tod ist dann nur der ganz natürliche, nicht gewaltsame, oder irgendwie unlogische Übergang in ein analoges Dasein, das lediglich

---

[1] I. Chron. XXX, 28. Ev. Mark. XV, 39. Spurgeon, Predigten über alttestamentliche Texte, deutsche Ausgabe, I, 204.

[2] Eine stete intensive Tätigkeit, nur eine allmählich etwas anders werdende. Übrigens ist auch schon die Arbeit überhaupt, im richtigen Maßstabe angewendet, ein Erhaltungsmittel erster Ordnung für die Altgewordenen, und viele von ihnen werden die Erfahrung gemacht haben, daß ihnen die geistige Arbeit nicht schwerer, sondern leichter wird. Wenn man dagegen nicht an eine Fortsetzung dieses Lebens glaubt, so wäre es eine besonders boshafte Ironie eines unerklärbaren Schicksals, daß man die Lebensweisheit erst lernt, wenn man sie nicht mehr lange anwenden kann.

fortgesetzt zu werden braucht; die Frucht ist reif und fällt ab, zur nutzbaren Ernte,[1] nicht zum Verderben.

Wenn es übrigens sogar kein Wiedererwachen nach dem Tode gäbe, so leiden diejenigen, welche während ihres Lebens daran glauben, durch eine solche Täuschung nicht, sondern teilen, ohne darüber jemals zum Bewußtsein zu gelangen, das allgemeine Menschenschicksal des Vergehens. Während, im umgekehrten Falle, das Wiedererwachen für die daran nicht Glaubenden nicht ein angenehmes sein kann. Das ist ja überhaupt der Vorteil des Glaubens, ganz praktisch gesprochen, daß es ihm, wenn er irren sollte, im Leben sowohl als später, nicht schlechter ergeht als der entgegengesetzten Anschauung; wenn er aber auf dem rechten Wege sich befindet, besser.

III.

Immerhin ist unsere Hoffnung auf ein Weiterleben eine Hoffnung, nicht eine beweisbare Gewißheit.[2] Wohl

---

[1] Das ist das Ende der Gerechten. I. Mos. V, 24. V Mos. XXXIV, 5. Einen solchen Tod zu fürchten ist gar kein Grund vorhanden und auch die Laienvorstellungen von einem gewaltsamen und schmerzlichen Abreißen des Lebensfadens sind, in diesem Falle wenigstens, sicherlich übertriebene. Dagegen ist auch die „Euthanasie" noch keineswegs ein Beweis eines wohlgeführten Lebens. Augustus hatte sie, Tauler nicht.

[2] Seit Tausenden von Jahren denken alle Menschen, die gelebt haben, mehr oder weniger über dieses Problem nach, wissen aber noch jetzt darüber so wenig als jemals. Sicher ist nur der Tod, und neben ihm noch das, daß, wenn es ein Fortleben gibt, dies

aber eine begründete Zuversicht, die zunächst darauf beruht, daß in den Menschen Anlagen und Kräfte gelegt sind, für deren völlige Ausbildung das menschliche Leben zu kurz ist, die also zwecklos sein würden, wenn sie nicht zu einer weiteren Entwicklung gelangten. Namentlich ist das bei allen früh sterbenden Menschen offenbar der Fall.

Sodann haben wir dafür das ganz bestimmte Zeugnis Christi, dessen ganze Lebensauffassung sonst auf einem großen Irrtum beruhen würde. Die Auferstehung der Persönlichkeit ist eine der unzweifelhaftesten und allerbestimmtesten Verheißungen des Christentums, welches ohne sie nur einen sehr zweifelhaften Wahrheitsgehalt und Lebenswert haben könnte. Allerdings eine „Auferstehung des Leibes" nicht in dem wörtlichen Sinne des christlichen Glaubensbekenntnisses, so wie es wenigstens von manchen aufgefaßt wird,[1] sondern so, wie Christus selbst und auch

ein anderes, als das jetzige Leben, sein wird. Diese sehr richtige Bemerkung machte schon der originelle württembergische Pfarrer Flattich gegenüber einem General, der ihn spöttisch fragte, ob man denn überhaupt etwas Bestimmtes von dem zukünftigen Leben wisse. Er antwortete zunächst mit der Gegenfrage, ob seine Exzellenz glaube im künftigen Leben auch noch General zu sein, und als dieselbe dies verneinte, fügte Flattich bei, dann wisse der hohe Herr also wenigstens das gewiß und solle sich schon in diesem Leben auf seine Stellung nicht zu viel einbilden.

[1] Z. B. in dem der Kurfürstin Louise Henriette von Brandenburg zugeschriebenen Liede „Jesus, meine Zuversicht", Nr. 1164 der Brüdergemeinde. Die Verfasserin, deren Autorschaft übrigens auch bezweifelt wird, war eine geborene Prinzessin von Oranien und starb 1667, bloß 40 Jahre alt. Oder in Hiob XIX, 26 und 27, welchen Versen dieses berühmte Lied folgt.

gelegentlich der Apostel Paulus sie verkündigten[1] und wie sie uns auch allein befriedigen kann. Denn wenn wir auch unsere Individualität nicht verlieren und nicht, wie Hiob und nach ihm die preußische Prinzessin mit Recht sagt, als „ein uns Fremder" wieder auferstehen wollen, in welchem Falle überhaupt keine Fortsetzung unseres Lebens stattfindet und die ganze Frage keinen Sinn mehr hat, so werden wir doch sicherlich auch nicht mit allen „Schwachheiten unseres Fleisches" weiter leben wollen und ist also unter allen Umständen eine starke, das ganze Sein des Menschen tief ergreifende Veränderung not= wendig, für welche die katholische Kirche sogar ein besonderes Vorbereitungsstadium annimmt.

Das Nähere dieses veränderten Fortlebens kennen wir ganz und gar nicht,[2] wissen namentlich auch nicht, inwie=

---

[1] Lukas XX, 36. I. Kor. XV, 35—50. Eine Stelle, die dann allerdings durch den unmittelbar darauffolgenden Vers 51 etwas an ihrem Werte wieder einbüßt.

[2] Das bestimmteste Zeugnis, welches wir über die Art des künftigen Lebens besitzen, ist das obige von Christus selber, auch im Ev. Matth. XXII, 30 ff. Wenn das Evangelium überhaupt nicht ein bloßes Phantasiegebilde ist, so ist auch das sichere Wahrheit. Mehr aber, als das, zu wissen ist nicht nötig und wird auch nie= mand gelingen. Das letzte Wort Christi war: „Vater, in deine Hände befehle ich meinen Geist." Das genügte ihm und muß uns auch genügen. Ebenso sind auch alle schon oft aufgestellten Vermutungen über die Zeit und Art des Weltunterganges ein müßiges Gerede angesichts der deutlichen Stellen Matth. XXIV, 36. 44; Markus XIII, 32. Gleicherweise ist die Frage über die „Wiederkunft" Christi in erster Linie für die Generation von Wichtigkeit, welche sie sieht, und daneben für die Juden, deren welt=

fern die Fortlebenden ein Bewußtsein ihres früheren Zustandes haben, was zwar logisch zu einem Fortleben gehört, ansonst es eben keines ist, und inwieweit sie eine Verbindung mit ihren diesseits gebliebenen Angehörigen aufrecht zu erhalten in der Lage sind.[1] Wir könnten das übrigens auch mit unsern jetzigen Wahrnehmungsorganen nicht erfassen, selbst wenn es uns geoffenbart werden wollte.[2] Ebenso sind alle Beschreibungen einer „ewigen Herrlichkeit", mit der sich die Phantasie der Menschen so gern und viel beschäftigte, ähnlich wie die Vorstellung von einer „ewigen Ruhe", die wir mit unseren jetzigen

historischer Prozeß gegen das Christentum sich vielleicht damit erledigen wird, daß für sie der Messias kommt, der für uns wiederkommt. Vgl. hiezu Ev. Mark. IX, 11—13; Matth. XI, 14; Joh. XIX, 37; Offenbg. I, 7; Sacharja XII, 10. Wir haben jedenfalls Wichtigeres zu tun, als uns mit diesen Fragen vorzugsweise abzugeben, die den Verstand schon mancher Menschen verwirrt, oder wenigstens übermäßig und unnützlich beschäftigt haben.

[1] Das Gleichnis vom armen Lazarus, Luk. XVI, 19 ff., würde eher dafür sprechen. Eine der merkwürdigsten Geschichten dieser Art ist die des Dominikaners Tauler, die gewöhnlich an der Spitze seiner Predigten steht. Auch Plato hat in seiner „Republik", Kap. XIII, eine Erzählung eines aus dem Hades Wiederkehrenden. Ebenso befindet sich im Leben Blumhardts, 3. Auflage, S. 215, ein solcher Bericht aus unserer Zeit, von einer Selbstmörderin, die wieder zum Leben zurückgebracht wurde.

[2] II. Kor. XII, 4. Alle solchen „Gesichte", die ja ohne allen Zweifel vorkommen können, haben etwas nicht Aussprechbares für unsere jetzige Lebensform. Eines der glaubwürdigsten und schönsten ist das des alten Eberhard Jung in Jung-Stillings Lebensgeschichte, erster Teil.

Begriffen von Ruhe gar nicht aushalten würden,[1] eben
nichts weiter als Phantasie, in unmöglichen, oder jedenfalls
ganz unvollkommenen Bildern ausgedrückt. Die Art des
kommenden Lebens kann — das dürfen wir hoffen — weit
über alles menschliche Verstehen größer sein, als alle diese
Bilder es versinnlichen; sie wird aber ganz sicher nur
für diejenigen verständlich und faßbar sein, deren geistiges
Wesen dazu schon geeignet und hinreichend von allem der
Vergänglichkeit Anheimfallenden gereinigt ist. Das heißt,
mit andern Worten, wenn es überhaupt ein Fortleben
für alle gibt und nicht diejenigen in das Nichts versinken,
die für Nichtiges gelebt und ihre Fähigkeiten nicht auf das
Erfassen ewiger Dinge ausgebildet haben,[2] so lebt sicher

[1] Wir finden die Beschreibung von den Gedanken der gefallenen
Engel, wie sie in Miltons „verlorenem Paradies" enthalten ist,
oder selbst die etwas rohe Vorstellung von dem täglichen Kampf
und Tod der deutschen Helden in Walhalla weit großartiger, als
die von jahraus jahrein bloß harfenspielenden Engelein. Es ist auch
sehr bemerkenswert, daß solche untätige Engel in den Erzählungen
der h. Schrift nur selten vorkommen. Auch schon hier auf Erden
ist zwar die beständige Gottesnähe, das „Anschauen Gottes", wie es
die Mystiker nennen, die unersetzliche Grundstimmung, die zum Glücke
gehört, aber doch stets in Verbindung mit einer Tätigkeit. An eine
wirkliche „ewige Andacht" glauben wir unsererseits nicht; das ent=
spricht der menschlichen Natur nicht, die auf Tätigkeit angelegt ist, und
kann sie nie befriedigen, auch auf einer höheren Daseinsstufe nicht.
Vgl. Life of Mrs. Booth II, 451: „I don't believe I shall be fastened
up in a corner playing a harp. I shall let the folks do it, who like."

[2] Das ist die allergrößte Frage und zugleich der einzige Punkt
vielleicht im ganzen Evangelium, wo ein Wort Christi selber uns,
gegenüber seinen anderen Worten, eine Ungewißheit übrig läßt.
Vgl. Lukas XX, 35: „Welche aber würdig sein werden, jene

jeder in dem Elemente fort, dem er wesentlich angehört und das nunmehr, unbehindert von einem entgegengesetzten Zuge, voll und ganz zu seiner Ausgestaltung gelangt. Ob dann damit eine „ewige Dauer" dieses neuen Zustandes unter allen Umständen verbunden sei, oder ob es

Welt zu erlangen und die Auferstehung von den Toten." Ganz menschlich gesprochen scheint uns eine Wahl, die dem Menschen gelassen wäre zwischen einem höheren Fortleben und einem wirklichen Tode, als natürlicher Folge eines unnützen und zwecklosen Lebens, das für Nichtiges, der Vergänglichkeit Anheimfallendes vergeudet ward, die logisch richtigste Auffassung und die allein ganz faßbare Lösung vieler Lebensrätsel. Es geht auch gänzlich über alle Vorstellungen hinaus, sich Welten bevölkert mit all den Milliarden von Menschen zu denken, die schon gestorben sind. Ein geistreicher Psalmen-Kommentator sagt darüber: „Nur indem der Mensch in seinem irdischen Dasein seine geistigen und sittlichen Zwecke erreicht und ihnen all sein leiblich-irdisches Vermögen als Mittel zum Zwecke zuwendet, rettet er sein seelisches Wesen über die Vergänglichkeit hinaus und geht mit dem Tod in die ewige Unsterblichkeit ein." Die Stellen der Evangelien, in welchen sich Christus über das künftige Dasein ausspricht, sind folgende: Ev. Matth. VII, 14. 21; X, 28; XI, 24; XII, 40—42; XIII, 43; XVI, 19. 27; XVII, 23; XVIII, 3. 9. 10. 18; XIX, 28. 29; XX, 23; XXI, 31; XXII, 13; XXIV, 31; XXV, 32—46; XXVII, 53; XXVIII. Ev. Markus III, 29; VI, 11; VIII, 38; IX, 10. 45; X, 21. 34; XIII, 26; XIV, 62; XVI. Ev. Lukas VII, 14; IX, 22; X, 20; XIII, 28; XVI, 9; XVII, 34; XVIII, 30; XXI, 27; XXII, 30; XXIII, 43; XXIV Ev. Joh. III, 5. 36; V, 21; VII, 34; VIII; XI, 25. 26; XIV, 2 ff.; XVII, 2. 3. 24; XX; XXI. Die positivsten Versicherungen sind enthalten in: Ev. Matth. XXII, 29—32. Markus XII, 24—27. Lukas XVI, 22—31; XX, 34—37. Joh. V, 24—29; VI, 40. 54. 58; VIII, 51; XI, 25. 26; XIV, 2. 19. Vgl. dazu I. Kor. XV, 5—18. II. Kor. V, 1 und Römer VIII, 11.

noch viele einzelne Lebensstufen, die dem jetzigen Leben ähnlich sind, und eine Läuterung für alle gibt, die sogenannte „Wiederbringung aller Dinge", das ist eine Frage, die niemand jemals wird genügend beantworten können. Ob namentlich eine ewige Strafe für die Bösen besteht, das scheint uns so gar wichtig nicht zu sein, jedenfalls weniger wichtig als der ewige Fortschritt der Guten, und es hat dieser Glaube, oder Nichtglaube auch keinen sehr wesentlichen Einfluß auf ihr Verhalten. Die Strafe der entschieden[1] Bösen, die viele Menschen nicht sehen und worüber sie dann leicht an der Existenz einer göttlichen Gerechtigkeit in der Welt irre werden, ist nicht bloß die in den Psalmen 37 und 73 und Hiob Kap. 15 genannte, die zwar auch meistenteils früher oder später eintritt, sondern vornehmlich die, daß sie nicht besser werden können, selbst wenn sie es in den bessern Momenten ihres Daseins noch wünschen. Sie müssen Sklaven ihres eigenen niedrigen Wesens bleiben und ihr Leben verlieren ohne eigentliches Resultat und ohne Hoffnung auf eine Fortsetzung, die sie nur fürchten könnten. Und erschiene dir das immer noch als kein genügendes Gegengewicht gegen die Leiden und Entbehrungen der Guten auf Erden, so rechne dazu, daß die Bösen auch die Liebe und Treue der Menschen nicht erfahren, das Allerbeste an äußeren Dingen, was die Welt bietet, ohne das ihre sonstigen Güter sehr wertlos erscheinen könnten, selbst dem, welcher sie in größter Fülle besitzt. Wer

---

[1] Wann dieses „Entschiedensein für das Böse" anfängt und worauf es beruht, das ist eine der schwierigsten Fragen, die im einzelnen Falle oft kaum richtig zu beurteilen ist.

niemand liebt und von niemand geliebt wird, der ist ein armer, verlassener Mensch, möchte er auch nach gewöhnlicher Auffassung dem Glück im Schoße sitzen. Und es ist sogar dafür gesorgt, daß diese unglücklichen Menschen selbst die Liebe, die ihnen etwa noch entgegengebracht wird, nicht verstehen und würdigen können, sondern unfehlbar durch ihre Torheit wieder verlieren müssen. Die höchsten Güter des menschlichen Daseins also, Gottesnähe, innere Zuversicht auf ein gutes Ende eines tapfern Lebens, und diese Liebe und Treue, die ohne Achtung nicht bestehen kann, erlangt der Böse niemals. Laß ihn die anderen in Unbefriedigung und beständiger Furcht vor dem Neid und Haß Tausender genießen, wenn man das überhaupt noch genießen heißen kann, und beneide ein Glück nicht, das zum weitaus größern Teile nur in der irrigen Vorstellung besteht, die andere davon haben. „Non ragioniam di loro, guarda e passa."[1]

Was für unser jetziges Leben und Wesen als Glaubensgrund notwendig und deshalb auch zugleich faßbar ist, ist allein das, daß wir ohne einen Glauben, d. h. eine Zuversicht auf Übersinnliches, durch unsere Sinneswahrnehmungen nicht Erfaßbares, unsern ganzen Lebenszweck nicht erfüllen und uns nicht auf diejenige Stufe erheben können, die mit diesem Glauben in unserer Entwicklungsmöglichkeit und daher in unserer Aufgabe liegt. Daß wir

---

[1] Dante, Inferno III, 51. „Der Böse fühlt es jeden Tag, daß ihm das Gotteswohlwollen fehlt", das ist seine Hölle schon auf Erden. Im übrigen ist das „Glück der Bösen" allerdings eine schwere Glaubensprüfung für die andern, die man mit Entschlossenheit überwinden muß. Vgl. Hiob, Kap. XXI.

ferner zur Erreichung derselben einer Liebeskraft bedürfen, die stärker ist, als die auf menschlichen Neigungen beruhende,[1] und die auch sehr wahrscheinlich dasjenige Leben schaffende und Leben erhaltende Element ist, welches den Tod zu überwinden im stande ist. Und endlich daß weder dieser Glaube, noch diese Liebe aushalten würden gegenüber den enormen Hindernissen, welche ihnen in unserem irdischen Dasein von allen Seiten begegnen, wenn nicht die frohe Hoffnung bestünde, daß „noch eine Ruhe vorhanden ist vom Volke Gottes."[2][3]

---

[1] Eigentlich etwas ganz anderes als die menschliche Liebe, die bloß den gleichen Namen trägt. I. Kor. XIII.

[2] Diese göttliche Liebe, welche der Gegensatz der Eigenliebe ist und sich in das von der letztern leer gewordene Herz von selber ergießt, ist das vollständig Gleichartige, was das irdische und das künftige Leben besitzen.

Ihre Kraft macht sich ja schon hier in oft sehr schwachen Wesen gegenüber allerlei körperlichen und geistigen Hemmnissen auffallend geltend und sie ist daher sehr wahrscheinlich auch derjenige Lebensteil der Persönlichkeit, der unsterblich ist, weil er eben schon in diesem Leben nicht etwas rein Irdisches ist.

[3] Sie ist schon in diesem Leben relativ vorhanden und wir glauben an ein wahres Christentum mit Recht nicht, das nicht eine gewisse innere Ruhe erzeugt; das Herz wird fest dadurch. Aber im ganzen hatte doch Philipp Marnix von St. Aldegonde, der Verteidiger Antwerpens gegen die Spanier, recht, wenn er zu seinem Wahlspruch die Worte wählte: „Aylleurs le repos." Hier ist die Zeit der Arbeit „im Schweiße des Angesichtes", dort „wird Gott abwischen alle Tränen" und wird nur noch diejenige wohltätige Unruhe sein, die aus fruchtbringender Tätigkeit für das Größte und Beste entsteht. Offbg. XXI, 4. Ebr. IV, 9. I. Kor. XV, 19.

IV.

Das Zuverlässigste, was wir über die Fortdauer wissen, ein Zeugnis, nicht nur **historisch** bezeugt, besser sogar als die meisten sogenannten „historischen Tatsachen" aus gleicher Vergangenheit,[1] sondern auch **philosophisch** und **moralisch** postuliert, wenn nicht die ganze Weltgeschichte seit zweitausend Jahren auf einer Täuschung, ja sogar auf einer absichtlichen Lüge beruhen soll, ist die Auferstehung Christi. Sie ist und bleibt daher die Grundlage sowohl alles wahren Christentums, wie aller transzendentalen Hoffnung.

Darnach bemessen wäre das Fortleben ein dem jetzigen Dasein ähnlicheres und der Tod demgemäß ein viel geringerer, man möchte, im rechten Sinne aufgefaßt, sagen, **gleichgültigerer** Vorgang, als wir es gewöhnlich an-

---

[1] Vgl. I. Brief an die Korinther XV, 6, ein **unzweifelhaft echtes**, historisches Aktenstück mit dem Zeugnis von mehr als **fünfhundert, damals zum Teil noch lebenden Personen**. Was diese fünfhundert Menschen und alle Apostel zum öfteren gesehen haben sollten, wenn sie nicht eine bewußte Unwahrheit erzählen, oder wie eine mehrere Wochen lang sich fortsetzende „Vision" so vieler Menschen möglich sei, und wohin, ohne die Annahme einer absichtlichen Täuschung der damaligen Welt durch die Jünger, wie sie ihre Gegner in der Tat behaupteten (Matth. XXVIII, 15), der Leichnam des Gekreuzigten gekommen wäre, den niemand mehr entdeckt hat, — das alles hat unseres Wissens noch nie jemand glaubwürdig zu erklären vermocht. Die Frage: „Ist das Christentum von Anfang an eine absichtliche Täuschung gewesen?" bleibt daher in ihrer vollen Schärfe für jede Generation seither lebender Menschen bestehen und es kann ihr auch nicht mit „Agnostizismus" ausgewichen werden.

nehmen.¹ Jedenfalls wird es Entwicklung ferner sein und weder ewige Ruhe im wörtlichen Sinne, noch ewiger Genuß. Der letztere wäre nicht edel genug und die erstere kommt uns schon hier bloß schön vor in Augenblicken der Ermattung, und nicht wenn wir mit neuen Kräften aus= gestattet sind.

Im Gegenteil, die unverwüstliche Arbeitskraft und Arbeitslust, verbunden mit der rechten Einsicht und Klarheit über die zu verfolgenden Lebensziele, die bei allen gott= geführten Menschen erst gegen das Ende ihres Lebens hin eintritt, wenn alle Genußsucht aufgehört hat, ist das sicherste Anzeichen, wie für die Fortdauer des Lebens selbst, das nicht auf dieser Stufe seiner Entwicklung plötzlich aufhören kann, so auch für die Art seiner Fortdauer, die nur eine Potenzierung der dermaligen besten Arbeitsleistung sein kann. Das ist manchmal selbst dem Verstande so klar, daß die Annahme eines plötzlichen Erlöschens dieser erst recht lebensvoll gewordenen Tätigkeit völlig sinnlos und einer nicht auf bloßem Zufall beruhenden Welt= ordnung unwürdig erscheint. Eine solche Weltordnung, die dennoch seit Tausenden von Jahren besteht, wäre aber selbst eine Unmöglichkeit.

Verbanne also aus deinem Leben, freundlicher Leser, sowohl die trübe stimmende Vorstellung eines hilflosen Herabsinkens des Lebens, die eine Torheit ist, wie die all=

---

[1] Daher spricht die Offenbarung II, 11 von dem „andern" Tod, welcher denjenigen kein Leid mehr tun wird, welche in dem ersten, im Leben durchzumachenden, überwunden haben. Der Tod schafft jedenfalls nichts Neues, er beseitigt nur Erledigtes.

zugroße Geringschätzung desselben. Es ist kein bloßes Jammertal, das sobald als möglich verlassen werden muß, sondern ein wichtiger, vielleicht der wichtigste Abschnitt unseres Gesamtdaseins, in welchem sich dasselbe für fortschreitendes Leben, oder allmählichen wirklichen Tod entscheidet. Auch die vielen schwachherzigen Menschen unserer Zeit, die nur schnell sterben und ohne Kampf „in den Himmel kommen" wollen, könnten sich täuschen und den Kampf erst noch bekommen, unter ungünstigeren Verhältnissen.[1] Ebenso sind die „unschuldigen" Kinder, oder die jungen Leute, die nach Ansicht der Griechen aus besonderer Gunst der Götter früh starben, darum nicht zu beneiden, sondern sie müssen noch einmal von vorne anfangen.[2] Wir müssen eben durch Kampf und vielerlei Trübsal aller Art zu der Vollendung gelangen, die unsere jetzige Aufgabe

[1] Auch den Verzagten prophezeit die h. Schrift kein gutes Ende. Den Mutigen gehört nicht bloß diese, sondern auch jene Welt. Offenbg. XXI, 8; III, 12. Ebräer X, 39; XII, 1. 3. 12. Mutmaßlich ist dieses Leben sogar sehr viel wichtiger, als wir es glauben, und es geschieht nicht ohne Grund, wenn oft Kranken und bereits Sterbenden immer und immer wieder eine sonst fast unbegreifliche neue Frist gestattet wird, um es noch zu benützen. Im Leben des h. Franziskus von Assisi wird von einer Stimme erzählt, welche ihm sagte, diejenigen würden in der Ewigkeit nicht Gnade finden, die ihren Körper durch harte Bußwerke zerstört hätten.

[2] Allerdings gibt es einzelne Frühvollendete, die den Lebenskampf in kürzerer Zeit, und mit viel reicheren Mitteln und Kräften als gewöhnlich ausgestattet, durchmachen; bei diesen trifft das griechische Wort: „Früh stirbt, wen die Götter lieben" zu. Wie es andererseits auch sehr alt Werdende gibt, denen Gott immer noch Zeit zum Besserwerden läßt, die aber gerade deshalb noch keineswegs zweifellos „ehrwürdig" sind.

bildet.¹ Sie allein öffnet das sonst harte und unempfäng=
liche Herz genügend für den edeln Samen einer höheren
Weltanschauung, die darin gesäet werden und zuerst auf=
gehen, sodann wachsen, blühen und zuletzt auch noch Früchte
bringen muß.² Beschleunigen läßt sich dieser Lebensprozeß
nicht und auch nicht vermeiden, sondern durchgemacht
muß er werden. Wir sind daher vernünftigerweise nicht so
begierig auf den Tod, auch wenn wir ihn nicht fürchten,
sondern wir freuen uns mit Grund nur über das, was wir
bereits glücklich durchgemacht haben und nun in alle
Ewigkeit nicht mehr zu erleben und zu ertragen brauchen.³

Wenn man einmal fest an eine Fortdauer glaubt, die
allein dem jetzigen Leben mit allen seinen Fragen und
Rätseln eine vernunftgemäße Lösung verschafft, dann wird
ein bißchen mehr oder weniger Genuß oder Schmerz
während dieser kurzen Spanne teilweiser Existenz sofort
gleichgültiger,⁴ und vieles, was vorher wichtig war, fällt
von uns ab, wie eine leere Form. Während ohne diesen
Gedanken und bloß für eine solche Welt voller Ungerechtig=
keiten, Leiden und Leidenschaften, wie sie jetzt besteht, an

---

¹ Ap.=Gesch. XIV, 22. Offenbg. VII, 14—17. II. Kor. IV, 8;
VI, 10.

² Markus IV, 28. 29.

³ Vielleicht haben manche der Leser das an Kindern erlebt,
die ihnen beinahe in der schönsten Zeit noch ungetrübter Jugend
dahingestorben wären. Damals hätten wir sie vielleicht glücklich
gepriesen; später wurden wir anderer Ansicht, obwohl ihr Leben
ein weniger glückliches geworden ist.

⁴ Ungefähr so, wie man etwa einen strengen Militärdienst
ohne viel Klagen durchmacht, weil er ja nicht immer dauert und
ein angenehmeres Leben dahinter steht.

einen gerechten und allmächtigen Gott zu glauben, eigentlich eine bare Unmöglichkeit ist. An diesem einen Punkte hängt also unsere ganze Lebensphilosophie.

Für mich ist die Fortdauer gewiß, ihre Form jedoch unbegreiflich; nur wird sie dem jetzigen Leben in seinen reinsten Augenblicken ähnlich[1] und sicher kein unvermittelter Sprung in einen ganz andern geistigen Zustand, sondern eine Fortsetzung sein, in welcher jeder nur das bekommen kann, wozu er hier reif geworden ist.[2] Der Unterschied wird daher vielleicht sogar geringer sein, als man sich ihn gemeinhin denkt.

Darin aber haben die bloßen Naturforscher ganz recht, daß sie die Unsterblichkeit einer solchen Seele, welche nur eine Funktion körperlicher Organe ist, leugnen. Das naturwissenschaftlich überhaupt Erfaßbare in unserem Wesen kann unmöglich unsterblich sein, sondern geht der Vernichtung, resp. der Auflösung und Umgestaltung so sicher entgegen, wie alle anderen Bestandteile der physischen Welt.

---

[1] Die reine Freude, welche wir z. B. nach einem langen Kampfe gegen das Böse im Augenblicke der Erlösung von einem solchen Leiden empfinden, ist jedenfalls das Ähnlichste. Das können wir uns vorstellen, alles weitere ist der Vorstellung nicht zugänglich.

[2] Das Böse muß zuletzt nichts mehr in uns finden was ihm gehört, ähnlich wenigstens, wie Christus es von sich vor seinem Tode (Joh. XIV, 30) sagen konnte. Vgl. hiezu die originelle Erzählung von dem Tode des h. Martin von Tours in Haucks „Kirchengeschichte Deutschlands" I, 51. Der Verfasser dieses schönen Buches sagt auch sehr richtig (I, 193), daß die diesseitige und die jenseitige Welt zwei Hälften eines Ringes seien, die nicht auseinandergebrochen werden können.

Aber es gibt eben wahrscheinlich noch etwas anderes im Menschen, als Knochen, Muskeln, Sehnen, Adern und Nervensystem, und dieses andere kann sich auch in einer andern Form wieder verkörpern. Es ist das unserer Meinung nach sogar relativ begreiflicher, als eine plötzliche und völlige Vernichtung geistigen Lebens.

Der Tod ist also an sich gar nichts Schreckliches,[1] nicht einmal etwas nicht Wünschbares, und wer ihn noch sehr fürchtet, ist sicher auch noch nicht auf dem rechten Wege des Lebens. Furchtbar ist allein der Rückblick im Alter auf ein ganz verfehltes und nutzloses Leben, oder auf eine aufgehäufte große Schuld ohne Vergebung.

Auch vergehen ja nicht wir, sondern die jetzige Welt vergeht,[2] das ist der eine große Gedanke, der uns über alle Schrecken der Ungewißheit erheben muß. Der andere glanzhelle Punkt in diesem, rein verstandesmäßig angeschaut, unaufhellbaren Dunkel ist der Gedanke, daß der Herr alles Daseins, den wir bereits hier als einen zuverlässigen Freund kennen gelernt haben, uns auch dort ganz das nämliche sein muß, was er hier war, bloß noch näher verbunden und klarer erkannt.

Seine Stimme werden wir, das wissen sogar alle, die einmal schon nahe an der dunkeln Ausgangspforte dieses

---

[1] Die vielen Reden von der „finstern Majestät des Todes", oder einem „König der Schrecken" halten wir für ganz verfehlt. Der König der Schrecken ist die Schuld, die allein den Tod schwer macht. Der Engel, von dem in II. Mos. XXIII, 20 die Rede ist, wird bis zum Ende des Weges vorangehen können. Psalm XXXI, 6.

[2] Jesaias LI, 6. I. Joh. II, 17. Ev. Matth. XXIV, 35.

Lebens gestanden haben, zuletzt noch vernehmen können, wenn alles andere bereits hinter uns versunken ist.

Nur noch einen Schritt weiter dann, und "I hope to see my pilote face to face, when I have crossed the bar."

* * *

"Auf Charfreitags tiefes Dunkel folgt der helle Ostermorgen,
Glanzvoll siegend über Leiden, über Todes Kampf und Sorgen;
Durchgebrochen ist der Grabstein, weit die dunkle Pforte offen,
Christus ist vom Tod erstanden, mit ihm aller Christen Hoffen.

Über seinem blut'gen Leiden glänzt der Auferstehung Siegel,
Offen ist das Land der Zukunft und entzwei der Hölle Riegel.
Er drang durch des Grabes Pforten als der Erste von den Toten,
Nun ist allen, die entschlafen, auch zum Leben aufgeboten.

Nun ist unser Glaub' nicht eitel, wir sind nicht mehr in den Sünden,
Und die Botschaft darf man freudig jetzt der ganzen Welt verkünden:
Ist der Erstling auferstanden, werden alle auferstehen,
Die in ihm getröstet starben, hoffend auf ein Wiedersehen.

Wie in Adam alle sterben, werden all' in Christo leben
Und gleich ihm verklärten Leibes aus dem Grabe sich erheben.
Kam der Tod durch Einen Menschen, kommt das Leben auch durch Einen
Und die vordem sterblich waren, können ewig nun erscheinen.

Wir sind hinfort nicht wie jene, welche keine Hoffnung haben,
Ob sie leben, ob sie sterben und wenn Tote sie begraben.
Sterben uns auch unsre Lieben, wird ihr Tod uns wohl erschüttern,
Dennoch werden unsre Herzen nicht vor dem Verlieren zittern.

Wer sich hier in Gott gefunden, wird in ihm sich wieder finden,
Was die echte Lieb' verbunden, das kann sie auf ewig binden,
Glaube muß zum Schauen werden und der Hoffnung Vorbereiten
Wird zum sicheren Empfangen nach dem kurzen Lauf der Zeiten."

Pfarrer Eppler.

Die Prolegomena des Christentums.

Der Kardinalfehler des Christentums, der seit Jahrhunderten von Geschlecht zu Geschlecht fortbesteht, ist wohl der, daß dasselbe schon längst keine wirkliche, lebenskräftige Überzeugung aller derjenigen, die seinen Namen tragen, sondern nur ein allgemeiner Begriff, gleichbedeutend etwa mit „Humanität" oder „Zivilisation", ist. So daß Jahr für Jahr viele Tausende in seinen formalen Bestand aufgenommen werden, ohne daß sie jemals in ihrem Leben weder eine richtige Vorstellung von seinen Forderungen, noch eine feste Zuversicht zu seinen Verheißungen, und am allerwenigsten einen bestimmten Entschluß und Willen bekommen, sich pflichtgemäß an beide zu halten. Die „christlichen" Völker unterscheiden sich von den nichtchristlichen ungefähr so, wie sich in der alten Welt die „Hellenen" von den „Barbaren" unterschieden, und der christliche Glaube ist zu einem speziellen Bekenntnis innerhalb des Christentums geworden, dem ganz andere, von Christus oder seinen ersten Bekennern niemals geteilte Überzeugungen, oder Weltanschauungen auch in einem „christlichen" Staate gleichberechtigt gegenüberstehen dürfen.

Wir können es unentschieden lassen, ob dies ein Schicksal

sei, das jeder Religion bevorstehe, welche zu einer „Weltreligion" ausreift, dennoch aber bezweifeln, ob überhaupt eine solche Weltreligion mittelst starker Verdünnung aller religiösen Forderungen zu schaffen, in der ursprünglichen Meinung und Aufgabe des Christentums gelegen habe. Selbst wenn man zugeben will, daß es auch in dieser Form doch ein großartiges Werkzeug der Zivilisation gewesen sei und es tatsächlich noch immer ist.

Sicher ist nur, daß dieser Entwicklungsgang schon der ersten Generation der Christen als ein unvermeidliches, wenn auch beklagenswertes Schicksal vorschwebte[1] und daß der formale Sieg der christlichen Religion über die heidnischen Kulte im römischen Reiche und die darauf basierte Ausgestaltung zu einer römischen Staatsreligion ein Element in sie hineintrug, welches Christus selbst zu seiner Zeit vor dem römischen Statthalter Palästinas des allerbestimmtesten abgelehnt hatte.[2] Alles, was seither „Kirche",

[1] z. B. Philipper II, 21; III, 2. 18. 19. Kolosser II, 21—23. II. Thess. II, 1—12. I. Tim. I, 4—6; IV, 1—3; VI, 4. 5. 20. II. Tim. II, 23—25; III, 1—8; IV, 2—4. 16. II. Petri II; III, 3. Titus I, 10—15. I. Joh. IV, 1—3. Ep. Judä. Ev. Joh. I, 5. Die meisten Ausschreitungen der Kirche, die bald durch den Masseneintritt pharisäischer Juden, oder sittlich gleichgültiger Heiden entstanden, sagt Paulus in seinen letzten Briefen geradezu schon voraus. Vgl. auch Ap.-Gesch. XX, 29. 30. Eine großartige Schilderung dieses Abfalls der Kirche vom wahren Christentum enthält Dante im Purgatorio, Gesang XXXII, 100—160, und Gesang XXXIII, wo er (Vers 85 ff.) auch das Studium der scholastischen Philosophie seines Zeitgenossen Thomas von Aquino als unnütz verwirft.

[2] Ev. Joh. XVIII, 36—38. Eine Situation, die noch heute ganz genau, wie damals, fortbesteht.

Die Prolegomena des Christentums. 229

oder „Verhältnis der Kirche zum Staat" heißt und einen so großen Raum in den Gedanken der Völker einnimmt, hat keinen organisatorischen Anhaltspunkt in den ursprünglichen Urkunden des Christentums; ja es scheint oft beinahe, als ob demselben die Erreichung eines bestimmten Ziels menschlicher Entwicklung und das darauf folgende Ende der gegenwärtigen Weltzeit **näher** vorgeschwebt habe, als es sich in der Folge als möglich erwies.[1] Das Reich Gottes ist eben voll und ganz auf die **menschliche Willensfreiheit** gegründet und es hängt **von derselben** ab, wie rasch und wie intensiv es in einem einzelnen Menschen, oder in einem Volk, oder Zeitalter zur Verwirklichung gelangen soll und kann.[2]

Daß es verwirklicht werden soll und zwar in jedem einzelnen während seines irdischen Lebensganges, nicht

[1] z. B. I. Thess. IV, 17. II. Thess. II, 7. Daher stammte offenbar ein Teil der Gleichgültigkeit der Christen gegen den Staat, welche ihnen schon von Plinius in seinen Briefen an Trajan vorgeworfen wird. Es erschien ihnen eben nicht der Mühe wert, sich für ein wahrscheinlich so kurzlebiges und gleichgültiges Gebilde noch zu interessieren. In etwas anderer Form ist das auch die Grundauffassung des h. Augustin und des h. Thomas von Aquino, auf der die kirchenstaatsrechtliche Lehre der katholischen Kirche beruht.

[2] Zündel hat hiefür die sehr richtige Vergleichung mit einer Uhr gefunden, deren Zeiger eben langsamer oder schneller vorrücken und zu dem **gleichen** Wege entweder Minuten oder Stunden brauchen können. Vgl. auch schon II. Petri III, 8. 9. Das Christentum konnte (und sollte auch gewiß) seine Absichten für die Menschheit viel **schneller** erreichen, als es tatsächlich geschehen ist. Es ist aber eben ein „sollen" und ein „können", nicht ein geschehen „müssen" in allen seinen Verheißungen.

bloß gewissermaßen im ganzen, durch eine „Kirche", die es fortwährend korporativ darstellt und dabei den einzelnen als bloße Ziffer einer Gesamtzahl unter diesen Bestand aufnimmt, um ihm damit den sichern Durchpaß durch das Endgericht über alles menschliche Tun zu verschaffen, das ist ein ernster Glaubensartikel namentlich der protestantischen Kirchengenossenschaft. Was jedoch nicht hindert, daß viele sich in allen christlichen Gemeinschaften befinden, denen die Zugehörigkeit zu denselben als die Hauptsache erscheint, und die den eigentlichen Grundbedingungen einer solchen nur an Sonntagen während zwei Stunden nachfragen.

Daraus erklärt sich die Überschrift dieses Aufsatzes. Derselbe soll fragen, nicht was dogmatisch zur christlichen Lehre gehört — das überlassen wir gerne denen, die dazu berufen sind, es zu erforschen, — sondern was für Voraussetzungen, Dispositionen des menschlichen Geistes, und Willens namentlich, dazu erforderlich sind, um die Lehren des Christentums annehmen und verstehen zu können. In diesem Sinne sind es „Prolegomena." Würde einer unserer Leser nach Durchsicht derselben sagen, darin liege schon der wesentliche Inhalt des Christentums selbst,[1] so wollen wir ihn unsererseits an dieser Auffassung nicht hindern; sie wird ihm jedenfalls weniger schaden,

---

[1] Die ursprüngliche Gottesverehrung, auch im Alten Testamente, war offenbar eine sehr einfach gemeinte und es entstanden erst nachträglich Vorschriften, die bloß den Zweck hatten, das Volk beständig daran zu erinnern, daß Gott bei ihm seine Wohnung haben wolle, aber nicht könne, wenn es nicht ein geheiligtes Volk sei. (II. Mos.

als die andere Ansicht, welche diese Voraussetzungen als zu schwierig, oder als nicht notwendig für den Eintritt in die Kirche Christi erklären würde.

Diese Vorstufen sind ganz leicht in wenigen Worten zu bezeichnen: 1) Gott für eine wirkliche Existenz, nicht bloß für einen philosophischen Schulbegriff halten und dann folgerichtig ihn allein fürchten und ihm allein dienen. Keine anderen Götzen daneben noch haben, nicht Menschen namentlich, nicht Besitz, und nicht Ehre. 2) Die Menschen, unter die man gestellt ist, lieben, wie Christus sehr praktisch für unser Verständnis sagt, „so wie sich selbst", nicht scheinbar oft mehr, in Wirklichkeit meistens weniger. 3) Das Leben nicht dem Genuß widmen, auch dem sogenannten „edelsten" nicht, aber auch nicht dem Leiden, der bloßen Askese, sondern dem Handeln nach dem Willen Gottes, in festem Vertrauen, daß dies tunlich sein müsse, XXXIII, 3.) Wäre Moses ganz freiwillig zum Dienste bereit gewesen, so wäre diese Schwierigkeit der spätern Zeremonialeinrichtung vielleicht gar nicht entstanden, die nun die Folge davon war. II. Mos. IV, 10—14; XXXII, 25. 34; XXXIII, 4. Noch Jeremias (VII, 22—24) hat davon eine ganz bestimmte Vorstellung. Die Gedanken Gottes müssen sich eben dem jeweiligen Verständnis und Willen der Menschen anpassen. Es kommt zunächst weniger auf ihren theoretisch reineren Ausdruck, als auf den Ernst an, mit dem sie angehört werden. Die Menschen loszumachen von jeder bloßen Form ist später allerdings die Aufgabe jeder, auch der uns noch bevorstehenden, religiösen Reformation. Aber zuerst muß das Bedürfnis einer Religion wieder als eine ernste Notwendigkeit für das menschliche Leben, wie es sein soll und kann, eingesehen werden, was jetzt noch in den weitesten Kreisen nicht der Fall ist.

nicht zwar durch die eigene moralische Kraft, wohl aber durch die göttliche Hilfe und Gnade. 4) Und wenn jemand daran noch anfänglich zweifeln würde, ob das alles dem Menschen auch möglich sei, glauben, daß es für ihn nur am Willen liegt, der überhaupt das Einzige ist, was er dazu geben kann, aber auch geben muß.[1]

Das sind unseres Erachtens die „Prolegomena" des Christentums,[2] die sich jeder überlegen muß, bevor er sich in selbstbewußtem Lebensalter zu dem eigentlichen Eintritt in dasselbe entschließt, anstatt den breiteren und anfangs gemächlicheren, aber an seinem Ende sicher unbefriedigenden Weg vorwärts zu gehen.

Überlegt er es nicht, oder handelt er aus eigener Kraft, im Vertrauen auf eine Möglichkeit sittlicher Erhebung, die

---

[1] Des Menschen eigentliches geistiges Wesen besteht ja aus Willen; das ist das Unüberwindliche in ihm, solange es widersteht, das Lenkbare, sobald es nachgibt, das völlig Unersetzliche, wo es fehlt. Der Hypnotismus hat wenigstens das Gute, dies wieder klar gemacht zu haben. Guter Wille ist alles, was von uns verlangt wird.

[2] Wir glauben allerdings, daß sie auch das „Christentum Christi" sind und daß jeder diesen Helfer dazu findet, der sie dem Willen nach annimmt, sonst aber ihn vergeblich sucht. Mit ihnen kann er dann ohne Bedenken in jede der bestehenden christlichen Kirchen eintreten; ohne sie wird er in jeder derselben Schaden an seinem besten innern Leben erleiden. Ja wir sind persönlich sehr geneigt anzunehmen, daß Menschen, die zu keiner Kirche gehören wollen, mit diesen Grundsätzen dennoch nicht verloren gehen würden, obwohl wir es als eine Verpflichtung ansehen, sich von seinesgleichen und der Anstalt, die einem jeden von uns doch diese Lebensgedanken historisch vermittelt und nahe gebracht hat, nicht eigensinnig, oder gar hochmütig zu separieren.

schon in der menschlichen Natur begründet liege, ohne eines übersinnlichen Anhalts zu bedürfen, so gleicht er entweder dem Manne im Evangelium, der ein Haus auf schlechten Grund baute, welches dann nur bei gutem Wetter hielt, oder dem, welcher einen Turm zu bauen anfing, den er nachher nicht vollenden konnte.[1]

Findet er dagegen diese Forderungen zu hoch gespannt, so entsteht daraus auch bei ihm im besten Falle jenes schwindsüchtig=blutarme, halbherzige, den Forderungen des eigenen Gewissens immerfort ausweichende, daher stets unbefriedigte und zuletzt auch nach außen heuchlerische und für andere jedenfalls wenig anziehende Christentum, das wir nur zu gut kennen.

Es ist nicht nötig, viel zur „Erklärung" dieser Forde= rungen zu sagen. Der christlichen Religion fehlt es über= haupt nicht an Klarheit in ihren Forderungen, sondern dem menschlichen Willen an Entschlossenheit, auf dieselben einzugehen. **Viel lieber erklärt er sie anders.**[2]

---

[1] Ev. Matth. VII, 26. Lukas XIV, 28.

[2] Von den positiven Formeln für diese Forderungen, welche gewissermaßen die Bedingungen der Gottesnähe für den einzelnen und ganze Volkskreise enthalten, ist das Zehngebot noch immer die kürzeste und beste, die zweckmäßigste prophylaktische Sicherung gegen alle persönlichen und sozialen Leiden. Die Haupt= lebensregeln des Evangeliums, das noch etwas höhere Anforde= rungen stellt (Ev. Lukas XVIII, 20. 22), sind diese vier: „Trachtet zuerst nach dem Reiche Gottes und nach seiner Gerechtigkeit, so wird euch alles andere hinzugegeben werden." „Sorget nicht für den morgigen Tag; ein jeder Tag hat genug seiner eigenen Plage." „Richtet nicht, damit ihr nicht gerichtet werdet; denn mit welchem

Der Gottesglaube ist natürlich die erste und notwendigste Vorbedingung des Christentums, ohne die es gar nicht besteht, oder nur ein leerer, heuchlerischer Name für eine ganz andere Weltanschauung ist. Das ist auch der Fall, wenn das Wort „Gott" als Bezeichnung für das Gesamt= sein aller Dinge, oder das absolute Sein, oder, wie bei den meisten Bekennern des „Deismus",[1] als ein Ausdruck für eine solche Tatsache angenommen wird, die eigentlich auf die weltlichen Dinge keinen Einfluß übt, sondern

Maße ihr messet, wird euch gemessen werden." „Bittet, so wird euch gegeben; suchet, so werdet ihr finden." Wenn ihr dann noch glauben könnt, daß der Himmel auf Erden den Einfachen, den Leidenden, den Sanftmütigen und Barmherzigen gehöre und daß die allein Gott näher kommen (worin eigentlich das Glück besteht), welche Reinheit des Herzens besitzen, dann tragt ihr ein sicheres Lebensideal in euch, dem keine philosophisch ausdrückbare Formel an Gehalt und an praktischer Anwendbarkeit gleichsteht. Vgl. hiezu noch Micha VI, 8. Phil. III, 13—15; IV, 12. 13. II. Kor. XII, 9. 10.

[1] Es ist das namentlich in neuerer Zeit die Auffassung Spi= nozas und Goethes gewesen, die noch großen Einfluß auf die gebildeten Kreise ausübt, ohne daß dieselben viel über den Gegen= stand nachdenken. Sie betrachten es oft sogar als ein Attribut der Bildung, den unbedingtesten Autoritätsglauben gegenüber diesen Autoritäten zu besitzen. Im besten Falle ist die Erklärung Fausts gegenüber Gretchen „Wer darf ihn nennen ꝛc." ihr Glaubens= bekenntnis, um das es aber, wie Goethe es selber fühlte und durch Gretchen auch aussprechen läßt, schief steht. Der Mensch kann es freilich mit seiner Annahme übersinnlicher Dinge halten, wie er will; nur existieren sie deshalb doch, auch für ihn, aber dann als Schrecken. Philosophischer Atheismus oder „Agnostizismus", wie er heute genannt wird, klingt recht großartig, ist aber doch ein armes Leben, gegen das gehalten, was möglich ist.

Die Prolegomena des Christentums. 235

gewissermaßen nur als das ursprünglich erschaffende Welt=
gesetz ein für allemal unabänderlich besteht; woher es
selber gekommen ist und weshalb es nicht mehr lebendig
fortwirkt, weiß aber niemand zu sagen.

Erklären freilich kann man (wie schon mehrfach gesagt
ist) auch einen „lebendigen" Gott nicht. Alle Erklärungen
oder sogenannten Beweise Gottes sind mangelhaft, sowohl
die positiven als die negativen. Es ist nicht der Mühe
wert, sich dabei irgend aufzuhalten, sondern er ist eben
etwas Unerklärliches,[1] aber nicht etwas Unerfahrbares.
Erfahrbar ist er aber auch nur für die, welche seine „Rechte"
halten, und man darf praktisch ganz sicher sein, daß die=
jenigen Leute, die dies geflissentlich nicht tun, im Grunde,
trotz aller ihrer Versicherungen, Atheisten sind, wie es auch
Menschen gibt, welche Gott vielleicht als seine Anhänger noch
immer ansieht, wenn wir sie längst nicht mehr dazu rechnen.

[1] Spurgeon äußert mit Recht, er habe das Ende aller solchen Studien über die angeblich vorhandenen Beweise Gottes stets in vermehrten Zweifeln erlebt. Was Gotteserkenntnis für uns sei, sagt schon Jeremias sehr schön im Kap. XXII, 16. Sie kommt durch Handeln, nicht durch Studieren. Die einzige, etwas positive Erklärung Gottes ist die im Ev. Joh. IV, 24 enthaltene. Es wird oft von völlig aufrichtigen Menschen eingewendet, sie können nicht an Gott glauben. Das ist ganz wahr, aber deshalb, weil sie sich nicht zu einem Leben entschließen wollen, wie es dieser lebendige Glaube dann fordert; im umgekehrten Falle würde es ihnen möglich sein. Der Atheismus ist ein Versuch, ein von Gottesgeboten freies Leben vor sich selbst und anderen philosophisch zu rechtfertigen. Daher wird auch jeder ernste atheistische Philosoph als eine Art von Befreier begrüßt und blind an ihn geglaubt von solchen, die ihn nicht einmal recht verstehen.

Die Erfahrung Gottes spricht sich aus: zunächst in geistiger Beruhigung, Sättigung, Stillung des Wahrheitsdurstes, wie Christus es nennt,[1] einer Art von Kräftigung des Geistes und des innern Lebens, die sonst auf keine andere Weise, weder durch Philosophie, noch durch Abstraktion von jedem Nachdenken über solche Gegenstände, zu erreichen ist. Dann in innerer Heiterkeit, die auf anderem Wege ebenfalls so völlig andauernd nicht erlangt wird. Und endlich in einer größern Intensivität des Lebens überhaupt, die vielfach die wirkende Ursache körperlicher[2] und geistiger Gesundheit und damit des mannigfachen Segens ist, der auf diesem Glauben für einzelne und ganze Völker beruht.

Dieser Segen erzeigt sich namentlich darin, wenn alle Umstände sich scheinbar von selber so gestalten, daß immer wahrhaft Gutes, Förderung des innern, Schutz des äußern Lebens dabei herauskommt und Gefahr abgewendet wird; hingegen nie ein Abweg oder gar eine schlechte Handlung von Erfolg begleitet ist. Das letztere ist vielmehr die gewöhnliche Strafe der Schlechten, wodurch sie verhärtet und von der Umkehr abgehalten werden. Es ist auch der stets sichtbare Unterschied zwischen dem, äußerlich ähnlichen, Segen und dem bloßen „Glück", worauf selbst die klügsten der Menschen oft ein unbegreifliches und durch nichts motiviertes Vertrauen setzen, bis es sie einmal gründlich

---

[1] Ev. Matth. V, 6; XI, 29. Ev. Joh. I, 12; IV, 14; V, 53; VI, 51. 68; VII, 37. 38. 46; VIII, 12. 31. 51; IX, 5. 25. 39. Lukas V, 17; XI, 36. Jesaias LV, 1—3.
[2] II. Mos. XIV, 14; XV, 26. IV. Mos. XXIII, 21. V. Mos. VII, 15. 22. II. Chron. XVI, 9. 12. Psalm CV, 15.

Die Prolegomena des Christentums.

im Stiche läßt, meistens gerade in dem Momente, wo sie es definitiv an sich zu fesseln glaubten und auf der Höhe ihres Übermutes angelangt sind.[1] Es sind auch die Menschen den bloßen „Glückskindern" niemals treu, sondern bloß ihrem Glück, während sie den mit Segen Begabten nicht wiederstehen können, selbst wenn sie es gerne wollten.[2]

Darüber enthält namentlich das Alte Testament eine Reihe von positiven Versicherungen und tatsächlichen Beispielen, und es ist überhaupt zu sagen, daß für die Darstellung der „Rechte Gottes" das Neue Testament allein keineswegs genügen würde, noch will, sondern daß in demselben die Kenntnis des Alten stets vorausgesetzt wird.[3]

„Welcher Mensch meine Rechte tut, der wird dadurch leben" ist die „Summa" dieser Verheißungen. Denn diese Rechte Gottes sind das Prinzip alles Lebens selbst, und ihre Ignorierung ist das Gebiet des Todes.[4] Das läßt sich versuchen und darf versucht werden, wenn es mit aufrichtigem Wunsche nach Glauben geschieht[5] und nicht immer wiederholt wird, nachdem man es einigemal deutlich

[1] Napoleon I. ist ein solches großartiges Beispiel gewesen.
[2] Josua I, 8. IV, 14. Richter IX, 23. 24. I. Mos. XXXI, 24.
[3] Namentlich das Verhältnis Gottes zu einem ganzen Volke kommt eigentlich im Neuen Testament gar nicht zur Geltung, weil es eben den damaligen Jüngern von Jugend auf hinreichend bekannt war.
[4] III. Mos. XVIII, 5. V. Mos. IV, 40; VIII, 1. 3—5; XI, 1. 18; XXVIII; XXX, 11—16. Hesekiel XX, 11. Nehemia IX, 29. Sprüche VIII, 36. Galater III, 12. Römer X, 5.
[5] V. Mos. IV, 1—6. 29. 35. Jesaias XLV, 11. Maleachi III, 10. Ev. Joh. XI, 40; VII, 17. Das ist nicht das „Gott versuchen", von welchem Christus in Ev. Matth. IV, 7 als von etwas Unerlaubtem spricht, oder das Alte Testament in V. Mos. VI, 16.

genug erfahren hat. Für diejenigen aber, die auch das nicht tun wollen, bleibt nichts übrig, als sich andere Götter zu machen, die „vor ihnen hergehen sollen."[1]

Zunächst sind das in der Regel Menschen oder die Erzeugnisse ihres Geistes[2] in irgend einer Form, heutzutage wieder, wie im Zeitalter der sogenannten Renaissance, vorzüglich in derjenigen der Kunst. Welche Roheit der Sitten, ja Abwesenheit aller Sittlichkeitsbegriffe sich mit der feinsten und höchsten Kultur in dieser speziellen Richtung vereinigen läßt, und daß daher die Kunst doch nicht das höchste Streben und Erreichen der Menschen sein kann, das sollten wir nicht zum zweitenmal — wie wir es allerdings jetzt oft fürchten — erfahren müssen.

Aber auch selbst die liebsten und besten Menschen, nicht allein die begabtesten und im Weltsinne bedeutendsten, sollen uns niemals zu Abgöttern werden, und sehr praktisch legt nicht bloß das Neue Testament, sondern auch bereits das Alte[3] die richtige, leicht zu erkennende Grenze in der Vor-

---

[1] II. Mos. XXXII, 1. Wir sprechen hier von Christus speziell nicht, weil wir von den Vorbedingungen des Christentums reden. Darüber machen Sie sich aber keine weiteren Gedanken. Christus selbst sagt: „Glaubet ihr an Gott, so glaubet ihr (wenigstens bald) auch an mich", und das wird sich stets an jedem Menschen bewähren, der sich nicht dagegen wehrt. Wer aus der Wahrheit ist, der hört schließlich sicher seine Stimme. Andernfalls ist irgend etwas Unwahres noch in ihm. Der Atheismus seiner Gegner trat ja zuletzt in schauerlicher Weise zu Tage. Vgl. Ev. Matth. XXVII, 43; XXVIII, 14. Ev. Joh. XIV, 1; XV, 23; XVIII, 37.

[2] Hosea XIV, 4.

[3] Ev. Matth. XXII, 37—40; XXIII, 8—10. I. Sam. VII, 3. Jeremias XVII, 5. Zeph. III, 12. III. Mos. XIX, 15—18. 33. 34.

schrift fest, daß wir nur Gott „über alles",[1] die Menschen aber „wie uns selbst" lieben sollen, nicht mehr und nicht weniger. Das kann auch der Einfältigste leicht richtig bemessen, und wenn es in einzelnen überschwänglichen, „himmelhochjauchzenden" Momenten des Lebens als zu wenig erscheinen mag, so ist es, für das ganze Leben betrachtet, mehr, als wir alle jemals leisten, und dem Nächsten jedenfalls viel wohltätiger.[2]

Der Gegensatz zu dem „Verlaß auf Menschen", der eintritt, sobald dieser Verlaß aufhört, ist (was uns anfänglich unwahrscheinlich erscheint) das Erbarmen. Das ist etwas ganz anderes und viel mehr, als was man gewöhnlich „Liebe" zu den Menschen nennt. Etwas auch, was gar nicht in unserer Natur liegt, sondern was wir erst lernen müssen und gewöhnlich spät und auf sehr schweren Wegen kennen.[3]

---

[1] V Mos. VI, 4; VII, 3. 9. 16.

[2] Die übermäßige Liebe, namentlich die, welche in eine eigentliche geistige Selbstaufopferung für Kinder, Ehemänner oder Frauen, mit Aufgabe der eigenen, Gott allein ganz gehörigen Persönlichkeit, ja mitunter des Seelenheils selbst, ausarten kann, oder die abgöttische Verehrung ausgezeichneter Menschen, wie sie jetzt das Bedürfnis vieler ist und mitunter geradezu an die Stelle der Religion gesetzt werden will, ist ein vom Alten Testamente sehr scharf behandeltes Verbrechen gegen Gott. (Vgl. I. Mos. XII, 1. V. Mos. XIII, 6 ff.) Hier allein stand die germanische Natur, die dem Evangelium sonst am kongenialsten war, demselben mit ihrem unbedingten Treuegebot und Anhänglichkeitsbedürfnis entgegen, und es wird mitunter heute noch einer echt deutschen Seele schwer, darin das richtige Maß zu treffen.

[3] Ein großer Teil der menschlichen Leiden hat offenbar diesen Zweck, das Gold des völlig unegoistischen und von aller Sentimen-

Wer es aber hat, von dem ist es fortan sicher, daß er „zum Reiche Gottes geschickt" ist.

Sind es nicht Menschen und ihre Werke, so ist es der Besitz, die Ehre und der prinzipielle Lebensgenuß, welche der aufrichtigen Verbindung der menschlichen Seele mit dem göttlichen Geiste, die das Fundament alles Christentums bilden muß, am meisten entgegenstehen. Vor allem der „Betrug des Reichtums", wie ihn das Evangelium sehr richtig nennt,[1] die sehr allgemeine Täuschung, daß Besitz und Glück identisch seien, aus welcher der Mensch erst erwacht, wenn er das Erstrebte, um das er oft Leib und Seele dahingeopfert hatte, in Händen behält und nun erst entdeckt, daß es auch im besten Falle, nahe besehen, dieser Anstrengung nicht würdig war.

Wenn wir zu den atheistischen Sozialisten unserer Tage gehörten, so würden wir den aufrichtigen Bekennern des Christentums, die ihre weitaus gefährlichste Gegnerschaft sind,[2] beständig die zwei Aussprüche ihres Herrn und

---

talität freien Erbarmens zu Tage zu fördern und von allen Schlacken und Beimischungen zu reinigen. Es weiß das aber nur, wer es selbst erfahren hat; alle Menschen sind hart und in diesem besten Sinne mitleidslos, welche nicht selbst viel gelitten haben. Diese Härte wird mitunter bei den Allerbesten angetroffen und darf uns doch nicht ganz an ihnen irre machen. Das Erbarmen ist eben ein sechster Sinn, der dem Menschen durch Leiden aufgeht und ihm vorher ganz versagt war.

[1] Ev. Matth. XIII, 22. „It is hard work to get rich people saved" sagt eine der erfahrensten Missionärinnen der heutigen Ära. The life of Mrs. Booth, II, 110. 171.

[2] Das wird der atheistische Sozialismus mehr und mehr inne

Meisters entgegenhalten, die im Evangelium Matthäi VI, 19 und 24, allfällig auch noch in Lukas XIV, 33, enthalten sind und aus deren Befolgung sich ohne weitere Mühe die Erledigung der sozialen Frage ergeben würde. Es gibt aber eben viele Worte der Bibel, die durch eine Art von entgegengesetztem Gewohnheitsrecht ihrer Geltung fast entkleidet sind, oder von denen man wenigstens in allen frommen Kränzchen lieber schweigt, weil sie für viele der Anwesenden wenig „Erbauliches" an sich haben.

Müssen wir auch schon zugestehen, daß solche Worte mehr das Ziel oder Ideal bezeichnen, dem wir zustreben sollen, als das, was jeder sofort erreichen kann, so sollen wir doch den Blick beständig darauf richten und den ernstlichen Willen haben dahin zu gelangen; sonst nützen uns auch alle andern Worte des Evangeliums nichts und sind für uns vielmehr gar nicht vorhanden.[1]

---

werden und mit der Zeit auch aussprechen, während er es bisher noch mit den ausweichenden Worten „Religion ist Privatsache" zu verschleiern pflegt. Und zwar ist die protestantische Auffassung des Christentums ihm gefährlicher als die katholische.

[1] Christus sagt darüber ganz klar, wer in der Behandlung des ungerechten Mammons schon nicht treu sei, dem können auch die größeren Güter des Lebens nicht anvertraut werden. Lukas XVI, 10—12. Das ist die Erklärung so manches stets schwach bleibenden Glaubens, dem mit allen Predigten und Betstunden nicht aufzuhelfen ist. Der Glaube ist eine Gabe Gottes, für welche der Mensch Platz in sich machen muß; er verträgt sich nicht mit allen andern Gästen. Der Mammonsdienst ist eine wahre Seelenkrankheit, die zu einer Art von Verrücktheit auswachsen kann, vor der sich jeder eblere Mensch auf das allersorgfältigste zu hüten hat, und gegen welche, sobald sie weite Verbreitung gewinnt, dann

Man muß also, praktisch ausgedrückt, keinesfalls an den Besitz das „Herz hängen", oder ihn als die wichtigste Sache des Lebens und Strebens betrachten und seine Schätzung der Menschen[1] und Verhältnisse darnach einrichten, oder unfertig und unlustig sein, denselben allfällig auch um Gottes, oder des gemeinen Besten willen zu vermindern und nötigenfalls sogar aufzugeben. Das sind jedenfalls allein die freien und des Gottesreiches würdigen Menschen, die das können, wenn es von ihnen verlangt wird. Sie werden auch oft und zu verschiedenen Zeiten des Lebens auf diese Probe gestellt und es ist kein gutes Zeichen für ihr inneres Leben und ihre Gnade bei Gott, wenn es noch niemals geschehen ist. Oft bleibt es dann bei der Prüfung des Willens, und wenn derselbe sich ergeben hat, verlangt Gott die Tat nicht von ihnen, oder läßt die Versuchung überhaupt so ein Ende gewinnen, daß sie leichter ertragbar ist.[2] Mitunter kommt es aber auch, wie bei Hiob, zum wirklichen Verluste sämtlicher Güter, und nicht immer findet zuletzt der doppelte Ersatz dafür, sondern nur immer der vollkommene Trost darüber statt,

---

stets der Sozialismus, als eine im großen und ganzen berechtigte Gegenwirkung eintritt. I. Tim. VI, 8—11. II. Tim. II, 4. Reich ist, wer so viel hat als er wünscht, der andere ist arm.

[1] Der Ausdruck, ein Mensch sei „so und so viel wert", nach seinem Vermögen bemessen, ja schon das Wort „Vermögen" in diesem Sinne gebraucht, bezeichnet eine Verirrung des menschlichen Geistes. Man muß auch Gottes Gaben verwenden, sonst werden sie oft nur zum Unsegen. II. Mos. XVI, 20. II. Chron. XXV, 9; für die Leviten IV. Mos. XVIII, 20.

[2] I. Kor. VI, 7. 12; X, 13. 14.

wenn der Mensch ihn suchen, und nicht bloß rat- und haltlos klagen will.

Um stets gefaßt zu sein und sich selbst darin zu prüfen, mag es manchmal, noch bevor man sich zum Eintritt in das Christentum entschließt, zweckmäßig sein, die Probe des Polykrates zu machen, insofern dieselbe überhaupt eine ernsthafte war.[1] Versuche es einmal, dein allerliebstes Besitztum aufzugeben. Es wird zwar meistenteils, wenn dein Geschick aus dir einen Freien von Gottes Gnaden, anstatt eines Mammonsknechtes, machen will, schon von selbst an dich gelangen. Gleichviel aber, wie es an dich komme, wenn du das gekonnt hast, wirst du frei von der stärksten Fessel, mit welcher der Geist der Welt den Menschen gebunden erhält; das Übrige deines Besitzes wird dir fortan gleichgültiger werden. Allerdings kommt in diesen Besitzes= fragen gewiß mehr auf den Geist und den Willen, als auf die bloße Tat an. Man kann auch „besitzen als besäße man nicht" (obwohl darin der Selbstbetrug sehr groß ist), und wenn man nichts mehr für seinen bloßen Genuß oder gar Luxus verwendet, sondern alles nützlich anwendet, dabei auch nicht bloß sinnlos für Erben und Nachfolger bis in die fernsten Zeiten hinaus anhäuft, so mag man dem Sinn der Worte Christi auch zu entsprechen glauben. Wir wenigstens wollen dann den ersten Stein auf die, welche sich so verhalten, nicht werfen.

---

[1] Daß ein Ring ihm das Allerliebste von seinen Besitzungen gewesen sei, war mir schon in der Schule etwas verdächtig; er hätte die Herrschaft niederlegen sollen. Dann hätte er auch ein anderes Lebensende gehabt.

Ein gutes Hilfsmittel dazu, neben dem festen Entschluß, allem Luxuriösen abzusagen, ist, wie schon in einem andern Aufsatze auseinandergesetzt wurde, das systematische Geben; ein anderes, möglichst wenig zu rechnen und sich überhaupt so wenig mit Geld zu beschäftigen, als es sich mit der nötigen Ordnung in Beruf und Lebensverhältnissen verträgt.[1] Denn das Geld hat einen bösen Zauber in sich, welcher dem der philosophischen Ketzerei[2] gleicht; beide geben den, welcher sich viel mit ihnen beschäftigt, nicht mehr leicht frei.

Die Ehre ist für viele eine ebenso starke Fessel wie der Mammonismus, und zwar sowohl die übermäßige Bedachtnahme auf die gewöhnliche menschliche und bürgerliche Ehre, die doch immer dem Urteil der Mitlebenden, oder der Nachwelt in größeren Fällen, preisgegeben ist, wie die Sorge für eine achtunggebietende Stellung.[3] Für die erstere hat

---

[1] Wozu ein Privatmann Kassabücher und überhaupt eine kaufmännische Buchhaltung führt, ist nicht abzusehen, wenn er es nicht zum Vergnügen, oder aus Sorgensinn tut; er soll sich lieber so einfach als möglich einrichten und Geld gar nicht unnötig in die Finger nehmen. Die modernen Bankkonti sind dafür eine gute Einrichtung, welche die richtige Sparsamkeit und Freigebigkeit wesentlich erleichtern.

[2] Dante, Inferno Gesang IX, 55—60.

[3] Frau Booth (Biographie II, 43) gebrauchte hierüber einmal das starke Wort „The great curse of the church is respectability." Von dieser Furcht, welcher viele Christen der obern Klassen unterworfen sind, muß man sich in der Tat einmal ganz losmachen. Das wird auch der Grund sein, weshalb Gott es zuläßt, daß die besten Menschen zeitweise „unter die Übeltäter gerechnet werden."

Paulus, einer der vielgeschmähtesten Menschen, die es jemals gegeben hat, uns ein sehr gutes Wort in I. Kor. IV, 3 ff. hinterlassen, und in Wirklichkeit ist es auch viel seltener, als man gewöhnlich annimmt, daß jemand seiner bürgerlichen Achtung ganz ohne Schuld verlustig geht. Im Gegenteil macht oft genug Gott gerade seine ehemaligen Feinde mit ihm am meisten zufrieden und tritt das Prophetenwort des Jesaias LX, 14 glanzvoll an die Stelle der früheren Unterschätzung. Ertragen aber muß man etwas können, wenn man das Christentum annehmen will; die allzu empfindlichen Christen, die auch sogar von denjenigen, die sie gar nicht hochschätzen, dennoch Hochachtung verlangen, zeigen nur, daß ihnen die Welt und ihr Ruhm noch lange nicht gleichgültig genug ist.

Die eigentlichen Ehrenstellungen sind, nächst dem Reichtum, das Gefährlichste für den Glauben, was es gibt, worüber das Evangelium auch durchaus nicht den mindesten Zweifel läßt;[1] wer sich ganz freiwillig, sogar etwa mit eifrigem Streben darnach, in diese Gefahr begibt, der kommt ganz gewöhnlich darin für sein besseres und allein wertvolles Leben um. Wer hingegen durch seinen Beruf und seine Lebensschicksale dazu gezwungen ist, in solche Stellungen einzutreten, und doch ein Christ werden oder

---

Das benimmt ihnen die übermäßige Schätzung der Respektabilität am besten. Wer nicht durch dieses Fegefeuer einmal durchgegangen ist, besitzt keinen Mut.

[1] Markus X, 44; XV, 28. Lukas XVI, 15; XXII, 37. Joh. V, 44; VI, 15. Elisabeth von Baillon († 1677) sagt: „Diejenigen, welche uns loben, stellen uns an den Rand eines Abgrunds."

bleiben möchte, der hat alle Ursache, wachsam und für gelegentliche Demütigungen, an denen es die Welt auch glücklicherweise selten fehlen läßt, dankbar zu sein.[1]

Für die größere Zahl der gewöhnlich gestellten Menschen ist vielleicht das schwierigste der Prolegomena die Überwindung der Genußsucht, welcher die Geringen oft noch weniger entgehen, als die Reichen und Vornehmen, die die Genüsse des materiellen Lebens in ihrem Wert und Unwert durch Erfahrung besser taxieren gelernt haben mögen. Man findet oft, auch gerade gegenwärtig, in den untern Klassen eine viel ungezügeltere Gier nach Lebensgenuß, welche, verbunden mit der dort absichtlich gepflegten atheistischen Gesinnung, mitunter in eine wahre Wildheit ausartet, die den Menschen dem Tier, und nicht einmal den edelsten Tieren, ähnlich macht.

Leider gehen darin aber die oberen Schichten der Gesellschaft auch oft genug mit bösem Beispiel voran, und es würde um die von ihnen so sehr beklagte Genußsucht und Leichtfertigkeit der dienenden Klassen besser stehen,

---

[1] Es stehen uns daher auch die Personen menschlich weit näher und haben einen größern Einfluß auf uns, die nicht zu viel Ehre in ihrem Leben stets gehabt, sondern auch Demütigung erlitten haben, Petrus und Paulus z. B. im Gegensatz zu Jakobus oder Johannes. Die andern behalten etwas Kühles, Fremdes, Unnahbares, kein Vertrauen Erweckendes. Das ist der Sinn von Jesaias LIII, 10—12 und vielleicht auch der des Ausspruches Christi, er müsse noch unter die Übeltäter gerechnet werden. Jeder von uns kennt Leute, die allgemein geachtet, aber wenig geliebt werden; der Grund liegt hierin. Lukas XXII, 37. 53. Markus XV, 28. Joh. XVIII, 30. Psalm XXXVII, 33. Jesaias LIII, 12.

wenn dieselben nicht die gleichen Neigungen, die sie ruhelos bewegen, auch bei ihren Herrschaften erblickten.

Der Genuß als Prinzip aufgestellt, die Sinnlichkeit (im weitesten Sinne genommen) als die herrschende Macht im Leben eines Menschen ist der unfehlbare Tod jedes Glaubens an übersinnliche Dinge; diese beiden Potenzen bestehen nicht lange nebeneinander[1] in einem Menschen, sondern die eine oder andere muß das Feld räumen.[2] Glücklich der, bei welchem es die Macht des sinnlichen Elementes gegenüber derjenigen des geistigen, mächtig darüber emporstrebenden ist. Denn jede Überwindung der Genußsucht bringt schon sofort — was sonst nicht immer auf dem sogenannten Pfade der Tugend der Fall ist — ihren Lohn mit sich, in einer gesteigerten Kraft des ideellen Lebens, oft in einem geistigen Fortschritt im weiteren Sinne überhaupt. Man kann mit Wahrheit sagen, die meisten großen Fortschritte im innern Menschenleben werden durch eine Entsagung eingeleitet, die ihren Preis bildet.

[1] Wenn man z. B. einen Geistlichen mit Gier essen oder trinken sieht, so kann man den Grad seines Glaubens schon daraus ganz genau ermessen.

[2] Genuß der eigenen Persönlichkeit, oder Werkzeug göttlicher Gedanken auf Erden, das ist die Wahl für Gebildete, und sie würden alle nicht lange zögern, wenn sie wüßten, was man eben, der Vermeidung der Heuchelei wegen, erst nach geschehener guter Wahl erfährt. Jeder bedeutenden äußeren Entsagung, die in treuer Absicht geschieht, folgt auf dem Fuße eine große innere Belohnung, die sie äußerst leicht macht, aber nachträglich, nicht vorher, sonst würde wieder die Eigenliebe das Motiv werden. Wir müssen stets im Glauben entsagen, mit Überwindung, dann erst sehen wir, daß wir wohl daran getan haben.

Daß der Genußsucht allerlei schöne Namen gegeben werden und sie auch in der Tat feinere und gröbere Gestalten annimmt, darf uns dabei nicht irre machen. Sie ist doch unter allen Umständen das, was in uns der Tiernatur am ähnlichsten ist, und zeigt ihren unedlen Charakter sofort darin, daß sie immer mit Egoismus und Ausbeutung anderer für unsere eigensüchtigen Neigungen verbunden ist. Die teilweise Naivetät der antiken Welt fehlt der jetzigen Menschheit, welcher die Augen darüber geöffnet worden sind,[1] und eine allgemeine Nichtüberwindung der Genußsucht durch höhere Interessen wäre jetzt ein unerhörter und ganz unmöglicher Rückschritt der Menschheit in ein früheres Zeitalter.

Mit der Genußsucht stirbt die Neigung zu Reichtum und Ehre, welche teilweise doch nur die Mittel dazu, keine Selbstzwecke sind, und entsteht dafür die Freude an der Arbeit, die beste Rettung des Menschen vor allem Bösen, das ihn sonst stets versuchend in der einen oder andern Weise umgibt. Denn ohne Genußsucht als Prinzip des Lebens muß man arbeiten, die Welt ist sonst zu öde. Mit der Genußsucht als innerstem Motiv seines Handelns

---

[1] Ev. Joh. III, 19. Schillers „Götter Griechenlands" und Goethes „Braut von Korinth" sind ein solcher unberechtigter Rückblick. Namentlich der germanischen Rasse ziemt derselbe nicht. Ihre größere Freiheit von Genußsucht sollte ihr Stolz sein. Hierin liegt der ganze Grund der Inferiorität einzelner Völker gegenüber anderen. Das mußte schon der alte zweifelhafte Prophet Bileam, wie man am leichtesten eine höhere Rasse herunterbringt. IV. Mos. XXXI, 16.

Die Prolegomena des Christentums. 249

hingegen wird man die Arbeit stets nur als ein Mittel — und als ein eigentlich widerwärtiges Mittel — betrachten,[1] zum Genuß zu gelangen.

Daß man sich dabei ungesucht an der schönen Natur, dem erheiternden Wechsel der Tages- und Jahreszeiten, der Familie, der wahren Freundschaft, der edeln Kunst und Wissenschaft, dem Leben und Gedeihen seines Volkes, auch an der harmlosen Tier- und Pflanzenwelt, vor allem aber an allen großen und guten Handlungen, die im ganzen Bereich der Menschheit geschehen, erfreuen darf, das versteht sich ganz von selbst.[2] Es ist sogar diese lebhafte Empfindungsfähigkeit ein sicheres Anzeichen eines unverdorbenen Gemütes, vor allen Dingen einer rein verlebten Jugend, die sich an keinen vergifteten Genüssen den Sinn für die wahren und unschuldigen Freuden des Lebens frühzeitig abgestumpft hat.

Auch ist eine übertriebene Unterdrückung des körperlichen Lebens sicher kein Vorteil für das innere Fortschreiten, und noch weniger ein Gottesgebot, vielmehr, wo immer sie vorkommt, ein bloßes Menschenwerk ohne entscheidenden Wert. Sehr richtig bemerkt darüber ein geistvoller Kommentator der ältesten biblischen Urkunden, daß die Menschen

---

[1] Ebräer XII, 1. Wohin die Genußsucht als Prinzip die Menschen führt, zeigen dermalen besonders die Ibsenschen Schriften, aber rein tatsächlich, ohne den Ausweg anzugeben, während Tolstoi denselben zu schwierig macht.

[2] Phil. IV, 4. 5. So spricht der durchaus auf den Ernst des Lebens angelegte Apostel Paulus, und das ganz rechte Christentum hat auch immer etwas Freudiges und Unverzagtes an sich.

immer die Neigung haben, die wohlabgemessenen und auf ihre Kräfte berechneten[1] Gebote Gottes zu steigern. So habe Gott in der alttestamentlichen Erzählung von der allererſten Prüfung des Glaubensgehorsams nicht gesagt, man dürfe den Baum der Erkenntnis des Guten und Böſen nicht anrühren, ſondern nur, man ſolle nicht von ſeiner Frucht eſſen; dadurch, daß der Menſch ſelbſt dieſes weitere „Zaungeſetz" dazu getan habe, habe er den Verſucher in die erwünſchte Lage verſetzt, die Unwahrheit eines angeblichen Gotteswortes tatſächlich anſchaulich zu machen, indem die bloße Berührung des Baumes den Tod nicht herbeiführte.[2]

So iſt es in der Tat mit vielen übertriebenen und unnötigen Geboten, die Eltern ihren Kindern, oder Kirchen ihren Bekennern auferlegen, und deren Nichtausführung ſie dann mit ebenſo großer Leichtigkeit an ihnen überſehen.

Pünktlicher, buchſtäblicher Gehorſam für alle wirklich göttlichen Gebote, die alle ausführbar ſind, und gänzliche Verachtung und Ablehnung aller „Menſchenſatzungen", das iſt allein der Weg, auf dem jetzt unſere chriſtlichen Konfeſſionen ſich neuerdings beleben könnten.

[1] Wie denn auch manchen hochfliegenden Geiſtern das Chriſtentum, und noch mehr das Alte Teſtament, nicht edel genug iſt, weil es für die Tugend Belohnungen verſpricht. Es kennt aber eben die Menſchen und ihre Kräfte beſſer als ſie. Biſchof Sailer ſagt darüber mit Recht: „Die chriſtliche Religion iſt eine Religion für Menſchen in concreto, wie ſie ſind; die Vernunftreligion eine ſolche für Menſchen in abstracto, wie ſie nicht ſind."

[2] I. Moſ. II, 17; III, 3. 4. V. Moſ. IV, 12; wir ſollen zu Gottes Wort ebenſowenig etwas hinzu, als etwas davon tun.

Auch der Trieb zum Leiden und Entsagen ist etwas Gefährliches, um so mehr, als er oft mit heimlicher Ruhmsucht verbunden ist,[1] wobei dann nur ein Teufel durch einen andern, vielleicht noch mächtigeren, beseitigt wird. Der Mensch soll sein Leben nicht wegwerfen, auch nicht durch eine langsame Vernachlässigung seiner Kräfte, sondern bloß das körperliche Wohlbefinden nicht überschätzen, oder allzusehr in den Vordergrund stellen.[2]

Christus selbst ist auch hierin ein unnachahmliches Beispiel eines einfachen Maßhaltens, das sich sogar unter Umständen eine beinahe luxuriöse Huldigung gefallen ließ, worüber dem Apostel der buchstäblichen Askese offenbar der Glaube an ihn verloren ging.[3] Auch der vorgeschrittenste Christ soll ganz wie ein natürlicher Mensch, nicht wie ein Eremit, oder Säulenheiliger leben und den Wert und die

---

[1] Die letzten Worte der h. Katharina von Siena, die nur 33 Jahre alt wurde, „die eitle Ehre nie, sondern die wahre Ehre und das Lob meines Herrn!" deuten vielleicht darauf hin, wo sie eine Schwäche in sich empfand. Auch von Franz von Assisi wird erzählt, daß er auf dem Todbette es bereut habe, den „Bruder Esel", wie er seinen Körper zu nennen pflegte, zu hart behandelt zu haben. Man kann allerdings zum körperlichen Leiden für eine große und gute Sache berufen werden und dann ist es der höchste Beruf; aber aufsuchen und usurpieren darf man denselben nicht, sonst wird man in ihm nicht aushalten. Es war dies wohl zu jeder Zeit religiöser Verfolgung der Grund, weshalb einzelne Opfer derselben aushielten, andere nicht.

[2] Röm. XIII, 14. Der Körper muß ein nützlicher und wohlgehaltener Diener sein, nicht ein Herr.

[3] Markus XIV, 4—10. Joh. XII, 4.

Aufgabe des Lebens weder im Genuß, noch im Leiden und Entsagen, sondern **nur im Handeln** nach Gottes Willen und Auftrag suchen. Ein oft angeführtes weises Wort Blumhardts sagt, man müsse sich zweimal bekehren, **einmal** aus dem natürlichen in das geistliche Leben und dann wieder aus dem geistlichen in das natürliche zurück, soweit es berechtigt ist.[1] Es täte es vielleicht aber doch auch mitunter an **einem** Male, ohne anfängliche Übertreibung des geistlichen Wesens. Viele bleiben in dieser doppelten Mauserung zu lange stecken und bieten dann während dieser Zeit keinen erfreulichen Anblick dar.

Frei machen endlich kann den aufwärts strebenden Menschen von allen diesen Feinden seines wirklichen Glücks, die ihm ganz eigentlich den **Eintritt** in das wahre Christentum verwehren, **niemals die eigene Kraft**.[2] Der „alte Adam" ist noch heute, wie damals, als das Wort geäußert wurde, „zu stark für den jungen Melanchthon" und alle guten Vorsätze helfen so gut wie **nichts**, solange der Mensch die Hilfe des uns dafür von Gott selbst gesandten Helfers nicht ansprechen will. Aber auch dieser kann nicht helfen, wenn der Mensch nicht seinen Willen vollständig dazu gibt. Dieses ist seine Sache bei dem Werk der

---

[1] Das Auszeichnende an diesem bedeutendsten Manne unserer Zeit war offenbar gerade diese Natürlichkeit und völlige Lauterkeit seines Christentums, keineswegs Geist im Sinne des französischen „esprit", oder des gewöhnlichen Verstandes von „geistreich." Seine Predigten sind sehr weit entfernt davon, und deshalb so kräftig.

[2] V Moj. VIII, 17. 18. Josua XXIV, 19.

Befreiung aus den Fesseln des natürlich-selbstischen Daseins, alles andere wird an ihm getan.[1]

Sehr deutlich erklärt das besonders Dante im Purgatorio, XXI. Gesang, wo das frohe Erzittern des Berges der Läuterung bei dem endlichen Aufstieg einer Seele in die höhere Region desselben mit den folgenden Versen geschildert wird:

„So bebt er, wenn in neuer Rein' und Schöne
Die Seele fühlt, sie woll' erhoben sein;
Ihr Steigen fördern diese Jubeltöne,
Der Reinheit Prob' ist dieser Will' allein.
Frei treibt er sie zum Zuge sich zu rüsten
Und er verleiht ihr sicheres Gedeihn;
Erst will sie zwar, doch fühlt auch, mit Gelüsten
Nach läng'rer Qual, daß nach Gerechtigkeit
Die, welche sündigen, noch leiden müßten.
Ich lag fünfhundert Jahr in diesem Leid
Und länger noch, und fühlte mir soeben
Zum Aufwärtsziehn den Willen erst befreit."

Jeder seines innern Lebens Kundige wird das bestätigen, daß zuerst lange Zeit hindurch der teilweise Wille zum Guten in ihm mit Neigungen kämpfte, von denen er sehr wohl wußte, daß sie ihm gerechtfertigte Leiden bringen würden. Solange die Seele trotzdem dieses Gelüst nicht überwinden kann, will sie eben im Grunde in ihrem bisherigen Zustande verbleiben. Aber es kommt, wenn sie dessenungeachtet den Trieb zur Freiheit behält, durch die göttliche Gnade ein schöner Tag, an welchem sie endlich

---

[1] V. Mof. V, 29; VI, 4.

in sich den vollen Willen zum Fortschreiten empfindet und dann ist sie sofort frei und begreift es später nicht, wie sie so lange ihrerseits hatte zaudern können.[1]

Immerhin würde es unrichtig sein, auf diesen vollen Willen gewissermaßen untätig zu warten. Das Christentum lernt sich auch, wie vieles andere, nur durch Probieren, nicht durch Studieren. Im Gegenteil, das müßige Gerede darüber ist seinem Geiste am meisten zuwider und auch durch das sogenannte gelehrte Erfassen wird es leicht nur dunkler und zweifelhafter. Das ist eine „Wissenschaft", wie eine jede andere, die man den dazu Berufenen völlig überlassen kann und die sehr oft zu ihrem inneren Fortschritte nichts Erhebliches beiträgt.[2] Das Christentum wird sicherlich nur durch den Geist gänzlich verstanden, den das Evangelium den heiligen Geist nennt. Was derselbe ist, wissen wir nicht; nur das können wir wissen, daß es eine sehr reelle Erscheinung ist, die in ihren Wirkungen an unserem Leben sichtbar wird und uns nach und nach für alles das gleichgültiger machen kann, was die Welt als größte Güter und unentbehrlichste Genüsse betrachtet.[3] Zu dieser Freiheit sind wir berufen und sie ist durch das

---

[1] Inwieweit auch an der Befreiung des Willens die göttliche Gnade den Hauptanteil hat, wollen wir hier nicht mit spitzfindiger Scholastik untersuchen. Jedenfalls muß der Mensch, wenn wir es genauer sagen wollen, wünschen, daß sein Wille frei werde.

[2] I. Tim. VI, 4. 5. II. Tim. II, 23. 4. Röm. VII, 7—13; X, 4. II. Kor. I, 22; III, 4; VI, 16.

[3] Markus XVI, 17—20. Ap.-Gesch. II, 3; VIII, 17; X, 44; XI, 15; XVI, 7; XIX, 2. 6; XX, 23. Röm. VIII, 9. 14. 16. I. Kor. XII, 3. 8—11. 28.

Christentum möglich geworden,¹ was früher recht zweifelhaft erscheinen konnte. Damit ist es aber nicht getan, daß dasselbe „interessant" gefunden wird, oft sogar in seinen Übertreibungen noch mehr, als in seiner ursprünglichen Nüchternheit bei der Auffassung des Menschen und seiner natürlichen Kraft; man muß vor allen Dingen anfangen damit, dann kommt das Fortschreiten darin ganz von selbst.²

Darum, Seele, die du aus den dich nicht mehr ganz befriedigenden Irrgärten gewöhnlichen Weltlebens zwar bei diesem einfachsten und besten aller Wege zum Glück angelangt bist, aber doch noch, etwas zaudernd, vor dem wirklichen Eintritt in die Vorhöfe des Christentums stehst — vielleicht auch deshalb, weil du dort eine dein Vertrauen noch nicht völlig erweckende Gesellschaft sich bewegen siehst — fasse trotzdem den Entschluß und wag's. Es wird nicht sehr lange anstehen, so siehst du wenigstens so viel, daß es dir des Wagens wert erscheint. Nur selten kehrt jemand von diesem Wege wieder um und noch nie seit Tausenden von Jahren hat einer, der ihn bis zu Ende ging, über ein verlorenes, ja auch nur über ein allzu hartes und gar nicht zu ertragendes Dasein geklagt.

---

[1] Galater V, 13. Josua XXIV, 19. 23. Röm. VIII, 13.

[2] Jesaias XXX, 21. Hesekiel XXXVI, 27. Elisabeth von Baillon hat dabei eine sehr gute Regel: „Man soll sich bei dem Anblick seiner Schwachheiten nicht aufhalten, sondern sich rasch zu Gott wenden, sobald sie uns einfallen." Sie fährt dann fort: „darauf sah ich die Gegenwart Gottes als den Anfang und die Ursache der Gnade, die unendlich wirksam und kräftig ist. Ich erkannte, daß ich in ihm mehr vermöge, als mit aller natürlichen, oder durch Fleiß erworbenen Kraft."

Wie viele aber klagen heutzutage auf den anderen Wegen zum Glück nicht?[1]

Es kann zwar niemand in Abrede stellen, der die Wahrheit bekennen will, daß in jeder menschlichen Seele, auch einer dem Glauben an übersinnliche Tatsachen bereits entschieden zugewandten, noch mitunter Zweifel ernster Art an der Realität ihrer gesamten Anschauungen und Hoffnungen entstehen können, und nicht die sind die im Glauben Befestigten, welche solche zeitweise Bedenken in anderen auf das heftigste verdammen. Sie suchen durch solchen Eifer oft nur die eigenen Zweifel gewaltsam zu unterdrücken. Aber so viel bleibt doch auch in solchen Augenblicken bestehen, daß eine bessere Gewißheit, als die des Christentums, über die großen Fragen des jetzigen und eines künftigen Lebens nirgends vorhanden ist,[2] und daß

---

[1] Sie werden jetzt sogar bald wieder Frieden um jeden Preis suchen, aber noch vorläufig meistens nicht auf dem rechten Wege. Vgl. die Romane von Garborg „Müde Seelen" und „Frieden." Jesaias VIII, 21. 22; LXV, 8—24. Ev. Matth. XI, 28. Joh. V, 40; VI, 35.

[2] Man muß auch allmählich nicht mehr zu viel auf solche bereits einmal durchdachte Zweifel achten. „Walk towards the light and the shadows will fall behind you." Die christliche Kirche war freilich in ihren Anfängen viel einfacher, als sie jetzt geworden ist. Kraft empfangen und Zeuge sein für das, was man selbst gesehen und erlebt hat, das war alles, was dazu gehörte. Vgl. Ap.-Gesch. I, 8. Jetzt ist daraus längst eine Lehre, ja sogar eine Wissenschaft geworden, die man nicht zu glauben braucht, um sie zu lehren, und die andere glauben sollen, ohne ihre Wahrheit selbst erfahren zu haben. Das muß nun wieder von vorne beginnen.

es auch nicht ausreichen kann, sich mit den, manchmal sogar noch recht unsichern, einzelnen Resultaten einer „Naturwissenschaft" zufriedenzustellen, alle weitern Fragen aber, über den Zusammenhang aller Dinge im großen und ganzen und über die moralischen Weltgesetze, von denen das Leben und Gedeihen der Menschheit am allermeisten abhängt, einfach aus den Gedanken derselben zu verbannen. Es wird das auch auf die Dauer niemals gelingen; sondern nach jeder solchen Periode eines bloßen, auf ein geringeres Ziel sich beschränkenden Realismus entsteht in allen nicht ganz oberflächlichen, oder in die Sinnenwelt gänzlich versunkenen Menschen mit unwiderstehlicher Gewalt der Trieb, neuerdings zu untersuchen, ob, oder inwieweit die hohe Prätention des Christentums, die wirkliche, alleinige und allein glücklich machende Wahrheit zu sein, eine berechtigte sei oder nicht.[1]

Diesen Trieb wirst du, Leser, mehr oder weniger auch empfinden; sonst würdest du dieses Buch, das ebenfalls aus ihm hervorging, nicht zur Hand genommen haben. Weise ihn jedenfalls nicht a limine zurück; er stammt aus dem besseren Teile deines Wesens.

Der Glaube ist ganz leicht, wenn die Übergabe des Herzens und Willens an Gott vorhanden ist, ohne diese ist er unmöglich. Das ist das ganze Geheimnis des „Nichtglaubenkönnens" vieler Menschen.

[1] Diese Richtung wird das geistige Leben, wenigstens der germanischen Völker, im laufenden Jahrhundert sicherlich einschlagen, nachdem sie über das Glück, das alle Fortschritte einer bloß materiellen Kultur erzeugen können, noch gründlicher als bisher, enttäuscht worden sind.

Lieber nimm einen Rat noch an: Sieh dir zuerst die „Prolegomena" des Christentums, seine Voraussetzungen, die es als selbstverständlich betrachtet, näher an, und nachher erst, wenn du diesen nach vorhandenen Kräften zu entsprechen schon dich entschließen konntest, seine Dogmen. Der umgekehrte Weg ist zwar der gewöhnlichere und der, auf welchen wir in unserem Schul- und Kirchenunterricht hingewiesen zu werden pflegen. Aber dabei liegt dann mitunter noch „ein Löwe auf dem Wege", der bei dem in diesem Aufsatze vorgeschlagenen Pfade ausbleibt.[1]

Entschlußfähigkeit freilich wirst du immer haben müssen, denn nur „wer überwindet, der wird alles ererben"; den Unentschiedenen,[2] so gut wie den völlig Glaubenslosen, steht, im günstigsten Falle, nur der Untergang ihres persönlichen Lebens in naher und sicherer Aussicht.

---

[1] Jesaias XXXV, 8. 9. Lukas XVIII, 18—30.
[2] Offenbg. II, 11; XXI, 3—8; XXII, 17.

Die Stufen des Lebens.

Der Gedanke, das innere Leben in eine Anzahl von Stufen einzuteilen, oder in der allegorischen Form einer Reise, mit verschiedenen Stationen und allerlei Aufenthalten und Hindernissen, zu beschreiben, ist ein althergebrachter und in der Tat sehr naheliegender. Dessenungeachtet kennen wir keine solche Beschreibung, die den Bedürfnissen, namentlich der gebildeten Klassen, unserer Zeit entspricht, und ist es ja auch ein Fehler der meisten Predigten seit jeher gewesen, daß sie zwar den Zustand mehr oder weniger genau schildern, welcher das erreichbare Ideal eines menschlichen Daseins enthält, keineswegs aber den Weg dahin ebenso deutlich anzugeben vermögen. Und doch wäre eigentlich dies, und zwar eine ziemlich individuelle Wegweisung, der Dienst, welchen die Kirche durch das, was man mit einem uns etwas ungenießbar gewordenen Namen „Seelsorge" nennt, auch dem heutigen Geschlechte zu leisten berufen wäre. Bei den Kirchen ist dieselbe, soweit sie überhaupt besteht, zu berufsartig, um nicht zu sagen zu geschäftsmäßig, geworden. Es hat sich eben auch in diesen innerlichen Dingen, in denen alles Freiheit und Individualität ist, eine Art von Technik ausgebildet, mit Ausdrücken, die ursprünglich ihren sehr guten

Sinn hatten, denselben aber für einen großen Teil der Menschen verloren haben und vielleicht in einer kommenden Zeit überhaupt durch andere ersetzt werden müssen.

Von den Schriften über die innere stufenweise Entwicklung, welche wir besitzen, stammt eine einzige aus dem klassischen Altertum her; es ist ein Aufsatz des griechischen Professors der Philosophie (in unserem heutigen Sinne gesprochen) Plutarchos, geboren zu Chäronea in Böotien zirka 50 n. Chr., gestorben zwischen 120 und 130 in Rom, wo er unter anderem der Lehrer des nachmaligen Kaisers Hadrian gewesen sein soll. Von seinen über hundert kleineren und größeren Schriften werden jetzt beinahe nur noch die „vergleichenden Lebensbeschreibungen" gelesen und auch diese in den Schulen weniger, als es vielleicht zweckmäßig wäre. Von den übrigen, welche man unter dem Gesamttitel „Plutarchs moralische Schriften" zusammenzufassen pflegt, ist eine der lesenswertesten die dem Sossius Senecio, Konsul zur Zeit Trajans, gewidmete: „Wie man seine Fortschritte in der Tugend bemerken könne." Sie zeigt im ganzen den Eklektiker im Sinne des Ciceronianischen Eklektizismus gegenüber den Lehren der Stoiker, die nur den vollkommenen Weisen nach ihren Grundsätzen, und den ihm entgegenstehenden Lasterhaften, ohne Übergangsstufen, gelten ließen. Es fehlt ihr namentlich, wie jeder Leser sofort bemerken wird, die Tiefe, die erst durch das damals noch wenig bekannte Christentum in die Moral hineinkam und stets nur dadurch hineinkommen wird; aber sie besitzt in erheblichem Grade den natürlichen, auf das Edlere im Leben gerichteten gesunden Menschenverstand, dessen

Entwicklung in jugendlichen Gemütern ein unersetzbarer Hauptzweck der sogenannten „klassischen Bildung" ist.

Von den späteren Schriften dieser Art sind die besten Bunyans Pilgerreise,[1] ein Buch aus der großen englischen Puritanerzeit, und das „Heimweh" von Jung=Stilling, das vor ungefähr hundert Jahren geschrieben wurde. Eigentlich sollten die Lebensbeschreibungen ausgezeichneter Menschen ihren Mitlebenden und Nachkommen diesen Dienst

---

[1] „The Pilgrims progress from this world to that which is to come, London 1678—1684." John Bunyan wurde 1628 als der Sohn eines Kesselflickers in Bedfordshire geboren und betrieb selbst dieses Handwerk. Später war er Parlamentssoldat und zuletzt Prediger einer Baptistengemeinde. Unmittelbar vor der Restauration der Stuarts 1659 wurde er ins Gefängnis geworfen, wo er 12 Jahre zubrachte und in dieser Zeit sein Buch schrieb, das anfänglich nur in den unteren Volksklassen Verbreitung fand, bis es endlich auch von den Gelehrten entdeckt wurde. Macaulay sagt darüber: „Dieses Buch war den Gelehrten und Gebildeten kaum bekannt und fast ein Jahrhundert lang nur die Freude frommer Hüttenbewohner und Handwerker gewesen, bevor es von einem Manne von literarischer Auszeichnung öffentlich empfohlen wurde. Endlich ließen sich Kritiker herab zu untersuchen, wo das Geheimnis einer so weiten und so dauernden Popularität liege, und sie waren genötigt, zu gestehen, daß die unwissende Menge richtiger geurteilt habe, als die Gelehrten, und daß das verachtete Buch wirklich ein Meisterstück sei." Aus dem Mittelalter sind noch „die neun Felsen, Stufen der Reinigung, um der Sündflut zu entgehen" von Rulman Merswin von Straßburg bemerkenswert. Eine israelitische Stufen= folge ist die von Rabbi Pinchas ben Jair, Aboda Sara 20. Jacopone da Todi nennt drei Stufen der Seele. In der ersten lerne sie ihre Sünde erkennen und bereuen, in der zweiten sehe sie die Erlösung durch ihren Erlöser und in der dritten gelange sie durch die Liebe in Gottes Vorhof.

der Wegleitung erweisen; aber es gibt leider wenig gute und vollkommen wahre Schriften dieser Art. Denn nicht allein kennen die Biographen nicht immer die intimsten Erlebnisse der von ihnen Geschilderten, von denen manche sogar nicht einmal in ihrer vollen Bedeutung für sie verständlich zu machen sind, da sie kleine Ereignisse mit großen Wirkungen waren. Die Selbstbiographien aber, die das erzählen könnten, sind gewöhnlich von Eitelkeit befleckt und mitunter die wenigst wahren der Lebensbeschreibungen.[1] Es wird daher im ganzen wohl dabei bleiben, daß in allen diesen Schriften der individuelle Charakter vorwiegt und daß es keine „Methode" des richtigen Lebenslaufes gibt. Das Brauchbarste sind auch hier vielleicht die ganz praktischen Bemerkungen, welche dazu dienen können, den Wanderer auf diesem so begangenen und doch für jeden unbekannten Wege zu ermutigen, wo er müde werden will, oder aufzuklären, wo ihm die Fortsetzung des Weges allzu ungewiß und abweichend von der mutmaßlichen Richtung erscheint.

Zu allernächst ist dabei zu sagen, daß jeder Lebenslauf Stufen hat und keiner, welcher überhaupt einen Wert besitzt, völlig gleichmäßig wie ein klares, murmelndes Wiesenbächlein, oder wie ein künstlich gezogener Kanal in schnurgerader Richtung vom Beginne bis zum Ziel verläuft.[2]

---

[1] Eine ganz mustergültige ist das liebenswürdige Buch „Jugenderinnerungen eines alten Mannes von Wilhelm von Kügelgen."
[2] Sehr wahr und schön ist die richtige Gottesführung in V Mos. VIII, 2—5 und Hiob V, 17 ff. beschrieben.

Keiner aber ist auch vollkommen gleich verlaufend wie der andere und selbst die anscheinend natürlichsten Stufen sind manchmal in verkehrter Reihenfolge vorhanden, so daß es Menschen gibt, die in der Jugend altklug sind und im Alter erst ihre geistige Jugend haben.

Niemals jedoch gibt es ein innerlich gesundes menschliches Leben ohne jede sichtbare Entwicklung, oder mit ganz willkürlichen Sprüngen, oder Pausen in derselben. Ebenso selten aber auch ein ganz normal verlaufendes; sondern in jedem Lebenslaufe sind Fehler vorhanden, die vermieden werden konnten, und Lücken, die später auszufüllen nicht mehr möglich ist.

Denn jede Lebensperiode hat ihren Zweck und ihre Aufgabe. Im Frühling muß der Baum vor allem wachsen und zuletzt blühen, nicht aber schon Früchte tragen; die Früchte, wie man sie an den modernen, absichtlich an ihrem natürlichen Wachstum verhinderten und bloß auf raschen Fruchtreichtum gezogenen Zwergbäumen hervorbringt, erreichen weder die Güte, noch wahrscheinlich die Gesundheit der an ausgewachsenen Bäumen gereisten.

Jede Lebenszeit muß sodann ein ihr eigentümliches Produkt ablagern und im Menschen zurücklassen, die Kindheit die Kindlichkeit, ohne die ein Mensch nie eine vollkommene, wohltätig auf andere einwirkende Erscheinung ist, die Jugend die Frische und den Schwung der Gesinnung, welche die Tatkraft erzeugt, die Mannes= und Frauenzeit die Vollreife aller Gedanken und Gefühle und die Festigkeit des durch die bereits vollbrachten Taten gestählten Charakters. Nur in diesem Falle kann auch das Alter noch sein, was seine würdige Aufgabe ist, nicht die trostlose Dekadenz, sondern der ruhige Besitz und Überblick dessen, was das Leben war und sein sollte, und die Vorbereitung auf eine großartigere weitere Entwicklung.

Wer eine solche Periode überspringt, oder, was häufiger der Fall ist, überhastet und nicht in ihrer Eigentümlichkeit benützt, wird selten oder nie in der Lage sein, dies später nachholen zu können, sondern immer einen sehr fühlbaren Mangel in seinem Gesamtwesen behalten.

Dies zu verhindern ist in jüngeren Jahren Sache der Erziehung, von der wir hier nicht sprechen wollen,[1] in vorgerückter Zeit aber ein Hauptgesichtspunkt der Selbsterziehung, welcher der Mensch die eigentlichen Resultate seines Lebens verdankt, mehr als allem, was andere für ihn tun können.

In Bezug auf seinen allgemeinen Charakter, nach der Seite hin, die man gewöhnlich Glück und Unglück, oder schweres und leichteres Schicksal nennt, zeigt die Erfahrung, daß jedes Leben, meistens sogar sehr deutlich, aus drei Abschnitten besteht, von denen der erste und dritte sich gleichen, der mittlere dagegen ungleich ist. Wer eine schwere, unglückliche Jugend gehabt hat, bekommt leichter ein günstigeres, erfolgreicheres Mannesalter, schwerlich aber ein wolkenloses Ende. Umgekehrt ist die goldene Jugendzeit fast immer der Vorbote von Anstrengungen und Stürmen

---

[1] Vgl. darüber allfällig den Aufsatz „Über die Grundgedanken der schweizerischen Erziehung", im „Politischen Jahrbuch der schweizerischen Eidgenossenschaft", Band VIII von 1893.

Die Stufen des Lebens. 267

in der Mittelpartie des Lebens, welchen ein ruhigerer
Lebensabend folgt. Oftmals trifft dies sogar für die noch
kleineren stufenartigen Unterabteilungen dieser drei großen
Abschnitte ebenfalls zu.[1]

Welches der günstigere Fall sei, kann hierbei zweifelhaft
erscheinen. Sehr tatkräftige und tatenlustige Menschen,
die wesentlich darauf bedacht sind, „die Spur von ihren
Erdentagen in Äonen nicht untergehen" zu lassen, werden
geneigt sein, den größeren Wert auf ein erfolgreiches
Mannesalter zu legen; die sonnigen Menschennaturen aber
bedürfen einer ungetrübten Jugend und ebensowohl einer
rauheren Mittelperiode, wenn sie kräftig genug werden
sollen, um dann im Alter das Vollbild eines ausgereiften,
nach jeder Richtung, soweit es Menschenlos ist, vollendeten
Lebens zu zeigen. Einmal im Leben jedenfalls muß es
der Mensch hart und schwer bekommen, wenn er selber
auf den rechten Weg gelangen[2] und auch Verständnis für
die Lasten anderer gewinnen soll, und am geeignetsten dazu
ist im ganzen doch das kräftige Alter. Auch bleibt, wenn
die Kindheit fröhlich gewesen ist, ein Nachglanz davon für
das ganze Leben bestehen und im umgekehrten Falle ein
bitteres Mißgefühl. Ebenso ist es schwer, im Alter erst
das Allerschwerste ertragen zu müssen.

Gestalten kann man sich dieses Schicksal nicht; in
diesem Punkte wenigstens ist der Mensch sicher nicht seines

---

[1] Napoleon I. und III. sind solche allbekannte Beispiele; im
gewöhnlichen Privatleben sind sie noch häufiger zu sehen, insofern
man dasselbe genau kennt.

[2] I. Petri IV, 12. 13. 17. 19; V, 6.

eigenen Glückes Schmied; nur ist er auch nicht eines blind=
waltenden Fatums willenloser Sklave. Das heißt, er kann,
wenn ihn eine schwere Jugend zu einem nicht ganz sorgen=
losen Alter prädestiniert, auch diesem Geschick seine beste
Seite, durch klarbewußte Ergebung und mutvolle Ausdauer,
abgewinnen, oder wenn er eine schöne Kindheit hinter sich
hat, dankbar dafür, daß es nicht immer so fortging, in
die stürmische Periode der Folgezeit eintreten, welche zur
Stählung seines Charakters notwendig ist. So aufgefaßt
trifft auch bei diesen Schicksalen das kühne Wort voll=
ständig zu, daß denen, die Gott lieben, alle Begebenheiten
ihres Lebens, welcher Art sie auch seien, zum Vorteil
ausschlagen müssen.[1] Bei allen Lebensläufen aber von
denkenden Menschen ist viel Leiden mit viel Gottes=
hilfe, oder dann ohne eine solche mit Vergessen durch augen=
blicklichen Genuß, die Frage, über die sie sich zu entscheiden
haben. Die Nietzsche'sche ohnmächtige Empörung über dieses
Menschenschicksal hilft zu nichts!

Endlich kann man nicht etwas ganz anderes aus sich
machen, als wozu die Anlage vorhanden ist.[2] Es soll
nicht jeder alles werden können, und sogar schon eine sehr
große Vielseitigkeit ist manchmal nur auf Kosten der
Gedankentiefe vorhanden. Sich selbst darin rechtzeitig
und richtig zu beurteilen, um die allfälligen Irrtümer der

---

[1] Brief an die Römer VIII, 28. Hiob XLII, 10.

[2] „Setz dir Perücken auf von Millionen Locken, setz deinen Fuß
auf ellenhohe Socken, du bleibst doch immer, der du bist." Ein=
facher drückt „Jung=Jochen" bei Reuter den Gedanken in seiner
Lieblingsredensart aus „T'is all, as dat Ledder is."

Erziehung zu verbessern, die nur sehr selten den Menschen ganz richtig beurteilt, ist die Hauptaufgabe des entscheidendsten Zeitpunktes im Leben — wenn es ganz normal zugeht, anfangs der Dreißigerjahre, wo der Mensch die letzte Stufe der Erziehung hinter sich hat und nun „nel mezzo del cammin di nostra vita" die Selbsterziehung zum Guten oder zum Bösen beginnt. In diesem Momente des Lebens erkennen die einen mit tiefem Seelenschmerz, daß sie nicht alles das werden können, wozu sie Träume der Jugend, oder Vorurteile der Geburt und Erziehung zu bestimmen schienen, und wenden sich verzweifelnd entweder dem Genuß, oder dem Schein zu. Die andern aber suchen entschlossen den Punkt auf, von dem aus sie ihre eigentümliche Welt erobern können,[1] und verfolgen fortan eine Bestimmung, die ihnen vielleicht an ihrer Wiege nicht gesungen wurde, dennoch aber als die rechte sich erweist.

Im ganzen jedoch sind die Träume der Jugend nicht zu verachten. Meistens entsprechen sie einer unbewußten Anlage und daher auch der Bestimmung des Menschen, die sich anfänglich in phantastischen Zukunftsbildern äußert;[2] insoweit sie nämlich wirklich von innen kommen und nicht Produkte einer falschen Erziehung, oder eines irrigen Glaubens an die Vererbung von Befähigungen sind. Denn

---

[1] Helvetius, ein im ganzen geistloser Schriftsteller, hat darüber eine nicht ganz unebene Abhandlung in seinem Buche De l'esprit, Chap. XVI, unter der Überschrift: „Méthode pour découvrir le genre d'étude, auquel l'on est le plus propre."

[2] So in I. Mos. XXXVII, 5—9.

ziemlich selten vererben sich Befähigungen und sind Söhne großer Männer selbst groß. Es wird ihnen allerdings auch oft durch die Vergleichung schwer gemacht und nicht weniger durch die Eifersucht der Menschen, die geistige Dynastien nicht gern unter sich leiden wollen; darin sind alle Republikaner. Andererseits haben oder nehmen sich sehr bedeutende Männer selten die Zeit, sich mit der Erziehung ihrer Kinder intensiv zu beschäftigen und fallen dieselben gerade in solchen Familien viel öfter, als in weit einfacheren, der Vernachlässigung anheim, insofern nicht eine Mutter einsichtig genug dafür eintritt und nicht selbst zu sehr mit ihrem berühmten und meist sehr anspruchsvollen Gatten beschäftigt ist.

Es ist überhaupt kaum mehr nötig zu sagen, daß die Mütter für die Charakterbildung und Erziehung der Kinder, namentlich der Söhne, das entscheidende Element in der Familie sind und daß die Söhne ihnen auch in der Regel mehr nacharten als den Vätern. Weniger bekannt ist, daß die Söhne sehr oft den Brüdern der Mutter in Charakter und Anlage gleichen, und daß die besten, unter Umständen freilich auch die gefährlichsten aller Jugendbildner die Großmütter von mütterlicher Seite sind.

Mit Sicherheit trifft zu die Verheißung des Unsegens auf in mehreren Generationen nacheinander egoistisch gearteten Familien,[1] und die Erfahrung, daß Lieblosigkeit gegen die Eltern sich durch die eigenen Kinder rächt und

---

[1] Bis in die dritte und vierte Generation haben sie noch Zeit sich zu ändern, nachher nicht mehr. So legen wir das stets gnädige Wort des Herrn in V. Mos. V, 9 aus.

Die Stufen des Lebens. 271

umgekehrt ein Segen eigentümlicher Art diejenigen im Leben begleitet, die ihren Eltern viel Liebe erwiesen haben.

Für das rechtzeitige Eintreten neuer Lebensstufen braucht man, wenn die bisherigen richtig benützt worden sind, nicht zu sorgen; sie zeigen sich in diesem Falle ganz von selbst an durch die innere Aufforderung und zuletzt den bestimmten Willen, weiterzuschreiten, ohne den es auch niemand in einer vorgeschritteneren Stufe wohl sein könnte. Wir können eine für uns noch zu große Aufgabe eben nicht tragen und empfinden sie dann als Stoffleere und Sehnsucht nach den gröberen Bestandteilen des Lebens.[1] Im Gegenteil, es weiß der gottgeführte Mensch in der Regel nicht einmal lange vorher, was er zunächst zu tun hat und wozu er berufen werden wird; er könnte das auch gemeinhin nicht ertragen.[2] Wer aber bereits viele solche individuelle Lebensführungen erfahren hat, der wird zuletzt sicher in seinem Glauben an das Bestehen einer solchen höhern Leitung auch des menschlichen Einzellebens, welche einige Menschen wenigstens „mit Namen kennt,"[3] während

---

[1] Dante, Purgatorio XXI, 64. II. Mos. XVI, 3. IV. Mos. XXI, 5.

[2] I. Sam. XVI, 2. I. Mos. XLVIII, 15. Sacharja II, 8; XIII, 9. Jesaias XXX, 21.

[3] II. Mos. XXXIII, 17. Aller Glaube, der nicht auf solcher persönlicher Erfahrung beruht, ist sehr unsicher und schwankend. Die Sicherheit dieses Erfahrungsglaubens vergleicht Spurgeon mit einer Ansprache der Rhodier vor dem römischen Senat, wobei sie um Hilfe zuversichtlich baten, nicht weil sie von Rom noch wenig, sondern weil sie bereits so viel erhalten hätten, so daß es ganz unmöglich sei, sie noch zuletzt im Stiche zu lassen.

andere — und zwar aus eigener Schuld — nur als Masse, nicht individuell, zählen.

Innere Lebensstufen sind endlich selbstverständlich für diejenigen nicht vorhanden, denen das ganze Leben nichts anderes bedeutet, als essen und trinken und morgen tot sein.[1] Sie bestehen vielmehr nur für die, welche entschlossen sind, aus einem bloß natürlichen, mit vielen anderen Wesen gleichartigen Dasein zu einem wirklich geistigen Leben sich durchzuringen.

Für diese gibt Thomas von Kempen den sichersten Weg dazu in folgendem Dialoge an:

„Mein Sohn, die vollkommene Freiheit des Geistes kannst du nicht erlangen und behalten, wenn du nicht zur vollkommenen Verleugnung deiner selbst durchbringst. Sklavenketten tragen alle, die egoistisch an irgend etwas hängen, die sich selbst lieben, lüstern oder neugierig nach der Außenwelt schwärmen, suchen, was den Sinnen schmeichelt und nicht, was das Reich Christi erweitert, die stets bauen und befestigen wollen, was noch kein Fundament hat; denn der Vernichtung fällt alles anheim, was nicht aus Gott geboren ist. Halte du dich an das kurze, aber viel sagende Wort: „Verlaß alles, so findest du alles." Verabschiede jede Begierde, dann gehst du der Ruhe entgegen. Dies Wort laß dir nie aus dem Sinn kommen, trage es in dir Tag und Nacht; wenn du es zur Erfüllung desselben gebracht hast, dann verstehst du alles."

---

[1] I. Kor. XV, 32. Diese haben nur zwei Lebensstufen, ein möglichst rasches, oft förmlich übereiltes Erreichen physischer Blüte, welcher dann eine lange, immer rascher verlaufende Dekadenzperiode folgt. Wie namentlich Frauen, bei denen die Blütezeit eine kürzere ist, sich mit einer solchen Lebensanschauung begnügen können, ist uns von jeher unbegreiflich gewesen.

Herr, das ist aber keine Arbeit für einen Tag und kein Kinderspiel. In dieser Schale liegt ja der ganze Kern der Vollkommenheit der Gottessucher.

„Sohn, das soll dich nicht zurückschrecken, noch entmutigen, vielmehr reizen, nach dem höhern Ziele emporzuklimmen, oder wenigstens ein herzliches Verlangen darnach zu tragen. Wenn du doch schon so weit wärest, daß du frei von aller blinden Liebe zu dir selbst, bereit und gefaßt wärest, jedem Wink deines väterlichen Obern, den ich dir vorgesetzt habe, zu gehorchen, dann könnte mein Auge mit Wohlgefallen auf dir ruhen und dein ganzes Leben würde in Friede und Freude dahinfließen. Denn sobald du, statt dieses oder jenes nach deinem Eigendünkel zu wünschen, dich ganz und ohne Ausnahme und aus innerstem Herzensgrunde an deinen Gott ergeben und alle deine Wünsche in die Hand Gottes niedergelegt haben wirst, von diesem Augenblicke an wirst du ruhig, und wirst dich eins mit Gott finden, indem dir kein anderes Ding mehr so schmack= haft und wohlgefällig sein wird, wie Gottes Wohlgefallen.

Wer so seinen Sinn in Einfalt des Herzens zu Gott emporgeschwungen und sich von ungeordneter Liebe oder Haß irgend eines geschaffenen Dinges losgemacht hat, der wird allein fähig und würdig, die Gabe der Andacht zu empfangen. Denn wo der Herr leere Gefäße findet, da legt er seinen Segen hinein. Und je vollkommener jemand sein Herz von der Liebe zum Vergänglichen losmacht und sich selber durch gründliches Verschmähen abstirbt, desto schneller kommt diese Gnade, desto tiefer dringt sie ein und desto höher hebt sie das befreite Herz des Menschen empor.

Dann gehen dem Menschen die Augen auf, dann erstaunt er in Entzücken, dann erweitert sich sein ganzes Herz, denn die Hand des Herrn ist nunmehr mit ihm und er hat sich ganz und für alle Ewigkeit in seine Hand begeben. Siehe, so wird ein Mensch gesegnet, welcher Gott von ganzem Herzen sucht und seinen Geist nicht an vergänglichen Dingen kleben läßt."

I.

Es ist alles ganz wahr, was in dieser Zwiesprache gesagt ist; nur ist es nicht bloß nicht die Arbeit eines Tages, sondern auch nicht einer Lebensperiode, vielmehr ein äußerst wachstümlicher Vorgang, der nicht willkürlich beschleunigt werden kann,[1] sondern in vier großen Stufen allmählich sich gestalten und in jeder einzelnen sich gehörig ausreifen muß, wenn überhaupt etwas Rechtes und Wohltuendes daraus entstehen soll. Erzwingen läßt sich darin nichts;[2] Beschleunigung des Wachstums findet nur durch Leidenszeiten statt; die erste Hälfte der jeweiligen

---

[1] Selbst die Wahrheiten sind, wie schon Carlyle sagt, nur für die wahr, welche schon etwas davon verstehen, das sie in den Stand setzt, sie vollständiger zu erfassen. Es ist mit dem richtigen Leben wie mit dem Blühen der Bäume, die Knospen entstehen und schwellen zu ihrer Zeit, und eines schönen Morgens ist die Blüte da, kein Mensch kann sie beschleunigen, auch nicht einmal vorher begreifen. (Ev. Joh. XVI, 12.) Der Mensch kann auch sehr viel leisten, wenn alles stufenweise und nicht zu frühzeitig an ihn kommt. Sonst aber erschrickt er davor und kehrt um. Nur die Heuchler, oder die von sich selbst zu sehr Eingenommenen darf man mit für sie zu hohen Forderungen auf die Probe stellen. Lukas XVIII, 19—23.

[2] Auch der innere Fortschritt des Menschen beruht ganz auf Tatsachen. Man kann ihn nicht lernen, noch weniger bloß durch Phantasie vollziehen. Wir müssen wohl unseren vollen Willen und unsere ganze Kraft dazu hergeben; dann aber braucht es immer noch einen von unserem Willen unabhängigen Vorgang, einen Machtspruch von oben, daß „die Zeit erfüllet sei."

Arbeit ist meistens die schwerere; von dort ab geht es schneller und leichter dem Ende zu.

Die erste Stufe ist das Suchen nach einer Philosophie und die Unbefriedigung mit den gewöhnlich vorhandenen Weltanschauungen, welche mit den Worten des Propheten Hosea II, 7, oder des Ev. Lucae XV, 17 schließt. Die zweite ist die Wendung zur ewigen, übernatürlichen Wahrheit, wie sie Jesaias in Kap. XLV, 22 verlangt; die dritte das neue Leben, welches daraus in vielen Abschnitten sich allmählich ausgestalten muß, und die letzte hat die Verheißung des Propheten Sacharja XIV, 7 „auf den Abend wird es licht sein."[1] Aus der ersten muß der jugendliche Mensch mit reinem, auf das Ideale gerichtetem Sinn, ohne die Brandmale der Unsittlichkeit im Gewissen,[2] mit Lust zur Arbeit und mit einer erheblichen Anzahl nützlicher Berufskenntnisse[3] hervorgehen. Die zweite Periode ist, wenn sie richtig verläuft, der Erwerbung von drei wichtigen Dingen gewidmet: bürgerliche Stellung, Ehe edler Art, gesunde religiös-philosophische Lebensanschauung. Die dritte Stufe ist die der Bewährung in dem Kampfe des Lebens, die eigentliche Lebensarbeit, die vierte die Krönung

---

[1] Der Nachruf solcher Menschen nach ihrem Tode endlich ist in Daniel XII, 3 enthalten.

[2] Daß dies nur bei Töchtern und nicht ganz ebensosehr auch bei Söhnen für nötig erachtet wird, ist eine der weitaus größten Ursachen des Verfalles unserer jetzigen Völker.

[3] Dem sogenannten „Schulsack", der nur zu oft heutzutage viel Unnützes, bald wieder Vergessenes enthält, oder sogar zum Teil mit „Schulbetrug" ausgestopft ist.

des Lebens durch den wahren Erfolg und zuletzt der Übergang aus demselben in einen erweiterten Wirkungskreis.[1]

Es ist von vornherein klar, daß dieser Entwicklungsgang wesentlich auf Selbsterziehung beruht und gewöhnlich in der Lebensperiode seinen Anfang nimmt, in welcher ein jeder ernstere Mensch der „favole del mondo" müde und in derjenigen Gemütsstimmung ist, in welcher Dante sein großes Gedicht mit den Worten beginnen läßt: „Im Mittelpunkt des Menschenlebens fand ich mich in einen dunkeln Wald verschlagen." Oder in welcher die h. Theresia sagt: „Meine Seele war versunken in den Traum von den irdischen Dingen; aber es hat dem Herrn gefallen, mich aus diesem Todesschlummer zu wecken, und ich flehe ihn an, mich nicht mehr dahin zurückfallen zu lassen." Was die Erziehung bis dahin tun kann, ist in Bezug auf das innere Leben bloß vorbereitender und prophylaktischer Natur und besteht darin, den jungen Menschen sowohl von einer ganz materialistischen Weltanschauung, wie von einer bloß formalen Religion fernzuhalten, die ihm beide den spätern Zugang zu einer wirklichen philosophisch-religiösen Überzeugung erschweren. Sowohl aus solchen Kindern, die

---

[1] Offenbg. II, 10. 11; VII, 14—17; XXI, 3—8; XIX, 6. Röm. VIII, 13. Der Mensch muß aus diesem Leben mit gebrochener Kraft, aber als Sieger gegen die ganze Macht des Bösen hervorgehen. I. Mos. XXXII, 25—28. Ebräer X, 26—39. Diese Welt ist die Stätte der Selbstveredlung, der Lösung geistiger und sittlicher Aufgaben; daher ist ein Augenblick des Besserwerdens wichtiger als alle Freude. In einer andern Welt erwarten wir die volle seelische Befriedigung als dauernden Zustand. (Hirsch, Gebete Israels 488.)

rein naturwissenschaftlich erzogen worden sind,[1] als aus denen, die zu früh und zu viel vom Christentum gehört haben, oder angeleitet worden sind, dessen Ausdrücke und religiöse Handlungen mechanisch, oft sogar widerwillig, zu gebrauchen, werden nur selten noch Menschen, die später den Weg des Friedens finden können. Besonders ist es Aufgabe der Erziehung, die junge Seele von der Befleckung durch Unsittlichkeit frei und einem reineren Leben, als der bloß sinnlichen Auffassung desselben, zugewandt zu erhalten. Denn es gibt nichts, was den Boden, auf welchem später die edle Pflanze einer wahren Religion Wurzel fassen und gedeihen soll, dazu untauglicher macht, als die Gewalt der Sinnlichkeit. Die Schwungkraft der Seele wird dadurch gebrochen und regeneriert sich, wenn überhaupt, nur schwer und teilweise wieder. Dabei kommen wir auf den anderswo schon ausgesprochenen Gedanken zurück, daß für die Erziehung der höher auszubildenden männlichen Jugend wenigstens (nach unserem Dafürhalten übrigens auch für deren Mütter und erste Erzieherinnen) die sogenannte klassische Bildung unentbehrlich und im ganzen sogar dem gewöhnlichen Religions- oder Moralunterricht vorzuziehen sei.[2] Das Christentum kommt dann später leicht von selbst,

---

[1] Die einseitige naturwissenschaftliche Bildung namentlich läßt leicht das eigene Ich in einer gottlosen Welt voll gewaltiger, ihm dienstbar zu machenden Kräfte als den einzigen sichern Anhaltspunkt erscheinen.

[2] Eine Reform der klassischen Lektüre, und zwar vom Standpunkte ihres Inhalts, nicht ihrer Formvorzüge ausgehend, wäre dabei allerdings eine Notwendigkeit.

wenn jemand diese Schulstufe der klassischen Philosophie
redlich durchwandert hat, die nicht die letzte Stufe sein
kann und soll, und es trägt, wie dies ja seiner Zeit auch
in der Weltgeschichte sich zeigte, auf dem klassischen Boden
seine schönsten Früchte. Namentlich wird ein klassisch ge=
bildeter Geist niemals in die bloße Kirchlichkeit und noch
weniger in die Geschmacklosigkeiten, oder sogar Tändeleien
versinken können, welche, so sehr sie der ersten, durchaus
großartigen, Gestalt des Christentums widersprechen, den=
noch seiner ganz gewöhnlichen Auffassung, zum größten
Nachteile seines Kredites, anhängen.

Auch enthält das Christentum ohne allen Zweifel ein
weltabgewandtes Element, das der Erziehung eines ganz
jungen, noch auf Wachstum aller geistigen Fähigkeiten
angewiesenen Menschen nicht so zuträglich sein kann, als
der späteren Selbsterziehung.[1] Man kann sogar sagen: ein

[1] Was die Kinder wesentlich brauchen, ist nicht Religion,
sondern eine reine Atmosphäre, um darin aufzuwachsen und nichts
Böses und Unwürdiges vor Augen zu haben. Die christliche
Erziehung ist wesentlich Selbsterziehung und kann erst beginnen,
wenn die Überzeugung von der Unzulänglichkeit der menschlichen
Vernunft und Kraft dem Menschen durch Erfahrung klar geworden
ist. Das „Ohne mich könnt ihr nichts tun" versteht noch kein
junger, aufstrebender Mensch. Ebensowenig die Unmöglichkeit, das
sinnliche Prinzip in sich zu Gunsten des geistigen ganz aus eigener
Kraft zu überwinden. Noch weniger die Verwerflichkeit des eigenen
Willens und der Eigenliebe überhaupt, die auf einer spätern
Lebensstufe zu den notwendigsten Einsichten gehört. Eine solche
frühreife Auffassung verleiht der Jugend ein Greisenantlitz und gehört
nicht in den naturgemäßen Entwicklungsgang. Die christliche Dog=
matik hat für die Jugenderziehung nur einen geringen Wert. Jakob

Die Stufen des Lebens. 279

körperliches Wohlgefühl, das aber keineswegs die höchste menschliche Empfindung und Bestimmung ist, und ein gewisser Trieb menschlicher Erhöhung, welcher später an der wahren Demut des Christentums seine Schranke findet, ist dem Wachstum der Jugend natürlich, ja notwendig, und auch deshalb entsprechen dieser Periode die klassischen Beispiele und Ideale (allerdings auch diejenigen des Alten Testaments) besser, als diejenigen der christlichen Ära. Nur muß die klassische Erziehung den Lebensverhältnissen der Menschen angepaßt sein, oder es müssen diese Lebensverhältnisse gleichzeitig gehoben werden können, sonst macht sie die Menschen auch oft unzufrieden mit ihrem Schicksal.[1] Ja es ist selbst wahr, was der alte Flattich mit den naiven Worten sehr richtig bezeichnet, „die Jugend muß vertobt haben, aber nicht bös", und für diejenigen, welche diese Periode nicht in der Jugend haben, kommt sie sehr oft nachher, nur schlimmer und heimlicher.

Wenn die Erziehung im stande ist, in dem jungen Menschen einen dem Idealen zugewandten Sinn zu pflanzen

---

Böhme (von wahrer Gelassenheit) sagt: „Darumb ist alles Spintifieren und Forschen von Gottes Willen ohne Umbwendung des Gemütes ein nichtig Ding. Wann das Gemüte in eygener Begierde des irdischen Lebens gefangen stehet, so mag es Gottes Wille nicht ergreiffen, es läuffet nur in der Selbheit von einem Wege in den andern und findet doch keine Ruhe."

[2] Danton sagte 1793, er habe eine gute Erziehung gehabt und nachher keinen Platz, der derselben entsprach; daher seien er und viele andere Revolutionäre geworden. „L'ancien régime nous y a forcés, en nous faisant bien élever sans ouvrir un débouché à nos talens." Etwas, was auch heute wieder öfter vorkommt.

und ihm einen Abscheu gegen alles Gemeine, neben einigen guten Lebensgewohnheiten,[1] beizubringen, so hat sie ihre wesentlichste Pflicht getan. Jetzt will sie zwar mehr, leistet aber in Wirklichkeit viel weniger.

Namentlich müssen am Schlusse der ersten Lebensperiode dem jungen Menschen zwei Dinge klar werden! Erstens erreichen die Menschen innerhalb der Schranken bestehender Naturgesetze sozusagen alles, was sie ernstlich wollen. Nur müssen sie rechtzeitig anfangen, konsequent verfahren und vor allen Dingen — nicht zwei Hasen auf einmal jagen wollen. Um reich, berühmt, gelehrt, oder tugendhaft zu werden, dazu braucht es in jedem Falle ein einheitlich geordnetes Streben, das keine Konkurrenz eines Nebenzweckes duldet. Man muß also wissen, was man will, und das Rechte wählen, so frühzeitig als möglich. Dann „wächst der Mensch — von selber — mit seinen größeren Zwecken." Ohne dieselben wird er vergeblich in den künstlichen Treibbeeten der Erziehung zu gestalten versucht.

---

[1] Besonders Arbeitslust, Aufrichtigkeit, Edelmut und Treue. Der Glaube ist bloß vorzubereiten. Die Erziehung ist nach unserem Dafürhalten überhaupt nicht so wichtig, als man sie gewöhnlich darstellt, und sehr vieles von dem großen Gerede darüber ist wertlos. Ein Mensch mit der allerbesten Erziehung wird nichts Rechtes ohne nachfolgende Selbsterziehung; die schlechteste Erziehung aber kann durch eine solche noch verbessert werden. Jede Erziehung ist schlecht, die mit Ermüdung und Abstumpfung der Lust zur eigenen Fortbildung abschließt, und das ist gerade der Fehler der jetzigen Erziehungsmethode, den sie durch keine andern Vorzüge ausgleichen kann. Solange sie uns nicht wieder gesunde junge Menschen mit energischer Lust zu allem Guten, Großen und Schönen schaffen kann, sind wir für sie nicht unbedingt zu begeistern.

Die Art und Weise, in welcher dieser anfänglich nicht unberechtigte **Subjektivismus** aufhört, ist eine zeitlich und ursächlich nicht genau bestimmte. Die Veränderung beginnt gewöhnlich mit Ahnungen, etwaigen starken Eindrücken, oft bloß durch einzelne Worte hervorgebracht, die bald von Menschen scheinbar zufällig gesprochen, häufiger aber noch aus Lektüre geschöpft werden. Bücher, die dem Menschen ganz zur rechten Zeit in die Hand fallen, sind jetzt meistens das Werkzeug des Aufgebotes zu einem höheren Leben, wie es Hiob im Kap. XXXIII, 29. 30 schreibt. Manchmal sieht sich auch die Seele in gehobenen Momenten plötzlich in eine ganz andere Stufe versetzt, als die, auf welcher sie wirklich lebt. Sie erblickt, wie es oft dem Wanderer in den Bergen geschieht, eine neue schöne Gegend ganz nahe vor sich, die aber noch durch einen ungeheuren Abgrund, über den nur ganz unten in der Tiefe eine Brücke führt, von dem gegenwärtigen Standpunkte getrennt wird.

Es kommen auch einzelne Lebenserfahrungen schon in dieser Periode vor, die zu den seltsamen, schwer zu beschreibenden, jedenfalls aber nicht notwendigen gehören.[1] Die mystischen Schriftsteller sagen darüber, es gebe drei Arten der nähern Verbindung mit dem Göttlichen: Die ganz ordnungsmäßige, wie sie schon das Alte Testament nennt,[2] durch Ergebung und aufrichtige Liebe, eine Vereinigung, die stets offen bleibt, die nichts unterbrechen kann, als das eigene gegen den Willen Gottes gerichtete Wollen, und die sich sofort wiederherstellt, sobald der übereinstimmende Wille

---

[1] II. Kor. XII, 1—4.
[2] I. Mof. IV, 7; XVII, 1. V Mof. VI, 4. 5.

wieder vorhanden ist. Eine außerordentliche, durch die Andacht, die aber auch nichts künstlich Gemachtes sein darf, sondern nur eine noch größere Zuneigung des Herzens ist, welche mit Geduld und Demut die Antwort erwartet, die Gott darauf vielleicht geben will.[1] Endlich eine noch mehr empfindliche, meistens ganz unerwartet eintretende Gottesnähe, welche aber von allen dreien am wenigsten nötig und wichtig für den innern Fortschritt ist.[2]

Das Ende der ersten Lebensstufe ist nicht befriedigend, kann und soll es auch nicht sein.[3] Es ist eben

[1] „Vor Gott der bisherigen Unzulänglichkeit bewußt zu werden, um im Vertrauen auf den Beistand der göttlichen Gnade stets mit neuem Ernst und neuer Frische wieder ins Leben hinauszutreten zu rastloser Weiterarbeit, dazu soll das Gebet uns neuen Ansporn und neue Kraft gewähren. Nicht im Gebet, sondern im Leben sich vor Gott zu begreifen ist des Gebetes Ziel." (Hirsch, Gebete Israels, Einleitung.)

[2] Christus, sagt ein solcher Schriftsteller, habe selbst diese dritte Art nicht immer (selbst an seinem Todestage nicht) gehabt, und die zweite öfters in der Stille der Nacht einsam auf einem Berge suchen müssen; die erste aber immer und diese sollen wir daher auch am meisten suchen. Die entgegengesetzte Wertschätzung dieser drei Vereinigungsarten führt oft auf Abwege und zu krankhaften Zuständen, die uns an der Vollendung unserer hiesigen Aufgabe mehr hindern, als darin fördern.

[3] Die selbstzufriedenen jungen Leute, die am Ende derselben erreicht haben, was sie wollten (was meistens in einer Stellung im Leben, oft einer Heirat, oder dergleichen besteht), sind am allerweitesten von dem rechten Wege entfernt. Selbstzufriedenheit in der Jugend ist immer ein sehr schlechtes Zeichen für die weitere Zukunft, und es ist eine große Ungnade Gottes, wenn man nicht daraus aufgerüttelt wird durch rechtzeitiges Unglück. Vgl. Jeremias

jeder Subjektivismus eine Denkungsart, die mit Un=
befriedigung endet, und je edler die Seele geartet ist, desto
schneller und gründlicher verfällt sie derselben. Dazu tritt
sehr oft ein gewisses, fast rätselhaftes äußeres Mißlingen,
dessen Grund ein israelitischer Prophet sehr plastisch angibt.[1]
Es ist die richtige Gnade Gottes, wenn einem Menschen
jeder falsche Weg, den er einschlagen will, mit Dornen
verzäunt ist, oder er, nach einem ebenfalls israelitischen
schönen Gleichnis,[2] wie eine Rose, rings von Dornen um=
geben, seine Richtung nur noch gerade hinauf in die Höhe
nehmen kann. Es sind das die Leiden der Jugend, für
die man später am dankbarsten wird.

Dennoch bemächtigt sich der Seele dadurch eine gewisse
Traurigkeit, und es werden nur wenige ausgezeichnete
Menschen zu finden sein, die in ihrer Jugend nicht zeit=
weise an Melancholie gelitten haben. Selbst im besten
Falle leben sie in dem Gefühl, das Goethe mit den Worten
schildert:

So still und sinnig? Es fehlt dir was, gesteh' es frei.
„Zufrieden bin ich, aber es ist mir nicht wohl dabei."

XLVIII, 10—12. Die Aufgabe dieser Periode ist zu suchen und
selbst zu finden zuletzt, nicht alles von anderen bloß anzunehmen.
Aber, wie Cromwell am 25. Oktober 1646 an seine Tochter, Frau
Freton, schreibt: „to be a seeker is to be of the best sect next
to a finder and such an one shall every faithful humble
seeker be at the end."

[1] Hosea II, 6.
[2] Hohelied II, 2. Vgl. darüber Hirsch, Psalmenkommentar,
zu Psalm LX, Eingang.

Das Leben ist aber, das sieht jede tapfere junge Seele auch ein, nicht dazu da, um immer nur „still und sinnig" zu sein, und ebensowenig, um sich in trostlosem Klagen, oder die Seelenkräfte aufzehrendem Pessimismus zu erschöpfen. Es sind das Übergangszustände, die vorkommen müssen, und ein neues Leben muß auch daraus hervorgehen, aber, das fühlt man wohl, es liegt noch zuerst ein Tod dazwischen.

Es ist dies die Aufgabe des auf das selbstsüchtige Leben gerichteten eigenen Willens, auf welchen der Mensch so schwer verzichtet, daß Calvin darauf die Lehre von einer förmlichen Prädestination[1] der einen zu dieser Entwicklung des wahren Seins, der andern zum Verluste desselben gründen konnte. Jeder Tod aber ist denen, die den Keim eines ewigen Lebens in sich tragen, nicht Zweck, sondern Mittel zu einer neuen höheren Lebensentwicklung. Wer diese Hoffnung nicht festhalten kann mit der Zähigkeit, mit der Hiob sich an sie klammert,[2] und doch in der Sinnenwelt keine

---

[1] Sie hat rein praktisch genommen so viel Wahrscheinliches, manchen Lebenserfahrungen Entsprechendes für sich, daß man oft in große Versuchung gerät, sie für wahr zu halten. Es kommt früher oder später in jedem richtig verlaufenden Menschenleben ein Moment, wo das starke Wort der h. Catterina von Genua „Aller eigene Wille ist Sünde" Wahrheit wird. Nur muß dann in ihm bereits ein anderer, höherer Wille mächtig geworden sein, der ihn zum Handeln bewegt, sonst versinkt er leicht in die quietistische Apathie, welche Christus in dem Gleichnis von den Pfunden verurteilt. (Matth. XXV, 25 ff.) Das letzte Stadium dieses Zustandes beschreibt gut das Lied „Erleucht' mich, Herr, mein Licht", von Buchfelder, Pfarrer in Emden, † 1711, Nr. 237 im Gesangbuch der Brüdergemeinde.

[2] Hiob XIX, 25.

Befriedigung mehr finden kann, der verfällt nun dem trüben Asketismus, der stets an seinem Grabe schaufelt, oder der eitlen Zwiesprache mit seinem Weltschmerz in Tagebüchern und Briefen, oder der unklaren buddhistischen Sehnsucht nach einem Nirwana, oder endlich einer der sonstigen vielgestaltigen Verirrungen des menschlichen Geistes, die alle nur darin übereinstimmen, daß sie den rechten Weg als einen unmöglichen, oder phantastischen betrachten.

An diesem Punkte des Lebens heißt das Losungswort eine Zeitlang: Durch!

II.

In der Mitte ungefähr des menschlichen Lebens[1] tritt, und oft gerade bei den besten und erfolgreichsten Lebensläufen am schnellsten, ein Moment der Unbefriedigung mit allem bisher Erreichten ein. Bei den gebildeten Klassen ist dies mehr der Fall, als bei den andern, weil der fortdauernde Kampf um die Existenz diesen letztern die Unbefriedigung zum Teil erspart und den Weg, aus derselben sich zu befreien, deutlicher zeigt.[2] Wer vollends in dieser Zeit einmal an den Ausgangspforten des irdischen

---

[1] Gewöhnlich im Anfang der Dreißigerjahre. Dante, Inferno Gesang I.

[2] Der Anfang des „Faust" kennzeichnet diesen Moment der Empfindung einer Leere des Daseins ganz richtig, aber der Fortgang und Ausgang des ganzen Gedichtes ist unrichtiger. Noch wahrer für unsere Zeit ist das Wort der Annette von Droste:

Daseins stand, dem erscheint alles menschliche Wesen buchstäblich nichtig, und er würde sich niemals mehr mit demselben befreunden, auch in seinen höchsten Leistungen nicht, wenn es nicht der Klugheit dieser Welt nachträglich gelänge, ihm wieder den Glauben beizubringen, es seien dies nur krankhafte Empfindungen, die mit einem robusten Lebensgefühl überwunden werden müßten.[1] Allerdings müssen sie das, aber nicht ohne daß ein wahrer Tod des eigensüchtigen Wesens vorangeht, auf den eigentlich das meiste in jedem menschlichen Leben ankommt, wenn auch dieser Vorgang nicht immer in ganz gleicher Form eintritt. Gleich ist aber das Gefühl aller edleren Seelen, daß sie mit ihrem „Besserwerdenwollen" nicht vorwärts kommen, sondern in sich selbst und in der sie umgebenden Welt täglich neue Hindernisse finden, und daß ihnen in ihrer eigenen Natur zwar nicht die Phantasie, aber die Kraft fehlt, um ein wahrhaft menschenwürdiges Dasein zu erreichen. Das sind Zustände, die oft jahrelang andauern;

„Ich habe dich in der Natur gesucht,
Und eitles Wissen war die leere Frucht.
O Gott, du bist so mild und bist so licht,
Jetzt such' ich dich in Schmerzen — birg dich nicht."

Es ist sehr gefährlich, wenn ein junger Mensch ganz ohne schwere Prüfungen bleibt und in größere Stellungen kommt, bevor er seinen natürlichen Egoismus und seine Eitelkeit prinzipiell abgelegt hat. Daraus entstehen die meisten verfehlten Lebensläufe.

Der zweite Teil des „Faust" drückt dies aus, und von diesem Punkte ab ist die Vergötterung der Wissenschaft und Kunst („science sans conscience") die Klippe, an der manche Menschen vollständig scheitern.

aus ihrer späteren Periode stammen Gedanken, wie die folgenden, welche diesen Vorgang mit einer Bergfahrt vergleichen:

„Bergfahrt."

„Ich hab's gewagt nun, Herr, in deiner Kraft.
Mein irdisch Erbe ist dahingegeben.
Es fällt die Axt den Baum im vollen Saft,
Der Tod verschlingt jetzt rettungslos das Leben.

Auf dein Wort, Herr, im Glauben ist's geschehn,
Der Antrieb und die Bürgschaft war ein Glauben;
In dichtem Morgennebel stehn die Höhn,
Die mir die Aussicht auf das Drüben rauben.

Bis hieher kam ich — rückwärts kann ich nicht,
Des Pfades Spur will bloß mehr aufwärts leiten;
Ein Dunkel seh' ich hinter mir, und Licht
Und Ausgang find' ich nur im Vorwärtsschreiten.

Halt ein, mein Herz, Minuten; doch zurück
Schau nicht auf Täler, die du nun verlassen.
Laß fahren das geringe Erdenglück,
Jetzt auf, die letzte Höhe zu erfassen!"

Nicht immer jedoch führt diese Bergfahrt zu dem wirklichen Gipfel, für welchen sie bestimmt ist, selbst bei den Besten nicht, und auch hier ist man oft versucht an eine Prädestination zu glauben. Ein anderer Berggipfel, den sie mitunter auch erreicht, ist ein edler Skeptizismus, wie ihm Gottfried Keller mit den rührenden Worten Ausdruck gibt, daß man einmal im Leben an den Gedanken eines wahrhaften Todes sich gewöhnen müsse und dadurch, wenn man sich dann zusammennehme, kein schlechterer Mensch werde.[1] Gewiß nicht, nur kein vollkommen befriedigter, dessen Durst nach Wahrheit und ewigem Leben gestillt ist; das erreicht die schönste skeptische Philosophie nimmermehr.[2] Noch höher steht der zweifelnde Gedanke in „The holy Grail" von Tennyson:

„That most of us would follow wandering fires.
Then every evil word I had spoken once
And every evil thought I had thought of old
And every evil deed I ever did
Awoke and cried: This quest is not for thee."

Über diesen Gedanken würden sogar gerade die ernstesten und aufrichtigsten Seelen nie hinauskommen, ohne die Lösung, die der englische Dichter am Schlusse dieses tiefsinnigen Gedichtes selber mit den Worten gibt:

„Let visions of the night or of the day
Come as they will and many a time they come,
Until this earth, he walks on, seems not earth,
This light that strikes his eyeball is not light,
This air that smites his forehead is not air,

[1] Brief an Baumgartner vom 28. Januar 1849. Der letzte Grund dieses Ausgangs liegt in dem Wort des Mönchs Ambrosius an den Ritter Parzival: „O Son, thou hast not true humility, the highest virtue, mother of them all." Sehr selten ist dieselbe mit dem Erfolg in Wissenschaft oder Kunst verbunden.

[2] Das ist der eigentliche sichere Beweis der Wahrheit des Christentums. Ev. Joh. V, 6; IV, 14. Die weitaus größere Zahl der heutigen Verächter von Religion und Philosophie kennen beide gar nicht hinreichend. Sie wären nicht in der Lage zu behaupten, daß sie jemals weder die Bibel, noch ein ernsthaftes philosophisches Werk aufmerksam gelesen haben. Sie verwerfen beides unbesehen.

But vision -— yea his very hand and foot
In moments when he feels he cannot die
And knows himself no vision to himself,
Nor the high God a vision, nor that One,
Who rose again."

Es ist sehr sonderbar, daß eine Sache, die seit fast zweitausend Jahren besteht, welche die Geister von Millionen von Lehrern und Schriftstellern bereits beschäftigt hat und die noch immer mit großen Mitteln und Anstrengungen über Meere getragen und den mit ihr unbekannten Völkern gepredigt wird, in ihrem eigenen Herrschaftsgebiete und unter den gebildetsten Völkern der Erde unbekannt geworden ist. Oder können und wollen wir behaupten, daß der Geist, oder sagen wir lieber noch der Sinn des Christentums in unseren europäischen Staaten ein allgemein bekannter und anerkannter sei?

Wie entfernt davon halten die einen, mitten in der sogenannten Christenheit, das Christentum ganz wie der römische Prokurator für eine Art von mehr oder weniger unschädlichem Aberglauben an „einen verstorbenen Jesus, von welchem Paulus sagt, er lebe",[1] andere für eine Gesellschaft, zu der man anständigerweise gehören muß, ohne ein weiteres Interesse daran nötig zu haben, dritte für eine Priesterherrschaft, die sie entweder, aus mehrenteils äußerlichen Gründen, verehren oder verabscheuen. Noch andern ist es eine Wissenschaft, die man Theologie nennt und in die einzudringen es sehr langer Studien und vieler Examina bedarf. Und wenn man erst an

---

[1] Ap.-Gesch. XXV, 19.

die Einzelheiten in diesem „Lehrgebäude" kommt, so sind nicht viele unter den Gelehrten darüber ganz einig, was Glaube, oder Gnade, oder die Bedeutung des „Opfers Christi" sei, ob es eine Prädestination und eine Ewigkeit der Strafe, oder eine „Wiederbringung aller Dinge" gebe, oder welches die methodischen Stufen seien, auf denen zum Heil geschritten werden müsse. Jeder, der sich in diese Labyrinthe des theologisch=philosophischen Denkens wagt, ohne ein sehr entschiedenes Streben nach der höchsten Wahrheit und einen sehr gesunden Menschenverstand zu= gleich zu besitzen, ist in augenscheinlicher Gefahr, das eine oder das andere einzubüßen. Und so haben es auch in unserer Zeit Tausende der gebildetsten Menschen aufgegeben, etwas weiter zu prüfen, was nur mit Mühsal, Streit, Zweifel, Verzicht auf den natürlichen Lebensgenuß verbunden zu sein scheint, um am Ende doch zu nichts anderem, als zu irgend einer Menschenknechtschaft, ohne eine bessere Gewißheit als vorher, zu führen. Das Christentum ist jetzt für den größeren Teil der Christen eine Kirchen= und Schullehre, die man anhört, solange man muß, und von der sich ein gebildeter Geist sobald als möglich innerlich befreit, wenn er auch äußerlich noch glaubt sich in einmal weltgeschichtlich gewordene Formen des sozialen Lebens ein= fügen zu lassen.

Die einfache Antwort darauf ist die, daß wir das Christentum weder entbehren, noch ersetzen können.[1] Wir

---

[1] Es ist die einzige historisch begründete Idealität. Wir müssen eben unser Heil auf Tatsachen gründen, nicht auf Phantasien, und die weltgeschichtliche Tatsache ist die, daß „das Heil von den

wissen nicht, und es wäre überflüssig es untersuchen zu wollen, was aus der zivilisierten Welt geworden wäre, wenn es seiner Zeit nicht in derselben erschien;[1] gewiß aber ist, daß man es jetzt nicht mehr aus derselben entfernen, oder ignorieren kann, sondern mit ihm als mit etwas Bestehendem und wissenschaftlich nicht ganz Erklärbarem rechnen muß. Es kann zwar der Wissenschaft nicht verwehrt werden, alles was wißbar ist, möglichst genau zu ermitteln und ebenso den Kreis des Wißbaren möglichst weit auszudehnen; das ist ihr Recht und ihre Pflicht. Es gehört dazu sogar in einzelnen Geistern eine Vermutung, daß alles wißbar sei, was den Menschen angehe, und jedenfalls alles mit der Zeit wißbar gemacht werden könne. Darauf beruht ein wesentlicher Teil des Mutes und der Ausdauer in der wissenschaftlichen Forschung. Aber ebensowenig darf es verboten sein zu bezweifeln, daß es gelingen werde, die menschliche Natur in allen ihren Beziehungen zu dem gesamten Sein und im Zusammenhang aller Dinge vollständig zu ergründen, sondern es ist

---

Juden kommt" (Ev. Joh. IV, 22) und niemals auf andere Weise mehr begründet werden wird. Das Verlangen der heutigen Generation nach tatsächlichem Geschehen auch in der Religion, statt des bloßen kirchlichen Zeremoniells, oder gar eines bloßen geistlichen Geredes, ist aber ein berechtigtes und im Grunde hoffnungsreiches, den Zeitaltern eines toten Glaubens bei weitem vorzuziehendes. Die Psalmen XC, LXXXIII, LXVIII, CXVI drücken eine solche Sehnsucht aus, wie sie heute in vielen Herzen besteht.

[1] Man kann darüber zwar eine ziemlich klare Vorstellung aus den Schriften der ersten römischen Kaiserzeit bekommen, ebenso aus den Briefen des Apostels Paulus an die Römer und die Korinther.

Pflicht, gerade der Gebildeten, auch darin festzustehen und namentlich den Übermut abzulehnen, mit welchem mangelhafte Kenntnisse, oder gar bloße Hypothesen an die Stelle der innern Überzeugung von übersinnlichen Dingen gesetzt werden wollen.

Die Menschheit würde, so hoch sie die Wissenschaft und ihren beständigen Fortschritt zu schätzen Ursache hat, dennoch einen großartigen Rückschritt machen, wenn man aus dem Gebiete ihres Lebens und aus den Motiven ihres Handelns alles das beseitigen könnte, was wissenschaftlich nicht nachweisbar ist. Dieses Ideal vieler Gebildeten unserer Zeit ist ein falsches und jedenfalls ein sehr dürftiges.

Unser Wissen ist und bleibt Stückwerk. Wir können schwerlich jemals auch nur alles wissen, was uns betrifft, und die stärksten Motive unserer besten Handlungen stammen ebenfalls nicht aus dem Gebiete des Wissens; sonst müßten die gelehrtesten Leute auch immer die vollkommensten sein, was keineswegs der Fall ist. Unser geistiges Ich wurzelt vielmehr in dem Unerklärlichen, und es ist erfahrungsgemäß, daß es, wenn ihm dies in Bezug auf den Glauben entzogen werden will, den Verlust durch irgend einen Aberglauben wieder einzubringen versucht.

Von allen Gegenständen des Glaubens ist aber der Glaube an Christus der historisch begründetste, menschlich verständlichste und persönlich als Wahrheit am leichtesten erfahrbare.[1] Wenn er das alles wirklich in einem Menschen

---

[1] Christus ist eben die historische Erscheinung, durch welche uns Gott mit einer Tatsächlichkeit nahe getreten ist, die sich nicht in einen bloßen Gedankenvorgang, oder Schulbegriff auflösen

Die Stufen des Lebens.

auf alle Dauer nicht ist, so liegt der Grund in dessen eigenem Wollen, oder Nichtwollen, wofür das Evangelium des Johannes den sehr richtigen Ausdruck findet.[1] Auch Luther sagt daher ganz mit Recht: „Weil das Wort Gott

läßt. Es ist vielmehr eine nicht mehr zu beseitigende geschicht=liche Tatsache, daß ein solcher Gesandter Gottes lebte und eine Weltanschauung verkündete, die sich nun bereits in Millionen als eine innerlich befriedigende ausgewiesen hat und jedenfalls durch keine andere überboten, oder auch nur annähernd ersetzt werden konnte. Wie das Glücksverlangen der unabweisbarste Trieb der menschlichen Seele ist, so erfolgt seine Stillung seither am sichersten auf diesem Wege. Dieser Glaube macht erfahrungsgemäß glück=lich; außerhalb desselben gesucht, bleibt das Glück mindestens eine unsichere Sache. Ohne Zweifel aber fehlt es uns noch an einer eigentlich historischen Darstellung dieser tatsächlichen Vorgänge und ebenso an einer wirklich psychologischen Auffassung des innern Lebens=ganges dieses Befreiers, die noch nicht außerhalb jeder Möglichkeit einer Begründung liegen würde. Die beste Anknüpfung dazu bieten seine eigenen Worte in Ev. Joh. III, 34. 36; X, 34—38; V, 22—24. 30; VI, 63. 65; VII, 17; IX, 39; XIV, 23. Den aufrichtigen Seelen aber, die sich in den geheimnisvollen Teil dieses äußern und innern Lebens (den in geringerem Grade übrigens jedes in=tensive menschliche Leben hat) nicht sofort zu finden wissen, gibt er selbst den besten Trost in Lukas XII, 10 und Matth. XII, 32, den ihnen kein kirchlicher Übereiferer jemals verkümmern darf. Denn die Aufrichtigkeit ist in allen religiösen Dingen bei weitem die Haupt=sache; gezwungen darf im Gottesreiche auf Erden niemand werden, und ein unaufrichtiges Bekenntnis ist ein noch größeres Hindernis der Wahrheit, als der Zweifel. Ap.=Gesch. V, 4; VIII, 21; IV, 16. Sprüche II, 1—15. Fest wird der Glaube erst, wenn die Liebe dazu tritt; an dem, was man liebt, zweifelt man nicht mehr.

[1] Ev. Joh. I, 5. 12; III, 18—20. Ebenso enthält die Apostel=geschichte XXIV, 25 ein klassisches Beispiel dafür.

vertrauen und Gott dienen sich muß also dehnen, daß es ein jeder zeucht auf eigene Gedanken und einer so, der andere anders deutet, so hat er sich selbst geheftet an einen gewissen Ort und gewisse Person, da er will gefunden und angetroffen werden, daß man sein nicht fehle." Der Glaube selbst ist zwar deshalb noch keine Kraft oder Macht, sonst müßte es der Aberglaube ebenfalls sein, sondern alle wahre Macht in geistigen Dingen ist Gottes Eigentum. Aber er ruft dieser Macht und macht ihre Erscheinung auf Erden möglich.[1]

[1] Gottes Kraft muß im Grunde alles wahrhaft Gute in uns selbst schaffen und will es auch; wir können es nicht und brauchen es daher auch — glücklicherweise — nicht zu versuchen. Aber wir müssen uns ihm, bezw. Christus, übergeben, den Schlüssel des Hauses ihm in die Hand geben, ohne jeden Vorbehalt; dann werden wir von ihm die Liebe empfangen, die kein Mensch sich selber geben kann, die aber das umwandelnde Prinzip in ihm ist, und die Eigenliebe verlieren, die wir selbst niemals zerstören könnten.

In diesen beiden Punkten besteht alles, was man, mit Verständnis der Sprache gesprochen, Erlösung, Umkehr, Buße, inneren Fortschritt nennen kann, und in dieser Übergabe des gesamten Denkens und Wollens zur ungehinderten Beeinflussung liegt der Glaubensakt, die Tat, die wir selber tun müssen, die niemand uns abnehmen, oder für uns leisten kann. Besonders deutlich tritt dies in der Apostelgeschichte XVI, 31—34 zu Tage, wo sogar ein völliger, roher Heide mit seinem ganzen Hause, wer weiß, was für Leuten, ohne weitere Belehrung in die christliche Glaubensgemeinschaft aufgenommen wird, obschon ihm offenbar noch jede nähere Kenntnis dieses Glaubens vollständig fehlte. Er übergibt sich einfach kurzweg und es beginnt nun erst seine Erziehung dazu, die Arbeit Gottes an ihm. Ohne eine solche Übergabe kommen auch heute noch, mitten in der Christenheit, die gebildetsten Leute zu keiner wirklichen, eingreifenden

Die Stufen des Lebens. 295

Einzig das ist ebenfalls wahr, daß Christentum in einem ungebrochenen, nicht innerlich demütig gewordenen, Menschen nicht wirkt, sondern dann im besten Falle eine leere Form bleibt; ist es aber mit dem Lehramt, oder sonst mit der Prätention einer besondern Stellung oder Auszeichnung verbunden, dem Menschen zum Verderben gereicht. Was im äußern Leben als ein unverbesserlicher Nachteil betrachtet wird, eine „gebrochene Existenz", ein Riß, der durch die gesamten Lebenspläne hindurch geht, ist es im innerlichen gar nicht; das ist im Gegenteil der Boden, auf dem der Glaube an Christus am besten gedeiht, und diejenigen sind von allen Menschen am allermeisten zu

---

Änderung ihres Wesens und ebensowenig aus ihren Zweifeln heraus, welche nur durch eine Einsicht, die erst durch das Verschwinden der Eigenliebe entsteht, ganz beseitigt werden können. Dazu aber wollen die meisten von ihnen sich eben nicht entschließen, während die Einfachen dies viel leichter tun. Sehr schön, und tröstlich zugleich für viele, sagt darüber ein Dante-Kommentator (zu Purgatorio IX, 82—87): „Der Wohltaten des Glaubens sollen nur diejenigen teilhaft werden, denen er durch göttliche Erleuchtung im Herzen aufgeht, eine Erleuchtung, die aber dem reinen Willen, dem nach dem Höchsten sich sehnenden Herzen niemals entgehen wird. Wer dagegen ohne diesen Beruf sich der Pforte des Heils nähert, den trifft das Schwert, welches der Pförtner in Händen hält." Das ist auch der Sinn von Matth. XXII, 11. Joh. VI, 37—44 und Lukas XVIII, 42. Der Glaube ist ein Geschenk Gottes, das man sich nicht selbst geben, wohl aber ersehnen und zuletzt erbitten kann, und viele, die vorläufig noch daran verzweifeln ihn jemals zu besitzen, sind ihm innerlich näher, als die, welche ihn in bloß äußerlicher Zustimmung zu haben glauben. Anfangs aber ist jeder Glaube ein Entschluß, ein Willensakt, der nicht leicht sein soll und darf, wenn etwas Rechtes daraus entstehen soll. Jesaias LII, 11; LIII, 10; XLVIII, 10. Maleachi III, 3.

beklagen, die gerade dann verzweifeln, wenn sie in einer solchen Lage sich befanden und es nicht begreifen konnten, wie nahe sie dem Heil gewesen sind.[1]

Von hier ab kann das wirkliche Können des Guten, das aus der wahren, vor Gott geltenden „Gerechtigkeit"[2] stammt, in den Menschen kommen, wie es ein anderes Gedicht des nämlichen, oben angeführten Dichters beschreibt:

„Morgenluft."

„Nun ist das frische Lebenswort
Ins Herz gegossen aus dem Buche;
Der Hoffart stolzer Baum verdorrt,
Es hebt die Hand sich mit dem Fluche.

Von hohen Bergen rauscht es sacht,
Ich höre Wasserströme kommen,
Im Osten glänzt schon heitre Nacht;
Ja, Herr, nun zähl' ich zu den Frommen

Und eingereiht der heil'gen Schar
Will ich ein einfach Glied nun werden;
Des Lebens Rätsel wird mir klar,
Der Himmel senkt sich zu der Erden.

Es wächst aus Gottes Licht und Tau
Das Gras zum Halm, der Halm zur Ähre,
Bis in des Himmels heitrem Blau
Zuletzt sie glänzt in goldner Schwere.

---

[1] Es ist dies der einzige Grund, der uns oft bewegen könnte, an der Güte Gottes zu zweifeln, wenn wir solche Selbstmorde sehen, aber auch es schwer zu bedauern, wenn wir auf solchem Wege befindlichen Leuten nicht einmal die Wahrheit gesagt hätten.

[2] I. Mos. XV, 6; XXXII, 30. Römer V, 1.

Die Stufen des Lebens. 297

Mein Leben wird vergebens nicht
Gelebt sein unter so viel Ringen;
Der letzte Teil der Bahn ist licht,
Ihr Ende krönt ein hold Gelingen.

Hinauf, zu immer hellern Höhn
Wird mich der Wahrheit Wachstum tragen,
Ich hab' das Ziel nunmehr gesehn,
Der Weg ist Wandern nicht mehr Wagen."

Dieser weitere Weg ist einerseits viel leichter, als er oft dargestellt wird, weil von dem Menschen nun nichts mehr begehrt wird, wozu er nicht Kräfte und Einsichten in genügendem Maße erhält, nebst einer Freudigkeit des Hoffens, die nicht mehr ganz getrübt werden kann,[1] und einer speziellen, persönlichen Leitung, welche alles

---

[1] Die katholische Heilige Katharina von Genua (Gräfin Adorno), welche diesen Weg selbst vollständig gegangen war, sagt davon: „Könnte der Mensch sehen, was Gott den Seinen schenkt, so wollte er von nichts anderem mehr als himmlischen Dingen hören. Gott will aber, daß der Mensch sich nicht aus Eigennutz zum Guten, sondern aus Glauben zum Gnadenlohn führen lasse. Gott lockt den Menschen zuerst aus der Sünde heraus, dann erleuchtet er ihn durch das Licht des Glaubens und erweckt seinen Willen durch liebliche Empfindungen." Der 112. Psalm ist das Ziel auf dieser Stufe. Doch dauert es bei den meisten Menschen eben ziemlich lange, bis sie ihren Willen Gott gänzlich übergeben können, und darin liegt das Geheimnis des früheren, oder späteren Ankommens auf dem Wege, der fortan direkt zum wahren Glücke führt. Manche Menschen arbeiten sich zuerst todmüde an „Reichsgottes-Werken", wie sie es gerne nennen, oder an Bußen und täglichen Andachten; aber ihren eigenen Willen, das, was Gott von ihnen einzig will, geben sie ihm dennoch nicht und kommen damit

erleichtert.[1] Andererseits aber ist er schwerer, als es in diesem ersten Momente geglaubt wird. Denn das Leben auch nicht zur Gemütsruhe. Denn Eigenliebe und Gott können nicht neben einander wohnen und die geistliche Eigenliebe ist, wie die nämliche lebenserfahrene Heilige in ihren „Gesprächen" sagt, noch viel gefährlicher als die gewöhnliche. Sie ist das allergrößte Gift für die Seele. „Gegen diese Krankheit", fährt sie fort, „kenne ich kein anderes Mittel als Gott. Er allein kann uns durch seine Gnade davon befreien." Aber die Gefahr muß man doch erkennen und die Befreiung suchen; das ist die Klippe der Frommen, an der ihrer viele scheitern. Psalm XXXIV, 19.

[1] Vgl. II. Mos. XXIII, 20. 25. 27. 30; XIV, 14. Jesaias XXX, 18. 20. 21; XXVIII, 27—29; L, 4. Jeremias XXXIII, 6—10. Psalm XXXII; XCVII, 11; XXXII, 8; XXXIV, 20. 21; CV, 14. Sacharja II, 8. Micha VII, 8. Hosea XI, 4. Daniel X, 12. 13. Joel II, 13. Sprüche XVI, 32; XXIV, 16; XXIX, 25. Hiob XXXIII, 15—19. Phil. I, 6. Josua XXIII, 6—16. Lied der Gräfin Zinzendorf „Wir gehn getrost an deiner Hand", Nr. 719 B.=G., und von Rothe „Das wahre Christentum ist wahrlich leichte."

Das Schwierigste in dieser großen Lebensfrage bleibt es stets, den Glauben an übersinnliche Tatsachen, der notwendig ist, in dem richtigen Verhältnis zu dem gesunden Menschenverstand zu erhalten und sodann ferner das religiöse Leben vor allzu großer Innerlichkeit und Individualität, die es leicht phantastisch werden läßt, wie vor völligem Aufgehen in Gemeinsamkeit mit andern, die es notwendig verflacht, zu bewahren. Zwischen diesen Abgründen wandelnd, muß der Mensch Schritt für Schritt alltäglich den schmalen Pfad suchen, der ihnen ausweicht, und es würde ihm dies schwerlich möglich sein, wenn er nicht der Verheißung trauen dürfte, welche schon ein oft wiederholtes israelitisches Prophetenwort für diesen Fall enthält, daß es den „Aufrichtigen" gelingen werde, den Weg zu finden (Sprüche II, 7) und daß ihnen derselbe deutlich in jeder Gefahr des Abweichens gezeigt und sie gehindert werden sollen, einen Abweg einzuschlagen. Das ist denn auch wirklich, in

Die Stufen des Lebens. 299

ist noch lange nicht zu Ende, sondern es fängt nun erst
an und es beginnt jetzt eine lange Reihe von Ereignissen,
die alle den Zweck haben, dem Menschen sein Wesen deut=
licher zu zeigen, als er es früher zu ertragen im stande
war, und ihm allmählich nichts mehr zu übersehen,[1] wie

oft sogar sehr auffallender Weise, der Fall. Nur ist auch hierin
der freie Wille des Menschen sehr groß; er muß diese Leitung
wollen, rasch verstehen und ihr unweigerlich folgen, wenn er sie
bemerkt; sonst wird sie allmählich schwächer und zwar je eher, je
mehr Heuchelei dabei ist, womit der Mensch unter dem Titel „Gottes
Willen" seiner eigenen Neigung folgen will, oder je mehr er neben
dieser leisen, aber sehr deutlichen Stimme noch auf Menschenrat
und Menschengebot achtet. Theoretisch betrachtet sind auch da, wie
überall in religiösen Dingen, die Schwierigkeiten unüberwindlich,
denn Gottes Wort kommt ja auch und sogar meistenteils durch
Menschenwort an uns, und wer kontrolliert umgekehrt stets und
hinreichend die menschliche Einbildungskraft, daß sie nicht bloße
eigene Erzeugnisse für „Winke von oben" hält? Aber praktisch
ist die Sache doch nicht so schlimm; sondern der Mensch, welcher
sich seinen Wahrheitssinn sorgfältig bewahrt und auch den reinen
Willen hat, die Wahrheit in allen Dingen zu suchen und ihr un=
bedingt zu gehorchen, wenn sie deutlich zu ihm spricht, der wird
durch alle diese Schwierigkeiten in oft wunderbarer Weise hindurch=
geleitet. Ja er sieht einen Teil derselben erst, wenn er, gleichsam
mit verbundenen Augen, durch dieselben geführt worden ist. Jeder
aber, der nun definitiv in dieser Periode auf diesen Weg nicht ge=
langt, ist in augenscheinlicher Gefahr, sein Leben entweder in bloßem
Genusse, oder dann in einer künstlich geschaffenen Begeisterung für
irgend eine Spezialität (oder gar einen Sport) zu verlieren, die
das Herz nicht ganz befriedigen können.

[1] Gott nimmt es mit denen, die ihm nahe stehen, strenger
als mit anderen. III. Mos. X, 3. Dieselben müssen allmählich glas=
lauter werden und ohne das beständige Gebet Davids in Psalm

es bisher noch in großem Maßstabe geschah. Denn „Zion muß nun auch mit Recht befreit werden und seine Gefangenen durch Gerechtigkeit."¹ Das geschieht aber alles erst in der folgenden, mitunter sogar in der letzten Lebensperiode; vorher wäre es auch gar nicht möglich gewesen.²

CXXXIX, 23. 24 kommen sie nicht durch, sondern jede sogenannte „Heiligkeit", die darüber hinausgekommen sein will, ist eine schwere Selbsttäuschung, die rasch weiter abwärts führt.

¹ Jesaias I, 27. Sacharja III, 1—5. Hiob I, 8—11; II, 5. 6. Dem Bösen in ihm geschieht nun sein völliges Recht; es soll sein Möglichstes noch tun dürfen und dennoch unterliegen müssen in dieser Probe seiner gesamten Macht über den Menschen. Wir sollen die Gerechtigkeit Gottes allmählich ertragen lernen. Das ist der Sinn der ernsten Aufforderung von Amos IV, 12.

Es ist schon oft von ängstlichen Gemütern gefragt worden, welches der sicherste Beweis der „Erwählung" sei. Spurgeon sagt in einer seiner besten Predigten mit Recht, nicht ungestraft fehlen können. Wenn jedem Fehler sofort die Strafe auf dem Fuße folgt, dann kann man der Gnade Gottes völlig gewiß sein. Das ist wohl auch der ursprüngliche Sinn des oft falsch angewendeten und daher manche Menschen fast empörenden Spruches „Wen der Herr lieb hat, den züchtigt er" (Sprüche III, 12) gewesen. Er will in unserer heutigen Sprache sagen: Wem Gott gnädig ist, dem läßt er keinen Fehler, auch den geringsten nicht, und nach und nach auch keinen bloßen Genuß (der bei einem sehr vorgeschrittenen Menschen eben auch ein Fehler ist) ohne sofortige Straffolge hingehen, sondern gewöhnt ihn an beständige Arbeit und Aufmerksamkeit.

² Bischof Sailer sagt mit Recht in seinem Kommentar zu Thomas a Kempis: „Was nützt es, zu dem Lahmen zu sprechen: Geh! Er kann nicht gehen und den Rat nicht befolgen. Die schädlichsten Sittenlehrer sind die, welche das Grundverderben im Menschen leugnen und die Pflanze Tugend in einem Disteln- und Dornengrunde erziehen wollen, bevor sie das Feld umgeackert und den Grund

III.

Der Unterschied zwischen diesem „neuen Leben", wie es schon Dante nennt, und dem früheren scheint anfangs nicht sehr groß zu sein, namentlich nicht so groß, als die Phantasie, die stets höher fliegt als die Wirklichkeit, und der Enthusiasmus, der jeden großen Entschluß begleiten muß, es erwarteten. Ja es kann wohl noch Momente geben, in welchen auch die aus der Knechtschaft der Eigensucht befreite Seele ein gewisses rückschauendes Verlangen nach den „Fleischtöpfen Ägyptens" anwandelt; denn in der Tat, der bisherige „Lebensgenuß" verblaßt allmählich ein wenig.[1]

Aber ein wesentlicher Unterschied ist doch stets bemerkbar. Zunächst in der Abnahme eines Gefühls der Furcht und Sorge vor einer ungewissen Zukunft und der

gereinigt haben. Da kann nichts als Dünkel, Täuschung und fruchtlose Arbeit daraus werden. Dünkel, der nie zur Selbsterkenntnis gelangt, Täuschung, die Unkraut für Weizen hält und ausgibt, fruchtlose Arbeit, die die Hauptsache ungetan läßt und deshalb nie zum Ziele kommt, weil sie nicht bei dem rechten Anfangspunkte begonnen hat." Den Abschluß der Stufe II kennzeichnet am besten das schöne Lied von Schmidt, Pfarrer in Siebleben († 1745) „Ich bin nun frei gemacht durch Jesum Christ", Nr. 1147 B.-G.

[1] IV. Mos. XI, 5. 6. Dafür nimmt die Freude an dem Lebensgenuß anderer zu. Ohne diese Abnahme des ersten Enthusiasmus würde leicht eine Sucht nach beständiger Erbauung und ein geistlicher Müßiggang entstehen, der ebenso gefährlich ist, als der gewöhnliche. Auch die schönste Erbauung muß der Arbeit folgen, nicht ihr vorangehen, oder sie gar ersetzen wollen.

fortwährenden Schwankung zwischen Übermut und Niedergeschlagenheit, welche nie das Gefühl der Sicherheit aufkommen ließen. Nun ist ein fester Punkt vorhanden, wo immer Ruhe ist; das Innerste des Herzens ist fest geworden und der Durst nach einer solchen Befriedigung ist nicht mehr vorhanden.[1] Daraus folgt von selbst mehr Geduld mit sich selbst und anderen und weniger Abhängigkeit von ihnen, ein richtigerer Blick für das Wesentliche in allen Dingen und damit die rechte Lebensklugheit, die daraus hervorgeht. Und endlich, was die Hauptsache ist, es fehlt das dauernde Schuldgefühl, weil es stets sofort wieder aufgehoben werden kann, und es ist eine Gewißheit des richtigen Weges, des beständigen Fortschrittes und eines guten Ausganges des ganzen Lebens vorhanden. „Der Gerechten Pfad ist wie ein Licht, das zunimmt, bis auf den vollen Tag."[2]

[1] Ebräer XIII, 9; XI, 1. Ev. Joh. III, 36; IV, 14; VI, 35. Jesaias LV, 1—3; LVIII, 20. 21. Lied „Nun ist der Strick zerrissen", von Neander, Pfarrer in Bremen († 1680), Nr. 343 B.=G. Dagegen fehlt oft noch ganz die Freudigkeit. Dieselbe kommt jedoch von selbst, sobald, oder so oft die Eigenliebe aufhört und ist auf dieser Stufe ein sicheres Zeichen dafür. Sobald du an dich selbst denkst, hast du sie nicht, so oft du hingegen dein Leben für Gott und in seinem Auftrag für andere in den Dienst stellst, tritt sie ein; du kannst sie haben, oder nicht haben, wie du willst.

[2] Sprüche IV, 18. Das ist es auch, was den Menschen am meisten in seinem Glauben und gegen alle noch kommenden Anfechtungen desselben befestigt. Etwas, was diese Beruhigung, dieses Aufhören des peinlichen Suchens verleihen kann, welches das Evangelium ganz richtig mit einem beständigen Hunger oder Durst vergleicht, das muß die Wahrheit, wenigstens für uns

Die Stufen des Lebens. 303

Die erste Periode dieses Lebensabschnittes füllt gewöhnlich auch die beständige Befestigung und Bewährung dieser Grundlagen durch mancherlei Proben.[1] Es kann nicht ausbleiben, daß dieselben bald eintreten, denn der Glaube ist, trotz dem eben Gesagten, doch nichts Traditionelles, was ein für alle Male besteht, sondern etwas, das sich täglich und stündlich neu erzeugen muß.[2] Ein nicht stets lebendiger gegenwärtiger Glaube könnte auch den Angriffen des „Apollyon", der seinen abtrünnigen Unter-

---

sein. Wahrheit, die das alles nicht mit sich bringt, hätte für uns sehr wenig Wert, selbst wenn sie Wahrheit wäre, wofür überdies auch keinerlei Garantie besteht. Dante, Paradiso IV, 124:
  „Nie sättigt sich der Geist, das seh' ich hier,
  Als in der Wahrheit Glanz, dem Quell des Lebens,
  Die uns als Wahn zeigt alles außer ihr.
  Doch fand er sie, dann ruht die Qual des Strebens,
  Und finden kann er sie, sonst wäre ja
  Jedweder Wunsch der Menschenbrust vergebens."

[1] Diese Proben können mitunter von den Menschen selber unter verschiedenen ausgewählt werden. II. Sam. XXIV, 13. 14.

[2] Er ist auch fortan ein sicherer Wertmesser unserer Handlungen. Er vermehrt sich sofort durch gute und sinkt durch schlechte. Heilige Handlungen müssen zwar, wie Spurgeon sagt, allmählich zu Gewohnheiten, heilige Gefühle bleibende Zustände werden, und das Christentum nicht ein Müssen, sondern eine Herzensneigung. Die gegenteiligen Neigungen sind aber noch vorhanden und bleiben noch viel länger bestehen, als anfänglich in der ersten Freude geglaubt wird; nur können sie nicht mehr herrschen (Röm. VI, 14. Sacharja III, 1—7). „Des Starken Wohnung ist zerbrochen, sein Anspruch ist ihm abgesprochen." Jedoch muß man gute Vorsätze immer sofort ausführen und die, bei denen das nicht möglich ist, für nichts Wichtiges ansehen.

tan sicherlich reklamieren wird,[1] mit Erfolg zu widerstehen nicht fähig sein.

Die Macht dieses „Geistes der Welt" ist sehr groß;[2] das erfährt man glücklicherweise erst nach und nach im

---

[1] Bunyan, Pilgerreise Kap. IX. „Wenn der Mensch dem Herrn dieser Welt ernstlich entsagt, so setzt er ihm zuerst mit Sorge für dieses zeitliche Leben zu. Das tut er teils durch Furcht vor Mangel, teils durch Lust zu Vorrat und Überfluß. Wenn es dann irgendwo fehlen will, so schießt er seine Pfeile des Mißtrauens, Unglaubens und Geizes in das Herz." (Berlenb. Bibel.)

[2] Der Zweifel daran, daß es möglich sein werde, das neue Leben wirklich durchzuführen, wäre ein sehr berechtigter, wenn es dabei auf unsere eigene Kraft ankäme. Nach und nach aber geht der Seele die Wahrheit des paradoxen Wortes von Paulus auf: „wenn ich schwach bin, dann bin ich stark." Das „größte Hindernis der Bekehrung", wie es schon Albrecht von Haller in seinem Tagebuch bezeichnet, die Meinung nämlich, daß ein christliches Leben überhaupt unmöglich sei, weil es zu viel von uns fordere, ist aber doch in dieser Periode schon nicht mehr vorhanden, da bereits Erfahrungen dagegen sprechen. Das neue Leben ändert die alte Natur des Menschen nicht sofort, es kommt bloß eine andere Art hinzu, die den Kampf mit der ersten beginnt und im günstigen Falle siegreich vollendet. Die Tat des Menschen ist es, sich stets bereit zu stellen, um Kraft hiezu zu empfangen; das kann er tun und dafür ist er voll verantwortlich. Mit jeder guten Handlung wächst Kraft und Einsicht und mit jedem Rückfall nimmt sie ab. Sonst aber sagt das Evangelium, das den Menschen besser kennt als die philosophische Moral, nicht: „Tue das, so wirst du zum Leben kommen", sondern: „Komm gerade so wie du bist, ohne alle Umstände und Zögerungen, du wirst auch so aufgenommen, und dann erhältst du die Kraft zum bessern Leben." Das hat heute namentlich die Heilsarmee richtig aufgefaßt. Die Religion soll nicht, wie man sich oft ausdrückt, „das religiöse Bedürfnis des Menschen befriedigen",

Die Stufen des Lebens. 305

Leben, sonst hätte vielleicht niemand den Mut, den Kampf mit ihm aufzunehmen. Aber es gibt eine Macht, die noch größer ist, die Kraft Gottes, welche durch das wahre Christentum in einem Menschen lebendig gemacht wird. Die Hauptsache in dieser, meistens längsten, Lebenszeit ist daher Festigkeit und Mut. „Halte was du hast, daß dir niemand deine Krone nehme",[1] und schau nicht zurück, nachdem du einmal die Hand an den Pflug legtest.

Das Merkwürdigste vielleicht in derselben ist die Vereinigung von Gottesregierung und Freiheit in dem Menschen. Was Gott will, führt er in ihm durch, leicht mit seinem Willen, schwer und durch Leiden, wenn er widerstrebt, oder einen andern Weg gehen will, und keine Macht der Welt kann es mehr hindern.[2] Es gibt aber

---

das er anfangs überhaupt nur in sehr geringem Grade besitzt, sondern den Menschen so gestalten, wie er in Gottes Weltordnung zu brauchen ist. Alles andere ist eine falsche und unnütze Predigt.

[1] Offbg. III, 11. Gottfried Keller sagt in einem seiner Briefe: „Wer keine bitteren Erfahrungen und kein Leid kennt, der hat keine Malice und wer keine Malice hat, bekommt nicht den Teufel in den Leib und wer diesen nicht hat, kann nichts Kernhaftes arbeiten." Es liegt eine Wahrheit darin, die vieles erklären kann in den menschlichen Bestrebungen; nur der Ausdruck ist unrichtig.

[2] II. Mos. XXIII, 20. Sprüche XXIV, 16. Hesekiel XXIV, 12. Lied von P. Gerhardt „Auf, auf, mein Herz, mit Freuden", Nr. 138 B.-G., und „Fahre fort" von Schmidt, Pfarrer in Siebleben, Nr. 698 B.-G. Eine allgemeine Erfahrung ist dabei die, daß die schweren Prüfungen oft plötzlich und unerwartet aufhören, wenn man es am geringsten vermutet, und andererseits, daß nach einer kürzeren oder längeren Erholungspause ein neues Leiden herantritt, das man, namentlich in diesem Hauptteil des Lebens, nie ganz und dauernd

dessenungeachtet ganze Zeitabschnitte auf dieser Lebensstufe, wo alle Grundsätze, oder Glaubenslehren ihren Dienst versagen und alles Übersinnliche wieder als ein bloßer Traum und ein Spiel der Phantasie erscheinen will. Das sind die gefährlichen Zeiten, in denen sich die Seele ganz stillhalten und vor allem aktiven Handeln hüten muß.[1] Ist sie aber genötigt zu handeln, so spreche sie mit dem spanischen Dichter: „Und sei das Leben Wahrheit oder Traum, recht muß ich handeln."[2]

entbehren könnte. Das ist ja der eigentliche Zweck des Leidens, daß wir uns dadurch allein an Gottes Nähe gewöhnen und stets darin empfinden können, während lange Zeit ungetrübtes Glück eine dicke Schicht von anderem Empfinden, Wollen und Denken zwischen uns und Gott schiebt. Ganz besonders die „Erlösung von dem Bösen", um die wir bitten, kann nur durch Leiden erfolgen. Nicht trotz Leiden, sondern im und durch Leiden glücklich sein zu können, ist das Allerhöchste, dessen wir fähig sind. Die h. Hildegard (geb. 1099) sagt darüber: Oft verlasse Gott die Seinen, so daß sie ohne Hilfe zu sein scheinen. Dies geschehe deshalb, damit ihr äußerer Mensch nicht durch Hochmut aufgeblasen werde. „Sie meinen dann und glauben, ich habe mich von ihnen abgewendet. Ich aber prüfe ihren Glauben und halte sie mit starker Hand, indem ich sie vor aller Selbsterhebung bewahre, denn eben da, wo sie leiden und ihr Herz schmerzlich verwundet ist, schaffe ich viele Früchte in ihnen."

[1] In diesen Zeiten gilt der Spruch: „Wenn ihr stille bliebet, so würde euch geholfen" (Jesaias XXX, 15), der nicht immer richtig ist.

[2] Calderon, „Das Leben ein Traum." Das gleiche sagt das beste der französischen Sprichwörter: „Fais ce que dois, advienne que pourra." Es gibt Momente im Leben, in denen solche starre Grundsätze die einzige Rettung sind. Meistens weicht die Finsternis,

Die Überzeugung namentlich muß in der Seele zu einer völligen Gewißheit werden, daß eine ewige Gottes=ordnung besteht, gegen welche alle Macht der Menschen, denen Freiheit des Handelns gelassen ist, ganz vergebens ankämpft, und daß aller wirkliche Erfolg und alles wahre Glück nur in der freien Übereinstimmung des freien menschlichen Willens mit dieser Ordnung besteht, wogegen jeder Verletzung derselben die Strafe nicht folgt, sondern innewohnt und nur durch Gnade Gottes beseitigt werden kann. Dann bekommen, wie die Berlenburger Bibel sagt, auch „die Gebote Gottes ein liebliches Angesicht und wir werden ihre guten Freunde und sehen sie als rechte Hilfs=mittel und Präservative an, durch welche Gott auf die Seite räumen will, was uns an seiner Gemeinschaft und am Bunde mit ihm hindert." [1]

sobald sie den völlig entschlossenen Widerstand sieht. Micha VII, 8. Jakobus IV, 7. Eph. VI, 12. 13. I. Petri V, 8. 9.

[1] Vgl. „Glück" I. Teil, S. 86. Es ist dies namentlich mit Bezug auf den Dekalog sehr richtig und das meint auch Johannes mit dem sonst auffallenden Ausspruche in seinem ersten Briefe V, 3. Ein geistreicher Kommentar zu Psalm VIII Vers 3 (übersetzt: „Aus dem Munde von Kindern und Säuglingen hast du eine unwider=stehliche Macht gegründet, um derer willen, die dich verdrängen möchten") sagt dazu: „Wäre das Wissen von Gott aus gelehrten Studien zu schöpfen, so stände es denen, welchen der Gedanke einer sittlichen Verantwortlichkeit vor einem höchsten Weltrichter eine unbequeme Vorstellung ist, frei, diese Vorstellungen aus dem Bewußtsein der Menschheit zu vertilgen, was sie in der Tat schon oft versucht haben. Aber in jedem neugeborenen Menschen erwächst ihnen immer wieder ein neuer Gegner." Die Erfahrung der Ohnmacht alles menschlichen bösen Willens muß der Mensch in dieser Periode

Erft auf Grund dieser feftgewordenen Überzeugung kann ein fruchtbares Handeln nach außen kommen, das vorher verfrüht und daher meiftenteils erfolglos ift.[1] Das Heil ift eben nicht eine Lehre, bei der man ganz der gleiche bleiben, Herr, Herr! fagen und doch fern von ihm fein kann, fondern etwas Tatfächliches, das an uns geschieht, wenn wir den Willen dazu geben.

Damit es aber an uns gefchehen könne, müffen wir

---

befonders oft machen, bis er recht daran fefthalten kann, daß nichts dergleichen ihm fchaden kann, wenn er felbft auf dem richtigen Wege verbleibt. Vgl. Pfalmen 37, 73, 84.

[1] Ev. Joh. XIV, 12. Ein allzugroßer, oder zu früher Wirkenstrieb ift ftets eine Unvollkommenheit, durch welche der Menfch der Arbeit, die ihm Gott vorläufig auferlegt hat, ausweichen und eigenmächtig eine höhere Stufe erfteigen will, für die er noch nicht geeignet ift. Daraus entftehen dann die „zornigen Heiligen", die ihre eigenen Hefen noch nicht abgefetzt haben, und alle die fonftigen wenig genießbaren Chriften, die gerne ihre Nebenmenfchen, aber nicht fich felbft bekehren und dem Chriftentum einen böfen Namen machen. Das fchöne Gefpräch des Laien mit dem Doktor im Eingang zu Taulers Predigten handelt von diefem Gegenftand.

Dagegen fagt die h. Maddalena bei Pazzi, alfo eine Klofterfrau, ebenfalls mit Recht: „Es ift ein elender Selbftbetrug, fich Gott zu ergeben, nur um Troft und füße Gefühle zu haben. Gott hat uns von der Welt erwählt, um zum Heil anderer etwas beizutragen." Zu der „Frömmigkeit" gehört ganz notwendig als Gegengewicht ftrenge Arbeit; fonft verleidet fie den aufrichtigen Menfchen und macht die andern zu Heuchlern. Alle Gottesgebote find auf tätige Menfchen berechnet. Bevor überhaupt der Menfch nicht den Segen der Arbeitsnotwendigkeit recht kennen und einfehen gelernt hat, ift er, trotz aller Religion, oder Philofophie, noch nicht vor dem Einfluffe des Böfen gefichert.

Die Stufen des Lebens. 309

zuerst von dem Unsrigen, der Eigenliebe in allen ihren Formen, frei werden; das ist das schwere Werk, das sich langsam, in vielen Etappen und durch viel Kreuz an uns vollzieht. Denn wir müssen ganz leer von uns werden, um empfangen zu können und zwar alles, was wir bedürfen, für Verstand und Gemüt, aber in täglichen Rationen, wie das Manna des Alten Testamentes, nicht auf einmal, so wie es der schlaue alte Mensch viel lieber hätte, um von Gottes täglicher Gnade möglichst unabhängig zu sein; das ist der „letzte Betrug, der ärger ist als der erste." Dazu uns zu erziehen, daß wir die rechten Gaben in Fülle empfangen können, das ist der Sinn unserer bisherigen Lebensführung;[1] dann erst wird das Handeln segensreich, nicht vorher. Damit kommt dann auch die „soziale Frage" an den Menschen nicht nur unserer, sondern jeder Zeit heran, die immer bestanden hat und immer bestehen wird, solange es Menschen gibt, ihre Lösung aber niemals weder durch Kirche, noch Staat, sondern nur durch die sittliche Kraft und individuelle Liebe unendlich vieler einzelner findet, von denen jeder in dem ihm angewiesenen Wirkungskreise das tun, was ihm speziell auferlegt ist, sein Pfund aber weder vergraben noch vertauschen muß. Das ist seine äußere Lebensaufgabe, der er in keiner Weise ausweichen oder untreu werden darf, und erst, wenn und soweit er ihr gerecht geworden, soll er dies auch noch andere lehren und diese Lehre der Liebe

---

[1] Psalm LXXXI, 1. Die drei großen Stufen dieser Führung sind im Alten Testament in I. Mos. XII, 1; XV, 1; XVII, 1 bezeichnet.

während seines Lebens auf Erden erhalten helfen. Wenn einmal Geld, Ehre und Genuß in einem Menschen keine erhebliche Rolle mehr spielen, dann entsteht auch so viel leere Zeit in ihm, daß er sich förmlich um eine Tätigkeit umsehen muß, um sie auszufüllen, ansonst er in Gefahr gerät, aus Langeweile umzukehren.[1]

Zuletzt in dieser Periode, wo also wesentlich Arbeit und Kampf,[2] aber, wenn es recht zugeht, immer mehr fröhliche, gern getane Arbeit ohne Empfindung der Mühsal,[3] und immer siegreicherer, ruhigerer Kampf gegen

[1] Vgl. hiezu den vorangehenden Aufsatz und Evang. Matth. XII, 43—45. Die beste Tätigkeit ist die, andern zum wahren Leben zu verhelfen, nachdem man selber dazu gelangt ist. Vorher aber dies tun zu wollen, ist gefährlich.

[2] Der eigentliche Wendepunkt des menschlichen Lebens ist der, in welchem man Arbeit, selbst Mühsal und Kampf, der Ruhe und dem Genuß vorzieht (in denen man eben keine Ruhe und keinen Genuß mehr findet), und daher kann auch das künftige Leben nicht aus Ruhe, sondern nur aus ruhiger und freudiger Arbeit bestehen, zu der wir schon hier immer mehr gelangen müssen. Das ist die eigentliche Lebensfrage, ob wir darin im Alter zunehmen oder abnehmen; damit richtet sich jedes Leben an seinem Schlusse selbst.

Oft weiß man auch nicht, weshalb es zeitweise nicht recht vorwärts will. Da gibt vielleicht Jesaias LVIII, 6—11 Aufschluß. Überhaupt steht vor jedem Fortschritt in dieser Zeit eine Prüfung und Aufopferung des Eigenwillens; dann öffnet sich die Tür von selbst, die bisher mit starken Riegeln verschlossen war, und es kommt zuletzt eine Zeit, in der wir im stande sind zu sprechen: „Gelobet sei der Herr täglich. Er legt uns eine Last auf, aber er hilft uns auch."

[3] IV. Mos. XXIII, 21—24. Den Schluß dieser Stufe kennzeichnet der 84. Psalm.

Die Stufen des Lebens. 311

alles Gottwidrige in sich selbst und in andern ist, ist „eine Ruhe vorhanden dem Volke Gottes."[1] Gott wird ihnen geben das Ende, dessen sie warten, ein Ende, das nicht traurig ist, wie das so vieler edler Menschen, welche ein anderes Lebensziel hatten.[2]

Nicht „still auf gerettetem Boot kehrt in den Hafen der Greis, der als Jüngling mit tausend Masten aus ihm ausfuhr."[3] Nein, dankbar für alles, was er getan und

[1] Hebr. IV, 9. Röm VI, 14. Ein oft zitiertes Dichterwort: „Im Glück nicht jubeln und im Sturm nicht zagen, das Unvermeidliche mit Würde tragen" 2c. mutet zwar das gleiche jedermann ohne weiteres zu. Aber dazu gehört eben doch mehr, als solche Verse auswendig lernen, welche ihre Verfasser oft genug selbst nicht auszuführen vermochten. Ev. Luk. XI, 46.

[2] Inferno IV, 40—42. Jeremias XXIX, 11. IV. Mos. XXIII, 21. Ebräer IV, 9. Das ist dann das „Land der Vermählung", von dem Jesaias LXII, 4 und Bunyan (Kap. 8 und 20) sprechen, das aber nur ein kurzer Aufenthalt sein kann. Elisabeth von Baillon sagt davon in ihren letzten Lebenstagen: „Mir ist so leicht zu Mut, wie ein Hauch des Lebens." Es ist auch sehr oft der Fall, daß äußerlich diese Gerechten vor dem Unglück sterben, das ihre Länder bedroht. Jesaias LVII, 1. II. Kön. XXII, 20. Doch ist das nicht von wesentlicher Bedeutung, das muß beigefügt werden; denn die größten und besten Menschen, Dante, Tauler, Franz von Assisi, mehrere Apostel, ja Christus selber, haben diese lieblichen Empfindungen am Lebensausgange nicht gehabt. Ob die Sonne also strahlend, oder hinter Wolkenschleiern untergeht, ist gleichgültig; jedenfalls geht sie glänzend wieder auf.

[3] Diese schließliche „Zahlungsunfähigkeit" des edeln Schillerschen Humanismus ist doch eigentlich für alle seine Anhänger ein deutlicher Fingerzeig, daß er nicht der beste Wegweiser durch das Leben sein kann. Jede Philosophie verspricht in der Tat mehr, als sie

gelitten, zufrieden mit dem, was er durch Gottes Gnade geworden, und im zuversichtlichen Ausblick auf eine noch größere und bessere Wirksamkeit legt er schon jetzt, nicht erst auf dem Sterbebette, seine Lebensrechnung ab, und sieht dem für ihn bloß noch unbedeutenden Übergang in eine neue Lebensstellung vollkommen ruhig mit den Worten eines alten Dichters entgegen:

„Mein Weg geht jetzt vorüber, o Welt, was acht ich dein!
Der Himmel ist mir lieber, da muß ich trachten ein,
Mich nicht zu sehr beladen, weil ich wegfertig bin,
In Gottes Fried und Gnaden fahr' ich mit Freud dahin."

IV.

Das Alter tritt meistens plötzlich ein; sehr oft mit einem besondern Ereignis, namentlich einer Krankheit,[1] die den Dienst dessen versieht, was man im militärischen Leben die „Piketstellung" nennt. Da zeigt sich denn auch oft ebenso plötzlich der bisher verborgen gebliebene Unterschied zwischen den Menschen und das verschiedene Resultat ihres Lebens. Während die einen noch mit der verdoppelten Begier die letzten Früchte ihres Herbstes zu genießen trachten, welche uns das Alter jetzt oft so wenig ehrwürdig erscheinen läßt, oder sich der pessimistischen Verzweiflung über die Vergänglichkeit alles Irdischen hingeben, welche

---

halten kann, das wirkliche Christentum allein hält buchstäblich alles, was es verspricht, und niemals wird es dich lange sagen lassen: „Abend ward's und wurde Morgen, nimmer, nimmer stand ich still, Aber immer blieb's verborgen, was ich suchte, was ich will."

[1] Ev. Joh. XI, 4.

Die Stufen des Lebens. 313

stets das Ende der großen Lustperioden der Menschheit bildet,[1] sprechen ernstere Gemüter erst jetzt noch:

„Wo soll ich hin? Die Lustgebiete
Der Welt sehn mich verödet an,
Seit mir im innersten Gemüte
Die Ewigkeit sich aufgetan.
Ich bin der übertünchten Lüge
Und ihrer schalen Tränke satt
Und trage meine leeren Krüge
Zu deinen Bronnen, Gottesstadt!"

Es sind die Arbeiter, die den ganzen Tag müßig waren, oder mit unnützer Arbeit sich abmühten. Auch sie werden noch eingestellt und erhalten am Ende des Tagewerkes ihren Groschen, so gut wie die früher Gekommenen. So will es die Barmherzigkeit des Herrn der Arbeit, gegen die auch heute noch viele murren.[2]

Besser ist es aber dennoch, wenn diese Einkehr früher erfolgte und die dritte Periode nicht eine Umkehr, sondern bloß die natürliche Folge und Ausgestaltung der zweiten ist. Denn die wahren Lebensstufen haben etwas von dem Dante'schen Paradies an sich, das nämlich, daß in jeder von ihnen, auch in der untersten, schon etwas von der

---

[1] Sie erzeugt dann die sogenannten großen Bußbewegungen, die Piagnonen gegenüber den Palleschen, die Totentänze in der Kunst, die sentimentale Frömmigkeit in der Art der Amaranth, oder des „génie du Christianisme" in der Literatur, alles ungesunde Dinge ohne Dauer, die wir in Bälde, als Gegenbewegung gegen den Realismus, neuerdings erleben werden.

[2] Ev. Matth. XX, 1—16. Lukas V, 5. Lied von Angelus Silesius „Ach daß ich dich so spät erkannt", B.=G. 481.

obersten liegt, was die Seele befriedigt, ohne Sehnsucht nach mehr und doch mit Hoffnung darauf.[1]

Im Leben altgewordener Leute zeigen sich regelmäßig drei Denkungsarten. Die gewöhnliche in äußerlich günstigen Verhältnissen ist die der lebenslustigen Alten, welche den Rest ihres Daseins in feinerer oder gröberer Art noch möglichst genießen wollen und damit mitunter bis zu Karrikaturen der Jugend herabsinken. Die Grundlage dieser Gesinnung ist Egoismus, der auch in feiner Form zuletzt doch jedem ihm Begegnenden unangenehm auffällt. Vornehme Müßiggänger haben meistens diesen Lebensausgang. Ein würdigerer Abschluß ist das Ausruhen der im Hauptteile des Lebens beschäftigt gewesenen Leute, sei es nun ein Ruhen auf Lorbeeren, oder, was noch häufiger vorkommt, auf angesammelten Kapitalien. Das sind, im besten Falle, die gemütlichen alten Leute, die auf ihrem Landgute, oder Altenteil, geschätzt und gepflegt von ihren Angehörigen, ihre letzten Tage in einem würdigen Nichtstun verbringen, in Erinnerung an ihre Jugend oder an ihre Studienjahre, Reisen, Feldzüge schwelgen, mitunter auch ihre Memoiren verfassen und sich in Jubiläen feiern lassen. Außer einiger Eitelkeit und Kleinlichkeit, die stets damit verbunden ist, ist das ein harmloser Lebensausgang und die Welt hat auch dafür in der Regel am meisten Verständnis, schon deshalb, weil diese Leute niemandem mehr im Wege stehen; sie widmet ihnen daher gern ein

---

[1] Während umgekehrt die falsche Streberei der Welt unzufrieden mit dem Gegenwärtigen macht. Vgl. die schöne Rede der Piccarda, Paradiso III, 70 ff.

schönes Leichenbegängnis und einige passende Nekrologe in den Zeitungen des Begräbnistages, womit dann aber die Angelegenheit definitiv erledigt ist. Der dritte Lebensausgang ist das Vorwärtsgehen zu einem höheren Leben, die Hand beständig am Pflug, niemals rückwärts auf Vergangenes schauend, sondern den Blick stets auf das weiter zu Erreichende gerichtet. Diese Lebensanschauung ist eigentlich nur möglich bei Personen, die an ein künftiges Leben glauben; sie kommt dessenungeachtet zwar auch bei andern ernsten Arbeitern vor, ist dann aber mit Trauer über die fortwährende Abnahme der Kräfte verbunden. Es ist der würdigste, eigentlich der allein würdige Lebensausgang, aber oft mit Leiden irgend einer Art verknüpft, die kampffähig erhalten.[1] Diese drei Abschlüsse gleichen den drei Kästchen in Shakespeares Drama; der erste, in dem goldenen Kästchen, ist der äußerlich vornehmste, aber voll innerer Leere und im Grunde verächtlich; der zweite, in dem silbernen, ist nicht unwürdig, aber etwas „gewöhnlich"; der dritte enthält in meistens unscheinbarer Gestalt die wirkliche Krönung eines bis zuletzt wohlverstandenen und wohlangewendeten Lebens, das die volle Sicherheit einer noch besseren Fortsetzung in sich trägt.

Jedenfalls ist die spezielle Aufgabe der letzten Lebensstufe das ganz rechte Leben in der Gottesnähe,[2] etwas,

---

[1] Das waren s. Z. die Heldennaturen nach germanischer Auffassung, die sogar den Himmel sich nicht anders als in der Form täglichen Kampfes vorstellen konnten und den gemächlichen „Strohtod" verschmähten.

[2] Der Glaube bleibt daher immer die Hauptsache, auch auf

das aber viel leichter zu denken, als zu beschreiben ist. Die Beschreibungen derer, die es selbst erlebt haben, lassen uns hier auch gewöhnlich plötzlich im Stiche, sei es weil sie lebten, um zu handeln, nicht um zu schreiben, oder weil sie es verschmähten, Dinge über sich selbst auszusagen, die ihnen auf ihrer Stufe selbstverständlich und keineswegs verdienstlich, sondern als ein beständiges demütiges Empfangen erschienen. Das Ziel dieser Periode ist eben das, nicht für sich selbst mehr etwas zu empfangen, sondern andern ein Segen zu werden[1] in der Demut, die nun schon zu den erworbenen Tugenden gehört.[2]

dieser Stufe, und muß sich täglich erneuern und bewähren. Die Landgräfin in dem „Sängerkrieg" von Gelpke fragt noch bei dem Abschiede: „Nun, liebe Meister, saget, eh' daß ihr wandert fort, darum mein Herz verzaget, wie heißt die Brücke zwischen hier und dort?" Die Antworten lauten verschieden: „Die beste Brücke, ich meine, ist Buße, denn sie führt aus Nacht zum Licht." „Liebe nenn' ich die Brücke, die zwischen Erd und Himmel hingebaut." Noch ein anderer Sänger sagt: „Nun, edle Frau, so hör' auch meinen Rat: Hinan zur Himmelsaue führt eine Brücke nur, die heißet Tat." „Nicht Liebe, Tat, noch Buße, so spricht Wolfram zuletzt, da er mit ernstem Gruße den Becher abgesetzt, wird dir die Brücke bauen, die dich gen Himmel führt; ein innig Gottvertrauen, der Glaube nur vermag's, der Berge rührt." So wird es auch bleiben, so lange es eine Menschheit gibt; darüber kommt sie nie hinaus.

[1] I. Mos. XII, 2. 3; XXIII, 6; XXVI, 29.

[2] Doch besteht sie nicht darin, sich für etwas Geringeres auszugeben, als man ist, sondern genau die Wahrheit über sich zu denken und zu sprechen. Es wird sich trotzdem ganz von selbst ergeben, was Wesley in einem solchen Rückblick kurz vor seinem Tode sagte: „I can see nothing that I have done or suffered, that will bear looking at."

Die Stufen des Lebens. 317

Bei Beginn wird gewöhnlich eine letzte und große Prüfung eintreten; denn alle Menschen, an denen Gott ein rechtes Interesse nimmt (wenn wir so reden dürfen), müssen in den verschiedenen Perioden ihres Lebens immer wieder von neuem in eine Art von Schmelzfeuer, dessen Glut allein, wie Dante sagt, „den Geist zur Mündigkeit bringt"[1] und die geringeren Bestandteile ihres Wesens ausscheidet, welche vielleicht auf einer untern Stufe noch als notwendig erschienen. Ohne eine feste Zuversicht auf Gott, wie sie in dieser letzten Periode des Lebens schon bestehen soll, wären oft gerade diese letzten Prüfungen nicht auszuhalten, in denen jedoch nun jeder harte Schlag eine zehnfache Wirkung hat.[2] Es ist das beste Zeichen

---

[1] Vgl. Paradiso VII, 60. Purgatorio XXVII. Hesekiel XXIV, 12—14. Amos IV, 12. Das Wort des Amos klingt sehr drohend, kann aber, je nach der Stellung, die der Mensch dazu einnimmt, auch sehr gnädig sein. Frage dich, Seele, selber, möchtest du deinem Gott in aller seiner Heiligkeit, der durch dich hindurchschaut, wie durch Glas und vor dem keinerlei Ungerechtigkeit Bestand hat (V. Mos. IV, 24), begegnen? Wenn du darauf mit Ja antworten kannst, dann hast du des Lebens und aller deiner Prüfungen Ziel erreicht und kannst die letzten trostreichen Kapitel des Buches Hiob von XXXIII ab getrost auf dich anwenden. Denn Gott wird demjenigen, dem er diesseits des Grabes begegnen will, stets ein gnädiges Antlitz zuwenden. Vgl. II. Mos. XXXIII, 17; XXXIV, 6. 7. Psalm LXXXI, 11. Jeremias XXIX, 10—14. Den andern begegnet er hier nicht. Dann aber „schicke dich" für eine solche Begegnung, gegen die jede Audienz vor dem größten Monarchen der Welt nur ein Kinderspiel ist.

[2] Luther sagt dazu (früher würde es nicht gänzlich passen):
„Schweig, leid und ertrag, dein Not niemand klag,
An Gott nie verzag, dein Hilf kommt all Tag."

des Fortschrittes, wenn die Seele die Gnade besitzt, dieses Leiden zu wollen und sein nicht müde zu werden, bis Gott selbst es als ganz überflüssig aufhebt. Psychologisch richtig ist dabei auch die Bemerkung der h. Angela von Foligni,[1] daß die Menschen auf dieser Stufe gerade die Fehler, die sie einstmals freiwillig in sich pflegten, noch eine Zeitlang zu ihrer Buße, ganz gegen ihren Willen, in sich beherbergen müssen.

Daraus entsteht zunächst der durchaus demütige, von sich nicht im geringsten mehr eingenommene Mensch, dem alles recht ist, was ihm zu teil wird, der nichts Besseres verdient zu haben meint, sondern etwas viel Schlechteres noch, als ihm geschieht, wenn es nur nach Recht ginge, und der sich alles gefallen lassen kann, wenn es Gottes Wille ist. Das ist aber — wenn dies alles echt und nicht bloß fromme Redensart ist — ein schweres Werk, zu welchem der Mensch erst gegen das Ende seines Lebens hin völlig fähig wird. Denn da muß zuvor die Eigenliebe[2]

Paul Gerhardt in dem schönsten seiner Lieder sagt:
„Laß dich dein Elend nicht bezwingen,
Halt an Gott, so wirst du siegen.
Wenn alle Fluten niedergingen,
Dennoch wirst du oben liegen.
Und wenn du wirst zu hoch beschweret,
Hat Gott, dein Fürst, dich schon erhöret."

[1] In den „achtzehn Stufen der Buße."

[2] Den eigenen Willen muß der Mensch auf dieser Stufe nun ganz übergeben und die Eigenliebe als den gröbsten Fehler hassen. „Wenn Gott diese Einwilligung erhalten hat", sagt Catterina von Genua, „dann tut er fortan alles selber und führt den Menschen zu der Vollendung." Die „lautere

Die Stufen des Lebens. 319

noch gründlicher als vorher ausgebrannt und dem Menschen das Härteste angetan, oder wenigstens angedroht werden, was seiner speziellen Eigenart zugemutet werden kann.[1] Wenn er da durchkommt, ohne jemals das Vertrauen auf Gott zu verlieren, dann ist er dem Göttlichen näher gekommen, als dies sonst auf irgend einem andern Wege geschehen kann, und wenn es überhaupt ein Leben seliger Geister nach Art unserer heutigen Gefühle und Anschauungen gibt, so wird er demselben durch diese Sinnesart so nahe gebracht, daß ihm ein solcher Übergang nun denkbar und möglich erscheint.[2]

Sodann aber haben ohne Zweifel diese letzten Erschwerungen des irdischen Lebens auch den Zweck, dem hiedurch Geprüften den Abschied von demselben weniger schwer zu machen, wie uns denn auch an alten Leuten nichts weniger gefällt und einen „gewöhnlicheren" Eindruck macht, als wenn sie noch stark am Leben hängen.

Liebe" und der „ganz befreite Geist", die müssen nun noch endlich kommen. Vgl. die Lieder von Zinzendorf, Arnold, Winkler und Sturm Nr. 302, 380, 393, 691 der B.=G.

[1] In jedem richtigen Menschenleben kommt ein Tag, an welchem der „Fürst der Welt" Erlaubnis erhält zu prüfen, ob noch etwas von dem Seinigen in ihm enthalten ist (Ev. Joh. XIV, 30), und namentlich die „Leviten" können eine solche Probe nicht entbehren. Maleachi II, 1—9. 16. 17; III, 1—3.

[2] Sehr schön beschreibt dies Gefühl der nahenden vollkommenen Befreiung von allem, was noch an der Seligkeit hindert, Beatrice im 22. Gesang des Paradiso: „Tu sei si presso all' ultima salute" ꝛc. Wer das einmal empfunden hat, der hat damit den einen Fuß schon in das Land des ewigen Friedens gesetzt, auch wenn er noch lange auf Erden wandert.

Als eine Haupthilfe dabei erscheint: nie zurück=
zusehen, weil, wer im Purgatorium „zurückblickt, rück=
wärtskehren muß", und keinen Augenblick des Lebens mehr
zu verlieren, sondern seine volle Tätigkeit bis zum
letzten Momente beizubehalten.[1] Denn der Lebenszweck der
Altersperiode ist das Fruchttragen, nicht das Aus=
ruhen, und solange noch etwas zu tun übrig ist, ist das
bereits Getane für nichts zu achten.[2]

Das Charakteristische dieser Art von Altgewordenen ist
ihre Ganzheit. Keineswegs eine eingebildete „Heiligkeit."
Die Heiligkeit, die wir auf Erden erreichen, besteht bloß aus
dem Zustande voller Übereinstimmung mit dem göttlichen
Willen und völliger Bereitschaft für denselben, so daß kein
ernstlicher Kampf zwischen Gut und Böse in uns selbst
mehr stattfindet. Dagegen sagt eine mittelalterliche Heilige
mit vollem Recht, daß die Heiligkeit, so oft sie echt ist,
auch den äußern Menschen ordne.[3] Denn Gott ist ein

[1] Das Verweilen bei den Rückblicken auf vergangene Lebens=
perioden ist eine Degeneration, die wir bei wahrhaft großen
Menschen nie bemerken. Weder Moses, noch Paulus, noch Petrus,
oder Cromwell haben viel von ihrer Jugend gesprochen. Von
Christus vollends ist gar kein Wort des Rückblicks auf dieselbe
bekannt. Vgl. auch Dante, Paradiso I, 7—9. Ebenso ist es auch
schon körperlich gefährlich, sich bei Lebzeiten in den Ruhestand zu
versetzen, sondern das höhere, zunehmende Ich muß nun über
das niedrigere, abnehmende, die Tierseele, den vollständigen Sieg
davontragen.

[2] Psalm XCII, 14. 15. Lukas XVII, 7—10.

[3] Die bereits erwähnte h. Angela von Foligni (keine Nonne,
sondern eine Mutter vieler Kinder): „Wenn der heilige Geist einer Seele
eingegossen ist, so ordnet er auch den äußern Menschen vollkommen;

„Gott der Ordnung" und keineswegs ein Freund von Sonderbarkeiten irgend einer Art, namentlich nicht in äußerlichen Dingen. Das sind, wenn nicht ganz unechte, so doch gewiß noch sehr schwache „Heilige",[1] die darauf einen Wert legen, mit denen daher auch nicht immer leicht zu leben ist. Wenn aber die Religion auf dieser letzten Altersstufe wenigstens dieses letztere nicht ausrichtet, sondern den Menschen stetsfort grämlich, schwierig für seine Umgebung und eigensüchtig verbleiben läßt, so ist sie nie viel wert gewesen.[2]

Ein Hauptanzeichen der Reife des Alters ist ferner die Verbindung von Eigenschaften, die sich sonst im Leben

wo das nicht geschieht, da ist Falschheit." Darnach sind die Allüren mancher sogenannten Heiligen unserer Tage zu bemessen.

[1] Es ist überhaupt eigentlich nicht Heiligkeit, was auch auf dieser Stufe von uns verlangt wird, sondern vollendeter und freudiger Gottesgehorsam. Die Probe, ob er vorhanden ist, ist die Freudigkeit; solange diese noch nicht besteht, steht es auch um den Gehorsam und vollends die Heiligkeit noch nicht ganz gut. Vgl. „die Gebete Israels", S. 54 und 238. Josua I, 7—9. Psalm LXXXI, 11; CXIX, 45. Jesaias XXVII, 8; XXVIII, 28. 29.

Gewöhnlich fällt auch auf dieser Lebensstufe viel formal-gesetzliches Wesen dahin, das nicht notwendig zur Religion gehört. Gott geht zwar auch auf „Kirchenrecht" und „Kirchenregiment" ein; aber das sind nicht seine ursprünglichen Gedanken mit uns gewesen, sondern der erste Rat dazu war menschlich, kam sogar von einem Heiden. II. Mos. XVIII, 19. 24. Vgl. ferner Jeremias VII, 3—5. 22—28; XXXI, 32. 33; XXXIII, 3; IV, 25; XXIX, 13; XXV, 4; II, 13. 17. 21; III, 25. Ev. Joh. IV, 24. Matth. XIX, 8.

[2] Rowland Hill sagt darüber sehr wahr und praktisch: „I would give nothing for that man's religion, whose very dog and cat are not the better for it." I. Kor. XIV, 33. 40.

auszuschließen pflegen, also z. B. Naivetät und Klugheit, Würde und kindliche Heiterkeit, Feinheit des Geschmacks und volle Einfachheit, Ernst und Milde, klarer Verstand und Schwung des Gefühls. Das allein gibt den Eindruck der Vollendung, soweit sie hier auf Erden möglich ist.

Es mag der eine oder andere der Leser noch etwa fragen, wie man im Alter jung bleiben könne. Das wichtigste geistige Hilfsmittel dazu heißt wohl: „immer Neues lernen", sich überhaupt für etwas interessieren und stets etwas noch vor sich haben.[1] Daher sagt auch der Hauptapostel der Christenheit noch kurz vor seinem Scheiden: „Ich vergesse, was dahinten ist, und strecke mich nach dem aus, was vor mir liegt, und jage nach dem Kleinod der Berufung Gottes in Christo. Wie viele unser vollkommen sind, die sollen so gesinnt sein, und sollt ihr sonst noch etwas halten, so laßt Gott es euch offenbaren" (Phil. III, 15). Das ist also fortan ein einfacher Weg.[2] Darin liegt auch schon, was die letzte Losung des Lebens ist: Gehorsam.[3]

---

[1] „Γηράσκω δ' αἰεὶ πολλὰ διδασκόμενος" (Solon). V. Mos. XXXIV, 7; XXXIII, 25.

[2] Stets seine nächste Pflicht tun, die man sicher als solche erkennt, und das Weitere ruhig erwarten. Der Geist der Wahrheit, der in einem solchen Menschen ist, erinnert ihn auch an alles, was notwendig ist, so daß er nicht viel vorher überlegen, oder in Gedanken behalten muß.

[3] Bekanntlich antwortete dies Niklaus von Flüe auf die an ihn von einem Bischof gerichtete Frage, „was in der heiligen Christenheit das Allerbeste und Außerordentlichste sei." Damit fallen eine Menge überspannter Dinge fort, die gefährlich sind und jedenfalls nicht zur Heiligkeit gehören. Die höchste Stufe, die wir

Alles, was für sich selbst, zu eigener Erhöhung, selbst im besten Sinne, geschieht, hat doch noch einen kleinen Beigeschmack von Eigensucht an sich, und schwerlich wird man im Alter das Leben geistig gesund bis zum letzten Augenblicke aushalten, wenn es nicht zuletzt ganz zu einem militärischen Dienste und zu einer „Ernte Gottes", d. h. zu seiner, nicht unserer, Errungenschaft wird. Das Geheimnis der Religion ist zwar auf allen Lebensstufen Gottesnähe; zuerst aber muß man lernen sie zu ertragen (nicht zu fliehen), dann sie zu suchen und zuletzt sie zu haben, „bei der ewigen Glut selbst zu wohnen."[1]

überhaupt erreichen können, beschreibt Paulus in dem Briefe an die Philipper II, 14. 15; III, 12—15; IV, 4—8. 12. 13. 18. Es ist der einfache Mensch, so wie ihn Gott wollte, nicht wie er sich selbst gefällt und seit Jahrtausenden künstlich erzieht. Das ist die eigentliche „Frage", um die es sich im Menschenleben handelt und die in jedem neugebornen Kinde neu beginnt. Etwas echtes Höheres gibt es nicht.

[1] Jesaias XXXIII, 14. Mit Recht sagt dazu der Verfasser der „Gebete Israels": „Der Gedanke der höchsten Erhabenheit Gottes hat nichts Erschütterndes für den sündigen Menschen, wohl aber (anfangs) der Gedanke seiner unmittelbaren Nähe. Daß Gott bei uns auf Erden weilen und von uns geheiligt sein wolle mit jedem Atemzug unseres irdischen Seins und Wollens, ist eine Wahrheit, die unsere ganze Umwandlung fordert, dann aber, statt uns zu erschüttern, uns mit untrübbarer Seligkeit erfüllt."

Den gewöhnlichen Menschen erfüllt sie dagegen mit Schrecken. (Ev. Luk. V, 8.) Es ist ein Zeichen großen Fortschritts, wenn Gott an einem Menschen alles tun darf und kann, bis er ganz zufrieden mit ihm ist. (Hesekiel XXIV, 12—14.) Das kann er nur an den Größten unseres Geschlechtes und das erklärt viele, sonst unbegreifliche Schicksale.

Wenn man sich in den letzten Entwicklungen der letzten Lebens=

Daß dies auf Erden bis zu allerletzt nicht ganz ohne Leiden geschehen kann,[1] liegt in der Natur der Sache und zeigt das Leben vieler ausgezeichneter Männer, welche die Ruhe sehnlich herbeiwünschten und am Ende ihrer Tage mit dem alten Simeon sprachen: "Gebieter, nun endlich lässest du deinen Knecht los von seinem Dienste."[2]

stufe befindet, dann sieht man wahrscheinlich erst ganz deutlich, daß das letzte Wort von allem, was wahres Leben ist, Liebe zu Gott heißt. Ohne sie besteht kein kräftiger Glaube, ist keine völlige Überwindung der Eigenliebe möglich und sind die Leiden nicht erträglich, oder wenigstens nicht fruchtbar genug, die zu unserer Ausbildung gehören. Es ist das letzte Wort des jetzigen und das erste des kommenden Lebens, und wahrscheinlich auch die Kraft, die den Tod überwindet und diesen Übergang überhaupt möglich macht.

[1] Jesaias XLVIII, 10. Die letzten Worte von Franz von Assisi waren die des 142. Psalms: "Führe meine Seele aus dem Kerker, daß ich danke deinem Namen." Eine gewisse Traurigkeit kommt auch bei bedeutenden Menschen und am Ende eines wohlgeführten Lebens vor. Sie ist eben der Ausdruck der notwendigen Differenz zwischen einem großen Lebensideal und einer kurzen menschlichen Lebensdauer, sowie der Unwahrscheinlichkeit, für ein großes Werk stets würdige Nachfolger und Forscher zu finden. So war das Ende des h. Franz von Betrübnis über das völlige Mißverständnis seiner eigentlichen Grundgedanken bei seinen Nachfolgern erfüllt. Etwas Ähnliches tritt zuweilen bei Paulus, auch bei Blumhardt zu Tage. Doch muß das eben als ein Bestandteil der menschlichen Unvollkommenheit angesehen werden, der auf ein besseres Leben hinweist, und es darf diese Stimmung nicht die vorherrschende sein.

[2] Die uns bekanntere, viel milder lautende Übersetzung in Lukas II, 29 ist nicht wortgetreu. Gott wird nicht als "Herr" im gewöhnlichen Sinne angeredet, sondern als strenger Herrscher (δεσποτα), der seinen Knecht bis zum allerletzten Hauch der Kraft ausgebraucht.

Die Stufen des Lebens. 325

Es mag dabei (wie schon angedeutet) sogar sein, daß ein sogenannter schöner Tod, im Kreise der Seinen und unter allgemeiner Anerkennung seiner Mitbürger, gar nicht das beste Los und die höchste Anerkennung Gottes bedeutet, sondern nur der Tod, der selbst noch eine letzte Tat für Volk oder Menschheit ist. Aber unsere Zeit ist so schwächlich in ihrem Christentum geworden, daß das jetzt bei den weitaus meisten[1] und den allerfrömmsten Menschen gänzlich außer aller Berechnung liegt. Es steht aber jedenfalls auch nicht in ihrem Willen, wie sie ihren Tod gestalten wollen, sowenig als wie vorher ihr Leben, und sie müssen unter allen Umständen ihren Frieden mit Gott auch in Bezug auf diese letzte aller „Lebensfragen" gefunden haben. An diesem Punkte des Lebensausganges angekommen, drückt sich die auf den ganzen, nunmehr zum weitaus größten Teile durchlaufenen Lebenspfad zurückblickende Seelenstimmung vielleicht am besten mit den Worten Paul Gerhardts[2] aus:

„Wohl dem, der einzig schaut auf Jakobs Gott und Heil!
Wer dem sich anvertraut, der hat das beste Teil,
Das höchste Gut erlesen, den schönsten Schatz geliebt,
Sein Herz und ganzes Wesen bleibt ewig ungetrübt."

Das Schönste an einem der Vollendung nahen Leben ist die Ruhe der Seele, der volle Friede, den nichts

---

[1] In unserer eigenen Zeit war der Tod von Gordon Pascha ein solches Beispiel eines glorreichen und keineswegs „friedlichen" Endes, das vielmehr so außergewöhnlich war, man möchte sagen sein mußte, wie sein ganzes Leben. Wie kleinlich erscheint dagegen die letzte Lebensperiode so vieler Größen des Tages!

[2] Sie sind eine Paraphrase des 146. Psalms, Vers 5.

mehr erschüttern kann, welcher mit Gott und Menschen ausgekämpft hat und „obgelegen" ist.

Das Wesentliche aller Religion, welche dazu erforderlich ist, ist sehr einfach und liegt eigentlich schon in dem unverständlich gewordenen Worte selbst. Es besteht darin, daß wir die Verbindung mit Gott stets sorgfältig offen erhalten, was von unserer Seite durch den beständigen guten Willen dazu, unter Verzicht auf alles Entgegenstehende, geschieht, das was die h. Schrift „Gott suchen" nennt. Dann kommt auch Gott „eh' wir's uns versehn und läßt viel Gutes uns geschehn." Selbst zu solchen kommt er, die ihn nur höchst unvollkommen kennen (was übrigens bei allen der Fall ist), wenn nur ein aufrichtiges Verlangen des Herzens nach ihm vorhanden ist.

Ohne daß er aber kommt und sich nach dem Ausdrucke einer vergangenen Zeit „zu uns bekennt", was wir auf keinerlei Art und Weise erzwingen können, ist alle und jede Religionsausübung in jeder vorhandenen, oder noch in der Zukunft denkbaren Form nur ein totgebornes Menschenwerk und verschafft uns auch nicht, was wir doch alle damit suchen — Glück.

* * *

„Amen. Gott sei gepreiset,
Der Geist auf Christum weiset;
Er helfe uns allen zusammen
Ins ewige Leben. Amen."

Glück, Erster Teil.

Inhalt:

1. Die Kunst des Arbeitens.
2. Epiktet.
3. Wie es möglich ist, ohne Intrigue, selbst in beständigem Kampfe mit Schlechten, durch die Welt zu kommen.
4. Gute Gewohnheiten.
5. Die Kinder der Welt sind klüger als die Kinder des Lichts.
6. Die Kunst, Zeit zu haben.
7. Glück.
8. Was bedeutet der Mensch, woher kommt er, wohin geht er, wer wohnt über den goldenen Sternen?

Glück, Dritter Teil.

Inhalt:

1. Duplex est beatitudo. (Zweierlei Glück.)
2. Was ist Glaube?
3. „Wunderbar soll's sein, was Ich bei dir tun werde."
4. Qui peut souffrir, peut oser.
    Anhang: Krankenheil.
5. Moderne Heiligkeit.
6. Was sollen wir tun?
7. Heil den Enkeln.
8. Excelsior.

Druck:
Customized Business Services GmbH
im Auftrag der
KNV Zeitfracht GmbH
Ein Unternehmen der Zeitfracht - Gruppe
Ferdinand-Jühlke-Str. 7
99095 Erfurt